# 人间试炼游戏

RENJIAN SHILIAN YOUXI

弄清风 著

廣東旅游出版社
GUANGDONG TRAVEL & TOURISM PRESS
中国·广州

叮！
检测到第十一号乐章，
持有者 G79081。
律令在规定权限内，
审核通过，即时生效。
下面进行全区播报。

大殿中央，孤零零一口井，沐浴在清冷月光下。

月光从穹顶的镂空花窗中洒落，纯白的月季从井中探出头来，一路向上、向上，直至探出窗外，却还留了缝隙给那月光。

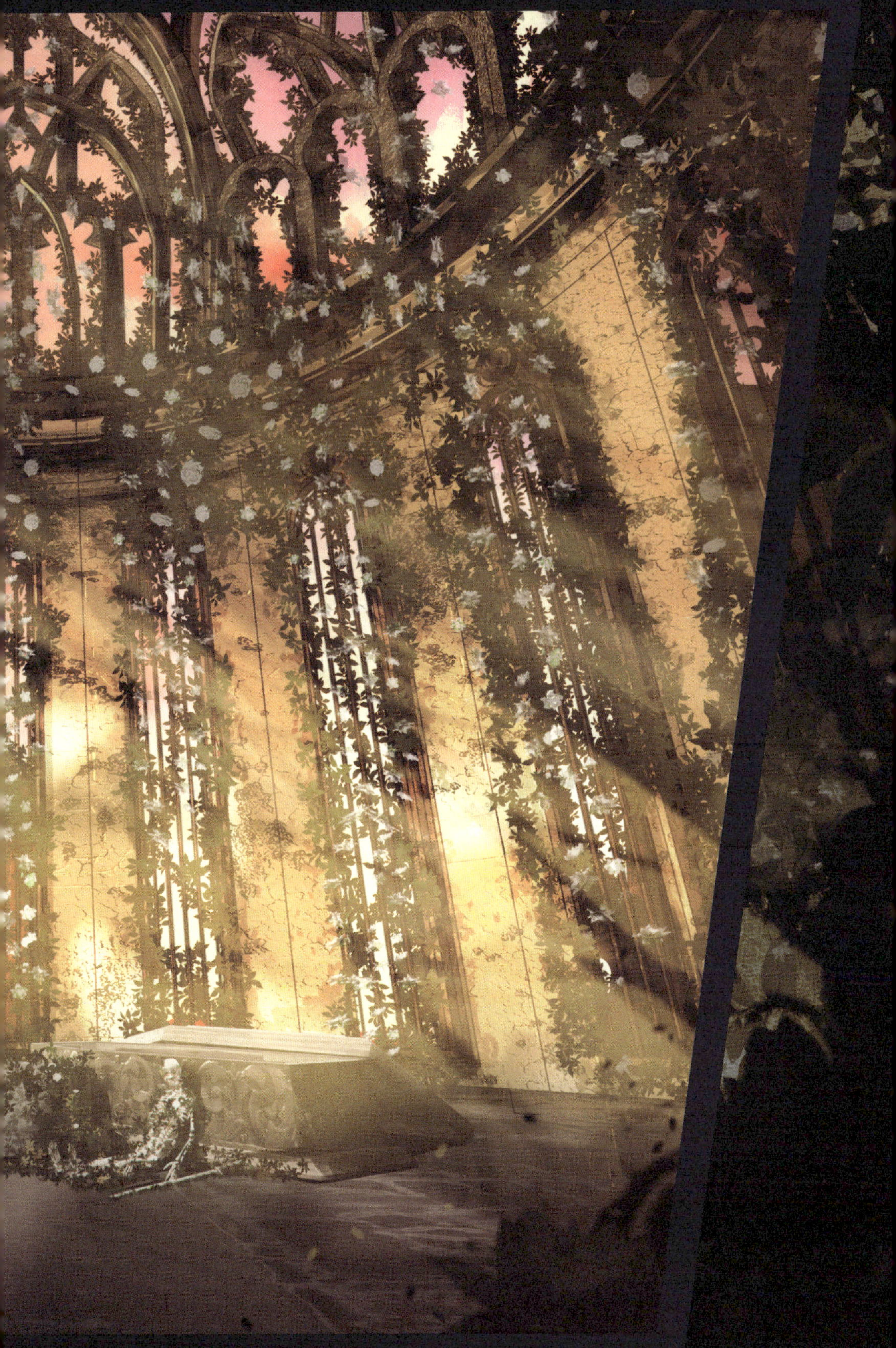

Contents

# 目录

# 唐楷

# I 欢迎抵达

叮——

实时播报：20190401 届，共 6315 位玩家完成人间试炼游戏。

综合评级：F。

平均点数：13。

## 01

玩家 K27216，唐措，新历 2019 年 4 月 1 日 23:05，确认抵达，人间试炼游戏通关失败。

试炼时长：二十四年四小时十八分六秒。

评级：A。

获得初始人物点数：-5。

叮——请收取您的试炼评估报告。

一片朦胧的白雾中，唐措听着不知从哪里传来的男性播报声，面无表情。他五分钟前还在大马路上，路边除了一个不省人事的醉汉还有一条流浪狗。可眨眼的工夫他就到了这里，身上的衣服还在，伤却都不见了，也没有任何随身物品。

他环顾四周，这里除了白雾还是白雾，肉眼能见度只有五米。

叮——请收取您的试炼评估报告。

播报声不像电子音，清澈、干净，浑如青春少年。

作为一个私家侦探，哪怕是三流的，唐措也从不缺乏判断现状的能力，所以觉得自己可能在做梦，眼前的一切都是幻象。

叮——请收取您的试炼评估报告。

播报声继续催促，大有唐措不理会就一直报下去的架势。

唐措干脆坐了下来，因为站着有点累。过了一会儿，播报终于换了内容。

玩家 K27216，消极应对试炼评估结果，警告一次，扣 1 分。

当前人物点数：-6。

请立刻收取试炼评估报告。

话音落下，一本厚度堪比《英汉大词典》的书重重砸在唐措面前，浓黑色硬壳封面，用金色花体字烫印着唐措的名字和玩家编号。

唐措翻开来看了一页后，脸都黑了，只见书里密密麻麻记录着他的生平，某个词条里甚至还写着——

唐措，七岁，2002 年 2 月 27 日 23:00，于江南苏城区小观弄与恶狗打架，吓到过路行人，扣 0.5 分；拒打狂犬疫苗，扣 5 分。

“啧。”唐措就知道自己跟狗八字不合，但这个奇葩的扣分系统到底怎么回事？拒打狂犬疫苗竟然要扣 5 分，而且他最后还是被摁着打了。

他直接翻到最后，看到了这破报告对他短暂人生的评语——

不服管教、消极懒惰、争做异端且勇于作死，建议珍爱生命，长命百岁。

唐措的脸更黑了，啪地合上书，一眼也不想多看。可就在他合上书的刹那，眼前的景象忽然发生了变化。

一点金光出现在白雾之中，唐措抬头看清了它的本体——一个婴儿拳头大的金铃铛，钟形铃铛。

铃铛声响，白雾翻涌。

叮——

如果生存是一场游戏，你准备好了吗？

请牢记永夜城第一法则：生存即正义。

祝您生存愉快！

话音落下，唐措突然感到眼前一黑，紧接着一阵天旋地转。整个过程持续大约五秒，当唐措的视线再次恢复时，他发现自己站在一个圆形广场上面，周围黑压压的全是人，至少数千个。

这些人有男有女，有老有少，距离唐措最近的是一个穿着病号服的瘦弱小姑娘，光头，瞧着也就十一二岁的模样，此刻正蹲在地上，紧紧地把自己的头捂住。

距离稍远的，还有一个满脸沟壑、头发花白的老头，一个不停地念念叨叨的神经质中年男人，一个神情不悦的红衣女郎，等等。

广场很大，由一米见方的黑石板铺成，石板表面被打磨得很光滑。现在是晚上，夜色深沉，可广场上很亮，因为广场正上方飘浮着一个巨大的金铃铛，铃铛里像装着个小太阳，把这里照得亮如白昼。

铃铛，又是铃铛，唐措莫名觉得这个铃铛跟刚才白雾空间里的铃铛是同一个。

他继续往外看，四十九根黑色石柱环绕广场一周。这些石柱很奇怪，柱身很粗，最起码需要三人合抱，且至少三十米高。石柱的倒影在广场中央汇聚，形成一种巨大的压迫感。

那是一种仿佛从头顶被窥视的感觉，灵魂被压迫在方寸之间，不断缩小、不断匍匐，直至变成一粒尘埃。

唐措很不喜欢这种感觉。

周围依旧嘈杂，不断有地方传来崩溃的哭号和越来越压抑不住的窃窃私语，像一万只鸭子在耳边疯狂叫喊。

红衣女郎轻嗤一声，却不发表什么意见，倒是那看起来一只脚已经踏进棺材的老头，过来跟唐措打招呼。

“小伙子，你是从哪儿来的啊？”他问。

唐措没有立刻回答，余光所及之处，一团白光闪亮，留下一个神情呆滞、浑身是水的青年。他这才看向老头，说：“意外。”

老头微怔，随即摸了摸额头的皱纹，像是要把它们抚平一般，无奈笑道：“看来你是个明白人，比我们都强多了。我老了，本来也没几天可活，活这么大岁数也算够本了，可谁知道睁眼就到了这儿呢。”说着，他冲唐措伸出三根手指，“三个多小时了。”

他又小心翼翼地指了指其他人：“小姑娘可怜，癌症，那个流血的也才来了大概半个小时，到现在还疯着呢，看来也是出了意外。”

都是今天刚来的。

至于那个女郎，老头摇摇头，看来是没搭上话。可就在唐措看过去的时候，女郎却不耐烦地也看了过来，说：“反正都来了，等着审判呗，该怎么样就怎么样，有什么好聊的？”

老头却不怎么赞同，额头的皱纹又像风干的树皮堆了起来：“什么审判庭这么审判的？从古至今没这个说法，不合老祖宗的道理啊。你们都听到那个声音了吗？说什么、什么游戏——”话音未落，戛然而止，因为老头终于发现了唐措手中的试炼评估报告，浑浊的双眼里满是错愕，“您这……”

他甚至不由自主地用上了尊称。

女郎也惊到了，她手里也有那么一本报告，可她年轻啊，不到三十年的人生就写了语文书那么厚，这还是她年少叛逆的结果。老头的她也见过，那么一大把岁数也就比她厚一点。

可眼前这位呢？他年纪比自己还小吧，短短二十几年他都干了什么？

两人都不说话了，一时间厘不清思路，突然的寂静让“意外男”和病号服小姑娘也都看了过来，于是大家一块儿沉默。

气氛有点尴尬。

唐措面无表情，不想辩解，只想打人。而就在这时，一个中气十足的清亮嗓音突然插入，把沉默的气氛瞬间崩碎。

“妈呀啊啊啊啊啊啊！”这声音不仅来得突然，还特别有活力，就像它的主人——一个穿绿恐龙连体睡衣的大男孩，十六七岁，面色红润，精神抖擞。

周围人齐刷刷地向他投去注目礼，乌泱泱一片好几十个人，他顿时卡壳了，稚嫩的青春脸庞上像被泼了五色的油彩，惊讶、紧张、害怕、欣喜一一掠过，最终定格为一句——“早上好？”

他眨巴眨巴眼。

老头在揉太阳穴，人老了就是不禁吵，脑壳疼。其余人反应不一，大多数人把头转了回去，不再投以关注，只有唐措从始至终没有变化。

恐龙男孩讪讪地摸了摸头，左看看，右看看，瞧着有些无措。老头叹了口气，朝他招招手，他就立刻凑过来。

“小伙子哪儿来的啊？”

“包邮区、包邮区的，我昨天刚说要出门旅游，结果就游这儿来了，还挺远是不是？”

“是……你咋来的啊？”

“突然就来了，你看我还穿着睡衣呢，某宝三十九块九包邮买的，珊瑚绒……哎我这都没来得及……”

“你这也来得挺冤啊。”

“可不是嘛！”

“你叫什么名字啊？”

“池焰，池塘的池，火焰的焰，就是水火双全的意思……”

唐措双手抱臂，仿佛听了一段相声。

老头又给两人互相介绍了一下，都是刚来的人，出门在外多交个朋友总是没错的。而就这一会儿的工夫，广场上又多了几个人，越来越多的惊慌和嘈杂声汇聚在一起，却不知要持续多久。

这个世上存在另一个世界，唐措从来没想过。但让他最在意的不是这个世界的存在，而是播报中的用词。

播报声中的“二十四年四小时十八分六秒”就是他抵达前的年龄，抵达时间、报告书里他的生平都对得上，如果永夜城真的存在，那听起来就像是一个平行世界。

可人间试炼游戏，“游戏”从何而来？

唐措突发意外，“确认抵达”，所以游戏通关失败，那他度过的二十四年人生难道就是一场试炼游戏吗？仅限于他，还是针对所有人？

这短短半个小时的经历太过匪夷所思，饶是唐措也无法判断。

而这时的池焰已经把初来的紧张和恐惧抛到脑后，蹲在地上哄起了小姑娘。

“对了。”他灵光乍现，伸手抓住自己的睡衣帽子用力撕扯，“刺啦”一声，把背后撕了一个口子。

附近的人都奇怪地看着他，觉得他可能是被吓傻了，脑子不正常。他却还乐呵呵的，把绿色恐龙头往小姑娘面前一递：“喏，给你戴，晚上挺冷的。”

小姑娘怔住，捂着自己的光头，一时都忘了接。其他人也一样，愣怔过后，什么都没说，撇过了头。他们有的怅然若失，有的面露不忍，有的颓丧，也有人似乎从池焰的举动中得到了一丝安慰。

一个小小的善举就像黑夜中的萤火，总能让人好过一些。

时间悄然流逝。

等待是把生锈的钝刀，不断磋磨着众人可怜的神经。

“我受不了了！我要离开这里，我不能继续待在这鬼地方了，我要回去、要回去……我要回去！”一个额头带伤的中年女人突然发疯，踉跄着撞开密密麻麻的人群，冲出广场。

唐措眯起眼，这里不是正常的空间，除了铃铛照亮的广场范围，其余都是一片诡异的浓黑。

跟随着中年女人一块儿消失的，还有她冲出广场后的脚步声。踏出光照的那一刻，她就像被黑暗吞没，凭空消失。

大家都被吓到了，一个个面露惊惧，内心担忧，可没有人敢跟着去看一看。

而就在中年女人消失的两三分钟后，广场外的那片浓黑里突然传来了凄厉惨叫，似鬼爪刮过玻璃窗。

整个广场的人都像被掐住了脖子，气氛陡然凝滞。下一刻，熟悉的铃铛声响起，将凝滞打破，也让所有人心头一跳。

叮——

实时播报：20190401届，共6315位玩家完成人间试炼游戏。

综合评级：F。

平均点数：13。

“在这样一个美妙的夜晚，一日一度的永夜城入城仪式即将开始，下面让我们热烈欢迎伟大而善良的乌鸦先生发表讲话！”

话音未落，一道气急败坏的声音突然插入：“不，今天的乌鸦先生一点都不想善良了，乌鸦先生很生气、非常生气！你们真是我带过的最差的一届，综合评级竟然只有F！平均点数竟然只有十三！十三啊，这是多么不吉利的一个数字！”

所有人都抬头看，惊疑不定地搜寻着声音的来源。很快，便有人在东面的一根石柱上发现了一只正气得跳脚的乌鸦。

“一届不如一届，真是一届不如一届！成绩这么差，你们竟也好意思来到这里！让我看看，摔倒、溺水、窒息……哦，天哪，这里还有两个情深似海的，嘿，你们可真有意思。”

一对小情侣被当众点名，吓得握在一起的手立刻松开。

“乌鸦先生生气了，要惩罚你们，不能让你们就这么大摇大摆地走进永夜城，那可对其他认真努力的玩家太不公平了。让我想想，我要怎么惩罚你们呢？让我好好想想……”乌鸦在石柱上走来走去、走来走去，翅膀背在身后，每一次摇头晃脑都显得滑稽又可笑。

可没有人笑得出来。

乌鸦很滑稽，在场绝大部分人的脸色比它更滑稽。

“有了！”乌鸦突然高高举起自己的一边翅膀，很高兴地宣布，“我们来玩幸运大转盘！”

话音落下，一个半径十米的巨大转盘凭空出现在乌鸦上方。转盘平面共分七个不同颜色、不同大小的扇形格子，每个格子内都写着不同的内容。周围一圈彩灯环绕，与游戏厅经常出现的那种大转盘别无二致。

播报声再度响起——

触发彩蛋游戏——幸运大转盘。本期大转盘共分四轮，玩家根据转盘结果获得惩罚或奖励。生存不易，运气为先，游戏现在开始！

“等等，怎么就开始了？！”

广场一片嘈杂，乌鸦居高临下地看着这一切，大家越乱，它就好像越开心。它扑棱着翅膀，从这根石柱跳到那根石柱，再从那根石柱跳到另外一根石柱，每扇一次翅膀，转盘就转得更快。

迷幻的彩灯拉出残影，像一个五颜六色的光圈包裹着众人的命运。

池焰紧紧挨在唐措身边，小心翼翼地拉着他的袖子：“哥，唐哥，你看到那转盘上写的惩罚内容了吗？那都是什么意思啊……”

唐措没有回答。

可池焰止不住话头，他分明看到那个转盘上大格子里写的都是什么“厄运十三点”“万箭穿心”等等，哪一个听起来都不太妙。

可现实往往就是怕什么来什么，“叮”的一声，转盘骤停，红色指针赫然指着池焰看到的那一块——厄运十三点。

“嘻嘻！”乌鸦开心极了，目光扫过众人，“我讨厌 13，13 不是一个好数字，我宣布所有点数为 13 的人，你快消失啦！”

下一瞬，惊叫四起。

一处、两处、三处，纯黑色的洞口毫无预兆地在大家脚下出现，像巨兽张开了嘴巴将人活活吞噬，只是转瞬之间，便有几十人消失在众人的视线里。

许多人甚至没有看到被吞噬的过程，只看到那黑黝黝的洞口张着，一眼望不到底，然后是——凄厉的惨叫声，还有那情急之下竟抓住了洞口边缘的，听着四周传来的惨叫声脸色煞白，一边挣扎着往上爬，一边疯狂求救：“救我、快救我！救我啊！”

周围的人见了，或快或慢地反应过来，胆大的便冲上前去拉他，可还未近身，便听那人开始惨叫，表情惊恐甚至扭曲：“谁在拉我？！放开我！救命啊啊啊啊——”

前去救援的人倏然僵住，下一秒，那人便似被什么东西拖了下去，惨叫声光速远去，远到传来回声。

“啊啊啊啊啊！”胆小的已经开始尖叫，恐惧的恶魔让他们脑补出了无数残忍而又可怖的画面。有时候看不见的，才是最可怕的。

池焰亦如坠冰窖，浑身僵硬，张着嘴说不出话来。唐措面色沉凝，眉头微蹙，目光里却不见害怕，只牢牢地盯着那只乌鸦。

乌鸦在笑，又开始从这根石柱跳到另一根石柱，再从另一根石柱跳到下一根，像一个顽劣的恶童，摇头晃脑地说话：“你们真是太胆小啦，胆小的人在永夜城可是活不下去的。这样吧，让伟大而善良的乌鸦先生给你们唱首歌，有了歌声就不怕啦！”

转盘继续转动，尖叫的海洋中，歌声倾洒而下——

神灵、羔羊和乌鸦，
一起在悬崖快乐地玩耍。
他们唱啊跳啊，
石头里开出了鲜花。

神灵说，看呀，
它是我的花。
一只羔羊吃了它，
快点走开呀。

神灵、羔羊和乌鸦，
世上再也没有花。
一只羔羊掉下悬崖，
两只羔羊掉下悬崖，
三只羔羊掉下悬崖，
四只羔羊掉下悬崖，
五只羔羊掉下悬崖，
六只羔羊掉下悬崖，
七只羔羊掉下悬崖，
都没啦，
都没啦。

乌鸦说，
不听话的孩子都没啦！

一首歌并不长，但唱完一遍又一遍，似乎永不停歇，欢快的语调加上诡异的歌词，让人灵魂打战，然后，是歇斯底里。

“这究竟是什么鬼地方？！”

“怎么办？我们都会被惩罚的，都会被惩罚的！”

"我害怕……"

"不要唱了！"

"不要再唱了！"

可是歌声仍在继续——

……

一只羔羊吃了它，

快点走开呀。

一只羔羊吃了它，

快点走开呀……

"叮！"转盘终于又停了，红色指针指向了一个标着"-2"的蓝色小格子，乌鸦抬头看着，颇为遗憾地抖了抖羽毛："真可惜，全员点数减二。"但很快它又开心起来，歪着脑袋说，"没关系，我们还有下一轮！"

## 02

唐措，两轮过后负债八个点。

第三轮开始，乌鸦依旧在石柱上踱着步，挺起胸脯，摇头晃脑。那戏谑的、傲慢的目光扫视广场众人，似有意无意地在唐措的方向停顿两秒，却又不屑地移开。

"让我们来看看下一轮的惩罚会是什么呢？"它故意拖长了语调，绑架着所有人跟他一同抬头看。

转盘慢慢停了，指针指向一个硕大的黄色格——灵魂大摆锤。

"这又是什么啊？！"池焰抱着脑袋发出了来自灵魂的呐喊，却又不敢大声叫唤。他下意识地靠近唐措，仿佛这样就能获得一些安全感。

乌鸦拍起翅膀："大摆锤好，我最爱大摆锤了！三分钟的极乐时间，你们准备好了吗？"

众人惊慌地四处张望，只见石柱忽然有了异样，黑色的阴影在蠕动，从柱身分离出巨大的黑色摆锤。四十九个摆锤，以石柱为中心开始摆动，方向不一，先后不一，快慢不一，但似有一种奇妙的韵律。

说是摆锤，但那其实跟游乐园里的大摆锤并不一样，它更像法官手中的锤子，只是它很大，大到一锤能把十几个人一块儿掀翻。

“呼——”那摆锤抡起的劲风，隔着老远就能让人觉得脸颊生疼。

“快跑！”

“躲开、都躲开！”

“小心！”

四散的人们拼命躲避，可是刚刚从这里跑开，转头又迎上了另一只摆锤，“咚！”——被摆锤拦腰击中，那人就被撞进了广场外的浓黑里。

有人被吓得跌坐在地，浑身僵硬不能动，只有摆锤的倒影在瞳孔中越来越大、越来越大。

有人连滚带爬，双手抱头匍匐在地上，却侥幸躲过一劫，呼呼的劲风刮得他们耳膜刺痛，举目望去，四处都是摆锤晃动的阴影，根本无处可躲。

“咚！”“咚！”“咚！”——哀鸿遍野，鲜血四溅。

那些已经倒下却未脱离广场范围的，身下便出现跟第一轮一模一样的黑洞，无声无息地将他们吞噬。

时间在流水般逝去，乌鸦却又唱起了欢快的歌——

神灵、羔羊和乌鸦，
一起在悬崖快乐地玩耍。
他们唱啊跳啊，
石头里开出了鲜花。

神灵说，看呀，
它是我的花。
一只羔羊吃了它，
快点走开呀……

池焰已经不记得自己是第几次从地上爬起来了，不断来袭的摆锤让他根本无法停下来思考，只能跑，拼命地跑，脑子里的弦紧紧绷着，仿佛稍有松懈，自己就会被摆锤砸成肉泥。

可为什么会这样呢？！

池焰一个前冲又扑倒在地，大摆锤刮着凌厉的风从他头顶掠过，他一口气差点没喘上来，而背后已是冷汗直流。

西侧方的摆锤又晃过来了，池焰忙不迭从地上爬起来。可就在这时，他看到那个病号服小姑娘就在不远处被人推了一把。那人急着逃命，眼见摆锤过来了，下意识就把身边人推出去挡着，可何曾想过区区一个十一二岁的小姑娘，怎么挡得住一个庞然大物？

“跑！快爬起来跑啊！”池焰也下意识地就想往那儿冲，西侧方的摆锤还没晃过来，身后的却来了。他根本没注意到，当即便被劲风掀了个人仰马翻，在地上滚了好几圈才止住。

他一阵后怕，只差那么一点他就直接被摆锤击中了。而此时此刻，小姑娘像是听到了他的叫喊声，抿着唇，惨白着一张脸努力地从地上爬起来。

她爬得很快，手脚并用，任眼泪在眼眶里打转也没有流下来，可大摆锤已经近在咫尺。

千钧一发之际，一道人影横飞过来，一下把小姑娘撞出五六米远，两人翻滚着落地，堪堪避过大摆锤。

池焰瞪大眼睛，那人正是之前推了小姑娘的那个！

这又是怎么回事？

池焰急忙看向那人飞来的方向，就见唐措若无其事地拍拍手，仿佛随手扔了袋垃圾。感受到池焰的目光，唐措扫了他一眼，也没个特别的反应，转身就不疾不徐地往后走。

走出十步，正好站在两个大摆锤交错的空隙里。呼呼的风吹着的不是他柔顺的黑发，是他独孤求败的忧伤。

“我去！”

池焰心中惊叹，但又仿佛看到了生的希望，左闪右躲地往唐措那儿跑。其实他躲了那么多次，也看出这些大摆锤的摆动是有规律的，可看出来是一回事，真正利用得当又是另外一回事了。跑到半路，他又想起那小姑娘，正犹豫着要不要回头拉她，就发现她那儿似乎特别安全——一个无锤光顾的盲区。

很快有人也发现了这个绝佳位置，纷纷向这里聚拢。

池焰不由得怀疑唐措是不是早就算好了，但此刻不容细想，他咬牙往唐措身边跑，决定先抱大腿。

“大腿”走位风骚，一只手拎着某位倒霉蛋的后衣领将人救下，另一只手还抱着自己的试炼评估报告。倒霉蛋死里逃生，惊魂未定，刚想说“谢谢”，就又被唐措一把摁在地上，额头直磕地面。

大摆锤过来了，裹着呼啸的风从两人头顶掠过。

“哥！救命啊哥！”池焰终于有惊无险地抵达。

“先、先救救我。”倒霉蛋赶紧插话，“我觉得我脑袋磕裂了，救命……”

唐措对此毫无表示，抬头看了两秒，道：“快停了。”

池焰：“啊？”

他抬头看，大摆锤的速度果然开始下降了。见到此情此景，池焰的大脑略微有点卡壳，隔了几秒才想起这游戏有时间限制来着。

三分钟，是该到了。

逐渐慢下来的大摆锤，危险性骤然降低。待它们终于停摆，池焰一屁股坐在地上，心中满是死里逃生的庆幸。

可很快，他又庆幸不起来了。

整个广场六千多人，此时只剩下了稀稀拉拉的一小半。

乌鸦有话要说："游戏还没有结束，你们怎么都坐下了呢？最后一轮游戏，猜猜会有什么惊喜？"

回答它的是一片死寂。

乌鸦很不满，在石柱上来回跳脚："你们真是太不好玩了，一点意思都没有，果然是我带过的最差的一届玩家！"

说罢，乌鸦气得疯转转盘，彩灯再度拉出残影。

"叮！"所有人跟着一颤。

惊魂未定的众人抬头看，屏住呼吸，一颗颗心都跳到了嗓子眼。池焰更是在心里疯狂求中仅有的两个奖励格，一个点数 +5，一个空白格，然而命运在此时给出了答案——

幸运大转盘最后一轮，起点消消乐。

这一次，乌鸦几乎是喜上眉梢，极度贴心地给出了游戏说明："本游戏为消消乐的终极版本，我知道你们在人间老玩这个游戏，怎么样？Surprise（惊喜）！游戏规则很简单，根据你们现在的站位划分位格，每个格子里一个玩家，每一纵列、一横列，无论两位玩家相距多远，只要是抵达此处的方式相同，且中间没有其他玩家相隔，便被消除。由我指定一位玩家作为初始位，如达成消除条件，则被消除。由最近的一位玩家继续攻关游戏，直至无法消除为止。游戏结束后，留下来的玩家进入永夜城。"

"不、这不行！"当即便有人大声反对，其余人也都面面相觑，从对方眼里看到了同样的崩溃和绝望。这世上抵达方式千千万，可他们都是普通人，普通人的抵达方式也就是很普通的那几样。如果真照这个规则来玩，大家都得被消除！

脑筋灵活的，此时已经开始跟周围人通气，企图通过变换位置来保证自己不被消除。可很快他们就发现，自己的腿被定在了原地。

下一瞬，微光从黑石板的缝隙中亮起，将整个广场分割成大小均等的位格。凡是站在位格边缘的，或是几人同站在一个位格里的，都被一股不可抗力推入位格内或以远近强行分入旁边位格，眨眼的工夫，游戏已准备就绪。

乌鸦坏笑着，双翅背在身后，拉长语调："让我来看看，先从哪里开始好呢？"

它看啊看啊，从这根石柱跳到另一根石柱，左看看右看看，几乎绕着广场跳了一周，也没说出结果。

它像是故意的，故意折磨可怜的玩家们，他们越紧张越恐惧越绝望，它就会越开心。

池焰气得牙痒痒，内心崩溃，却仍然不想放弃。他转头看着旁边的倒霉蛋，小声问："大兄弟，你怎么来的？"

倒霉蛋："我熬夜心脏骤停……"

"好巧哦。"池焰对天翻了一个大白眼，差点又当场心脏骤停。但他是个勇敢又善良的好少年，绝不会就此认输，于是又问周围其他人。

其实不用问，排在唐措前面那位一看就是出了意外。池焰还记得唐措说他的抵达方式也是意外。可恶，通杀。

他还不如不问。

"哥，"池焰幽幽地看向唐措，"你说得癌症的概率大吗？"

唐措不解。

池焰："我俩都没有通关可能了，好歹让人家小姑娘通关啊，兴许在那个狗屁永夜城里她的头发还能长。"

唐措："……"

兴许是知道自己即将通关失败，池焰念叨个没完。

唐措觉得他很烦，遂问："你觉得它真的知道我们每个人的抵达方式吗？"

池焰愣了愣："嗯？"

唐措一直在思考一个问题，播报声和乌鸦有什么区别。播报声有很大可能来自铃铛，是这个游戏的系统本身。乌鸦呢，是管理员，还是NPC[①]？

不管是哪个，两者都是有区别的。

乌鸦刚才点出的那些抵达方式，摔倒、溺水、窒息，都肉眼可辨。如果它并非系统本身，不知道所有人具体的抵达方式，那么这局游戏就会变得很简单。

思及此，唐措目光再度扫过站在他周围的这几个人。

正前方相距三格处，意外。

左边相距两格处，病号服，身上无血迹，多半是病重。

右边是池焰，心脏骤停。

后面那位看不出具体原因，但身上亦无痕迹，至少有大半概率不是外伤。

---

① 非角色玩家，是游戏中一种角色类型，"Non-Player Character"的缩写，指的是游戏中不受玩家操纵的游戏角色，引领玩家游戏进行，是游戏的重要核心角色。

“哥，你想到什么办法了吗？”池焰追问。

“你知道怎么骂人吗？”唐措反问。

“啊？”池焰蒙了，挠挠头，“我骂谁啊？”

唐措：“乌鸦。”

池焰登时心领神会，这可能就叫最后的疯狂吧。来都来了，一天内折腾两遍，不成活那就疯魔呗，好歹骂几句表达自己对这狗屁人间的敬意。

池焰一顿怒吼，四川话、粤语轮番骂人，就说酷不酷。

唐措略感失敬，从此对池焰刮目相看。但他觉得这句话还是太长了，像老太太的裹脚布又臭又长，于是把它精简为——“喂，杂毛畜生！”

全场哗然。

乌鸦差点一脚踏空从石柱上掉下来，难以置信地回头：“谁？是谁在说话？！”

唐措举起手：“是我在骂你。”

乌鸦：“你骂谁？！”

唐措：“杂毛畜生。”

乌鸦：“杂毛畜生是谁？你给我说清楚！”

唐措：“你。”

乌鸦怒了，如果说它之前只是在做戏，那么这一次伟大而善良的乌鸦先生是真的愤怒了。它扑棱着翅膀疯狂跳脚，气到头上的毛都在往下掉。

“你竟然敢这么说伟大又善良的乌鸦先生，我要惩罚你！我一定要惩罚你！我决定了，这轮游戏就从你开始，你！就是你！你去死吧！”

熟悉的铃铛声应声响起。

叮——

无法消除，游戏结束！

乌鸦愣住了。

池焰愣住了，在场所有人都愣住了。

游戏结束了？！

“这不可能！怎么可能那么快结束？！”乌鸦飞了起来，在上空盘旋着发泄怒火。但它嚷嚷着，在某个瞬间脸色忽然变得很难看——它明白了。

“你耍诈！你故意激怒我！”乌鸦怒视唐措。

唐措耸耸肩。

池焰后知后觉：“哥，到底怎么回事啊？怎么游戏就结束了？你……你你你不是出意外抵达的吗？！”

唐措当然不是出意外抵达的，如果是这么普通的抵达法，他也不至于是负分。

乌鸦仍旧愤慨难当："你这个奸诈狡猾的玩家，竟然敢愚弄伟大又善良的乌鸦先生，我一定要惩罚你，你——"

叮——

铃铛声打断了它的话——

恭喜各位玩家顺利完成彩蛋游戏——幸运大转盘。

通关人数：2315 位。

让我们用热烈的掌声，庆祝永夜城入城仪式圆满结束！

各位玩家，欢迎回到永夜城！

话音落下，所有人的视线开始模糊，意识逐渐剥离，只有乌鸦气急败坏的声音犹在耳畔："K27216，你这个狡猾的人类，我记住你了！"

## 03

当视线再次恢复时，唐措站在一个陌生的房间里。

房间不大，大约十平方米的地方配备了一张木板床，一个被扇形玻璃门隔开的简易卫生间，一张很小的圆桌配两把椅子。看装修的风格，浴室很现代化，还是干湿分离，圆桌和木板床却透着一股二十世纪上半叶时期的味道，房间的地板也老旧得像是小洋房里的废弃阁楼。

奇怪的风格。

唐措只稍作思考，便快步走到了书桌前，因为这里有一扇彩色玻璃窗。他推开窗往外看，一座陌生的城市跃然眼前。

思考再多不如亲眼所见，而直至此时，唐措才真正有了踏入另一个世界的真实感。

一座巨大的黑色城市在夜幕下巍然矗立，说它是黑色的，是因为这座城市里所有的房子和道路都是黑色的，整个城市的气氛庄严肃穆。但这也不够准确，因为部分房屋的屋顶铺着彩色的琉璃瓦，像一颗颗宝石散落在巨大的城市里。

而且这里灯火通明，隐约的欢闹声从城市的各个角落里传来，好似每一盏灯火亮起之处，都有人影晃动。

这是一座活着的城市。

这里有西方的尖顶高塔，也有中式的层楼叠榭，有古早的马车从前方的黑石板路上穿过，也有充满未来科技感的浮空轨道盘亘在上空。在哐当哐当的声响中，一辆极具重工业风格的蒸汽列车顺着轨道直入云霄，一节节车厢里亮起的车灯像星辰的织带，又像一条腾飞的黑色巨龙。

现在是黑夜，天上没有星星也没有月亮，可唐措的视线依旧很清楚，因为不光街道上有路灯，远处的高塔尖顶上还缀着一枚巨大的发光球体。

那就像夜明珠，而且不止一颗，以唐措目测的结果来看，均匀且规律地分布在城市里。

唐措的房间在三楼，他所处的这一片像是住宅区，西式建筑，且都只有两三层的高度。楼下的黑石街道很长，不时有行人走过，男女老少都有，穿着打扮都挺现代，只是风格有点多样，破破烂烂的布条装、皱巴巴的斗篷、迷彩冲锋衣等等，应有尽有。这丰富多彩的时装秀，唐措只在大型网游的新手区见过。

这就是永夜城吗？

池焰他们又在哪里？

片刻后，唐措又再度把视线投向屋内，很快锁定了门口的衣帽架。那儿挂着一个金色的小铃铛，除了大小不同，跟唐措在白雾空间里看到的那个一模一样。

但唐措不打算理会它，而是直接握上了门把手，往下一压，却推不开。

叮——

铃铛自个儿响了。

下面为您播报永夜城生存指南：请玩家打开系统面板，根据当前人物点数，完成基础设定，限时十分钟。如有疑问，请按 1；如系统故障，请按 4。

生存不易，请珍爱生命。

什么玩意儿？唐措眯起眼，他可从头到尾都没看到有什么系统面板。这个破游戏为什么这么烦？

这么想着，唐措甚至想去床上先睡一觉。

他不耐烦地又在屋里找了一圈，甚至捋起袖子在手臂上找任何可以点的按钮，却一无所获。

或许这破系统是语音的？

“开。”

没有反应。

"Open."

看来也不是英文的。

“去死吧。”

请文明用词，共同创建美好永夜城。

唐措都懒得吐槽，闭上眼睛深吸一口气，再睁眼时却发现眼前多了一面全息显示屏。且无论唐措看向哪里，面板都显示在他的正对面，看来是跟着他的视线走的。

至于开合的按钮，或许是他闭眼的时间，三秒以上？

系统面板跟唐措玩网游时见过的差不多，共分为三个部分，“人物”“技能”“任务”，可互相切换。最下方则是一条独立的装备栏，十个格子，但都是空的。唐措原想伸手去点，可发现自己刚产生这个念头，“人物”界面就自己调出来了。

人物——

编号K27216：唐措。

初始人物点数：-8。

武力：0。

智力：0。

魅力：0。

评级：A。

生命值：——

酌情加点，反悔无效。生存不易，珍爱生命。

唐措：“……”

加什么点？负分往下减吗？

唐措又打开了“技能”和“任务”面板，发现都是一片空白。得，他又调回人物界面，对着这简单易懂的三条加点项，陷入难得的深思。

智力“-8”可能会变傻，魅力“-8”可能会变丑，所以唐措深思三秒，选择了武力“-8”。至于均分，是不可能均分的，唐措拒绝中庸。

叮——

检测到玩家完成基础设置，立刻生成人物形象！

于是“咔嗒”一声锁开了，“咚”的一声，唐措倒了。抵达时的痛苦在瞬息之间回到了他的身上，揪住他的五脏六腑，剥夺他的体力和精力，如潮水般的疲劳接踵而至。

汗水很快就打湿了唐措鬓角的碎发，他缓了口气，也不急着坐起来，重新召出面板扫了一眼。

人物——

编号 K27216：唐措。

当前人物点数：0。

武力：-8。

智力：0。

魅力：0。

评级：A-。

生命值：15%。

绝色多祸害，作死不可取。

任务更新了，但简单到令人发指。

任务——

活着。

唯一值得庆幸的是疼痛虽然回来了，伤口却没跟着一起来，唐措只是虚弱而已。

可房间里没有任何吃的东西，没有换洗衣物，想要活下去，意味着唐措必须走出这间屋子。

哦，不对，唐措也不是什么都没带来，他带来了一本试炼评估报告。

过了一会儿，疼痛有所缓解，体力也有所恢复，唐措从地上爬起，重新拿起那本“板砖”。作为目前仅有的财产，唐措决定带着它，必要的时候可以拿它当武器，而且他看过了，厕所里竟然连张厕纸都没有。

等等，这东西能放进装备栏吗？

唐措心念一动，那评估报告就从手上消失了。他再打开装备栏，第一个空格里赫然多了一本书的图案。

他再试想着把它从装备栏里拿出来，眨眼间，它便又回来了。所以——

它还真算是一件装备吗？

唐措想得出神，蓦地，“咚咚”的敲门声传来——会是谁？

他微微眯起眼，眸中冷光一闪而过。但是很快，这抹冷光就被懒怠压下，他若无其事地上前开门。

“你好。”来人长着一张胖嘟嘟的脸，四十来岁，头发稀疏但笑得和善，身穿一件洗得有些发白的蓝色工装，臂弯里挎着菜篮子，粗糙手掌上的每一个老茧都透露着平凡。

“有事？”唐措态度冷淡。

“你是新来的吧？自我介绍一下，我叫陆文明，就住在这条街，我来是想问问你需不需要帮忙。”中年男人笑呵呵地从菜篮子里拿出一张宣传单塞给唐措，道，“你看看，点数兑换货币，一个点数兑换一万游戏币，很划算。你现在房间里什么都没有吧？这儿可以用游戏币买，有了钱就可以在这儿活下去了。”

唐措拿着那张薄薄的纸，看不出情绪。

陆文明很有耐心，继续说道：“我也不瞒你，不图回报帮人在这里是没有的，但我也就从中收点手续费。我战斗力不行，做别的很难活，你们年轻人就不一样了，点数很快就能再赚。而且新人有保护机制，头一个月只要扣五个点。你现在在我这里换钱，无非就是多交了一点手续费，但我能给你提供点新人指引。”

“指引？”

“你们才刚过来不知道吧？永夜城到底是什么地方，点数怎么用，怎么做任务，去哪里买东西，这些你过段时间也能知道，但早一点知道就多一点准备不是？你看，我也没有隐瞒，咱们开门见山，诚信生意。”

“赊账吗？”

“啊？”

陆文明愣住了，做这生意那么久，还是头一次听到新人开口赊账的。回过神，他眨巴眨巴眼睛，哭笑不得地看着唐措，道：“哪能赊账啊？永夜城从没有赊账这回事。毕竟谁都不知道眼前这人是不是明天就消失了，赊出去的账怎么要回来？不能赊账，只能高利贷，五倍往上翻。”

唐措：“哦。”

也许是唐措的反应跟别的新人实在不一样，陆文明小心翼翼地打量着他的表情，脸上的笑容收敛了一些。

陆文明斟酌着，问：“要不你再考虑考虑？”

唐措：“我考虑好了。”

“你打算买了？”

“不，我打算借。”

下一秒，趁着陆文明还没反应过来，唐措直接扣住他的手将他拖入屋内，关上门，摁在门板上，反剪双手。关门声很轻，唐措在门关上的刹那刻意收了力道。

菜篮子掉在地上，纸张散落一地，陆文明张口惊呼，却被捂住了嘴。

“你如果乖乖配合，就可以活。如果我猜得没错，大家的抵达原因都一样，再来一次，下场应该比上一次更惨。”

“嗯！嗯！”陆文明疯狂点头。

唐措这才松开捂住他的手，但也只是往下移了一点，冰冷的指尖停留在陆文明的脖子上，仿佛只要用力，就能将它拧断。

陆文明冷汗直流。哪个新人刚来这里的时候不是状况百出的，不是根本摸不着头脑仿佛傻子，就是被陌生的环境笼罩吓破了胆，再心志坚定的人也需要适应的时间，稍微哄哄就能上钩，可他身后这位呢？

再回顾刚照面的情形，陆文明气得在心里捶胸顿足。他该在察觉到唐措与众不同的第一时间就离开的，是什么让他抱有侥幸心理呢？

“我、我真的没有骗你，永夜城现在的兑换比例是一比两万，我收了手续费，还要上交一部分，最后到我手里的可能连一个点都没有！新人最后都会去换的，一个点一万虽然不多，但熬过头几天也可以了。我也是个讨生活的，您行行好，别跟我计较……”

“游戏币没用，点数才是硬通货。”

陆文明闻言怔住，因为唐措用的是肯定句，这一瞬间他几乎怀疑唐措不是个新人，出手老辣，还能这么快察觉问题。他紧抿着唇僵持数秒，终于哆嗦着回答：“也不是真的没用……真的！生活用品和吃的大部分还是用钱买的，点数很珍贵，所以钱还是有用的，只是、只是……”

“只是没那么有用。”购买力下降，但比厕纸好。

“对对对，就是这样。”陆文明连声应和，积极配合，“反正你还是要用钱的，我一个点按市价卖给你两万怎么样？一分不赚你，就当交个朋友，不不不，三万！三万怎么样？”

唐措终于放开了他，说：“两万，借三天。”

陆文明重获自由，夸张地抹了把汗。他这会儿也不跟唐措讨价还价了，赔着笑把菜篮子捡起来，从里面掏钱。他一边掏一边拿小眼睛看唐措，待把两沓钱递到唐措面前，脸上的讨好意味快堆成山。

“您数数？”他说。

唐措没答话，看得陆文明心里发毛，捏着钱的手不由得往后缩了缩。可就在这时，唐措却又伸手接了。

陆文明往后缩的手被牢牢拽住，心里咯噔一下，堆着讨好和害怕的脸便立刻露出凶光。转变是刹那的，陆文明松开游戏币，闪电般从中抽出一张卡牌，怒喝一声朝唐措甩去。

“去！”

卡牌在半空旋转，落在眼中却如慢镜头播放，让唐措看清了牌面的内容——塔罗牌，魔术师。

未知的战斗模式，意味着无穷的危险，唐措飞快后退，与此同时手腕一抖，两沓游戏币用力朝塔罗牌扔去。纸币哗啦啦散落开来，却在与塔罗牌擦肩而过时，倏然起火。

如果一张纸币是一团火，二百张就是无数团火。所有纸币无风自燃，下一秒，又倏然壮大，强劲的热浪让早早退开的唐措差点被当场烤熟，甚至还能闻到一丝头发烧焦的味道。

“傻瓜！”陆文明阴沉着脸对唐措竖起了中指，对着火球术来一招天女散花，他就没见过这么傻的死法。

这个新人也不过如此，刚才自己不小心被他擒住，一定是那张小白脸太有欺骗性。明明是个放火打劫的恶棍，长得跟从小在讲台上讲话似的，真周正。

但想归想，陆文明此刻已谨慎许多，抬手召回塔罗牌转身就走，一点不想了解唐措被烧的全过程。然而就在他握住门把手的刹那，一个重物凌空飞来，正中他的后脑。

“咚！”陆文明一头磕在门板上，脑袋差点裂开，疼得他满地打滚。

火球术随着使用者的倒地而直接消散，仿佛刚才的一切都是幻觉。唐措若无其事地走过去，捡起地上的“板砖”，第一次露出了笑容。

他看向陆文明：“愚蠢。”

陆文明疼痛之余怒极攻心，他怎么也没料到唐措竟然能在火球攻击下毫发无伤，这还算是个新人吗？！

他惊恐地抬头，却见唐措身后卫生间的玻璃门敞开着，真相只有一个——

唐措在大火烧身之时，铤而走险地躲进了卫生间。而陆文明又急着走，没等大火蔓进去，于是被当场打倒。

想通了这些，陆文明顿时满脸灰败，知道自己再没翻盘的可能了。论心智，甚至是运气，他都不如眼前这个年轻人。

唐措不是善茬，陆文明对自己接下来的命运毫无把握。

“我只想知道，你究竟怎么怀疑我的？”

“职业病。”

陆文明不可能知道唐措是个侦探，观察一切，怀疑一切。

在这样一座处处透着不寻常的城市里，普通的人都不普通。陆文明看似老实地说出了吃回扣的事，以退为进，想一步步博得唐措的信任，却不知道唐措对此向来吝啬。

陆文明也不知道唐措这一届新人在进入永夜城之前，还因为成绩太差触发了幸运大转盘，经历过一次游戏后，他们严格来说已经不是纯粹的新人了。

他更不可能知道的是，唐措的点数为负，这笔生意从一开始就做不成。

唐措没兴趣解释那么多，调出系统面板一看——

生命值：3%。

您离死亡还有一步之遥。

## 04

距离死亡还有一步之遥的唐措，麻利地搜刮了陆文明身上所有的钱财以及那张塔罗牌，然后剥下他的外套将他捆住。

最棒的收获当数陆文明口袋里的一小包肉干，唐措吃着肉干，去门外走了几步。

门外是一条走廊，左右两侧各有五扇门，唐措开门的时候，右手边第二扇门也开了，一个瘦弱的中年男人探出头来看到了唐措，“你你你”了半天，又惊恐地缩了回去。

那男人身上不干净，看来是刚刚抵达的同届玩家。

站了几分钟，并没有其他的麻烦找上门，唐措又回到屋内，开始审讯。

“真名。”

“编号 J19756，张兴。”

“这里是平行世界？”

“是，也不是。”张兴苦笑摇头，“我刚开始也以为是这样，有人给我评分，审判我的去处。可每个来这里的人都会听到一句话，‘欢迎回到永夜城’。之前的人生就是一场进城试炼，是新手村，是前置剧情，这里才是一切的开始。那你说我们现在到底算什么？根本没法算。”

“进入永夜城，然后呢？”

“活下去。

“活下去，通过攻略游戏任务赚取点数。只有获得足够的点数，你才能重新回到人间进行下一场试炼。在这期间，你每月必须上交足够的点数才能存活。”

这是哪个鬼才发明的筛选机制？

唐措觉得这有点问题，下一场试炼中的他都不是他了，他为什么要为了一个陌生人拼死拼活赚点数？如果一直留在这儿，岂不是能永生？

“如果我不走呢？”

这个问题问出来，张兴却整个人哆嗦了一下，嘴唇泛白：“A 区的精英恐怕都不会有这样的想法，永夜城不是现代社会，这里没有道德、没有法律，只有最基本的生存法则……在这里生活，你每个月必须上交点数，我刚才真的没骗你，新手有保护机制，头一个月只要交 5 个点，我就算再黑心，也不可能让你们一来就被淘汰啊。”

唐措却对此无动于衷。

张兴只得白着脸继续说：“除了点数，还有一个必要条件，就是做游戏任务。哪怕你有足够的点数上交，每个月至少也得做一次任务，不主动去做就会强制触发，逃不掉的。所有的强制任务都九死一生，想要安安稳稳地活着根本就不可能。它就是在不断逼你往前走，后退就是死。”

“A 区又是什么？”

“是这里的区域划分。每个人刚来的时候，系统都会按照你的评级和初始点数把你投放到相应的区域，一共七个区，A 区最强，F 区最弱。”

“这是哪儿？”

“F 区。新人基本都在 D 区往下，F 区最多，我在这儿混了快三个月，也还只是在 F 区打转。想要升上去太难了，而且升上去了，每个月要交的点数也会跟着上升，像我这样的人，呵……”张兴说着说着，就陷入了莫名的颓丧之中。

唐措可没闲心照顾他的心情，该问的基本都问了，这么一个战斗力不强需要靠欺诈新人来赚取点数的中年男人，也不可能触及什么核心。思忖片刻，唐措问：“初始加点，是在原有基础上的加减，对不对？”

张兴愣怔着，点点头。

唐措明白了。在一般的网游中，初始值就是初始值，武力 -8 就代表唐措菜如弱鸡，连新手村都出不了。可事实是，他还是那个他，只是套了个并不致命的 Debuff[①]，所以这里的初始加点只是在原有基础上的增减。

这个原有基础，就是所谓的人间试炼游戏——唐措的前二十四年人生。

不过唐措最感兴趣的还是那张塔罗牌，还有张兴的战斗模式。

张兴的头还在痛，听他这么问，再没了隐瞒的心思。像唐措这样的新人他从未见过，哪怕自己不说，唐措也会很快知道，隐瞒也就没有了意义。

“塔罗牌是在做游戏任务时拿到的，游戏任务里面千奇百怪，什么都有，魔法、武功、异能、各种装备，只要你有办法拿到。但是每个人最后形成的战斗风格都不一样，路数也不一样，我只是个小人物，别说自成一派了，连入门的门槛都没摸到，只能靠塔罗牌这样的道具才能打……”

其实张兴觉得很奇怪，这么一个厉害的新人，为什么会被分在最弱的 F 区，偏偏让他踢到了铁板？

这么一小会儿，因为肉干，唐措的生命值已经恢复到 7%。他站起身来，蹙眉看着身上凝固的血迹，决定先出门购物。

他暂时放过了张兴，却没把人放走，打晕了事。张兴上头还有人，他怕张兴回去搬救兵，到时候再把他房子烧了。

开门下楼，这次唐措没再遇见任何人，一路畅通无阻地到了外面的黑石街道上。街边还有路牌，很常见的蓝色牌子，上面写着：F 区东十字街。

唐措按照张兴给出的路线走，穿过一条马路，人忽然多了起来。

这里很热闹，一块块闪烁着霓虹灯的招牌挂在檐下，街边的窗户都开着，音乐和酒香从里头飘出来，年轻男女脸上的笑意和放肆的打闹看起来跟张兴脸上的恐惧毫无关联。

众人对于身上带血的唐措也没有投以丝毫异样的目光。前头，酒馆的门忽

---

① 游戏术语，是《魔兽世界》等网络游戏，以及《英雄联盟》《DOTA2》等竞技游戏中的游戏术语。对一个单位或多个单位施放的，具有负面效果的魔法，使之战斗力降低。与 Buff 相对，又称为给角色实施的各种减益的魔法效果，降低角色的属性和能力，部分 Debuff 可以被驱散。

主要 Debuff：虚弱、定身、沉默、破甲、缴械、减速（减速术、残废、寒冰箭等）。

然被撞破，嘈杂声中，一场群架正在上演。

有人哭了。

有人在笑。

街边的人还在弹着吉他歌唱，唐措记得他，是曾经的一位十八线小歌手，几年前发生了意外，唐措的一位女同学很喜欢他，还为他买了一束花。

唐措驻足听了几句，觉得不太好听，走了。

超市在三条街以外的地方，像古早时期的百货公司，外墙上挂着二十世纪八十年代性感女郎的巨幅海报。唐措慢悠悠地进去逛了一圈，一双袜子卖一千块，酸辣粉五千，也就是说一个点数只能换四碗酸辣粉。

唐措不信这个邪，跟卖酸辣粉的大妈打听了一下。大妈就喜欢这种长得像从小在讲台上讲话的帅小伙，告诉他现在的兑换比是一比一百万。

因为流通货币不值钱，通货膨胀了。

唐措决定回去就打张兴一顿。

但唐措现在还不急着回去，也不想去寻找认识的同届生。吃饱喝足，在永夜城的街头走一走，路上看见一家古色古香的温泉，他就拎着新买的衣服进去洗澡了。

从张兴身上搜刮来的钱，正好够他泡一个小时。但他不知道的是，就在他舒舒服服泡澡的时候，永夜城中心区的游戏大厅里，正因为他而掀起波澜。

游戏大厅，即任务领取处。

永夜城游戏大厅的规模堪比拉斯维加斯最豪华的赌场，整体呈圆形，大概有两个足球场那么大，高三十多米，全黑钢架结构，镶嵌不规则玻璃晶体，又酷又贵气。而一旦你踏进游戏大厅，眼前的景象又会让你从拉斯维加斯梦回二十世纪九十年代——抓娃娃机、钓鱼、台球、赛车、太鼓达人、格斗机、幸运大转盘、跳舞机等等，从游戏厅出现以来几乎所有类别的设施这里都有。

整个大厅里人头攒动，而此时此刻，许多人的目光定格在大厅中央从钢架顶部垂下的三块巨大虚拟电子屏上。

每一块电子屏都是一张长长的榜单，从一至九十九依次排列，众人此刻关注的那张叫作——乌鸦先生的黑名单。

名单如下：

第一名：A 区，G79081

第二名：A 区，E57456

第三名：B 区，F66666

……

第九十九名：F 区，K27216

“K27216，谁？”

“黑名单八百年没更新了吧，这又是哪儿冒出来的？现在 F 区的都能上榜了？”

“不是哪位 A 区的大佬又被罚回去了吧？”

“A 区有这一号人物吗？”

众人议论纷纷，一个粉毛的小个子灵光乍现：“这个时间段，不会是哪个新人吧？一来就吸引了那么大的仇恨值，厉害啊。”

“怎么可能是新人呢？”

“F 区的新人不吓得尿裤子就已经不错了吧？”

“就是！”

“你们都忘了第一名那位吗？”

“那不一样！人家一来就是 A 区的，能比吗？！况且当初乌鸦先生多喜欢他啊，特权阶级，哪有一来就上黑名单的……”

“嘘！”

说话的人左瞧瞧右瞧瞧，贼眉鼠眼，生怕被别人听见。周围的人似是想起什么，身子一个哆嗦，也都不说话了。

不多时，众人便都散了，唐措带来的波澜也逐渐平息。在这座城里，多的是昙花一现，一个黑名单的吊车尾而已，实在没什么可多留意的。

粉毛游鱼一般在人群里穿梭，饶有兴致地转了一圈，但似乎没看到什么有趣的东西，又兴味索然地走了。看他离开的方向，正是 A 区。

而 F 区的唐措，此刻正在思考。

他好歹也是 A 级的评定，怎么就被分到了 F 区？因为负分吗？这算不算是一种对于负分的变相惩罚？

如果是，那唐措接下来的日子一定不会很如意。按照张兴所说，点数只能从任务中获得，想要在永夜城里直接获得点数，除非去抢。而一旦唐措进到游戏任务里，负分的存在一定会给他带来麻烦。

半个小时后，唐措的生命值已经上涨到 13%，他便回到了东十字街。此刻的东十字街比唐措刚来时热闹许多，不时有人在楼上窗子里探头探脑，惊恐又疑惑地打量眼前的一切；路边也多了些胆战心惊的身影，只需要一只野猫的出现，就能将他们吓得魂飞魄散。

看来被分到 F 区的新玩家数量不少，最差的一届名副其实。

唐措扫了一眼，却没看到池焰，但也不甚在意，穿着崭新的风衣拎着一大袋生活用品若无其事地上楼，一个招呼都不想打。

其余人见了他，有人分明认出来了，却不敢上前打招呼，甚至还有人冲他疯狂摇头。唐措蹙眉，隐约察觉到什么，转身又走了几步，果然——楼道被堵了。

五个奇装异服的青年或坐或站，两个抽烟、两个打牌，还有一个黄毛在把玩手里的铁棍。看见唐措过来，抽烟的粗犷男人挑眉扫了他一眼，语气不善："长得跟个小白脸似的，就是他错不了。"

黄毛随即笑着上前，走路一摇三晃，开口流里流气："等你半小时了，现在的新人倒是心大，刚来就敢抢钱，抢了钱还有闲心去逛超市，都买了什么啊？"

唐措面无表情，懒得开口。

"哟。"黄毛提起棍子正对着唐措的心脏，笑得邪气，"有脾气啊，赶着回去睡觉呢？"

"张兴呢？"唐措问。

"听见没，还关心张兴呢。"黄毛乐呵呵地对左右的同伴示意，而后又道："张兴还在你屋啊，你要不要去看看他还在不在？一个连新人都干不过的杂碎，在哪儿都占地方，要不你加入我们得了，就凭你这张脸，多少人愿意上当啊。"

其余四人哄笑一片，掐灭烟头、丢下纸牌，各自从背后摸出一把怪模怪样的武器，走上前来，眼中的暴戾和嘲讽几乎毫无遮掩。

唐措仍旧面无表情，回头朝街道上看了一眼。三三两两的人躲在不远处，朝这边探头探脑，但没人敢过来。

"你放心，没人会来救你的。"黄毛讥笑。

闻言，唐措只是平静地从超市塑料袋里掏出了一把黑钢剁骨刀，抓住刀柄掂了掂——是想要的手感。

黄毛脚步微顿，抬手拦住他的同伴，盯着唐措，道："你想凭一把什么能力都没有的菜刀跟我们拼？你恐怕还不知道自己来的究竟是什么地方吧，小朋友，不想被整得太难看的话现在求饶还来得及。"

唐措问："还有吗？"

黄毛一阵恼火，这个人、这张周正的脸、这云淡风轻的语气，都正中他的怒点。可他刚想说话，唐措暴起发难。

他快步前冲，只一眨眼便到了黄毛面前，侧身快打，手中剁骨刀拉出残影，"啪——"刀面横拍，一刀就打掉黄毛半口牙。

"哎哟！"被拍飞的黄毛撞得身后同伴人仰马翻，脑袋更似被门夹过，又痛又晕。

什么异能、什么武功、什么招数，此时此刻都成了一团糨糊。

其他人到底还清醒着，伸手抓住武器，嘴里念念有词，就要开打。可唐措的剁骨刀根本没停，他的速度很快，比什么都快，还未等对方的招数使出来，厚重的剁骨刀便迎面拍上。

天下武功，唯快不破。

黑钢打造的剁骨刀，刀身与刀柄是一体的，暗黑无华，只有刀刃处泛着暗淡的金属光泽。并不锋利，但很大、很重。

一刀拍上去，神仙也归西。

新手村白板装备，杀人越货第一选择。

## 05

“砰！”“砰！”“啪！”“嗷！”

“别打了，别打了！”

“我认输！”

“救命！”

楼道里的灯在摇晃，灯光照着墙上的人影，张牙舞爪。叫喊声被碾轧得支离破碎，穿透夜空传出老远，可没人来管。

新玩家们惴惴不安，不是他们太过胆怯，而是眼前的一切超出了他们的想象——有人大胆地冲上前去，想要去救唐措，看到的却是抡得虎虎生风的剁骨刀。

打完了，唐措听着一地哼哼唧唧，问：“还要来吗？”

五人在地上扭动着疯狂后退：“不不不不不不来了不来了！大爷，您是我大爷，是我们有眼不识泰山，您行行好、行行好……”

黄毛更是脸肿得已经说不出话来了，一张嘴还说话漏风，痛苦至极。

唐措又问：“你们上头还有人吗？”

这世道，打了小的来老的，打了老的还有更老的，烦死人。而此时此刻，经过一番激烈打斗后，唐措的生命值从好不容易恢复的13%又降到了5%，一朝回到解放前。

打开人物面板瞄了一眼，唐措不由得黑了脸。

见状，五人没来由地打了个寒战，继续疯狂摇头，没了，这是真没了。他们要不是混得太差，也不至于来这儿欺负最弱的新人。

唐措这才拎起塑料袋，把剁骨刀往里一塞，走了。

等到他的身影终于消失在楼梯转角处，五人连忙爬起来，互相搀扶着夺路而逃。楼里的、街道上的玩家们看着他们的背影，面面相觑。

唐措径自回屋，却发现门窗都开着。进去一看，他用来绑住张兴的衣服已经被撕成了碎片，而据说还在他屋里的张兴不见了踪影。

张兴去了哪里显而易见。

唐措放下塑料袋，走到窗边探出头往下看，正好瞧见张兴顺着下水管道往下滑，别看他身材臃肿，动作倒挺灵活。

跑就跑吧。

诈骗团伙内部要怎么搞，唐措毫无兴趣，张兴要是不跑，他还要发愁怎么把人丢出去。可就在他打算回身关窗时，隔壁忽然传来一道磁性却满含打趣的声音——

“没想到你还挺善良。”

唐措转头，看见一张小丑脸，眉头一跳。

小丑蹲在窗台上，穿着机车靴和风骚的流苏皮夹克，头发偏长，便撩起一点在后面扎了个小鬏鬏，露出额头；脸上的油彩也似是随手涂抹的，上扬的嘴角猩红一片。看到唐措转过来，他抬起一只手，微微歪头：“晚上好。”

唐措眯起眼，这人最起码有一米九，宽肩窄腰，也难为他还能蹲在这直径十厘米的窗台上，轻松自如。

小丑见他不回话，也不甚在意，指了指张兴，含笑说：“在F区，像这样的小团伙最起码有十个，各自占据一片区域。新人被骗光了点数走投无路的不是没有，不愿意上当最后被打服的也不在少数，他们管这叫‘开学第一课’。”

唐措：“所以？”

小丑支着下巴，说：“我在夸你，你听不出来吗？”

“哦。”唐措直接关窗。

他不是很有兴趣跟对方聊天，有这个闲工夫，还不如回去睡一觉。他这样想，也这样做了，回身把新买的床单、被套铺一铺，准备先凑合一晚。

“咚。”什么东西砸到了窗户。

唐措本不想理，可“咚咚”的声音接二连三，他只能再度走到窗前。开窗的刹那，一个东西直袭面门，他抬手抓住，摊开掌心一看——是颗彩色弹珠。

小丑还蹲在隔壁阳台，饶有兴致地抛着弹珠，说：“你真信了他们的话，觉得不会再有人来找麻烦了？”

唐措：“信又怎样，不信又怎样？”

小丑摊手：“确实都不怎么样。但很少有新人像你这么淡定的，我有点好奇，你是怎么来这里的？”

唐措不予回答。

“你不愿意说，那交个朋友怎么样？”小丑说，“这么巧住在隔壁，如果你开口，我可以帮忙。”

“不用，谢谢。”唐措还是关上了窗。

小丑说的话还是提醒了他，F 区很大，确实不可能只有这么一个小团伙。在这样的地方，弱肉强食，黄毛如果守不住地盘，自然会有人过来瓜分。

按照一般的套路，唐措该把他们全部打倒，然后自己做老大，可他对做老大一点都不感兴趣。

“咚”，又来了，唐措脑壳痛。

“咚”，还没完，唐措深吸一口气，再次开窗，微笑：“有事吗？”

小丑：“你生气了？”

唐措：“显而易见。”

小丑：“以前有人告诉过你吗？你生起气来挺好看的。”

“滚。你不是个新玩家。这里每天都有人消失，每天都有新人加入，这样的事情每天都在上演。你应该见过很多，又为什么要帮我？”唐措目光锐利，仿佛一眼就能刺进对方心里，“像刚才一样看戏，不好吗？”

小丑挑眉：“你怎么知道我以前没出过手呢？”

楼下越发吵嚷，越来越多的新玩家爹着胆子走出了房门，此刻正三三两两地聚在一块儿，肆意贩卖恐慌。

老玩家当然也有，但对于这样的场景司空见惯，通常只扫了一眼便兴味索然。

黑色的城市，依旧灯火通明。

唐措和小丑对视着，更像对峙。

一股怪异的感觉突然涌上心头，唐措仔细审视着对面的男人，却摸不清心里这股怪异的源头在哪儿。

“好了，我不打扰你了。”小丑蓦地笑了，“你这么看我，容易让我产生一些庸俗的联想，晚上睡不好觉。”

回应他的是一声无情的“砰”。

唐措觉得自己是有病才在这里跟他鬼扯。

与此同时，A 区。

幽静的花园别墅内，萤火虫一般的悬浮灯沿着鹅卵石路绕整个别墅一圈，风轻轻吹过，它们便晃啊晃地落在树梢上、花叶上，偷偷地，像星星眨一眨眼。一只黑色的机械鸟在路的尽头独自站立，它昂着头，镂空的身体里有颗水晶的心脏熠熠闪光。

突然，一道惊呼从屋里传出，震得所有的悬浮灯都颤了颤，就连机械鸟都改变了昂首的弧度。

“老大他又又又被罚回F区了？！他又在副本里胡作非为了？”粉毛的小个子瞪大了眼睛，为了充分表达自己的惊叹，他甚至站到了沙发上。

对面正在涂指甲的女人手一抖，指甲油就涂到了外头，她幽幽抬头：“你的‘又’字用得有点多啊。”

粉毛摊手：“那不然我用‘叒’？”

女人耸耸肩，继续慢条斯理地涂指甲，很是无所谓。粉毛急了，连忙道：“哎，你怎么那么淡定呢？这都第几次了，他又得从F区一个一个升上来，又不是网游里开小号咯。”

“那你想怎么样？”

“我就是不能怎么样，所以我才急啊！”

女人不急，她一点都不急，抬起手欣赏着自己刚涂好的黑色指甲——嗯，这跟她的头发特别配。

粉毛看见她笑就发怵，黑指甲黑裙子“黑长直”，每天整得跟个暗黑魔女似的，偏偏又喜欢粉色的毛绒玩具，还强迫他把头发染成粉色，漂染漂得他涕泪横流。

“你要是担心，那就去F区找他呗。”

“嘶。”粉毛抱住胳膊，忽然打了个冷战，“他现在肯定还在气头上呢，我可不要去触他霉头。”

“那就好好待着。”

“我待不住啊，老大说好了这周带我一起去做任务的，结果他又被罚回去了！”

粉毛一屁股坐下来，真是又担心又气。他原想说说黑名单更新了的事情，现在又不高兴说了，因为比起突然杀出的第九十九名，持续作死的第一名显然更厉害——厉害到快炸了。

左思右想，粉毛还是决定偷偷去F区探探情况。

永夜城是个极有规矩又极没规矩的地方，摒弃了人间的一切律法跟道德，却又对各区实行非常严格的管辖。除了各区都可进入的中心区，高级区的可以在低级区行走，低级区的想要去高级区，却只能赚够点数升级，或者取得临时通行证。

A区和F区之间只隔着一个G区，很近，但G区是永夜城的监狱，里头住着一个非常变态的典狱长，所以粉毛得先赶到中心区，再从中心区进入F区。

等他赶到的时候，都已经凌晨四点多了。

凌晨四点的 F 区依旧很热闹，失态的新玩家和习以为常的老玩家就像戏里恒定的两个主角，每天都在上演同样的戏码。

粉毛许久没来这种新玩家聚集的地方，难免有些唏嘘。同时他也有点想不通，老大明明已经安分挺长一段时间了，怎么今天又被罚？何况老大答应要带自己做任务，不会无故爽约的。

算了，他想不明白，不想了。

粉毛轻车熟路地避开人群往东十字街走。哪怕是同个区，不同的街道之间还是有差别的，东十字街就是整个 F 区条件最差也最弱的地方，甚至有人曾把这里戏称为垃圾回收场。

靳丞，也就是粉毛的老大，作为黑名单上的第一名，一旦被罚必定会被当作垃圾丢在东十字街，而且每次都在同一间屋子——东十字街包年用户，全永夜城仅此一位。

粉毛一边腹诽一边往前走，到了东十字街，却没有走楼梯，而是直接爬窗。三楼的高度对于他这种 A 区精英来说简直小菜一碟，哪怕他还背着一个大包裹，也是秒秒钟的事情。

“砰、砰！”

“老大！老大我来了！”

“砰！”

“老大！”

粉毛敲窗敲了半天没人应，不由得加大了力道，结果只是稍加用力，“咔嚓”一声，玻璃竟然碎了。他惊恐地看着碎玻璃，又惊恐地望向屋里的人，惊恐地发现——

“你谁啊？”

“你说我是谁啊？”

唐措黑着脸举起了床头的剁骨刀，一刀剁在窗框上，“咔嚓”，剩下的一半玻璃也被震碎了。玻璃碴子就像冷冷的冰雨直往粉毛身上掉，把他的心戳得哇凉哇凉的。

“这位大哥你冷静，千万要冷静，我走错地方了，真的！我现在马上就走！”求生的本能压倒了好奇心，粉毛转身就想往楼下跳，可刚转过头，就看到自家老大从隔壁窗子里探出脑袋来。

“你干吗呢？”他问。

“你干吗呢？”粉毛反问。

“敷面膜啊。”

“哎哟我……”

粉毛一个激动掉下去了，摔了个四脚朝天。

一刻钟后，唐措的房间内，粉毛双手规规矩矩地放在膝盖上，露出了有史以来最乖巧的微笑。其实他也不知道为什么要这样，反正现在的情况挺诡异的。

他，闻晓铭，一个 A 区的精英，在 F 区的一栋垃圾楼里装孙子。房间里坐着两个人：一个是他老大，敷着面膜白得像鬼；一个是位不知名的新玩家，脸色阴沉黑得像鬼。

三人中间隔着一张圆桌，桌面上斜插着一把黑色剁骨刀，在昏暗的灯光里泛着阴冷色泽。

或许这个故事还有新解，叫《两个屠夫与一只待宰的猪》。

## 06

唐措有起床气，非常严重的起床气，会气到什么地步呢？气到刚刚恢复到 8% 的生命值，又跌到 7%，在死亡的边缘反复横跳。

但越是在这种时候，他越能保持耐心，连音量都比平时要轻，处于神经衰弱和暴起打人的微妙平衡之中。

“说吧，你们究竟有什么事？”他问。

我没什么事啊！闻晓铭在心中咆哮，但他不敢说。他不由得把求救的目光投向靳丞，靳丞幸灾乐祸地冲他摇摇头，见他整张脸都垮了，优哉游哉地欣赏了一会儿，才开口。

他双手抱臂靠在椅背上，姿态闲适：“先来说说我们之间的事吧。”

唐措蹙眉。

靳丞问：“编号 K27216，是你吗？”

闻言，闻晓铭莫名觉得耳熟，冥思苦想好一会儿，恍然大悟——这不就是黑名单上出现的新人吗？！

他略感惊讶地看向唐措，唐措却紧盯着靳丞。

唐措：“有问题？”

靳丞：“当然有。此时此刻我本来应该睡在 A 区的豪华别墅里，可就因为你惹恼了乌鸦先生，导致本该顺利完成任务的我——被迁怒，于是我到了这儿。”

唐措：“……”

靳丞：“你这间屋子本来也是我住的，如果你往床底下看，还能看到我上次藏在这儿的一瓶红酒。”

闻晓铭的嘴巴张成了O形，唐措则终于明白刚才的小丑为什么盯着他不放，敢情还有这个缘故。

但那又怎么样呢？

唐措丝毫没有愧疚地说：“哦。”

靳丞想挑个眉，可敷着面膜只能僵着，遂只能用声音表达不满：“‘哦’是什么意思？你不打算负责了吗？”

唐措：“你有证据吗？”

靳丞：“红酒。”

唐措：“就算真的有，谁能证明那瓶红酒就是你的？”

靳丞乐了，跷着腿换了个更舒服的姿势，手肘搁在椅子扶手上，右手支着下巴，就这么饶有兴致地看着唐措，说：“所以你打算要赖？”

“不。”唐措看了眼支离破碎的窗户，微微一笑，“如果你更喜欢这间屋子，我可以让给你。”

靳丞顺着他的话往下说：“我们换了房间，到时候如果有人来找你麻烦，那也会找到我的头上来，对吗？”

唐措反问：“不是你说要帮我？”

闻晓铭彻底惊呆了，这是什么？黑名单榜首和吊车尾的终极对决吗？F区的新人到底怎么回事，这年头最弱的垃圾场里都能出这种人才了？

就在这时，靳丞话锋一转：“我都这么帮你了，真的不交个朋友？”

唐措：“不了吧。”

“为什么？”闻晓铭比靳丞还要激动，一句话就引得两人侧目。他顿时气弱，但还是很顽强地把话说完：“我觉得你们挺合适的，交个朋友，就不要再吵架了好不好？”

靳丞屈指敲敲扶手：“我们在吵架吗？”

你们不在吵架吗？

唐措很无所谓，但不想交朋友，现在只想睡觉。可老天爷偏要跟他对着干，眼见这里的事都快完了，窗外忽然又闹腾起来。

闻晓铭是个坐不住的，当即跑过去看，激动道：“老大，楼下打起来了！”

“打什么呀？”靳丞依旧跷着二郎腿，一点儿挪地方的意思都没有。

“我看看。”闻晓铭又看了会儿，终于大致摸清了楼下的情况，说，“F区好像内讧了。”

“内讧？”靳丞忍不住挑眉，脸上的面膜便立刻发出抗议。他抬手抚平，一抹，都快干了。

闻晓铭继续实时播报：“打得正欢呢，最起码有五六拨人在打架。那个整得跟古惑仔似的我好像听说过，是F区最近势头很猛的一个，看起来是格斗派的，哟，一拳下去轰趴一片，挺像气功的。不过他对面那个枪械师倒是眼生得很，这枪怎么一点准头都没有……哎哎哎哎那帮新人怎么回事？拼得过人家吗？”

他回头看靳丞：“老大我们管不管？”

靳丞这才走到窗边，垂眸看着楼下的场景，神色比永夜城的夜还要冷，又透着股漠不在意。闻晓铭深谙他老大的性子，继续说：“这届新人很怪啊，一个个看起来弱得跟软脚虾似的，竟然还知道反抗。我看今晚这事儿，八成又是这帮犊子盘剥新人的时候搞出问题了。”

闻晓铭这话，几乎正中事实。

黄毛五人组被唐措打跑后，为了自保并未声张。但F区就是个你方唱罢我登场的混乱之地，不知道有多少人在暗地里盯着，不怕没人抢，就怕抢不够。

大家赶巧凑在一起引发群架也是常有的事，可今晚的新生不大对头。往常新生都是吓得躲在一旁，等着被盘剥，谁赢了就归谁。可今天，他们打着打着就发现不对劲了。

“谁砍我？！”

“新人哪来的武器？！”

“拿个菜刀有毛病啊！”

看着楼下吵嚷一片，靳丞又瞟了一眼唐措，勾起嘴角。那些新人多半是在学他，虽然敢于反抗的只有两三个，还很快就被干趴下了，惨得很，但至少有血性。靳丞不耐烦地扯了扯快干掉的面膜，问闻晓铭：“带东西了吗？让他们都给我闭嘴，吵得别人睡不着觉。”

“好嘞。”闻晓铭立刻去开包裹。他从A区带来了一大包裹的东西，里头除了靳丞的换洗衣物和日常用品，还有很多稀奇古怪的小道具。

他拿起两个状似精灵球的东西，大喊两声就往楼下丢：“看球！”

众人被他这一嗓子惊到了，许多人纷纷抬头。

“砰——轰——”双球落地，瞬间炸开的烟雾迅速弥漫整条黑石长街。众人下意识地捂住口鼻，可这烟雾无孔不入，没过几秒，咳嗽声便连成了片。

“咯、咯咯……”

“这是什么东西？！”

“咯、我……”

闻晓铭颇为得意地打了个响指，跟靳丞炫耀：“呛呛蛋第二号，覆盖范围增加到百米，无色无味，通过毛孔渗入，见效快、作用力强，可惜又是个失败品。不过我很快就可以研发到三号了，到时候一定能装进装备栏。”

靳丞不予置评。反正这种除了致人咳嗽外毫无作用的东西，他是死也不会用的。

听听这惊天动地的咳嗽声，比刚才更吵了。

靳丞回头看向唐措，他还坐在椅子上，盯着剁骨刀神色晦暗。他看起来脸色真的很不好，不是单纯心理上的不好，也有病理上的不好。

“你……”正说着，靳丞忽然感觉喉头一股痒意。他立刻想到什么，蓦然回头，锐利目光扫过闻晓铭又最终定格在楼下，“你的覆盖范围是横向的还是全方位？”

“啊？”闻晓铭一下没反应过来，等他反应过来的时候，猛然爆发出一阵剧烈的咳嗽，“喀、喀喀喀我他喀喀、喀喀……”

什么叫搬起石头砸自己的脚？这就是了。

靳丞还在忍，忍着咳嗽，顺便忍着不把闻晓铭从窗户里扔出去，余光瞥见那破窗，又觉讥讽——这窗户可不就是被他和闻晓铭先后打破的吗？

屋子里的唐措也在忍。

忍不了。

“喀、喀喀……”他一只手扶在桌沿，一只手已经摸上了刀柄，紧蹙着眉打开人物面板，他的生命值已经从 7% 再度跌破 5%。

之所以掉得这么快，是因为唐措还有低血糖的毛病。他在夜半时分横尸街头，紧接着又经历了幸运大转盘和暴打诈骗团伙事件，好不容易能够躺在床上休息一会儿，没到一个小时又被人砸破窗户叫醒。

这个世界跟他有仇。

“君子动口不动手。”靳丞一个箭步走到桌边，伸手按住了刀背。他用自以为最真诚、最温和的眼神看着唐措，但在唐措的眼睛里，他敷着快干掉的面膜像个脱皮的鬼。

脑壳疼，看着这样一张脸唐措真的脑壳疼，神经衰弱，喘不上气。他忍着咳嗽，用力拔出剁骨刀，回他一句：“老子动手不动口。”

说时迟，那时快，唐措一刀砍向靳丞肩头。

靳丞脸上还挂着无奈的笑，脚下却没有丝毫马虎，闪身避过、干脆利落，连脸上的面膜都没动一下。可就在这时，唐措忽然抬起左手，厚厚的“板砖”凭空出现，一个重击砸过来，打了靳丞一个猝不及防。

一丝诧异划过靳丞眼底，可他丝毫不乱，以快到诡异的速度避过这记板砖，后仰的同时单手撑在桌沿上，一个侧翻转瞬间便到了唐措身后。

唐措也很快，回身侧踢，腿风凌厉。这叫泄愤，也叫试探。

一个莫名其妙的自称来自 A 区的老玩家，摸不清来历、摸不清性格、摸不清目的，全身上下连头发丝都值得怀疑。

“啪。”靳丞抬手挡住他的侧踢，手腕一转，便扣住了他的脚踝。唐措脸色骤变，因为他在踢上去的那一刻就察觉到了异样——靳丞的胳膊硬得像金属，根本无法撼动。

脚踝被他扣住，唐措此刻就连抽身都办不到了。

“怎么样？还要试吗？”靳丞轻而易举地就猜出了他的目的。

唐措笑了，虽然脸色苍白还冒着虚汗，眼睛却很亮，右腿用力下压的同时整个人往靳丞身上撞。又是一个出其不意，平衡被打破，靳丞被迫松手，两人齐齐往后倒。他们倒得快，起得也快，甚至根本不等触地，手掌一撑就又站了起来——看起来是势均力敌。

可一个气喘吁吁，一个游刃有余，唐措知道自己已经输了。刚才快要倒地的时候，他明明看到靳丞的动作停顿了一下，不像是被迫倒地，而是顺势而为。

他的身体素质、反应速度、战斗意识，恐怕都在自己之上。

这还是在他没有动用任何异能、武技这类外挂的情况下，他是老玩家，又是 A 区精英，真实实力恐怕深不可测。

永夜城，当真是个藏龙卧虎的地方。

唐措有点兴奋，与高手过招又很畅快，可他的脸色越发苍白，越来越强烈的咳嗽再也忍不住，仿佛下一秒就要咳出血来，打开人物面板查看，生命值已剩下最后的 2%，生死一线。

靳丞蹙眉：“你看起来情况不太妙。”

“是啊。”唐措经过刚才的试探，已基本确定他没有恶意，态度倒是比刚才随意许多，随意到快死了才若无其事地问一句，“这附近有医院吗？”

靳丞气笑了。

“闻晓铭。”

“到！”

闻晓铭咳得肺都快吐出来了，还是忙不迭跑过来听候召唤。天知道老大已经多久没有连名带姓地叫过他名字了，忒可怕。

“药。”听听，连说话都开始简略了。

闻晓铭连忙从包裹里掏药，而唐措已经跪倒在地，扶着床沿开始猛烈咳嗽。靳丞眸光渐冷，扫过闻晓铭：“谁让你拿那些实验品？用治疗药剂。”

“好好好！”闻晓铭也是一时糊涂了，毕竟是救人，还是用永夜城正规出品的疗伤药剂才更保险。可他也忍不住在心里嘟哝，以前也没见老大这么紧张过，难道被罚的次数多了他终于决定好好做人了？

手指在空中一划，闻晓铭的手中便凭空多了一瓶淡蓝色长管药剂。他打开塞子刚想给唐措喂下，却不料被靳丞半道截和。

闻晓铭愣住，眨巴眨巴眼睛摸不着头脑。

靳丞却不管他，兀自将药剂凑到唐措嘴边，虽然笑着，但语气冷硬：“张嘴。”

唐措抬起头来，斜眼看他。

靳丞：“你看我干什么，我脸上写着‘药’吗？”

唐措：“你脸上写着‘找死’。”

靳丞：“是你找死还是我找死？”

唐措：“都有。”

闻晓铭眉头一跳，急忙劝架：“两位大哥冷静、冷静，都是朋友，别吵架啊。”

靳丞一把将药剂塞进唐措手里，回头问：“我们吵架了吗？”

闻晓铭闭紧嘴巴，弱小、可怜又无助。他只是个无辜的劝架群众，他什么都不知道，也什么都没看到。

那厢唐措喝下药剂，生命值降到悬而又悬的1%，终于止步，咳嗽也渐渐停了，身体各项机能逐渐回升。

永夜城出品的治疗药剂，效果相当不错。

“多谢。”他重新站起来，神色坦然。

“谢闻晓铭。”靳丞头也不回地走到窗边看了看楼下的情况，道，“吵死了。”

闻晓铭突然被点名，又突然看到他发脾气，简直一头雾水。但长时间的相处让他深谙生存之道，立马响应：“呛呛蛋的杀伤力比我想得要强，楼下那些人再厉害都不过是F区的，现在恐怕都打不起来了，我马上下去处理。”

语毕，闻晓铭脚底抹油，立刻开溜。

此时不溜，更待何时。

可他刚跑出楼道，就又被靳丞叫住：“等等，明天帮我准备一张面具。”

闻晓铭一个急刹车回头：“老大你要面具做什么？”

靳丞站在楼道里，背后房间的门已经关上了。他撕下面膜，随手扔进垃圾桶，昏暗的灯光照得他的身影有些迷离。

“先给我备着，以后再告诉你。

“还有，暂时不要把我在这里的消息透露出去，我打算在这里待一段时间。”

Ⅱ

# 风雪夜归

叮——

检测到新玩家加入，触发优先级，

开启系列任务暴风雪山庄之风雪夜归人。

本轮游戏共八位玩家，目标——淘汰英俊。

祝您生存愉快！

# 07

六个小时的休息后，唐措的生命值恢复到30%就不再上涨，明晃晃的“-8”挂在那儿，无声嘲笑。看样子，只要他一天是负分，就一天恢复不满状态，且永远都是这副快死的衰样。

镜子里的青年脸色依旧苍白。

唐措从超市塑料袋里翻出巧克力豆倒了两颗在嘴里，再把盒子揣进口袋，走到窗边再度打量周遭的情形，发现——永夜城没有白天。

他之所以会这么说，而不说永夜城没有太阳，是因为昨夜的天空中也没有月亮。

此刻的永夜城与昨夜毫无二致，但也许是新玩家们都去休息了的缘故，街上安静许多。唐措打算去游戏大厅转转，先做个任务练练手，顺便把负分清了。

他虽懒怠又会作死，可毕竟不是真的想死，大多数情况下只是没顾得上或不那么有所谓罢了。

他推门出去，隔壁的门几乎同时打开。

“早。”今天的小丑先生没有穿流苏皮夹克，换了套军绿色的工装连体裤配军靴，凌乱的头发依旧随意抓了两把扎个小鬏，高挑帅气，只是脸上又多了块银色面具，遮住了鼻子以上的部分。

唐措点点头，对他并无恶感，也无特别的好感就是了。

两人一同下楼。靳丞双手插在裤兜里优哉游哉地跟在唐措身后，似乎是没睡好的缘故，他还打着哈欠。唐措并未在意，可等他走到东十字街，并且走出一段距离后，发现靳丞还跟着。

“你顺路？”唐措侧目。

“你忘记昨晚的事情了吗？”靳丞好心提醒，“你害我从A区掉到F区，我不光得一级一级再升上去，昨晚还浪费一支药剂救了你一命，不赖着你赖谁啊？”

鬼话连篇。唐措连他一根头发丝都不信。从张兴提起A区精英的语气来看，

A 区的玩家位于整个永夜城战斗力金字塔的顶端，哪怕从 A 区掉回 F 区，相信也可以很快回去。赖着唐措这么一个毫无经验的新人，除了自找麻烦外没有别的好处。唐措也不相信仅仅两个照面，对方就看出自己有多厉害，要跟他交朋友。

至于伺机报复？这就更扯淡了。

不过他愿意跟就跟吧，路那么宽，唐措也管不了他走哪儿。此时大约是上午十点，永夜城虽没有白天，可早点铺子还是开着，就在东十字街的街角。

老板是个瞎了一只眼的中年女人，表情冷淡不甚热络，但做的包子特别香。门口黑板上写着，素菜包子八百块一个，肉馅的一千一个。

“老板，赊账吗？”唐措又没钱了。

“边儿去。”老板回答得很干脆。

靳丞在后面笑，而后在唐措的注视下买了六个包子，三荤三素，但一个都不分给唐措吃。

唐措转头就走。靳丞腿长走得快，几步就又跟了上来，一边吃着香喷喷的包子，一边调侃：“你有什么特长吗？如果有一技之长，或许可以去参加永夜城的特招考试，像刚才那个老板一样开家店，就不用去做任务了。”

唐措：“你可以自己去。”

如果事情那么简单，那大家都去做了，何必在生死之间挣扎。

靳丞笑笑，也不说话了，慢条斯理地吃着包子，中途还停下来买了两杯豆浆和几根油条。唐措可没等他，他看到路边有公交站台便凑过去瞧了一眼，可这车也得付钱才能坐，遂作罢。

这时靳丞又跟上来，晃荡着手里剩下的两个包子，含笑问：“要吗？”

唐措若无其事地接了，丝毫没有芥蒂。

靳丞：“不生气？”

唐措反问：“为什么要生气？”

靳丞：“因为我刚才没有给你，而且这是我吃剩下的。”

“哦。”唐措只专注看着靳丞手里的袋子，“那你剩下的油条和豆浆还吃吗？”

这是外人往往无法理解唐措的一个点。他做事从来不遵循普世的原则，脾气古怪，自成一派。

靳丞把剩下的早点全部递给他，顺手还帮他把豆浆的吸管插上了。他似乎对唐措越发好奇，目光就没从唐措脸上移开。

唐措吃饭呢，哪还管他，何况看就看了，也不会少块肉。

两个包子、一根油条、一杯豆浆，唐措吃了八分饱。大约半个小时后，两人就从 F 区进入了中心区，远远看到了游戏大厅的轮廓。

靳丞也猜出了他的目的地，问：“这里有专门的装备店和药店，新人有折扣，不先去看看吗？”

“不，我穷。”唐措说得理直气壮，走得头也不回。从张兴那儿搜刮来的钱已经用光了，用点数买更是不切实际，最遗憾的是剐骨刀竟然不能放进装备栏。好在他还有一张塔罗牌，塔罗牌是可以放进装备栏的，关键时刻说不定派得上用场。

不过他暂时不打算告诉靳丞。

靳丞也不再废话，两人来到了游戏大厅前。唐措停下来，转头看了他一眼，两人便非常默契地互换了姓名。

“程晋。”

“唐措。”

也不知道这狗屁默契是哪儿来的。

在进去之前，唐措问了最后一个问题：“为什么遮着脸？”

靳丞抱臂思忖几秒，仿佛在思考什么了不得的大问题，微微歪头，答：“或许是因为我脸上有疤？”说着他又笑了，用一种不甚在意的语调说，“我仇人很多的，这张脸又长得太有辨识度，要是被人知道我掉回了 F 区，可不太妙。我虽然不介意动手，但和平一直是我的追求。”

唐措想翻白眼，但忍住了。

游戏大厅里，热闹一如往昔。

靳丞轻车熟路地带着唐措走过一个个游乐设施，也不多介绍，反正就一句话——“这些游戏都挺无聊的，你要夹娃娃吗？里面藏了很多彩蛋，但也有些不太妙的 Debuff，致死的那种。”

唐措当然选择拒绝，而也就是这时候，看到了悬挂在大厅中央的三块虚拟电子屏。正对着他的那一块，正是“乌鸦先生的黑名单”，K27216 光荣吊车尾。

“很厉害嘛。”靳丞也看到了。

“你既然能被乌鸦迁怒，证明你有被迁怒的资本，所以——你是哪一个？”唐措问。

“你猜？”靳丞既不否认也不承认，嘴角含笑。他是真的希望唐措大胆猜一猜，可唐措没如他的愿，兴味索然。

他转头看任务清单。游戏大厅的墙壁，又被称作任务墙，墙面似乎用某种黑色的晶体制成，上面滚动着成千上万条任务，远远看上去，像黑客攻击电脑时产生的数据流。整个大厅人来人往，不时有人走到墙边稍作驻足，神色或凝重或麻木，也有些许松快的，三三两两说着话，而后走入任务墙中。

黑色的墙体泛起波纹，人毫无阻碍地走进去，眨眼间便消失在众人视线里。

“这里的任务都是随机的，人数不定、内容不定、难度不定，但如果同时进去的话，很大概率会被分进同一个副本。在永夜城，几乎所有人最后都会有一个固定队，单枪匹马很容易被淘汰。”靳丞解释道。

“昨天那个就是你的队友？”唐措说着，又灵光一现，问，“不同区的不能一起做任务？”

靳丞抱臂微笑：“是啊，先生，我现在只能跟你这个新人组队了。如果我升不回A区，那我们就只好一起在游戏里同归于尽了。”

唐措挑眉：“你确定我们两个黑名单凑在一起，任务会更好过？”

“看运气。”

“我运气很差。”

“你以为这么说我就会放过你吗？”

“啧。”

唐措其实是好心提醒，因为他运气真的很差。但对方偏要作死，拦都拦不住，那就不关他的事了。而且说真的，他还挺想体验一下这黑名单的效用。

“走吧。”话不多说，唐措直接走进了墙里。入目是一片纯黑，伸手不见五指，甚至连身边的靳丞都失去了踪影。

大约五分钟后，熟悉的铃铛声响起。

叮——

检测到新玩家加入，触发优先级，开启系列任务暴风雪山庄之风雪夜归人。本轮游戏共八位玩家，目标——淘汰英俊。

祝您生存愉快！

画面一闪，唐措发现自己站在一家旅馆的一楼大厅里。

这是一家青年旅社，柜台后挂着旅社的绿色杉树标志。他环顾四周，整个旅社的装修精致又温馨，小巧的壁灯无处不在，暖黄灯光打在白色墙壁上，那里还挂着许多剪贴画和风景照。当然，还有每一个类似旅社都少不了的心愿墙。

旅馆里正在组织包饺子，包括唐措在内，这里共有四人。

时针指向晚上六点。

“这位客人，你要不要来帮忙啊？”服务员是个圆脸的姑娘，说话时带笑，长得很讨喜。

“我不会。”唐措镇定自若，目光扫过余下两人。这两位都穿着不同款式的冲锋衣，一男一女，二十几岁，坐得很近。

唐措跟他们视线相对的那一刻，两人差点跳起来。

玩家无疑。

但这两位显然是认识的，迅速低头说悄悄话。唐措本也不打算跟他们搭话，径自走到旅馆门口，掀开挡风布帘往外看。

旅馆的门是老式的红色木门，可以透过门上的玻璃看到外面的情形。此时玻璃上已经结了冰雪，呼呼的风从门缝里拍进来，寒冷刺骨。

暴风雪山庄，推理作品中常见的一种孤岛模式。唐措在听到系统播报的瞬间就明白了任务的内容——新玩家是他，所以触发的是他的优先级——这恐怕是基于他的职业所生成的内容，目的是照顾新玩家。

唐措是个私家侦探，可在他短短两年的侦探生涯里，其实很少能接触到凶杀案，倒是隔三岔五就会有城里头的猫猫狗狗不慎走丢。

出轨偷情也是很多的，但唐措总会拍到些辣眼睛的照片，久而久之就专注找猫狗了。除了找猫狗，他还办反诈骗。

这年头的老头老太太们不信子女，就信外头的诈骗犯。但比起诈骗犯，他们更信唐措。不是因为唐措口才好，而是因为他长得好，五官英气且周正，俗称“学霸”“别人家的孩子”“他说得肯定对”“爷爷奶奶的心头宝”。

不然他也坑不了张兴。

服务员含着笑意的声音在背后响起：“广播里说是要七天后，等风雪停了，修路的人才能来。原本我合约到期都要辞职下山了呢，就等新员工过来交接，现在也被困在这里走不了。不过不要担心，这儿时常有大雪封山，所以我们旅社不光自备了发电机，粮食也备了很多，就算待上十天半个月也完全没有问题。哦，还有热水，热水管够呢！”

唐措没有说话。

恰在这时，楼上突然传来一声惊呼。

冲锋衣男女警觉地抬头看，却只觉眼前一花，刚才还站在门边的小哥已经跑上了楼梯。两人急忙跟上，到了二楼，发现所有人都聚集在走廊尽头的房间里。

这是一间公共浴室，入门便是两个台盆和一列更衣柜，往里走，是三合板隔开的四个淋浴间。不分男女。

此时此刻，所有人都围在更衣柜前，或神色惊愕或目光沉凝地看着左数第二个柜子。唐措走上前去，发现那柜子里藏着一具尸体——男性，三十岁左右，短发，留有胡楂，穿一件黑色的毛领皮衣，体格精壮，被袭击的手法不明。

再扫过周围的人，加上刚才的冲锋衣男女和唐措自己，一共八人，刚才播报里说本轮游戏共八位玩家，这里已经齐了，那程晋呢？他没有进来吗？

在唐措蹙眉的当口，一个穿着夹克衫、气质沉稳的中年男人从尸体口袋里摸出了身份证。浴室里灯光很暗，但不妨碍他把身份证上的姓名准确读出——“李英俊。”

“英俊？！”一个学生模样留着寸头的男生急忙凑过去看，随即怔住，“这……这次的任务不是说淘汰英俊吗？怎么人已经没了？”

他不由得望向身旁戴黑框眼镜的男生，男生推了推眼镜，说：“暴风雪山庄，绝对不是杀人那么简单。”

两人看着像是认识的。

“没错。”中年男人扫视一圈，道，“敢问这里哪位是新人？大家应该都听到播报了，我们之中有新人，所以触发了优先级，这个副本应该是他擅长的。”

闻言，众人面面相觑，但没有人承认。

唐措本来很笃定，但意外发现这里除了他之外竟然还有一个新人——昨天晚上在广场遇到的红衣女郎。

她正抱臂靠在门框上，对于唐措投来的视线视若无睹，但也没有拆穿唐措。

没人应答，中年男人微微蹙眉。

“黑框眼镜”却没什么特别的反应，立刻检查起了尸体：“后脑有血，应该是被钝器所伤。其他地方暂时没有发现伤口，尸体僵硬，这里温度又低，所以停止呼吸可能有好几个小时了。第一个发现尸体的是谁？”

“那人不在呢。”短发的漂亮女生举起了手，又指了指留了条缝的窗，“他跳窗出去了。”

“还有一个人？”寸头眨巴眨巴眼睛，随即傻瓜点数似的一个一个点过来，问，“这里不是已经八个人了吗？”

女生耸耸肩：“你问我我问谁啊。”

寸头还要再问，可就在这时，一股寒风从他的后衣领倒灌而入，冻得他一个激灵。他蓦地转身，正对上一张戴着银色面具的脸。

那里正是窗户的位置，来人推窗而入，黑色军靴、工装裤，身姿矫健得像猎豹。他抬头时，银色面具上还沾着几片雪花，右手一甩，一个奖杯大的沾着血的铜像便骨碌碌滚到尸体边。

“你找我？”他问。

## 08

十分钟后，所有人聚集到楼下大厅，包饺子。

圆脸的服务员看到尸体差点昏厥，到现在还惊魂未定，自然不能再承担包饺子的重任。但现场除了中年男人外其他都是小年轻，熟练掌握此技能的并不多，就连三位女士也束手无策。

红衣女郎还是独自坐在一边爱搭不理的样子，穿着冲锋衣的姑娘则稍显怯懦，而那个短发的漂亮女生则要活跃得多，一直凑在服务员身边搭话。

最终，中年男人和那两个学生模样的男生接过了擀面杖。寸头一脸探究和凝重地搅动着搪瓷盆里的肉馅，仿佛要把它盯出花来。

“我说，这肉是干净的吧？”他问。

大厅里并不吵闹，他这一句话问出来，所有人都听到了，也都明白——黑店、来路不明的肉类，是常见的套路。

服务员哇的一声哭出来：“你们怎么能这么说呢？”

寸头有些讪讪，求助的目光投向“黑框眼镜”。“黑框眼镜”若有所思，放下饺子皮道：“我去厨房看看。”

冲锋衣男也紧跟着站起来：“我跟你一起。”

服务员更委屈了，短发女趁机问：“你认识那个李英俊对不对？他是谁啊？为什么会躺在这里？”

“我也不知道啊。”服务员小声抽泣着，说，“他是我们这里最好的打柴人，平时的柴火都是他送的，我也不知道他怎么会突然躺在这里。我们这儿可就他一个打柴人，现在他没了可怎么办呀……”

打柴人。

唐措跟靳丞对视一眼，都从对方眼里看到了相同的探究意味。唐措双手插在风衣口袋里，问：“你刚才下去看到柴火放哪儿了吗？”

靳丞：“后院。”

无须多言，两人立刻往后院走。

寸头赶忙问：“你们去哪儿啊？”

两人都没有回头，靳丞摆摆手：“看柴火。”

后院不大，一圈木桩围出了十多平方米的地方，右侧则是一个盖着茅草的杂物棚。呼呼的风吹着，时不时刮下几根茅草落在地上，又很快被大雪覆盖。

从后院出去，就是茂密的山林。这旅社坐落在半山腰的一片缓坡上，前不着村后不着店，附近看不见任何人迹。

杂物棚是没有门的，但因为今天的风是从杂物棚背后刮过来的，棚里并没有落多少雪。所有的柴火整整齐齐堆放在靠墙的位置，上面盖着一层防水油布，而棚子的另一边，是电锯、麻绳、斧子等一干用具。

唐措掀开油布看了一眼，这些柴火有新有旧，一部分堆放在外侧的都像是新砍的。只有一点很奇怪——这些木柴并不干，摸上去有一股滑腻之感，还有一股奇特的若有似无的香味。

“这是什么树？”唐措问。

“不像是常见的品种。”靳丞也蹲下来捡了一根查看，但这木柴的触感实在不怎样，他很快便把它丢开，嫌弃地掏出手帕擦手。

随即他望向后方的山林，道：“如果想要知道，或许得进去看看。”

可无论在什么类别的故事里，都有这么一条定律——逢林莫入。

唐措没有莽撞地跑出去，目光扫过二楼窗户，找到了浴室的那一扇，再顺着那扇窗往下看，地面上雪白一片，已经没有了脚印。

靳丞道：“雪很大，十分钟就能把脚印全部覆盖。”

唐措：“你看见铜像的时候，它被掩盖住了吗？”

靳丞：“铜像就在窗户的正下方，上面只盖了一点点雪。”

也就是说，铜像是在他们发现尸体前几分钟刚被人扔下去的。

思及此，靳丞道：“我每到一个新地方，都习惯先在周围转一圈，所以应该没有人比我更早发现尸体。那么把铜像扔下去的人，要么是那个服务员，要么是隐藏在我们九个人之中的NPC。”

唐措：“他为什么要扔？”

靳丞还在慢条斯理地擦手，闻言含笑道：“这就是你这个大侦探应该思考的事情了。”

他称唐措为“大侦探”，倒不至于是猜出了唐措生前的职业。唐措便也没放在心上，看看四周没有什么特别需要在意的，转身进屋。

去厨房的“黑框眼镜”和“冲锋衣男”也回来了，两人都说厨房没什么异样，冷冻柜里装的都是最普通的猪肉和牛肉。他们甚至还找到了地下储藏室，看到了尚算新鲜的土豆、大白菜和萝卜。

总而言之，除了被藏在更衣柜里的尸体，这家旅社看起来就是一家普通的旅社。众人心中稍安，这顿晚饭吃起来自然也没有什么心理障碍了。服务员依旧惊魂未定，躲回了屋里，冲锋衣女咬唇思量了一会儿，终于爹着胆子主动接过了下饺子的任务。

“我、我去吧。”

不管在什么环境里，热腾腾的食物总是能让人心情愉悦的。大厅的隔壁就是休息室，配备了吧台、台球桌等娱乐设施，还有几张靠墙的小桌子，两间屋子相互贯通。大家三三两两地坐在这里吃饺子，气氛还算不错。

寸头最为活跃，率先做起了自我介绍：“我叫钱伟，这是我同学彭明凡，我们俩一直在一起做任务，成绩马马虎虎，希望大家多多关照哈。”

“冲锋衣”紧跟着开口：“我叫赵平，这是我的同伴李双双，我们是同一届的玩家。”

是同伴，不是女朋友。唐措默默留意。

唐措看得出来，这些人都不是第一次玩游戏，虽有个别很胆小，但都很谨慎，也不慌张。红衣女郎虽说是新人，可她一贯高冷，只吐了个名字——

“瞿丽。”

中年男人看了她一眼，道：“章之逑。”

短发女则带着笑，爽朗大方：“你们叫我安宁就行。”

待唐措和靳丞也自报家门，气氛又冷了下来。唐措正大光明地观察着，却没料到只是多看了几眼瞿丽，就换来对方一个白眼。

靳丞倒是乐了。

钱伟跟彭明凡交换了一个眼神，清清嗓子，道：“所以我们现在……要怎么办？说是淘汰英俊，可英俊已经被淘汰了，我们现在要找出凶手吗？”

安宁说：“你确定凶手现在在我们中间？是那个唯一的非玩家？”

“我可没这样说啊！”钱伟急得要跳起来。

“首先我们得知道玩家里面有没有人拿到了凶手牌，我们究竟算是外来者，还是这个故事里的一员。”彭明凡推了推眼镜，小小年纪却很有头脑，“暴风雪山庄虽然是个推理题，但永夜城的游戏不会只是推理那么简单，接下来一定还会有人被淘汰。”

中年男章之逑点点头：“英俊被淘汰了却没通关，证明他要么没被淘汰，要么他根本不是英俊。”

赵平怔住，随即反问：“可那个服务员也说他就是李英俊，更何况还有身份证能证明，如果他不是英俊，那谁会是英俊？”

他们这里一共九个人，谁会是英俊？是英俊还没出现，还是能“借尸还魂”？

唐措和靳丞全程没有参与，坐在靠窗的茶桌旁，旁边就是贴墙而放的铁艺置物架，摆放着许多书和盆栽。

靳丞从一堆书里找到一盒拼图，拼图盒上印着一幅印象派风格的油画，画着四棵黄昏下的树。他看起来挺满意，哗啦啦把拼图倒了一桌，极其霸道地占了大半张桌子。等到大家讨论完毕，他已经拼好了一个角。

众人讨论的结果是——等，除此之外没有别的办法。

章之逑此时显露出些领导本色来：“我们进副本的时候虽然是上午，但最好还是按照副本里的时间来走，否则容易关键时刻精力不济。现在是晚上了，大家都回房休息，但休息的时候尽量不要落单，可以吗？三位女士睡一间房，其他人至少两人一间。如果发生什么事情，立刻喊话。”

这没什么好反驳的，就连不怎么合群的瞿丽都没有反对。

这家旅社不大，房间多是宿舍风格的上下铺，另有一个单人间和一个标间。男士们把标间让给了女士，其余人也不去争那个单人间，纷纷选择了上下铺。反正大家都可以选择睡下铺，也挺方便。

最终结果是章之逑和赵平一间，两个学生一间，唐措和靳丞一间。

在回房之前，唐措又去公共浴室看了一眼。

李英俊的尸体还是跟刚才一样，肢体越发僵硬，硬得透透的了。靳丞抱臂靠在洗手台前，道："这不太像是 F 区的低端局。"

唐措回头："怎么说？"

靳丞："一般的低端局，新人莽莽撞撞，上来就没，但这样的游戏通常不会很难，情节设置略显粗糙。但这一局的玩家一点都不莽撞，看着水平不错，那个中年男人应该是使枪的，手上的茧子很明显，所以——系统对你的评估应该很高，你到底是怎么被分到 F 区的？"

这话题绕着绕着忽然绕回了唐措身上，他答非所问："你是说，系统触发优先级，根据对我的评估，给我安排的队友？"

靳丞："Absolutely（当然）。"

放什么洋屁？唐措最讨厌别人说鸟语了。

"为什么不能是因为你？"唐措反问。

"因为他们还不够格。"靳丞道。

自恋是一种病。

唐措看他病得不轻，暂时不想跟他搭话，遂直接回房了。房间是随便挑的，墙壁是清新的海军蓝，瞧着倒是不错。

另一边，两个学生的房间里。

钱伟猴子似的挂在爬杆上，绞尽脑汁想着李英俊的事，说："你不觉得那个戴面具的很可疑吗？他最先发现的尸体，最先找到的凶器，还遮着脸，你刚才为什么不让我试探他一下？"

彭明凡反问："那他旁边那个人呢？他们两个显然是认识的，但非玩家只有一个。"

钱伟哑然，隔了好半晌，又一拍脑瓜子："那岂不就是落单的最可疑？那个红衣服的，还有章之逑。"

"落单的也有可能是新人。"彭明凡推了推眼镜，道，"你不觉得奇怪吗？我们进入游戏的时候才上午十点左右，什么新人那么厉害，刚来永夜城还没过二十四小时就去做任务？"

钱伟也终于反应过来，咋舌不已。想当初他们可是拖了一个多礼拜，做足了准备才敢接任务的，多的是新人拖到临界点才被赶鸭子上架。

这次的新人，不简单哪。他（她）会是谁呢?

同样的疑惑也在隔壁上演，但章之逑和赵平初次见面，又都忌惮着对方可能是那唯一一个非玩家，聊了几句便不敢多言。

一夜无话。

翌日，早上快五点半，急促的拍门声打破了旅社的宁静。

“快醒醒！出事了！”短发的安宁一间屋子一间屋子地拍门，如一阵旋风刮过走道，将所有人叫起。

昨晚大家都是和衣而睡的，所以起床的速度很快，短短五分钟便都出现在走廊里，互相询问着到底发生了什么事。

脸色煞白的李双双蹲在倒数第二间屋子的门口，见到大家过来，连忙站起：“不见了！昨天晚上跟我们一起睡的那个瞿丽不见了，一点预兆都没有，我们谁都没发现，一觉起来她就……”

此时安宁又风风火火地跑过来，喘着气说：“楼下也没有。”

章之逑蹙眉：“你们什么时候发现她不见的？”

安宁的脸色也不大好：“醒过来就没见到人了，根本不知道什么时候不见的。”

章之逑：“你们昨晚没听见声音？”

安宁和李双双都摇头，蓦地，安宁又想到了什么，说：“我本来不应该睡那么死的，现在想想，我昨天好像连一个梦都没做。”

钱伟立刻举手：“我也是。”

一圈问下来，昨天晚上所有人都睡得很死，透着一股诡异和不寻常。彭明凡沉思着，余光瞥见站在人群外围的唐措和靳丞，道：“你们也没有？”

靳丞斜倚在墙上，勾起嘴角：“小朋友，你在怀疑什么？”

彭明凡闭嘴不言，靳丞便也笑笑没再说话。

很快众人又把旅馆里里外外都搜了一遍，但都一无所获，甚至连一个多余的脚印都没有，更别说什么血迹。瞿丽就像是人间蒸发了，消失得无影无踪。

快六点，众人再次集中到楼下大厅。

服务员睡了一夜好似恢复过来了，笑着端出了一大锅粥，一边麻利地拿碗来给大家盛，一边宽慰道：“别担心，她可能就是去外面的林子里散步了，我们这边的风景还是很好的，空气又清新。等吃饱了饭大家再去找找，兴许立刻就找到了呢。”

安宁盯着她：“你不是说大雪封山吗？她又为什么会自己跑出去？”

服务员登时有点手足无措，磕磕巴巴地解释着：“我……我也只是想安慰你们，我没有恶意的……”

安宁追问：“那你说，我们该往哪个方向找？”

服务员又说不上来了，小声嘟哝：“我也没去过外面呢，本来都要下山了又下不了，我怎么知道啊……”

闻言，唐措微微眯起眼，觉得哪里不对。

其余人也都从这句话里品出些别的意思来，个个都紧盯着服务员。靳丞倒是老神在在的，捧着粥碗一副看戏的模样。

“啪！啪！”突如其来的声音打破僵局，似狂风拍击门板，叫人心头一颤。

所有人齐齐望向声音的来源，隔着挡风布帘，看不到门外的情形，但能从隐约可见的门缝里看到一双皮靴。

“啪！啪！”一片雪花从震颤的门板缝隙里飘了进来，又迅速化为雪水。

“谁？”钱伟噌地站起来。

李双双紧张地抓住了赵平的袖子。

圆脸的服务员却神色如常，脸上甚至还带着丝笑意。她伸手在围裙上擦了擦，快步走向门口，一边开门一边轻快解释：“应该是打柴的人来了。”

打打……打柴的？

脑袋里紧绷的弦忽然被拨动，钱伟瞪大眼睛，下意识想要上前阻拦，可已经迟了。门开的瞬间，风雪倒灌而入，吹得桌上菜单疯狂翻动。

跟随风雪一起进来的，还有一个高大的男子。三十岁左右，短发、留有胡楂，穿一件黑色的毛领皮衣，背上背着一捆柴，手里拎一把斧子——正是李英俊。

## 09

英俊被淘汰了，英俊又回来了。他笑得憨厚，却不会说话。

众人看着服务员没事人一样把他迎进来，又看着李英俊朝他们友好地点点头，跑去后门放柴火，一直到服务员跑进厨房给李英俊下面，才炸了锅。

钱伟用一连串的“我去”表达了自己的惊讶，大家面面相觑。就在这时，唐措忽然道：“尸体。”

彭明凡倏然色变。

章之逑、赵平等人也反应过来，立刻如炮弹一般蹿向二楼浴室。“咚咚咚”脚步声如雷贯耳，几人冲到更衣柜前打开柜门一看——尸体不见了。

彭明凡立刻去开旁边的柜子，从里面拿出一个铜像，铜像上还沾着血。尸体不见了，可是铜像还在，这是为什么？

赵平的脸上挂着显而易见的担忧：“所以这个英俊会复活？他昨天晚上复活过来把瞿丽杀了，然后一大早又没事人一样从大门进来？”

章之述道：“应该不只是这样，那个服务员怎么说？”

安宁恰在此时进来，听到他的问话，答道：“我问过了，那个叫小圆的服务员，根本不记得昨天李英俊被藏尸在更衣柜里的事情了。她说李英俊每天早上六点钟都会来送柴火，昨天还来过，不会有错。”

“《忌日快乐》。”彭明凡忽然念叨了一句。

“什么？”钱伟问。

“一部电影，讲一个女大学生被人杀死之后又回到死亡当天的早上，陷入循环的故事。”彭明凡说着就往楼下走，他记得柜台后面的墙上挂着万年历。

他跑得很快，不一会儿就又回到了楼下，可死死盯着那万年历，却发现时间是在往前走的。

昨天他们来的时候墙上显示的时间是 12 月 21 日，今天是 12 月 22 日。

可如果不是循环，又怎么解释李英俊离开又返回，小圆却不记得的事呢？这是一个推理副本，出现的一切不该只是为了营造恐怖氛围那么简单。

彭明凡一时想不明白，余光扫过跟下来的钱伟等人，蓦地发现唐措和靳丞不在了。他连忙问两人去了哪儿，众人却都在摇头。

最后是李双双怯怯地指向背后：“我刚才站在后面，看到他们往后门去了。”

唐措和靳丞再次来到了杂物棚。

李英俊正在这儿码柴火，把新打来的木柴整整齐齐地码上去，又取了些旧的放在箩筐中。天气虽冷，但他手脚麻利，一看就是经常干活儿的人。

此时天色刚亮。李英俊把箩筐抱起，回身看到唐措二人，便笑着跟他们点头打招呼，明明是个高大魁梧的汉子，一举一动间却透着股傻气。

“你的柴火要抱去哪儿？”唐措问。

“啊、啊。”李英俊不会说话，伸手指着厨房的方向。他似乎是想告诉唐措这些柴火要用来做饭和烧水，可比画得总不太准确，因此有些着急。

唐措等他比画完，又问：“你的柴火是什么时候打的？”

李英俊指了指天又“啊啊啊”一通比画。

唐措：“晚上？”

李英俊点头。

白天挺尸，大晚上打柴，可以，昨天躺着的那个就是你了。

“可以带我去看看吗？”唐措问。

这一次李英俊却在摇头，一边摆手一边摇头，全身上下都写满了拒绝。他似乎想表达外面很冷，又很危险，极力想打消唐措的念头。

唐措再问他打柴的事，他也只反复地做劈柴砍柴的动作，什么都说不出来。

交流无果，唐措目送李英俊离去，又转身走到了厨房的窗户外。厨房里的小圆正哼着歌在做菜，突然看到外头那大到迷人眼的风雪里出现一张脸，尽管那张脸很帅，依旧吓得她差点切到手指。

“客人你怎么跑外面去了？”小圆隔着玻璃惊呼。

“吹风。”唐措答。

小圆好心地提醒他小心着凉，然后笑笑，竟又若无其事地低头做菜去了。她在做面条，切了大白菜和牛肉在里面煮，比早上煮给客人们吃的白粥看起来美味得多——不是黑店，胜似黑店。

唐措和靳丞回到大厅，所有人都在。

章之逑看过来，问：“你们去哪儿了？”

“去看柴火。”唐措若无其事地坐下，自己给自己倒了杯水，说，“李英俊说他在晚上砍柴，砍柴的地点应该离这里不远，我想去看看，有人要去吗？”

钱伟：“是不是还能找一下瞿丽？她可能只是失踪，说不定正在哪里等着我们去救呢。这天寒地冻的，晚去一会儿说不定就真没了。”

赵平：“这……”

有人跃跃欲试，有人犹豫不定。

李双双紧张地攥着衣角，目光扫过同为女性的安宁，却见对方眼睛亮得很。她站起来，说：“我支持去外面看一看，服务员说大雪封山了，可李英俊既然能砍柴，说明还是有路可以走。哪怕不能走到外面去，那砍柴的地方也应该属于副本范围，说不定会有什么线索。”

顿了顿，她又加了一句：“人不见了，我们总不能不找。”

这时，靳丞忽然插话：“其实不用这么麻烦。”

彭明凡投去视线：“什么意思？”

“淘汰英俊啊。”

“嗯？”

钱伟灵光乍现：“对啊，这游戏任务不就是淘汰英俊嘛，现在英俊还在，我们把他淘汰了不就行了？之前英俊被淘汰了，我们却没能通关，说不定是因为那一次不是我们杀的，所以不算呢。”

章之逑表示赞同："最重要的还是通关。"

"那你们杀人，我出去看看。"唐措并无不可。

钱伟莫名从这话里感到一丝寒意，这哪里来的大兄弟啊？说起"杀人"两个字云淡风轻的，好像是宰猪。

他悄悄扯了扯彭明凡的衣服，正要说话，便听章之逑沉吟着又做出了安排："那我们分头行动，不管要不要杀，旅馆里都得留人看着李英俊和小圆。每个组留一个，怎么样？"

章之逑说得在理，其余人都没有异议，但钱伟还是小声犯起了嘀咕。彭明凡见状，给他使了一个眼色，随即说："我留下来，钱伟跟着去。"

赵平和李双双搭档的结果则显而易见，李双双太过胆小，战斗力看着也不行。当然，这是F区的副本，多的是惊慌失措、鲁莽冲动的人，李双双只是胆小了一点，也没什么。

"那我去吧。"安宁似乎浑然不怕，漂亮的杏眼毫不避讳地盯着章之逑，"就剩我俩落单了，我去，你留下。"

章之逑没有异议。

钱伟忍不住提醒她："外面风雪那么大，很危险。"

"是啊。"靳丞蓦地插话，却抬眸盯着唐措，面具下的眼睛含着笑，"要不我出去，你留下？"

唐措抱臂坐在茶几上，目光扫过他桌上又重新铺开的拼图，直截了当地问："拼图不好玩吗？"

靳丞耸耸肩，表情很是无辜。

人员安排就这么定下来了，唐措、钱伟、赵平和安宁四人外出查探，其余人留在旅社里看着李英俊，制订杀人计划。

外出前，众人又把旅社搜刮了一遍，找来了军大衣、指南针、登山绳、手电筒和一干应急用品。但猛还是唐措猛，直接从杂物棚那儿抄来了一把小型充电式电锯。

钱伟瞪大了眼睛："大哥你干吗？"

唐措自顾自地把电充上，确定这电锯本来就是满电的，这才若无其事地按下开关试试手感。轰鸣声中，他回头看向钱伟："打柴啊。"

打柴你别把电锯对着我啊！

钱伟忍不住对着彭明凡疯狂眨眼睛——你确定我跟着他出去会没事吗？

彭明凡看了眼章之逑，隐晦地比了个枪的手势。钱伟明白了，枪比电锯杀人快多了，留在哪儿都不见得安全。

他们之中可还有一个非玩家呢。

“两个小时内一定要回来，如果遇到什么紧急情况就发信号。钱伟那儿有能发信号的东西，只要他发出来我就能收到。”

在彭明凡的叮嘱声中，探索小分队一头扎进了风雪里，快步前行。只有唐措回头看了彭明凡一眼，他觉得——彭明凡最后那句话是说给他听的。

钱伟身上有收发信号的东西，关键时刻可以救命，所以至少要保证他的安全。

探索小分队是挑着风雪最小的时候出门的，可饶是如此，刺骨的寒风和漫过膝盖的积雪还是让他们的速度慢得像龟爬。

唐措走在最前面，风衣外头军大衣，头上再戴一顶雷锋帽，背着大红电锯和登山包，造型时尚。安宁和钱伟走在中间，赵平殿后，三人一路走一路喊着瞿丽的名字，可惜无人应答。

旅馆前面是一条下山的小路，李英俊是从这个方向来的，如果瞿丽自己跑出去，也应该往这边走，而不是冲进后山那片一看就阴森可怖的林子里。

可是走着走着，四人便发现小路通向了一片茂密的黑色树林。因为下着雪，天色很暗，那林子也瞧着阴沉沉的，树冠仿佛和天接在一起，沉闷、压抑。

“这是李英俊打柴的地方？”钱伟觉得不太妙，“他大晚上在这种地方打柴？”

赵平则又大喊了几声瞿丽的名字，喊声大得旁边树梢上的雪都被震落了，可依旧没有应答。他缓了口气，忍着哆嗦道：“这里很不对劲，一只鸟都没有，天又冷，气温降得太厉害了，我觉得我们还是不要冒险。”

唐措还未说话，安宁就出言反驳：“都已经走到这里了，怎么能掉头回去？”

钱伟也冻得很，看着前面的林子有些发怵，但安宁说得没错——都走到这儿了，以任务一贯的尿性，如果瞿丽还活着，那多半在林子里。

不论是死是活，总得找到她，否则大家就像个没头苍蝇似的，这游戏没法玩。

“唐哥？”钱伟已经用上了敬称，盖因这位姓唐的哥们儿明明脸上都冻得毫无血色了，竟然还步履如飞，不打一个哆嗦。

唐措没说话，径自往前走。

钱伟和安宁连忙跟上，赵平总不能自己一个人回去，看着还是个小姑娘似的安宁都大步往前，他狠狠抹了把快要冻僵的脸，也艰难跟上。

风雪越来越大了。

与此同时，青年旅社内，留守四人组还在讨论淘汰英俊的一百零一种方法。当然，严格来说只有章之逑和彭明凡两个人在说话。

两位男士本不对李双双抱什么希望，至于靳丞，脸上明晃晃地写着“不合群”三个字。

而被讨论的主人公李英俊，此刻正坐在厨房门口的小马扎上吃面。只要有人看过去，他便憨厚地笑一笑。

这已经是他吃的第三碗面了。

正因为如此，彭明凡得出结论：“下毒最简单。”

章之逑点头，但又道：“他都能返回，下毒真的能淘汰他？”

“要试过才知道。”

“你有毒？”

彭明凡很想反驳这句话，但他确实有毒，便只点头，没细说。永夜城的小道具五花八门，光毒药品种就有上千种，中西荟萃、博古纳今。

打听别人的装备是不道德也不受欢迎的，章之逑明智地没有多问，但提议：“这个毒让李双双去下，她是女生，可以更好地接近服务员，方便下毒。而且只是下毒，她应该可以胜任。”

彭明凡没说话。李双双骤然听到这个提议，神色抗拒，下意识看向门口，可赵平他们还没有回来。她真的想拒绝，因为见过太多人贸然动手被淘汰了，可章之逑说得又好像挺有道理，她也不可能真的什么都不做，坐享其成。

沉默片刻，她咬咬牙，刚要开口说话，却被彭明凡打断。

“先不急吧。”彭明凡推了推眼镜，“万一她失败了呢？李英俊可是这个副本的 Boss[①]，如果他暴走了，我们这里只有四个人。”

章之逑神色不变，道：“我只是觉得下毒比参与战斗简单得多，让李双双去做这个，并不是在害她。”

彭明凡不予置评。

李双双忧虑重重。

靳丞还在拼拼图，他还是觉得拼拼图更有意思，时而也看一下窗外，感叹着唐措什么时候回来——怪无聊的。

此时的唐措正在伐木。电锯开到最大功率，轰鸣声中，木屑与雪花齐飞。钱伟从没想到当个伐木工人还能这么帅气，操着电锯大开大合，末了抬脚一踹，“咔嚓”，断裂的树干砸乱一地白雪。

---

① 在国内玩家口中代称为“老怪”“大头目”“老王”等。在各类游戏中出现的体形大、难缠、耐打、有专属技能的敌方对手或者 NPC 怪物，统称为 Boss，简称 BB（不要与宝宝弄混了）。一般这类敌人级别较高，被消灭后会掉落各式各样的稀有游戏道具，甚至触发重要的游戏剧情。

唐措面不改色。

如果这个游戏只是比赛伐木就好了，钱伟由衷期盼。

“你们有没有听见什么声音？”安宁忽然道。

“什么声音？”钱伟和赵平纷纷抬头，唐措则还在检查他砍下的那棵树。这片林子里长的都是这种树，黑色的，扭曲、怪异。因为是用电锯砍的，树的切面很平整，摸上去却有种滑腻之感，暴露在空气中后，还会散发出淡淡的奇特香味。

唐措把手指放在鼻下细闻，仍旧说不出这是什么味道，但毫无疑问李英俊砍的就是这种树。

“真的有声音！”赵平终于听到了，而很快钱伟也听出了这到底是什么声音。三人齐齐色变，安宁大喊道：“有怪物，快上树！”

好在这里到处都是树，而且因为长得奇形怪状，攀爬难度锐减。三人分了三个方向爬上大树，再一回头，心脏差点从嗓子眼儿里跳出来。

两只直立起来足有五六米的巨大黑熊形态的怪物笔直地向他们冲过来，有树挡道便一巴掌拍断，所到之处犹如狂风过境，寸草不生。

“咚咚咚”，大地在震颤，怪物狂吼着，血盆大口可怖瘆人——跑！！！

废话不用说，三人立刻弃树逃跑。这么大这么高的怪物，上树根本没用，人家多撞几下就什么树都倒了。然而三人逃了之后才发现，砍树的那位猛人竟然老早就跑了。

你跑那么快做什么？！

都怪你砍了树！

熊大和熊二都来了！

钱伟在心中咆哮，狂风刮在脸上如刀割，听着越来越近的怪物吼声，连忙用上装备——足力健跑步鞋。

这鞋其实没啥特别的用处，就是跑得快，每跑一步鞋底还会发光、奏乐，百大怀旧劲曲，任你挑选。

“爱的是非对错已太多，来到眉飞色舞的场合……”

赵平一个趔趄差点扑倒在地，幸亏安宁及时路过拉了他一把，两人化险为夷地从怪物掌下逃脱。他狠狠瞪了钱伟一眼，继续拔足狂奔。安宁看起来用的是技能，轻灵地从这棵树跳到下一棵树，曲线行进，但速度很快。

赵平则要狼狈一点，没有这些逃命的技巧，但有异能。

幽蓝的光芒在赵平掌心汇聚，风雪打着旋儿凝成一个大雪球，并还在急速扩大。赵平一边跑一边咬牙发力，说时迟，那时快，他一个急刹车稳住身子，双手举过头顶将雪球向后砸出。

“砰！”雪球砸在其中一只怪物的身上，将它稍稍阻挡。可另一只怪物依旧还在向前冲，它看起来更愤怒了，仰天长啸，让赵平差点又一个趔趄。

此时唐措已经落到了最后，而这也是他要先跑的原因。

他是菜鸟，纯正的菜鸟，庆幸的是他很会打架。

怪物咆哮着扑过来时，钱伟等人才刚发现唐措跑最后去了，光顾着惊愕，根本来不及救援。而在这千钧一发之际，唐措竟然不退反进，在拼命逃跑没有任何减速的情况下，伸手揽住侧方树干，迅速绕树折返，而后一个贴地滑铲从怪物胯下钻过。

“轰——”怪物扑上，力道大得直接将树拍倒，可唐措已然到了它的身后。

“咯、咯……”一口冷风灌得唐措忍不住咳嗽，脸色稍显苍白，但他片刻也没耽搁，迅速从地上爬起，一边跑一边从登山包里取出绳索，飞速系圈，扬手一甩，正中五米外冒出雪地的半截树根。

这一手套圈技能看得其余三人目瞪口呆，而就在这时，怪物已经再次反扑。唐措亦再次转向，在怪物如闪电般扑来的瞬间，毫不顾及形象地打滚避过，同时用力收紧手中绳索。

“唰——”绳索瞬间绷直，恰好绊住怪物迈开的右腿。

怪物虽体形巨大、速度很快，但身手并不灵活。从它们横冲直撞只会前扑的架势来看，智商就不怎么高。

一根小小的登山绳或许只能挡它一下，但只要这一下就够了。

失去平衡的怪物轰然倒地，愤怒的它冲着唐措露出了獠牙，双掌用力挥舞着，几乎要刮到唐措的脸上。用不了几秒，它就又能从地上爬起，把这个可恶的人类撕成碎片。

然而这个时候，唐措的手里忽然出现一块“板砖”，不，准确来说是一本书，趁着怪物张开血盆大口向他扑来的当口儿，狠狠送进它的嘴里。

“嗷——”坚硬的书角磕到口腔内壁，瞬间划拉出伤口，卡入喉咙，激得怪物双眼猩红，双掌乱舞，几欲疯狂。唐措因为靠得太近，被一掌拍在背上，砸入五米外的雪地里。

“咯、咯咯……”他咳着血动了动，全身骨头快要散架。

另一头怪物却在此时赶到。

“唐哥！”好在钱伟三人终于姗姗来迟，各显神通合力将它拦下。而那只被试炼报告卡住喉咙的怪物，正疯了似的把爪子伸进嘴里，企图把报告书抠出来。

唐措便在这时抬起手，一个响指，“砰——！”

怪物炸开了，震耳欲聋的爆炸声几乎将怪物的惨叫淹没，爆炸产生的余波大得将所有人震飞——塔罗牌，魔术师，火球术。

评估报告里夹着唐措从张兴那儿搜刮来的牌，上百个小火球被压缩在狭小的空间内迅速爆炸，简直完美，唯一不完美的是唐措的生命值——5%。

建议您直接自杀。

## 10

唐措，一个在死亡边缘反复横跳的男人，今天也顽强地活了下来。

钱伟、赵平和安宁从地上爬起，看着另一只怪物夺路而逃，一个个目瞪口呆，再转头看看周围的场景，洁白的雪地上铺着一层东西，远看似梅花，近看是五花，脚边还有怪物手掌半个，搬来烧烤架就可以立马开张。

目之所及，无处下脚。

“我的天！”钱伟惊叹过后，发现唐措躺在地上一动不动，忙不迭跑过去，哆嗦着手去探他鼻息。

唐措睁开眼冷冷看着他。

钱伟讪讪地笑：“我手贱、手贱。”

最终钱伟和赵平合力将唐措扶起，唐措没有药剂，便往嘴里塞了几颗巧克力豆，总算没一口气背过去。其余人倒不是不想给，而是看他这么厉害，以为那巧克力豆就是药丸，压根没想到他竟然是个穷光蛋。

“我已经给彭彭发过信号了，这里太危险，我们还是回去吧？”钱伟道。

“我赞成。”赵平连忙应和。

安宁这次也没反对，那怪物太厉害了，谁知道林子里会不会藏着更多。而且他们闹出这么大动静，也没看见瞿丽半个身影，她多半不在这里或已经被淘汰了。

唐措没发表意见，因为他的目光都被不远处雪地里露出的一个书角吸引住了。他放开扶着钱伟的手，径自走过去将之捡起——是试炼评估报告，且完好无损。

安宁看到了，眨巴眨巴眼，好奇且大胆地问：“这是什么？”

钱伟：“显而易见这是一本试炼评估报告，我们每个人都有的那本，上面记录着我们的生平。”

赵平：“……”

这么厚吗？！

唐措就知道会得到这个反应，面无表情地把它收好，又面无表情地从地上捡起一颗怪物牙齿。放在手里掂了掂，揣进兜里。

安宁、钱伟、赵平：“……”

算了，他们还是不问比较好。

四人按原路返回，走了十来分钟，唐措又停下。

赵平蓦地又升起不祥的预感，问："怎么了？"

唐措平静道："方向不对。"

闻言，安宁连忙掏出指南针，指针明明确确指向他们来时的方向。她微微蹙眉，直觉告诉她唐措不会无的放矢，可指南针又是怎么回事？

"电锯。"唐措又道。

三人这才反应过来，刚才怪物突然杀出，电锯被遗落在砍树的地方，可他们回头都走十来分钟了，电锯呢？

不光是电锯，他们砍过的那棵树呢？

"鬼……鬼打墙？"钱伟只觉得自己的心比手脚更冰凉。

"有可能。"安宁点头，举目四望，"这里的树基本都长得差不多，太阳又被遮住了，我们本来就很难分辨方向。刚才被怪物那么一闹，我们随便选了个方向跑，更乱了。"

赵平："那现在怎么办？"

唐措看了他一眼，没说话。

赵平快冻死了，看到他一脸快死的病样还这么平静，心里恨不得有一千个小人抓着他疯狂摇晃——大哥你倒是说话啊，刚才不是很猛吗？！

唐措是猛不起来了，都快完了还猛什么？能不说话就不说话，彻底进入节能模式。

倒是安宁眸光微亮，猛然抓住钱伟问："你跟那个彭彭发信号的时候可以定位吗？他们能找到我们吗？"

钱伟也喜上眉梢："可以啊！你说得对，我们出不去，但他们可以进来。从出发到砍树差不多过去四十分钟，那我们再等半小时就够了！"

节能模式，closed（关闭）。

"发信号，能告知具体情况？"唐措问。

"啊，这个不行哦。"钱伟挠挠头。

唐措微笑，钱伟看得心里发毛。

安宁反应过来，一巴掌拍在他肩上："不行，他们要是不知道情况就进来了，什么准备都没做，下场就是跟我们一起被困在这里。"

"你打我干吗？！"钱伟揉着肩，痛死。

紧接着，钱伟给彭明凡连续发送了三次信号。这是他跟彭明凡约定好的，如果情况有变不宜前往，就发三次信号。

随后他们又做了好几次方向测试，发现无论他们怎么走，指南针都坚定地指向回去的方向。三人面面相觑，不由得望向唐措。

唐措缓口气，又倒两颗巧克力豆在嘴里，站起身来："走。"

探索小分队继续前行，这一次他们走了足足半个小时，依旧在林子里打转。寒冷渐渐剥夺了他们的体力，就连钱伟、赵平这样经历过好几次游戏任务的人都有些吃不消，更何况生命值只剩5%的唐措。

这么一段路走下去，他的生命值从5%变成4%了。

好在天无绝人之路，四人走着走着，竟然看到不远处有栋房子。钱伟激动坏了，大步流星地跑上前查看，这看一看，那看一看，惊讶回头："这不就是我们住的旅社吗？！"

唐措定睛一看，绿色的屋顶、杉树标志，还有后院里熟悉的杂物棚，可不就是那家青年旅社。

他们从前门出去，又从后门回来了。

等等——

"屋里有情况。"唐措隐约瞥见窗口有打斗的身影，一个箭步从林中冲出，甚至顾不上开木栅栏的门，直接侧翻进去，又快又稳。

可没等他冲进屋里，一个身影便破门而出。破碎的门板冲着唐措的面门飞过来，他侧身避过，抬头看——被打出来的是章之逑。

章之逑狠狠地砸进雪里，爬起来时，眸中阴冷一闪而过，但注意到了唐措和后面赶来的三人，抬手抹了一把脸，喊道："Boss暴走了，快帮忙！"

唐措却反而退了一步，神情淡然。

"你什么意思？"章之逑蹙眉。

这时，屋里的彭明凡快要坚持不住了。他气喘吁吁，手上拿着一把枪，但准头极差，堪称人体描边大师。但每次李英俊的斧头快要砍到他身上时，都会莫名停顿一下。就是这诡异的一个停顿，让他迅速避开。

彭明凡"左冲右突"，眼看速度越来越慢，钱伟快步赶到。

章之逑也再度加入战局。

唐措看得分明，钱伟是个使剑的，身手还算灵活，但剑术不佳。章之逑很会用枪，那枪的枪管很长，子弹打在椅子上能直接崩出一个大洞，不像是市面上常见的款式，不知道是不是永夜城特供。

"去院子里！"彭明凡大喊一声，率先转移。

此时赵平和安宁也出手了，几人合力，终于在李英俊恐怖的斧头攻击下将人引到了后院。

程晋呢？

程晋在屋顶。

唐措抬头找到了他，恰好看见他从屋顶跳到杂物棚上，降落的瞬间弯弓搭箭、瞄准、射击一气呵成。

“咻！”纯金属的长箭如雷如电，精准钉入李英俊的脚板，将他定在原地。

“咻！”又是一箭，刺破手掌，破除武器。

“啊！！”斧头脱手，李英俊痛呼着跪倒在地。安宁见状，抬手祭出一个红色的网兜，当头罩下，只见红光乍现，那网兜倏然缩小，紧紧包裹住李英俊，令他挣脱不得。

大功告成。

安宁拍拍手，面露笑容。

其余人都瘫坐在地上，也松了口气。章之逑却面色凝重地看向了从杂物棚上跳下的靳丞，质问道：“为什么不直接杀了他？”

短短一句话，又挑起了大家的神经。大家纷纷转头看靳丞，却见靳丞直接弯弓，箭尖对准了章之逑的脑袋，笑问：“你对我有意见吗？”

一滴冷汗从章之逑额角滑落，别人或许不清楚，但经过刚才那一番战斗他无比清楚眼前这人的实力。

就像是猫捉老鼠，他们是满地打滚的老鼠，而这人是那只金贵的猫，只在自己感兴趣的时候伸手拨一下。

他不该冲动的。

深吸一口气，章之逑后退一步，举起手来：“我只是提出意见，没有恶意，你不要冲动。”

“哦。”靳丞意味深长地盯着他，长箭直指，丝毫没有放下来的意思。钱伟看着这一幕，本能地想要去劝一劝，却被彭明凡拉住。

时间越久，章之逑的脸色越难看，他几度张嘴，终于快要忍不住时，靳丞却又轻巧地把箭收回去了。

他回头看向唐措，似乎极为不解地问：“您这是又快死了吗？”

唐措想翻白眼，但现在连翻白眼的力气都没有，裹紧军大衣径自往屋里走。他本不畏寒，但寒冷让他的生命值流失加快，于是他直奔厨房，里头有一个土灶，可以烧火。

门开的刹那，唐措和惊慌失措的李双双打了个照面。

李双双忍不住瑟缩了一下：“我、我刚才……”

唐措：“让。”

李双双愣怔。

唐措终于抬手将她拨开，大步流星地走到灶台后的小矮凳上坐下，捣灰，加柴，点火，沉默而高效。

“水。”李双双忽然福至心灵，抹了把眼睛，转身打开水缸。她舀了一勺又一勺，直到把整个锅加满，这才小心翼翼地问：“这么多够了吗？”

唐措背靠墙壁闭目不语，在温暖的火光中，静静挺尸。

“你没事吧？”李双双又问。

唐措微微蹙眉，快冻僵的手脚在温暖笼罩下逐渐恢复，可这种恢复极为缓慢。他有点累，不想说话，也不想被人打扰。

也许是老天爷终于听到了他的呼唤，李双双竟然真的不说了。厨房门被关上，钱伟等人陆续进屋的吵闹声也被隔绝在外。

唐措在心里长舒了一口气。

恰在这时，唐措忽然听见一丝动静，近得仿佛就在他的耳畔。他心中警觉，闪电般伸手抓去，抬眸——跟靳丞四目相对。

“你做什么？”唐措问。话问出口，他也看到了厨房内的情况，李双双已经不在了，紧闭的房门内只有他们两个人。

“你觉得呢？”靳丞动了动手腕，给他展示了一下手中的药剂。

唐措松开手，难得地被他噎住。

靳丞仍然把药剂抛给他，末了抱臂靠在墙上，说：“我寻思着你的身手不差，钱伟三个都能安然无恙，怎么就你惨到快挂？永夜城给你加了什么限制？”

唐措：“……”

靳丞：“你不说话，就当默认了。”

唐措想默认就默认吧，打开药剂瓶喝了一半，另一半揣进了兜里。靳丞挑眉，大概明白了这限制的内容。

他又问：“你们在外面遇到了什么？”

唐措稍稍恢复了些，反问：“你看过《西游记》吗？”

靳丞不解。

唐措惊讶于他的知识面如此狭窄，连这么一部旷世神作都不知道。靳丞觉得他表情不太对，眯起眼：“你在心里吐槽我？”

唐措：“没有。”

靳丞：“你有。”

“啧。”烦死了。唐措黑着脸往灶里加了两根柴，说：“《西游记》就是——”

靳丞打断他：“我知道。”

唐措：“哦。”

靳丞：“你就这么对待你的救命恩人吗？”

不然还要怎样？我连《西游记》都给你解释了。

唐措有心要把剩下那半支药剂还回去，但转念一想，何必那么矫情呢？于是简短地把林子里的事说了一遍，接着问："你们又是怎么回事？"

靳丞："章之逑撺掇李双双给英俊下毒，彭明凡阻止了，但服务员提出让李双双帮她去厨房准备午饭，所以李双双还是下了毒。半个小时后李英俊毒发、暴走，就是你们看到的样子。他的斧头很厉害，破防极高，自身的防御能力也极强，而且力大无穷。"

唐措回忆着刚才看到的一切，问："下毒对他有用？"

"不能确定。"靳丞摇头，"至少没有出现明显的特征。"

"服务员呢？"

"她在李英俊毒发之前说自己身体不舒服，回房休息了。我特地去看过，还在她房间门口和窗台上各撒了隐形粉末，粉末上没有足迹，至少说明——在这期间她确实安分地待在房里。"

隐形粉末？这倒是个好东西。

唐措一边想着，一边继续往灶里添柴。这柴正是李英俊打回来的那些，看着它们，唐措不禁又想起遗失的电锯。

可惜了。

"你能帮我把李双双再叫回来吗？"唐措问，"我有话问她。"

## 11

李双双此时有些忐忑。

她来到永夜城一个半月，做过几次任务，遇到过很多人，但从没有见过像唐措和靳丞这样的。他们很强，哪怕只是站在旁边不说话，都让人无法忽略他们的存在。

刚才她躲在厨房里的时候，透过窗户看到了靳丞用箭对准章之逑的画面，便更加坚定了这个想法。

她有点怕靳丞，但有唐措在，又安心不少。

"服务员让你帮忙准备午餐，是直接指名的，对吗？"唐措问。

"对。"李双双仔细回忆着当时的情形，说，"她说自己一个人忙不过来，就让我帮忙，可、可能是因为我是女生，所以她就找了我。我跟她进厨房之后就一直在这里忙活，直到她说自己身体不舒服要回去休息，这里就剩我一个人了。"

唐措又问："你们在这里的时候，她有跟你说过什么话吗？"

李双双一时卡壳："就是一些普通的话……"

“这很重要，你再细细想想。”

“呃……她就说了一下天气，抱怨最近的天气很差之类的，暴风雪早不来晚不来，偏偏要等她快下山的时候来。其他的时候她都在说午餐的事情，还说李英俊喜欢吃土豆炖牛肉，我、我就把毒下在土豆炖牛肉里了……”

唐措微微蹙眉。

李双双以为自己说错了，紧张地看着他，便听他问：“关于她要下山的事情，她还说了什么吗？”

“她……哦对了，她还说了些新员工上岗培训的话，说新人不好带。我当时太紧张了，她也就说了那么一句，所以原话记不太清了。”

唐措便又换了个问题：“毒是谁给你的？”

李双双不假思索：“章之逑。”

“好，你先出去吧。”

唐措看着人出去，屈指敲打着火钳，叮叮的声音中，思绪飞转。他记得刚入副本的时候，那个叫小圆的服务员就说过这么一段话——“原本我合约到期都要辞职下山了呢，就等新员工过来交接，现在也被困在这里走不了。”

她所谓的新员工是谁？已经到了吗？会不会就是他们之中的那个非玩家？

如果是，这个新员工作为 NPC，为什么会混在玩家之中？他（她）的目的又是什么？是瞿丽？还是表里不一的章之逑？

“需要提示吗？”靳丞问。

“你有？”唐措抬头。

靳丞不知从哪儿搞来一个番茄在削皮，银色的折叠刀小巧精致，在他手里被玩出了花。但唐措还是第一次看到有人吃番茄削皮的，什么毛病。

“你这么眼巴巴地看着我，给你也削一个？”

“谢谢。”

靳丞没料到唐措真会点头，嘴角抽了抽。但真男人，一口唾沫一个钉，从不食言，就是这么做未免有点无聊，于是他一边削一边说：“我前前后后救了你两次，现在又给你提示，你说你该怎么感谢我？”

唐措面无表情：“我们都是玩家，都要通关，我为什么要感谢你？”

靳丞觉得这句话真有道理，于是他也讲了一句非常有道理的话：“我可以等你们都被淘汰，我再通关啊。”

“这对你有什么好处？”

“我乐意。”

唐措半个字都不信。

他干脆转过头去烧火，末了还不忘提醒靳丞：“别忘了我的番茄。”

你怎么这么幽默呢?

靳丞搬来一个小树墩坐下，仔细看了他一会儿，说:“乌鸦先生这么看重你，可能是喜欢上了你的幽默感。”

哦。

唐措不予理睬。

“你对永夜城知道多少?”靳丞忽然正色。

“一无所知。”唐措答。

“也是，你才刚来，而且又被分在F区。”靳丞道，“永夜城的有些规则是情报贩子不会对外贩卖的，只有你做多了任务，或升到高级区才会知道。这些说来也不算什么秘密，但知道了也无济于事。”

唐措也正色起来:“怎么说?”

靳丞:“人在抵达永夜城时，被告知在那之前经历的一切都是一场游戏。完成这场游戏，获得初始点数，是生存的第一步。永夜城的游戏任务就像是一个庞大的筛查系统，优秀的玩家逐级上升，最终赚够点数重入轮回，但那些在游戏任务中被淘汰的人呢?你觉得他们去了哪里?”

“魂飞魄散?”

“不，真正魂飞魄散的人其实很少，跟永夜城的任务比起来，魂飞魄散是一种解脱。很多低级区的玩家以为他们离开永夜城了，但其实并没有离开。他们可以是小圆，也可以是李英俊。”

唐措蓦地想到了幸运大转盘中那些被黑洞吞噬的人，有了靳丞的解释，这些人的去向似乎已经明朗。

“你的意思是，任务失败的玩家被困在副本里，小圆说她即将下山，是这种惩罚的时间到了?”

“没错，这就是‘业’。你可以把它看作是职业的业，也可以是业障的业，每个玩家背负的‘业’不同，受刑的时间也不同，三年、五年甚至上百年，‘业’清完了，他们就自由了。”

“自由?”

“离开。”

“那在受罚的过程中，他们知道自己在做什么吗?”

“不，他们只是NPC。”

唐措明白了。

小圆的“业”即将清完，就要离开这里。而接替她的新人，必定是又一个在任务中被淘汰的玩家。也就是说，在他们八个人里，有一个曾经的玩家。

他知道自己是怎样成为NPC的吗?

“咕嘟咕嘟。”水沸了。

“笃笃。”敲门声几乎同时响起。

不等唐措和靳丞回应，彭明凡就推门走了进来，脸上多了块创可贴。他随手把门关了，走到两人面前，开口就是一句：“我怀疑章之逑有问题。”

唐措也跟他单刀直入：“为什么？”

“这是一个推理副本，李英俊被淘汰又返回，哪怕钱伟这个单线条都能猜到李英俊不是那么好杀的，不能贸然下手。可是章之逑不光怂恿李双双下毒，刚才更是三番两次想要撺掇我们直接把他淘汰。”

靳丞笑道：“你说得不错，可章之逑这样做，不恰恰证明他很聪明？他希望李双双用毒淘汰李英俊，一计不成，又希望我射箭淘汰李英俊，他不需要承担任何风险。”

彭明凡深吸一口气：“我知道。但如果他就是 NPC 呢？比如淘汰李英俊会触发某种惩罚，而我们就会一个接一个在他的怂恿下踏入陷阱。”

“所以？”唐措直视彭明凡的眼睛，神色平静。彭明凡的心莫名颤了一下，但他还是无畏地直视回去，道——

“让章之逑自己动手。”

唐措和靳丞对视一眼，靳丞把切好的番茄放在碗里递给他，转头看向彭明凡，问：“如果最后证明他不是 NPC 呢？”

彭明凡沉默几秒，答：“那下一次就由我来动手。任务要求是淘汰英俊，总归有人要去做，不是你就是我。”

“很好，有胆量。”靳丞擦擦手站起来，“你打算怎么让他动手？”

彭明凡显然已经盘算好了，立刻回道：“投票。我跟钱伟两票，你们两票，票数已经一半了。”

这几乎算得上是变相的联合了。

唐措再次打量彭明凡，这个学生模样的小男生恐怕才是最精明的。八位玩家中谁是最强者一目了然，他此举既试探了章之逑，又拉拢了他们，算盘打得不错。

不过彭明凡看着是个有底线的人，至少他曾有过阻止李双双下毒的举动，所以唐措对他的印象不坏。

三人先后回到大厅，彭明凡先走，唐措和靳丞再慢悠悠晃出去。晃出去的同时，唐措还在厨房里找到了白糖，往番茄碗里加了一勺。

靳丞看见了，一脸的不赞同——吃个番茄居然还要加糖。

大厅里，服务员小圆正在惊声辩驳："怎么会呢！这里面一定有什么误会，一定是你们做了什么才会让英俊哥动手的，他这个人性格可好了，每天除了打柴就是打柴，连一只小动物都不会伤害，怎么会害你们呢？"

同她讲话的依旧是安宁："可他就是动手了呀。"

小圆仍是难以置信的模样，而李英俊本人并不在这里。大家正商议着淘汰他的正确办法，为了防止被他听见，把他关在了一楼厕所隔壁的布草间。

章之逑坐在休息区，静静观察着小圆和安宁的互动，看到靳丞和唐措时点了点头，并没有什么特殊的举动。

"真的，英俊哥不会害人的，他都不会说话，你们不要这么对他……"小圆还在努力争辩。

彭明凡径直走到她面前，说："我们肚子饿了，午饭还没有准备好吗？"

小圆微怔，随即露出歉意："不好意思，我现在马上去准备，你们有谁能够——"

彭明凡打断她："你自己去。"

"好……好吧。"小圆这才离开。

大厅里只剩下八位玩家，彭明凡很快把投票的事情说出来，有人面露沉思，有人点头，也有人蹙眉。

章之逑想起刚才彭明凡主动去厨房叫唐措和靳丞的举动，如果还看不出来这里面有什么问题，他就白活那么多年了。

"我有异议。"他站起来，目光却看向安宁，"你们都是双人组，我跟这位小姑娘都是单人，这样的投票对我们似乎不太公平。"

安宁却粲然一笑："我没意见啊，投票就投票。"

章之逑暗暗攥紧了拳头，面上却还算平静，说："你如果没有意见，那我当然也没有意见。只是为了公平起见，我提议盲投。"

盲投？

彭明凡深深地打量着章之逑，不知道他葫芦里又卖的什么药。但章之逑的要求合情合理，他们现在又没撕破脸，不好拒绝。

盲投开始。

彭明凡找了一张白纸裁成八等份，每人写下名字后折好放到一起打乱，再共同开票。唱票的人依旧是彭明凡，拿起第一张纸，上面写的是不出意外的——

"章之逑，一票。

"李双双，一票。"

彭明凡看了一眼章之逑，继续唱票。

"赵平，一票。

“彭明凡，一票。

“李双双，一票。”

越是唱到最后，彭明凡的语气越沉凝，几乎快要沉不住气。已经五票了，票数那么平均，而章之逑只有一票，这怎么可能？！

他快速将其余几票拆开，赫然看到两张李双双和一张钱伟。

李双双竟然有三票！

“怎么不继续唱了？”章之逑疑惑地问。

彭明凡攥紧了手里的字条，没立刻回答。安宁和赵平等人也察觉出不对，目光扫过唐措和靳丞，又转回章之逑身上，一个个蹙起了眉。

彭明凡究竟是什么打算，他们还是能猜到一点的，所以几乎都投了章之逑。

安宁脑筋灵活，立刻上前把八张字条全部看过，找到了自己写的那张——上面确实是她的笔迹，名字却从章之逑变成了赵平。

“这票有问题。”安宁看向彭明凡。

彭明凡看向章之逑。

章之逑道：“你们看我做什么，我已经配合你们完成了投票，可没有那么大本事在你们所有人眼皮子底下动手脚。”

赵平迟疑着，说：“难道是系统？这游戏自己选好了动手的人？”

话音落下，李双双脸色煞白。

章之逑却没再说什么，摇摇头表示自己也不知道。

唐措从头到尾都没有发表意见，直到此时才小声跟靳丞说：“永夜城的战斗体系里，有相应的能力吗？”

靳丞微笑：“有。”

唐措随即朗声道：“公开投票吧。”

“公开投票不是不可以，但大家都不是第一次玩游戏了，应该知道跟系统作对会是什么下场。”章之逑语气微沉，“你们难道忘了吗？这次的任务有新人触发了优先级，现在看来这个新人就是瞿丽。她很有可能是因为第一次做任务，什么都不懂就贸然行事，才会失踪了，否则我们怎么解释？”

闻言，赵平和李双双都面露迟疑，就连安宁都若有所思。

瞿丽的事情确实不好解释，被章之逑这么一说，竟觉得真的有几分道理。

钱伟登时急了：“你怎么敢保证你说的就是对的？”

“我不敢保证。”章之逑显得很诚实，“但你又敢保证你们的做法是对的？这是永夜城的任务，不是推理游戏，更不是过家家，不是随随便便来个‘因为所以’就可以过关的。”

“你！”钱伟差点跳起来，侮辱他的智商可以，怎么能侮辱彭彭的呢！彭彭那么闷，也就智商可以看了！

彭明凡拦住他："那你想怎么样？"

双方对峙，气氛紧张。

靳丞抱臂观战，还有心思点评："小朋友还是不够硬，刚才你开口的时候就应该借势直接把章之逑压下去。任他信口开河，管他系统真假，'刚'了再说。"

唐措侧目："你刚一个？"

靳丞莞尔，正要说话，唐措却毫不留情地移开了视线，径自上前站到了这僵局的中央。他已经把军大衣脱了，保持着双手插在风衣口袋里的姿势，转头看向章之逑，道："你有一点说错了。瞿丽确实是新人，但触发优先级的是我。"

唐措话音落下，错愕爬上每个人的脸。

钱伟更是满脸问号，你刚才杀怪物那么猛，你告诉我你是个新人？

"举手表决吧，谁票数最多谁动手，我陪他一起去。"唐措余光瞥见小圆从厨房出来，看来是午餐终于准备好了，便继续道，"时间定在午餐后。"

## 12

一顿午餐，八个人，各怀鬼胎。

午餐是炖得很烂的土豆炖牛肉，被李双双下了毒的那一锅，端出来之后满屋飘香，大家却只能闻着香味吃咸菜。

这叫自作孽。

靳丞对这样的午餐毫无兴趣，百无聊赖地泡了杯速溶咖啡，跷着修长的腿靠在扶手椅里，一双含笑的眼睛打量着屋子里的人。他屈指敲打着杯壁，似是很好奇地问唐措："你看起来一点都不怀疑章之逑。"

唐措："有吗？"

靳丞："有。"

唐措看了眼章之逑，道："刚才的投票没有我们的名字。"

如果是系统操纵，投票的结果就不合理。李双双都有三票，唐措和靳丞这两个黑名单却一票都没有，而且只有他们两个没票。这更像是某人故意避开他们，或许是害怕他们出手，又或许是刻意讨好，总之带着股刻意的味道。

那厢，李双双心中忧虑，更加食不知味。举手表决要等到午餐后，这让她觉得很煎熬，因为无论怎么想最后的结果都会是她跟章之逑中的一个。

这就像头上悬着一把刀，看起来还能挣扎，可李双双又怎么挣扎呢？她根本没有反抗的能力。

“别太担心，多半不会是你的。”赵平安慰她。

赵平已经看出来了，这一次的任务跟以往不一样。如果换作他前几次碰见的那些队友，恐怕早就不管不顾地跟李英俊打上了，要么就干脆躲在房间里不敢出来，而这些人还能保持理智不说，行为举止间还大多遵循着人类社会的规则。

可李双双完全没有被安慰到，她知道自己的实力，如果不是赵平一直帮她，她不可能活到现在。

她不可能永远靠人帮忙。

“我去上个厕所。”李双双心绪难平，便想去清醒一下。赵平也不好跟着，便点点头让她去了。

安宁在旁喝着咸菜汤，说：“我看她不吵不闹自己也想得挺明白的，你越是帮她，她越弱。”

赵平哪不明白这个道理，可谁变强都需要时间不是？

这样想着，赵平答道：“我知道，也许这次就是个机会。”

安宁耸耸肩，便也不说话了。十分钟过去，李双双还没回来，感受到其余人时不时看过来的目光，赵平便有点坐不住了。

“我也去上个厕所吧。”安宁站起来，脚步轻快地往外走。

她先去了厨房，看到小圆一边洗碗一边嘀咕着什么，站了一会儿才转到厕所。厕所旁就是布草间，布草间的门上有一扇小窗，她又从小窗里看了一眼李英俊。

李英俊还被网兜捆着，见到她的刹那瞪大了眼睛，疯狂挣扎。

“唔、唔！”

安宁摇摇头，又迤迤然走向隔壁。

哗啦的水声中，李双双正在洗脸，捧着冷水就往脸上泼，大口的喘气声中，眉间的软弱似乎少了一些。

“你没事吧？大家都在等你回去。”安宁道。

“抱歉。”李双双歉然地笑笑，“我马上就走。”

“你先等我上个厕所呗。”安宁浑不在意地上了个厕所，走进隔间刚脱裤子，却感到一丝凉风吹过头顶，抬头一看，原来是这儿跟隔壁还连着一个通风口。

真是上厕所都不让人好好上，屁股拔凉拔凉的。

安宁迅速解决，而后跟李双双一起回到了大厅，回来之后才发现章之逑和钱伟也去了厕所，不过他们去的是二楼的厕所。

等了一会儿，两人还没回来。李双双忽然摸着口袋，略有些紧张地站起来，说：“我好像有东西落厕所了，你们等我一下，我马上就回来！”

说罢，李双双就往厕所的方向跑。

“什么东西啊……”安宁狐疑地嘀咕着，彭明凡也微微蹙起眉。只是这旅社里唯一的危险李英俊已经被关起来了，李双双又是个胆小的，倒也不担心什么。

唐措却觉得有些不对。

这时靳丞似笑非笑地凑过来，说：“你刻意拖延那么长的时间，就为了看这个？”

当然不是——故意增加一顿午餐的时间，唐措是想看看章之逑还有什么招，刚才他跟在安宁之后去上厕所，意图就很值得揣摩。

这李双双……

“我去看看。”

唐措的直觉不太妙，而就在他刚步入通向一楼浴室的过道时，痛苦的挣扎声和重物撞击声就从前方传来——是布草间！

他神色骤变，立刻加速。

“砰！”唐措一脚踹开布草间的门，却在踹开的刹那，迎面撞上喷溅的鲜血。他只来得及抬手挡住脸，再定睛看去，眼前的一幕令人惊愕——

李双双压在李英俊身上，双手握着金属的扫帚柄，用力刺进了他的胸膛，鲜血将她的双手染红。

李英俊已经没气了，身体却还在抽搐。

“你在干什么？！”赵平的声音如平地惊雷，吓得李双双手一哆嗦，就松开了扫帚柄。她缓慢地转动僵硬的脖子回头看，目光扫过一张张震惊、错愕的脸，又迅速回头看了眼抽搐的李英俊，仿佛这才意识到自己做了什么。

“我……怎么会这样？刚才突然就……我不是故意的，我不是故意的！”李双双崩溃地捂住自己的脸，眼泪和血水混在一起，沾湿了衣领。

这时钱伟和章之逑终于从楼上赶下来，看到这一幕，僵在原地。

“我的天呀……”钱伟倒吸一口凉气。

章之逑也不遑多让，而就在这时，赵平突然对他发难。双手揪住章之逑的领口，赵平一把将他推到墙上，怒声质问：“是不是你做了什么？！”

“你疯了！”章之逑奋力推开他，“我出去上个厕所都有人跟着我，我能做什么？！”

钱伟连忙劝架，好在赵平也并未丧失理智，他只是无法相信李双双那样一个人会做出这种事。她哪怕主动去对李英俊下手，一刀了结就是了，怎么会搞成这样！

彭明凡也万分想不通，不由得望向唐措和靳丞：“你们怎么看？”

“先把人带回去，至少两个人看着她。”唐措指的自然是李双双，说着，他又问安宁：“看到服务员了吗？”

安宁点点头："她在厨房。"

唐措："把她叫过来。"

安宁微怔，随即跑去叫人。钱伟则咋舌："唐哥，也没必要特地把人叫过来看吧？多恐怖啊。"

唐措没回答，冷冽的目光瞥向靠在墙上优哉游哉的靳丞，道："你呢？"

靳丞摊手，见唐措还是盯着他，这才无奈地走过来，从布草间的置物架上寻找到一副干净的手套，蹲在地上验尸。

"骨头部分呈黑色，下毒有用，但见效不快。致命伤应该还是刺伤，心脏都被插烂了。"他道。

"你不是说他的防御很厉害？"唐措问。

"是很厉害，但也有意外，金系的就可以。"

"譬如你的箭？"

靳丞点头："没错。"

唐措明了，这还讲究五行相克。

其余人也很快明了，刚才李双双淘汰英俊时用的就是金属的扫帚柄，而李英俊第一次被杀时的凶器是个铜像。

金克什么？金克木。

木，木头？打柴人？

钱伟忽然又理不清其中的关系了，正思索间，匆匆的脚步声传来。他回头看，正对上小圆惊慌的脸和失控的尖叫。

"啊啊啊！"她当场晕倒。

唐措后退一步，好险没被她砸到。

靳丞幸灾乐祸，道："现在你还想看什么？"

你好烦。

两分钟后，几人又回到了大厅。

彭明凡和赵平先带着李双双回来，赵平安抚着李双双，而彭明凡试图从她嘴里得到些线索。可李双双反反复复就说自己什么都记不清了，鬼使神差似的就进了布草间，再回过神时，已经是大家看到的样子。

"你还记得你折回去捡什么东西吗？"彭明凡尽量放缓语气。

"我、我……"李双双抱着脑袋很痛苦的样子，良久，才忽然想起，"是铜像，是那个铜像！"

语毕，整个大厅顿时落针可闻。

唐措走进来，问："铜像在二楼，你去一楼找铜像？"

李双双便又摇头："我不知道，我只知道我要去找那个东西……"

唐措："那你为什么不用铜像杀人？"

李双双："我不知道，真的不知道……"

"也许这就是系统的意思。"从刚才开始就一直沉默的章之逑忽然开口，"铜像是触发剧情的一个关键点，不管用什么杀人，总之它预示着李英俊的淘汰。由谁去杀李英俊也不是我们可以选的，是系统指定好了的。"

彭明凡："我不认为是这样，这样的设定太简单粗暴了。"

章之逑眯起眼："你非要玩你的推理游戏才显得高级吗，小朋友？"

彭明凡据理力争："这是正常的逻辑。"

两人再次针锋相对，谁的脸色都不好看。唐措也无法下判定，因为线索太少，干扰项太多了。他需要再看看，才能把这一切都串联起来，譬如，看看李英俊是否会再次返回。

"李英俊已经又被淘汰了一次，可我们还没通关。"赵平安抚好李双双，斟酌再三，终于提出了自己的意见，"再争论下去也没什么用，我觉得接下来我们所有人都待在一起，尽量不要落单，一直等到明天早上。"

安宁难得赞同他："这样的方法确实最保险，也最有效，谁有问题一眼就看得出。"

众人无异议，方案就这么定下来了。

此时是下午一点半，距离早上六点还有十六个半小时。

靳丞又开始拼拼图。

唐措则从二楼拿来了铜像，仔细观察。铜像上血迹还在，样式很像小金人，看了半天也无甚特别。他又开始翻看置物架上的书，可几乎每一本都翻过了，也没找到什么有用的线索。

安宁也曾拿着铜像问过服务员，可她只说是店里的东西，其余并未多说。

"游戏里有的时候会给你提示，但需要你自己去找。"靳丞忽然道。

唐措抬头："提示？"

靳丞把两块颜色相近的拼图放在一起，手指拂过，略作游移，便从中挑出了正确的一块嵌入拼图："什么是迷惑项，什么是提示，你要自己分清楚。"

"你在教我？"

"是啊，你要是离开早了还怎么报答我？"

您简直是讨债鬼才。

唐措继续研究铜像。

不一会儿安宁凑过来问他有什么进展，得到唐措否定的答复，便又回去了。

彭明凡依旧坚持不懈地在搞推理，这次的课题是——假如明天李英俊还会复活。

钱伟："假如他还会复活，那就是我们淘汰他的方式不对？"

安宁："那不如说我们讨论的是淘汰英俊的正确办法，到底要怎么样，他才不会返回？"

赵平也积极地发表意见，就连章之逑也没落下。如果李英俊真的又返回了，那意味着循环一直存在，那失踪的循环呢，还会有第二个人失踪吗？

彭明凡道："说不定我们杀的根本就不是英俊，他是李英俊，可能还有王英俊、赵英俊，而那个真正的英俊就是隐藏在我们之中的非玩家。"

他这么一说，倒也有理。可此时此刻他们觉得谁说得好像都有点道理，因为谁都拿不出证据，哪个推论都有可能。

贸然动手是不可行的，如果杀错了人，被淘汰的就是玩家自己。

"不管你们信不信，我真的只是个普通玩家，跟你们没有任何区别。"章之逑再三强调自己的身份。

谁也没有答话，但分歧暂时被隐藏在水面之下，谁也没有再挑起。

等待是漫长的，也是焦灼的。

十六个半小时过去三小时，好不容易又到了晚饭时间。

众人这才想起来，服务员小圆还晕在布草间门口。

"咯。"赵平站起来，主动说，"双双还要休息会儿，我去做饭吧，有人来帮忙吗？"

环视一周，诸位大佬坐得稳当。也许是为了弥补自己受损的形象，章之逑主动起身帮忙，看见他要去，钱伟便也毛遂自荐。

六点一刻，晚饭终于上桌，晕倒在布草间的服务员小圆也神奇地醒了过来。她再次发出尖叫，惊慌失措地从凶案现场逃离，冲进大厅，然后看到——她的客人们相聚在一块儿吃晚餐。

"咕。"她的肚子敲响鸣冤鼓。

场面一度非常尴尬。

小圆"哇"的一声哭出来。

钱伟实在看不下去，他也本就是最热心肠的一个，便叫她过来一起吃。彭明凡有心要从她嘴里套些话，可她除了反反复复地抱怨天气，再表达对李英俊被淘汰的惊慌失措，就再没有别的话了。

"那来接替你的那个人呢？"唐措问。

"新人不好带啊，我就盼着能快点下山。"小圆说着，又委屈起来，仿佛祥林嫂上身，"英俊哥怎么被淘汰了呢？怎么会这样……"

念了一会儿，她又身体不舒服，告辞回房。

此时是晚上七点。

众人收拾好碗筷，又说了会儿话，便各自寻了位置休息，等待另一个明天。在闭眼前，唐措盯着李双双看了一会儿，她坐在靠近赵平的角落里，把头埋在臂弯里，又安静又憔悴。

“你现在看出什么了吗？”靳丞问。

“没有。”唐措闭上眼。

靳丞笑笑，拼上最后一块拼图。

不多时，整个大厅都陷入沉眠，连呼吸声都仿佛被黑暗吞没，直到——

“啪！啪！”

熟悉的声音打破沉寂，似狂风拍击门板，将沉睡的人一个个从梦中惊醒。最早醒来的是唐措，他转头看向墙上的钟——早上六点整。

小圆听见声音急匆匆从楼上跑下来，看到大家都睡在大厅，先是惊讶了一下，随即又笑着跑去开门：“肯定是打柴的人来了。”

大门打开，冰冷刺骨的风雪再次倒灌而入。跟随风雪一起进来的，还有一个高大的男子。三十岁左右，短发、留有胡楂，穿一件黑色的毛领皮衣，背上背着一捆柴，手里拎一把斧子——又是李英俊。

他们转头看向大厅角落，李双双不见了。

## 13

“啪！”一把银制的餐刀忽然插入李英俊身前的地板，刀身震颤着发出嗡鸣，阻挡了他的脚步。

熟悉的一幕让众人纷纷回头看向靳丞，这位爷姿态慵懒地坐在扶手椅里，支着侧脸像是刚睡醒。他对面的唐措站了起来，唇色依旧苍白，但神色冷厉：“所有人都站在原地不要动。”

唐措连续两天早上五六点被人吵醒，滋味不太美妙。

“啊、啊。”李英俊指了指背上的柴，仿佛不明白为什么这人拦着他，笑得憨厚。

其余人也很不解。

唐措看向靳丞，靳丞这才稍稍坐直了身子，抬脚一跺，“咚”的一声，地板微颤，无数粉尘被震起，又落下，在地上发出淡蓝的荧光。

钱伟瞪大了眼睛：“这是什么？”

靳丞微笑："玩过网游吗？这类似显影之尘[1]。"

钱伟看向彭明凡，彭明凡却也在摇头。

章之逑却倏然睁大了眼，因为想到了另外一样东西——魔女的骨灰。靳丞明显是在开玩笑，他所说的"显影之尘"可能就是骨灰，可这不是F区的低端副本里能拿到的东西，这人究竟什么来头？

"看，地上有脚印！"安宁惊喜的声音打断了所有的联想，众人纷纷向地上望去，只见淡蓝的荧光粉末里，嵌着一个又一个脚印。

严格来说，脚印共有三串：一串从李双双昨夜坐过的位置一路延伸至走廊；还有一串从走廊出来，一直通往后门；最后一串则一直跟着小圆，很明显是她刚刚从楼上下来时踩出来的。

"这是昨天大家都休息之后留下的。"唐措道。

彭明凡瞬间明白了他的意思，道："这脚印是李双双的？！"

钱伟咋舌："不可能吧？她自己走出去了？"

"两串脚印的大小是一样的，应该是同一个人。"安宁站在原地没有走动，但蹲下来仔细观察着那脚印，说，"入夜之后，我们跟昨天晚上一样都自动睡着了，这里除了两串相似的脚印，什么都没有留下。除了李双双自己走出去，还有别的解释吗？"

赵平脸色难看："那昨天的瞿丽也是这样？"

彭明凡点头："应该是。"

"赵平、章之逑、钱伟，你们留下看着李英俊和小圆，其余人跟我去布草间。"唐措很快有了决断，"注意不要破坏脚印。"

其余人纷纷点头，对于唐措掌握了话语权这事，丝毫没觉得有问题。至于靳丞，这就是位游走的大爷，自不去管他。

几人循着脚印贴墙走，很快就来到了布草间门口。毫无意外地，布草间里的尸体不见了，而李双双的脚印到了这里后，又很快折返，通向后门。

彭明凡蹲下来仔细检查："脚印虽然大小相同，但出去的脚印要比进来的深，所以是李双双主动把尸体扛出了旅社？为什么？她走就走了，为什么要带着尸体一起走？"

唐措没答话，若有所思地顺着脚印走到了后门口。打开门，门口的台阶上还有足迹，但后院里的风雪盖了一层又一层，已经什么都看不到了。

---

① 游戏道具，消耗物品，是维尔福软件公司（Valve Software）和DOTA之父IceFrog（冰蛙）主创打造的唯一正统续作《DOTA2》游戏里的消耗物品。容颜易藏，音声难隐。

他转头问靳丞："这种粉末有限制范围吗？"

靳丞："没有。"

没有范围，就意味着只要李双双的脚底还粘着粉末，只要她走过的地方有一处没有被大雪覆盖，就还有被找到的可能。

唐措心里有了思量，却不急着去找，回到大厅扫视一周，目光最终定格在钱伟身上："麻烦你去把李英俊的鞋脱下来。"

钱伟："脱鞋？"

彭明凡："你是想检查他鞋底有没有粉末？"

众人看得分明，正门口那一小块地方是没有撒粉末的，而靳丞的那一把餐刀就把李英俊阻挡在了没有粉末的区域内。

钱伟明白了，立刻捋起袖子准备动手。赵平也上前帮忙，两人一个抱住李英俊，一个脱鞋，三下五除二就把人鞋子脱下来了。

而此时的李英俊弱小、可怜、无助，"啊啊啊"地光着脚站在那儿，袜子上还破了个洞。小圆阻拦不及，在旁看得一头雾水，进也不是，退也不是。

"唐哥你看！"钱伟举着鞋子就跟唐措邀功，开心得像举起了奥运奖杯。

唐措接过，把鞋底朝上，其余人也纷纷凑过来看。这鞋是胶底的，因为李英俊一路走的都是雪地，所以鞋底相对干净，哪怕曾沾上什么污泥，这一路走来也都被大雪蹭干净了。

"什么都没有啊。"钱伟的声音略显失望。

"你以为那么简单呢？"安宁摊手，干脆又走过去跟小圆搭话，"你还记得昨天的事情吗？"

小圆挠挠头："昨天什么事情啊？"

安宁："李双双杀人啦。"

"天哪！"小圆惊讶地捂住了嘴。

"我们昨天把她绑起来了，可今天她又不见了，你看到她了吗？"安宁继续问。

"没有呢，我刚下楼就看到你们都在，她不会跑了吧？太可怕了。"

"是啊。"

小圆的表现还跟昨天一样，把李英俊躺平的事情忘得一干二净，也不知道李双双的下落。安宁什么都没诈出来，撇撇嘴，又回头去看唐措。

唐措还在看那双鞋子，看着看着，他忽然走到李英俊面前，拔出了那把插在地板上的餐刀。李英俊似乎被他吓到了，"啊啊啊"地比画着，唐措却看也不看他，径自用刀尖刺入鞋底，鼓捣了几下，竟被他从里头撬出一颗比豌豆粒还小的石子。

安宁眼尖："石子上有发光的东西！"

钱伟也跟着惊呼："这不就是那个'显影之尘'吗？！"

一颗小石子嵌进胶底的鞋子里，因为个头儿过小又嵌得深，只在外头留下一个非常不起眼的小孔。唐措紧接着把鞋底划开，这个小孔内部还残留着一点黑色的泥土。

靳丞笑道："还真被你发现了。"

唐措回头："你觉得这颗石子是怎么嵌进去的？"

"这胶底很硬，嵌这么深……"靳丞靠在茶桌上，抱臂，"砍树的时候，挥动斧头，脚底必然着力。"

唐措也是同样的想法，地上没有李英俊尸体的脚印，所以粉末必定是李双双带出去的。她一路走，一路留下粉末，而这粉末粘在小石子上，又恰好被李英俊踩到。他带着这颗石子去砍柴，在不断发力的过程中，石子被挤进了胶底里。

把鞋子还给李英俊，唐措以做早饭为由，支开了他们。

望着两人离开的背影，钱伟还有点晕："那李双双呢？我们哪怕厘清了这个，李双双又怎么说？"

没有人回答，彭明凡、安宁和赵平都在思考。他便盯上了章之逑，这人从刚才开始就很沉默，也不知又在搞什么鬼："喂，大叔，你今天没有意见了吗？"

他语气有点冲，说出口后才觉得有点挑衅的意思，结果章之逑竟浑不在意，投向钱伟的眼神甚至带了点轻视。

钱伟登时火气就上来了，他不就是不如别人聪明吗？至于这么看人？他正想说话，可忽然间想到昨天章之逑说的话，灵光乍现——"或许我们都错了！"

彭明凡被他吓了一跳："什么错了？"

钱伟："这个游戏的通关条件是淘汰英俊是不是？李双双淘汰了英俊，又带着英俊的尸体离开了，然后英俊又回来了！"

"然后呢？"

疑惑的不光彭明凡一个人，所有人都看向他。

钱伟深吸一口气，道："她通关了啊，所以她才没有回来。淘汰英俊，她做到了，所以她通关了。我们都被迫睡着，只有她能自由行动。而李英俊返回游戏，就相当于重置啊，因为我们还没有通关，Boss 就又刷新了！之前是我们想得太复杂，也许这游戏就是跟我们玩一个文字游戏，真正的通关条件就是这么简单！"用最简单的逻辑去还原最本初的故事，确实很有钱伟的风格。

彭明凡一时愣住，章之逑也若有所思。安宁急忙摆手："等等，让我理一理——那瞿丽呢？"

赵平也道："对啊，瞿丽又是怎么回事？"

"昨天不是说了吗？瞿丽也是新人，做事肯定比较莽撞。"钱伟越说越兴奋，

“李英俊第一次被铜像敲打，说不定就是她干的呢，淘汰英俊嘛，所以她也失踪了啊。谁淘汰李英俊，谁就失踪，失踪就有可能是通关，不对吗？”

众人对视几眼，不得不承认钱伟的推论很吸引人，也不无道理。可是风险太大了，没有人能证明这个推论的正确与否。

目光又聚焦到唐措身上。

唐措有点烦躁，脸色阴沉，因为低血糖犯了。又因为那双眼睛黑白太过分明，当他盯着别人的时候往往给人以无限的压迫感。

众人下意识噤声，只有靳丞，盯着他苍白的脸色蹙眉。

恰在这时，小圆端着早点出来了。今天的早点是牛奶燕麦片、煮鸡蛋和烤吐司，虽然简单，但闻着也挺香。

唐措的目光瞬间被吸引，斩钉截铁道：“先吃早餐。”

语毕，唐措便坐下开吃，且神情专注，旁若无人。众人面面相觑，也跟着坐下来——人是铁，饭是钢，先吃饭也完全没毛病。

一碗麦片下肚，唐措觉得舒服多了，刚想伸手剥个鸡蛋吃，就发现碗里的鸡蛋没有一个是带壳的，个个光滑水嫩。

鸡蛋共分了三碗，放在三个不同的位置，唐措看向其他两个碗，那些鸡蛋明明是有壳的。

始作俑者，靳丞。

“你那么喜欢剥皮吗？”唐措忍不住问。

“是啊。”靳丞手里还剥着一个，剥了他还不吃，又给放回碗里，另外拿吐司抹果酱。唐措真是看不懂他什么毛病，番茄要剥，鸡蛋要剥，闲得慌。

像唐措自己就不会做那么麻烦的事，有人剥了多好。

唐措毫无心理负担地把那一碗鸡蛋挪到了自己面前，又给自己倒了杯热牛奶，就着牛奶吃鸡蛋，味道也——还可以。

“打算怎么做？”靳丞问。

“再去林子里看一眼。”唐措咽下鸡蛋，又问，“你去吗？”

“你邀请我？”

“林子里有怪物。”

很好，很诚实。

靳丞保持微笑，把剩下的鸡蛋又拿了回来。

唐措也不在意，本来就是他剥的，他想吃就吃，天经地义，所以唐措不但没有异议，还能一脸正气地跟靳丞说话：“我们带李英俊一起去，从后门走。”

“复刻李双双走过的路？”

唐措点头：“钱伟说的至少有一部分是对的，李英俊第一次被杀应该是瞿丽的手笔。她跟我同一天到永夜城，但我并不确定她是不是活着进入永夜城的。”

靳丞：“什么意思？”

“我们触发了彩蛋游戏。”

幸运大转盘共分四轮，第三轮灵魂大摆锤，几乎打乱了所有人的站位。唐措可以确定瞿丽在第一轮和第二轮时都还活着，但第三轮就不确定了。

再结合靳丞所讲的“业”，瞿丽极有可能已经在彩蛋游戏中被淘汰，所以被发配至“风雪夜归人”副本接替小圆。

也就是说，她比任何人都要早到。唐措见到的瞿丽已经是个 NPC，她的所作所为都是系统安排的。

唐措道：“如果她是一个迷惑项，那迷惑的对象就是我。我认识她，我会认可她是真正的玩家，进而怀疑别人。”

事实上，唐措在瞿丽和章之逑之间犹豫过。但章之逑的种种行为其实很符合一个玩家的样子，自私、精明，惯会用言语引导别人来达到自己的目的。

这时，惊呼声乍起：“章之逑呢？！”

唐措和靳丞齐齐抬头，便见钱伟四处张望着，念叨章之逑不见了。

赵平连忙道：“我刚才看到他去问小圆要牛奶，就没在意，一转眼好像就不见了。”

章之逑可是非玩家的重点怀疑对象，大家连忙分开找人。靳丞支着下巴看了一会儿，转头似笑非笑地看着唐措：“你不跟他们解释一下？”

唐措反问：“我看起来像是个好人吗？”

章之逑虽然不是非玩家，可所作所为就像一根搅屎棍，唐措为什么要帮他澄清，又不是吃饱了撑的。

没过两分钟，章之逑回来了。面对大家的质问，他只说自己去找小圆添了点吃的，顺道去了个厕所。

彭明凡：“我去厕所找过，你根本不在。”

章之逑：“我先去的厕所，然后再去的厨房。”

双方再度对峙，彭明凡眼中的怀疑意味更浓。

唐措没兴趣观战，站起来轻飘飘一句“我去林子里再看一眼”，便起身往后门走。

彭明凡、钱伟等人也顾不上跟章之逑对峙了，当即跟上去。钱伟还是咋咋呼呼的：“唐哥，你怎么又去啊，那林子里有怪物！”

唐措步履不停，径自去找李英俊。可当他看到李英俊的背影时，却蹙起了眉——李英俊睡着了，他趴在厨房的小圆桌上，手边还摆着一碗吃了一半的面。

小圆又不知跑到了哪里。

“醒醒。”唐措踢了一下他的凳子。

李英俊猝然惊醒，迷茫的眼睛扫视四周，看到唐措时，张嘴发出一个“啊”。他怔住，连忙又“啊”了几声，而后难以置信地捂着自己的脖子，面露惊恐。

“他怎么了？又中毒了？”钱伟瞪大了眼睛，下意识就去看章之逑，同样的招式还能用两遍？

话音落下，李英俊爆发出一阵惊天咳嗽，连连吐血。

“靠！”钱伟急忙后退，彭明凡等人也连忙祭出武器，就怕李英俊当场暴走。而下一秒，李英俊果然红着眼疯了似的扑向他们。

狭小的厨房门口不利于躲避，众人挤成一团，落在最后的安宁和赵平可能还不清楚里面的情形。钱伟急眼了，大喊一声：“散开！”

谁料章之逑突然冲出，一把水果刀刺进李英俊的腰腹，快得钱伟都没来得及眨眼。

他插了一刀，又一刀，鲜血逐渐染红了他的衣服，仿佛昨日李双双的翻版。待李英俊彻底没了气，软倒在地上，他才仿佛回过神来，猛地丢掉手上的刀。

“你干了什么？！为什么突然动手？！”彭明凡这才冲进来，恨不得当场宰了他。

章之逑喘着气，却不像李双双那么失态，只是盯着彭明凡，一字一顿地说：“因、为、我、想、通、关。”

彭明凡呼吸一滞。

章之逑继续道：“淘汰李英俊就有可能通关不是吗？像这样的副本，怎么可能好心到让所有人都顺利通关？一定有名额限制。瞿丽和李双双已经占了两个，我是第三个。”

“你疯了！那只是一个推论！”饶是推论的提出者钱伟，都觉得章之逑疯了。难道这才是他的真面目吗，隐藏在自私小人面具下的冷血疯子？

章之逑却笑着，仿佛在嘲笑他们所有人的愚蠢。

“别理他了！爱找死没人拦着！”钱伟又被气到，余光瞥见唐措和靳丞，却见这两位大佬站在厨房的窗户旁自成一派——颜值当然也是自成一派的。

“门口都溅着血了，我们从窗户出去？”靳丞真心提议。

唐措无奈，这个人为什么怪癖那么多，不是爱剥皮就是爱爬窗。但门口都是血，确实不太好走，他便无可无不可地点了点头。

两人遂开始翻窗。

安宁一个女生都顾不得那满地血了，踩着血迹跑上前，可还是没拦住，只得从窗口探出头去喊：“人刚被淘汰呢，你们去哪儿啊？！”

很快又探出来一个钱伟：“两位大哥！回来啊！你们走了我们怎么办？！”

大哥挥挥手，大哥没回头。

安宁赶紧拍拍钱伟："快快快，我们跟上去！"

钱伟："可是那林子里有怪物啊！"

安宁乜斜了一眼章之逑："这儿还有杀人犯呢。"

钱伟："说得也是。"

钱伟拉上彭明凡，安宁拉上赵平，一溜烟跑了。

## 14

半个小时后，六人小分队在林中停下。而此时距离他们离开旅社，才不过走了千米远。

寒冷拖慢了他们的速度，对于发光粉末的寻找更是让他们走了不少冤枉路。好在这林中大树参天，浓密的树冠挡掉了许多风雪，让他们不至于连一点粉末的痕迹都找不到。

但这么找着，大家的眼睛都要瞎掉了。

稍作休整，彭明凡望向来路，说："章之逑没有跟过来。"

钱伟："他心虚了吧？"

安宁："心虚什么？他那样的人还会心虚？他既然敢直接动手杀李英俊，说明他笃定自己可以通关，都能通关了还跑这破林子里干吗？舒舒服服躺在旅馆里睡觉啊。"

钱伟挠挠头："也是哦。"

安宁："当然了！"

三天相处下来，钱伟和安宁的斗嘴快要成为日常。赵平还惦念着不知所终的李双双，脸色不是很好，但看着此情此景，心里松快不少。

他其实不太赞同钱伟的那个通关推论，章之逑会那么笃定，这让他很疑惑。这样想着，他走到彭明凡身边，问："你觉得章之逑有问题吗？"

彭明凡摇头："我现在也不确定了。我刚开始怀疑章之逑是 NPC，可 NPC 为什么要抢着杀李英俊？可他如果不是 NPC，行为又太让人怀疑。"

钱伟插话："总之他这人怪怪的。"

安宁："那是你见得还不够多。"

两人眼看着又要掐起来，前头，唐措和靳丞又找到一处粉末的痕迹，顺着这个方向继续出发。

唐措还穿着军大衣，昨天他顺手把军大衣脱在厨房，今天也很顺手地把它穿了出来。外面很冷，走了这么一会儿他的生命值就掉了 1%。

“你觉得我们最后会找到什么？”靳丞问。

“尸体。”唐措言简意赅。

“你看起来一点都不相信那个通关推论？”

“因为瞿丽不可能通关。”

靳丞忽然来了兴致，继续问：“可瞿丽淘汰李英俊后失踪，跟李双双一模一样，这不就是在变相地佐证这种模式的存在？谁淘汰李英俊，谁失踪，吓得玩家都不敢再动手，可实际上动手的人都通关了，这很符合永夜城的恶趣味。”

“但是你没有发现吗？”唐措转头看着他，一双眸子黑白分明，“李双双和章之逑在动手前，都曾落单。”

两个杀人凶手，行动线都很诡异，一个胆小怯懦，一个自私精明，毫无共同点。但他们都在落单之后，突然发狂淘汰李英俊。

唐措又问：“李英俊的战斗力怎么样？”

靳丞想了想，道：“很强。”

“他两次被淘汰，都是先中毒再被袭击。中毒固然可以削弱他的战斗力，李双双袭击他的时候他甚至还被绑着，可他连一点反抗的能力都没有吗？”

这很奇怪。

从第一次目睹李英俊的淘汰开始，这种奇怪的感觉就一直萦绕在唐措心头，挥之不去，直到他看到章之逑又淘汰了他。

李英俊的战斗力为何忽强忽弱？

唐措不相信靳丞没看出来，他从头到尾都是一副游刃有余的样子，半只脚跨在局外。靳丞耸耸肩，说：“你说得也很有道理。”

他这说了等于没说。

唐措裹紧军大衣，继续前行。

靳丞慢悠悠跟上去：“其实我更在意李英俊本身。”

唐措不搭话，他是一个有脾气的人。

靳丞却心情渐好，继续道：“打柴人、散发着特殊香味的木柴、旅社的杉树标志，甚至是李英俊金克木的自身属性，都跟木有关。最后的真相，也可能藏在这片林子里。”

闻言，唐措抬头遥望着不知尽头的黑色树林。

靳丞的声音还在耳畔响着：“我们的最终目的不是解谜，而是淘汰他。只有找到正确的方向，才能活下去。”

正确的方向吗……

唐措咀嚼着这句话，脑海中却莫名浮现出一个模糊的身影。久远的记忆如浪潮翻涌，他转头看向靳丞，却只看到银色面具。

他宣布从此刻开始讨厌靳丞。

没有理由。

“我怎么觉着你看我的眼神不大对劲。”靳丞道。

“你看错了。”唐措一瞬间面无表情。

语毕，唐措开始加速，靳丞也开始加速，后边跟着的钱伟等人加速加得一头雾水：“大哥等等啊！”

又走了半个小时，中途修正了两次方向，六人发现一个山洞。到得此处，地上的发光粉末几乎已经找不到了，再往哪个方向走，是个问题。

山洞很小，没什么问题，胜在干燥。钱伟第一个跑进去，跺着脚抖落肩上的雪，冻得直往手上哈气。

“你怎么那么怕冷啊。”安宁后脚进去。

“我这才是正常的生理反应，你们一个个都是非人类……咦？”钱伟说着，忽然又跑到洞口，拨开地上的杂草和积雪，“这儿有怪物的脚印！”

其余人纷纷凑过来看。

彭明凡没有见过真的怪物，骤然看到那么大的脚印，联想到昨天钱伟说的话，不由得倒吸一口冷气。

靳丞却看得饶有兴致，问唐措：“昨天的怪物有那么大吗？”

唐措高冷地点点头。

“我忽然想到一个办法。”靳丞微笑，“怪物是这片林子里的原住民，对这里最熟，我们可以让它来带路。”

大家面面相觑，这又是什么骚办法？

唐措便问：“你确定它肯听你的话？”

靳丞摊手：“打一打不就知道了。”

“你打？”

“你不帮忙？”

“你没看到我快挂了吗？”

靳丞摇头，还真没看出来，您这快挂了的昨天才刚杀了一只怪物。

总而言之，方案就这么定下来了。

钱伟等人毫无发表意见的机会，就连彭明凡这个智囊都只能被分配到砍树这样的工作。安宁作为唯一的女性也没能逃过去，再加上一个赵平，四人被赶到山洞外，勒令他们砍树砍到把怪物引来为止。

突如其来的劳工生涯。

唐措裹着军大衣坐在洞口的石头上监工，抄着手，余光瞥到靳丞又拿出了他的弓。那是一把银灰色的机械弓，弓臂是镂空的，依稀可见无数精妙的齿轮和配件，整体线条流畅，处处透着科技的美感。

这么一把弓，玩法应该不止射箭一种。

唐措对它很感兴趣，但没有多问，只思考着自己也该想办法弄到一件称手的武器。

恰在这时，第一棵树倒了。

唐措抬头看了一眼，又看了看毫无动静的林子，道："继续。"

四位劳工只能继续砍树，心里却在突突。昨天他们砍树之后没几分钟怪物就出现了，今天保不齐也是这样，思及此，四人砍树的动作更快了。

"咔——"清晰的断裂声再次出现，怪物的怒吼也紧随而至。

"跑！"安宁一声断喝，四人撒腿就跑。跑路的同时他们不禁回头看了一眼，然后看到——怪物竟然也在跑！

它跑了，掉头就跑！

四人一个急刹车停下，彭明凡难以置信地看着怪物远去的身影，问："你们昨天到底对它做了什么？"

安宁、钱伟、赵平："……"

"快看那儿！"钱伟突然指着侧前方的一棵大树惊呼。

三人定睛看去，只见一个矫健身影持弓从十几米高的树上跃下，脚下像踩着风，瞬间又到了另一棵树的树梢，几个起落，直逼怪物。

"咻！"与他的速度同样快的，还有他的箭。跳跃的同时弯弓、搭箭，人在半空双脚还未落定，箭就已经出去了。

那一身军绿工装，可不就是靳丞嘛。

金属的箭杆刺破怪物右耳，带着血花钉入地面。怪物被逼停，嗷嗷叫着往另一个方向跑。然而靳丞已经到了它身后的树上，这一次没有用箭，直接拉动弓弦，对准地面射了一支空箭。

"铮——"那竟是古筝的声音，声波震颤，树叶齐鸣。

所有的积雪沸腾了，似被一股无形的力量从树梢拍落，而怪物痛苦地嚎叫一声，左冲右突，撞得周围大树根根断裂。

"铮——"又是一声，怪物轰然倒地，抱着头在地上翻滚。

靳丞一个雀落从树上跃下，稳稳地落在它背上，手中凭空变出一个针管，对准怪物后脑用力刺下，怪物瞬间安静。

匆匆赶来的四人目瞪口呆，唯一平静的只有唐措："什么药？"

靳丞随手把针管丢进雪地里："强力镇静剂。"

闻言，唐措绕到前头跟怪物面对面，果然看它还在挣扎，只是挣扎得不明显了，嚎叫也变成了呜咽。

紧接着，靳丞又拿出一个红色项圈套在了怪物脖子上，项圈上拖着根绳，看着特像遛狗的。

钱伟爹着胆子问："两位大哥，我们现在怎么做啊？"

唐措："你问他。"

靳丞挑眉："瞎走呗，我又不会说怪物的语言。反正这怪物天天在这儿溜达，还不让人砍树，李英俊砍树的地方它肯定去过，说不定走着走着就到了。"

怪物也不知听懂没，呜咽着想要伸爪去够脖子上的项圈，可怎么都够不到。

兴许是怪物太大了，强力镇静剂并不能使它陷入昏迷，没几分钟它就恢复了行动力，而这也正是它悲剧的开始。

怪物是不会屈服的，企图逃跑，拔足狂奔，但是无论跑多快、往哪里跑，靳丞都牢牢拽着它脖子上的绳子，脚下踩着片破木板，滑雪橇似的跟在后头。

"嗷——"怪物在怒吼，疯狂撞树，企图把靳丞甩出去。可靳丞踩着树干一个后空翻，转瞬间又降落在它的头顶，重重一击。

怪物发出惨叫，再度屈服。

同样屈服的还有劳工四人组，他们在后面跟得气喘吁吁，用尽所有力气才勉强没有跟丢。尤其是钱伟，因为背上还背着一个唐措。

唐措不是不想跑，而是跑不快。作为一个新玩家，他屁道具没有，身上还套着 Debuff，不用怪物回头干他，他就能把自己在这冰天雪地里跑死。

又半个小时过去，背着唐措的人变成了赵平。

"大哥！"钱伟朝着前方大声呼喊，累得舌头都快吐出来了，"您跑哪儿去啊！马拉松都、都——哎哟我去！"钱伟一个倒栽葱摔在雪堆里，引发了后面的连环车祸。

靳丞只好又把怪物带回来，这时的怪物也累得够呛，拿头哐哐撞树，企图自杀。唐措虽然没跑，可这一路颠下来也不好受，坐在地上半天没爬起来。

最先爬起来的还是精力旺盛的钱伟，自忖丢脸丢大发了，转头就在雪堆里找始作俑者："什么狗东西绊我？"

找了半天，他找着一棵长到膝盖的小树苗，二话不说就要把它拔了。可谁承想这树苗长得异常牢固，钱伟使了吃奶的劲儿，拔出来的同时自己也摔了个结结实实的屁股蹲儿。

他痛呼着去揉屁股，随手就把树苗又扔了。

树苗恰好扔到了唐措面前，他低头看着，神色骤变。

“这是什么？！”安宁也看到了，吓得一个激灵。

目光聚集，唐措把那树苗捡起来，大家便清楚地看到了那东西。

刹那间，所有人像过了电，浑身的鸡皮疙瘩都往外冒。钱伟甚至下意识地去摸自己的头皮，面露惊悚。

“这、这是我撕的？”钱伟差点背过气去，但显而易见，这就是事实。

“放心，这人早硬了。”靳丞说着，退开一步，道，“想办法把他挖出来，或许，李双双和瞿丽的下落我们很快就知道了。”

## 15

尸体被挖出来了，却是个陌生的男人。他被直立着埋在一个深坑里，人已经没了，可头发还在不断地向上生长，直至捅破地面，化作树苗。

这诡异又恐怖的一幕，让所有人失声。

唐措没有参与挖尸体，裹着军大衣在旁看着：“尸体已经开始腐烂，应该埋了有一段时间。”

靳丞也是个坐享其成的大爷，抱臂说道：“那就是上一批做这个任务的玩家，李双双和瞿丽如果也被埋在土里种成树，树苗可能还没发芽。”

“找一找就知道了。”

唐措一句话，又开启了劳工四人组的悲惨生涯。接下去的三个多小时里，他们以第一具尸体发现处为圆心，把半径一公里内所有的小树苗全部挖了出来。

靳丞虽然也没动手，但有怪物啊，那么大的手不用来刨土过于可惜了。

为了验证自己的猜测，靳丞还支使怪物挖了一棵大树，挖出来一堆白骨，也不知埋在地里多少年了。

“你觉得李英俊砍的那些木柴为什么会摸起来那么滑腻，还有股特殊的香味？”他问唐措，唐措回答得不假思索：“因为这个。”

不远处挖累了正坐下休息的钱伟听到了，差点把早饭吐出来。他们第一天到这个副本里就特小心地检查过厨房，没承想肉没问题，有问题的是木柴。虽说这木柴并非直接吃到嘴里，可用它烧出来的东西，跟在福尔马林里泡过有什么区别？

钱伟又忍不住去看周围的树，那些黑色的、扭曲的树干，此时看起来，可不就像挣扎着无力逃脱的鬼影？

东、西、南、北，整片林子里都是这种树，那得埋了多少人，想想就叫人不寒而栗。

可他们挖了半天，依旧没有挖到李双双。大家都累瘫了，天气那么冷，又出了一身的汗，随身带的食物也都吃完了，再不回去不是饿死就是冻死。

永夜城的玩家们都有个习惯，身上一定会带一些肉干或压缩饼干之类的能填饱肚子的东西，因为指不定遇到什么情况。

唐措是个穷光蛋，什么都没有，但大家各自分了他点，他倒成了吃得最多的。

“回吗？”靳丞说着，丢给唐措一个巴掌大的暖手宝，里头装着自动加热的水，是可以喝的，“闻晓铭鼓捣出来的东西，没什么用。”

唐措拿着看了看，道：“他是搞科研的？”

“他有个绰号叫移动客服。”

“为什么？”

闻言，靳丞似乎想到什么好玩的事情，嘴角带着笑，说：“因为他的编号是10086。”

唐措面无表情。

靳丞挑眉：“不好笑吗？”

唐措：“你没看出来是我的脸冻僵了吗？”

懒得理你。

唐措用暖手宝焐着自己的脸，站起来，举目远眺，总有种感觉——瞿丽没有被淘汰。她是来接替小圆的新人，按照小圆的说法，新人还在上岗培训，或许配合李英俊完善这个连环复活案就是她的培训内容。通过培训后，她还要在这里清“业”，所以不可能会被淘汰。

可如果她没被淘汰，会在哪儿呢？

唐措还想再找，可钱伟等人的体力已经跟不上了，他自己的生命值也掉了20%。略作思忖，他便同意了回去的决定。

彭明凡问那些挖出来的尸体怎么办，靳丞和唐措对视一眼，终于发现了彼此的相同点——“管挖不管埋”。

“李英俊晚上还要来砍柴呢，看见了肯定会重新埋的。”靳丞道。

其余人点点头，便也接受了他的这个说法，原因无他，他们实在是太累了，没力气再埋一遍。

随后靳丞放了怪物，六人开始往回走。跟上次一样，无论他们怎么转向，指南针都毫无变动。但有了上次的经验大家都淡定得多，屁话不说闷头赶路。

走着走着，唐措余光里忽然闪过一抹红。他霍然转头，便见左侧的林中好似闪过一道身影，可那身影跑得很快，眨眼便不见了。

“红裙子。”靳丞斩钉截铁地说。

在一片纯黑的雪林中，红色的裙子鲜艳夺目。

“是瞿丽！”唐措闪电追击。

靳丞比他更快，只一眨眼便从他头顶的大树上掠过，身形轻灵得连树梢上的一片雪都没惊动。待两人都冲出去，其余人才反应过来，纷纷追击。

唐措不出意外地落到了最后，可没跑多远便提前转向，几次下来，竟是绕到了钱伟等人的前头，跑着跑着，跟瞿丽迎头撞上。

四目相对，瞿丽满脸愕然：“你怎么在这儿？！”

这时靳丞又从她后面追上来了，她咬咬牙，终于还是跑开了。她跑得很诡异，身影时隐时现，每每在快被追上时又消失不见。

这也印证了唐措的猜测，瞿丽没被淘汰，作为 NPC 只是在配合李英俊的演出而已。

五分钟后。

瞿丽彻底消失在林中深处，仿佛从未出现过。

唐措问靳丞还能不能想办法把她找出来，靳丞摇头，他便也没再坚持。钱伟等人颇为懊恼，他却是平静得很，照旧赶路。

半个小时后，一行六人果不其然回到了旅社正门，此时已经是下午三点。

大厅里只有小圆一个人，独自坐着，魂不守舍。几人去厨房看过，尸体还在，没被动过。

章之逑却不知道去了哪里，安宁问了小圆才知道他一直在楼上休息。彭明凡便给钱伟使了个眼色，两人共同上楼，敲开了章之逑的门。

章之逑面色不善，仿佛连最后的伪装都不愿意做：“什么事？”

“我们在林子里找到了尸体。”彭明凡也冷着脸，但还是把林子里的发现说了。说完他也不等章之逑回话，径自带着钱伟离开。

几秒之后，走廊里传来砰的关门声。

钱伟气得翻白眼：“彭彭你还跟这种人说什么，让他去死得了，我们又不欠他的。”

彭明凡：“说不说是我的事，死不死是他的事。”

“彭彭你好酷哦。”

“……”

楼下的安宁正在纠结要不要洗澡，她出了一身的汗，急需洗个热水澡，可那淋浴房的水也是锅炉烧出来的。锅炉里塞的是木柴，不是煤炭。

唐措和靳丞却没有这个顾忌，先后进去冲了澡，旅社还非常人性化地提供了换洗衣物，就放在更衣柜里，不同尺寸、男女款都有。

看到唐措清清爽爽地出来，钱伟却心有余悸，下意识嘀咕了一句："这些衣服不会是从死人身上扒下来的吧？"

唐措转头看向他，微笑："你有事吗？"

"我错了大哥。"

不管怎么说，钱伟是打定主意不去洗澡了。

等到靳丞洗完澡出来的时候，钱伟已经累得趴在桌上打起了盹儿。彭明凡依旧是最热衷于推理解谜的那个，拿了前台上用来写今日菜单的小黑板涂涂写写，企图厘清事情的来龙去脉。

至于安宁和赵平则去了厨房准备晚餐，因为小圆又又又罢工了。

唐措独自窝在休息区的扶手椅里看杂志，靳丞走过去敲了敲桌子，瞅着上边一摞的书，道："又在看书？"

唐措抬眸："你不也还在拼拼图吗？"

拼图已经完成了大半，剩下一小半散落在桌上。

靳丞拿起一块放在手里把玩，过了一会儿，说："这幅画是席勒的《四棵树》，画本身的含义跟这个副本应该没什么关系，但他画的是树。"

"这也是所谓的某种提示？"

"也许。"

唐措对于这种艺术的东西无甚研究，不过总觉得自己错过了什么，这栋旅社里还藏着什么没有被发现的线索，所以才又把置物架上的书重新翻一遍，翻着翻着，还真被他看到了一点东西——上次翻阅时根本没有的内容。

那是杂志内页上的一篇报道，标题叫《史上最优秀护林员一年打柴竟达百吨！荣获"自然之心"奖！》。

配图是李英俊举着奖杯的憨厚笑脸，那奖杯正是酷似小金人的铜像。

唐措微微蹙眉。

不对，打柴打的是人的尸体，李英俊拿的奖叫"自然之心"。人类砍伐树木，最终被当成树木砍伐，以彼之道还施彼身吗？

思及此，唐措又接连翻了好几本书和杂志，但都没有再看到相关的内容。他放下书，站起来就往楼上走。

"你去哪儿？"靳丞在后面问。

"找服务员。"唐措步履不停。

小圆作为旅社唯一的服务员，独自住在一楼。唐措敲开了她的门，开门见山："外面的那片林子，或者说这座山，以前发生过什么事情吗？"

"事情？"小圆歪着头不明所以。

"事故。"

"你说十年前的那场大火吗？几个驴友到山里来玩，不小心把木头烧着了，整片林子都烧秃啦。那会儿我还没到这里来呢，听说种树种了好久才把林子种回来的。"

"具体是几个人？"

"嗯……应该是九个人吧，还是八个？好像是八个吧。"

"哦。"唐措心下了然，又问了一句，"你知道李英俊砍的那些是什么树吗？"

小圆笑着："知道啊，那些可都是最高级的木材，煮出来的饭可香了。"

说着，她又想到李英俊，神色重新变得哀戚。唐措再问她其他的，她也答不上来了，反反复复说些"英俊哥怎么会被淘汰""我到底什么时候才能下山"的话，毫无用处。

关上门，唐措回头看到靳丞靠在走廊上，抱臂问他："都搞清楚了？"

唐措当然清楚了。

副本里提供的线索是触发式的。铜像确实算得上是一个提示，昨天他明明已经把书都翻了一遍，书上却没有关于获奖的内容，小圆也没有解答关于铜像的故事。

可当他们在林子里发现了木柴的秘密后，线索就来了。

靳丞围观了全程，作为一个老玩家，直言道："我当初判断得没错，这不是F区的低端局，以林子里的尸体数量来看，前几批玩家近乎团灭，或许到死都没搞清楚真相。再看这线索的触发模式，最起码是困难级别的。"

唐措："因为黑名单加成？"

靳丞摊手，显然默认了这个说法。

两人不再多言，回到大厅把最新的发现跟其他人简单交代，看着一个个震惊得陷入沉默的脸，唐措也默然。

这四个人运气是有多差，才能跟他们两个黑名单在榜人员分到一个副本。

此时已经是傍晚五点一刻。

唐措看了眼墙上的挂钟，道："我打算去林子里过夜。"

他这句话是对着靳丞说的，靳丞也秒懂他的意思："你是想避过入夜之后一定昏睡的条件？"

唐措点头："李英俊说不定会把章之逑埋在李双双旁边。"

彭明凡听出了点意思，忙问："为什么一定要找到李双双，你发现什么了吗？"

唐措："还需要实证。"

彭明凡："那我跟你一起去。"

钱伟和安宁对视一眼，想起白天被大佬二人组奴役的恐惧，挣扎良久，还是咬咬牙道："我也去。"

"出去也可能会睡着。"唐措道。

"而且可能会睡在冰天雪地里，等不到天亮就成冻死鬼了。"靳丞继续威吓。

来自大佬的双重威吓不是没有用的，想想外面那条件，真在雪地里睡上一晚，说不定真的会挂。

没想到最后竟然是赵平开了口："那我们就先去那个山洞里躲着，等到过了睡着的那个时间点，再出来活动。"

钱伟三人诧异地看了他一眼。赵平无奈苦笑："我们都是一条绳上的蚂蚱，看这副本的内容分明是想把我们全部搞死，一起拼一把总好过在这里等死。"

话都说到这份儿上了，无须再说。

六人抓紧时间吃了晚饭，待所有准备做足，立刻出发。这一次他们行进的速度快了不少，因为那些发光粉末还没有消失，沿着这条路直达山洞。

林子里没有其他的木柴，为了生火取暖，大家也顾不得心里的那点忌讳了，找了很多干树枝点起篝火，静待时间流逝。

七点，大家还未入睡。

七点半，有人感到了一丝困意，但还在可控范围之内。

八点，他们没有等来扛着尸体的章之述，却见那深沉的夜色中，惨白雪地上忽然出现一抹晦暗的红。

钱伟惊得站起来："瞿丽！那是不是瞿丽？"

安宁："看起来挺像，这林子里除了她好像也没有别的红色了。"

恰在这时，那抹暗红的身影晃了晃，又出现在离他们稍远的地方。

安宁攥紧拳头，回身问唐措和靳丞："要不要追？"

彭明凡便道："也有可能是陷阱，她白天看到我们转身就跑，现在又为什么会再次出现？"

"我去吧。"这时，靳丞伸了个懒腰站起来，揉着脖子，步履轻松地走到洞口。目光所及之处，瞿丽的身影又远了一些。

唐措走到他身边："一个人？"

靳丞："你在担心我吗？"

"不。"唐措说，"我是想提醒你她快走远了。"

靳丞被他气乐了，微微一笑，抓住唐措的手腕咔嚓一声就给他套上一个手铐。唐措刚想说你有病吗，就看到靳丞也给自己套了一个。

“这是牵线用的，不准拿下来，要是待会儿我找不到回来的路，做鬼也不放过你。”

说罢，他摆摆手，留给众人一个潇洒的背影。

唐措低头看了眼自己的手腕，行吧，谁装备多谁是大佬。

八点五分，靳丞和瞿丽先后消失在众人的视线里。大家还没有入睡，神色各异地望着洞口，唯一相同的大概就是眼中的担忧。

除了唐措。

唐措一点都不担心靳丞，哪怕这个副本再难，也只是 F 区的副本，怎么能难倒 A 区精英。靳丞手上恐怕还有很多他们不知道的底牌，哪怕他们都死光了，他也不会死。

八点半。

靳丞还没有回来，众人也迟迟没有入睡。

山洞内的担忧又重了一分，钱伟忍不住提议出去找人。而恰在这时，唐措感觉到手铐似被牵动了一下，他站起来走到洞口。

“回来了。”

暗色的风雪中，靳丞扛着一个人往回走，他走得不快，但步伐并不沉重，临到洞口，还有闲心问一句——“你在等我吗？”

唐措不是很想回答他。

而此时此刻，赵平认出了靳丞扛着的人，惊呼道：“李双双！”

“啧。”靳丞对被打断了有些不爽，但他看这几人还算顺眼，终究还是什么都没说就把人放下了。

准确地说，是把尸体放下了。

唐措第一眼就看李双双的鞋底，发现上面除了一些污泥之外没有任何东西。他抬头问靳丞：“这是你从地里挖出来的？”

靳丞抱臂：“没错，瞿丽似乎有意引我过去。我也看过了，坑底没有任何粉末残留。”

“什么意思？”钱伟眨巴眨巴眼，跟安宁和赵平三脸相觑，这怎么又扯上发光粉末了？彭明凡倒似想到了什么，可一时又想不清其中关联，微微蹙眉。

唐措来不及解释了，他跟靳丞对视一眼。

靳丞眸光微动：“你的意思是……”

唐措：“回去找章之逑！要快！”

说罢，两人同时往洞外跑。其余人还没想明白，但几天的相处已经让他们对两人产生难以言喻的信赖感，二话不说也跟着跑。

可就在唐措的脚刚踏上洞口边缘时，一股浓重的睡意直袭大脑——

“咚！”“咚！”“咚！”

六个人，一个不剩全部倒下。

## 16

早上快六点，没有李英俊的拍门声，众人还是依次转醒。钱伟刚醒来就打了个大喷嚏，转头看到熄灭了的篝火，哆嗦着想要去把它点燃，却发现自己已经冻僵了，缓了好久才缓过来。

赵平离篝火最近，勉强把它点上。待温暖重新降临，众人这才觉得舒服许多。

唐措却不大好。

他手脚冰凉，并不单纯是被冻的，也有自身体质的原因。勉强撑着坐起来，他摸出巧克力豆倒了两粒在嘴里，又把剩下的半瓶药剂当水，像吃药似的把巧克力豆都咽了下去。

两粒之后又两粒，直到嘴里弥漫着甜味，生命值也恢复到 10% 以上，唐措才面色稍霁。只是眉宇间的病色到底还是加重了些。

“还能走吗？”靳丞单膝跪在他身侧，蹙眉。

“死不了。”唐措语气平淡，顿了顿，又从怀里摸出暖手宝晃了晃，“谢了。”

靳丞便没再说什么，转身拿出几块肉干丢给彭明凡：“拿去煮个肉汤吧，吃饱了再回去。”

这次他们准备得还算充分，不光带了肉干，还备了锅碗和调味料。做出来的东西虽然称不上美味，但在冰寒刺骨的天气里喝上一碗热汤，已经是莫大的享受。

此时已经是第二天的清晨，李英俊恐怕早已打完了柴回到旅社，章之逑业已失踪，所以大家反倒不急了，喝着热汤追问起昨晚唐措急着回去的原因。

“为什么要回去找章之逑，你找到不让他失踪的办法了？”彭明凡问。钱伟等人也满含希望地看着他，这并非关心章之逑，而是唇亡齿寒。

唐措道：“那不是章之逑。”

钱伟：“啊？”

安宁面露急切：“什么意思？”

“意思就是——”靳丞拉长语调卖了个关子，蓦地一笑，“李英俊根本没有被淘汰，他从来就没有被淘汰，这就是游戏一直不通关的原因。”

不是，你们到底在说什么？

钱伟、安宁、赵平三脸蒙，就连彭明凡也眉头紧蹙。

靳丞笑道：“其实很简单。”

唐措捧着汤碗缩在军大衣里，自动开启节能模式：“你说。”

靳丞挑眉：“怎么又我来说了？”

唐措：“你没看到我快挂了吗？”

求求你们倒是说啊！

或许是“吃瓜”群众的眼光太热切，靳丞清了清嗓子，终于回归正题：“李英俊的行动路线很简单，每天一早六点回到旅社，淘汰一位玩家，与该玩家互换身份，再假借这个身份亲手淘汰由玩家假扮的‘李英俊’，瞒天过海。等到晚上所有人入睡，他再把尸体背出去，毁尸灭迹。”

等等，你在说什么？

钱伟瞪大了眼睛，舌头打结：“互、互换身份？到底谁杀谁？”

“啧。”靳丞嘴角下压，露出的小半张脸上写满了不耐烦，“我说得不够清楚明白吗？哪个字你不理解？”

我每个字都认识，但它们组合在一起就不认识了啊，大哥！

钱伟真想就这么喊上一嗓子，可这位大哥一副“你敢说半个字就打死你”的模样，让他生生憋住了。

唐措却是狐疑地瞥了靳丞一眼，这熟悉的语气词、熟悉的语调甚至是熟悉的讲述模式，都让他不可避免地想起一个人。

说起来，唐措有时也爱说“啧”，那是在青春期受到的荼毒。

思及此，唐措把视线从靳丞身上移开，看向彭明凡，道：“这确实是个推理副本没错，没有什么淘汰李英俊就会失踪的设定，也没有什么循环，身份互换的戏码虽然不合常理，需要借助某种异能或障眼法完成，但也给我们留出了破绽，我们需要做的，就是依靠这些破绽，揭开李英俊的犯罪真相。”

彭明凡嘴巴微张。

如果靳丞说的是真的，那么李英俊的杀人计划堪称完美，成功地让所有玩家都以为是己方淘汰了他，可实际上呢，是李英俊一个一个淘汰了玩家。

唐措继续道：“迄今为止一共三个受害者，瞿丽、李双双、章之述。先说瞿丽，她只是一个幌子，是NPC，根本不会被淘汰。李英俊之所以要借她设这个局，让我们在一开始就看到他的死状，并在第二天又返回，就是为了让我们有一个先入为主的判断。”

先入为主是件很可怕的事情，会直接影响人的判断，进而模糊真相。

“至于李双双和章之述，在淘汰英俊之前，都曾经落单。李英俊恐怕就是在这时候趁机与他们发生互换，再堂而皇之地顶着他们的脸回到我们面前晃一圈，然后杀人灭口。我们没能发现端倪，是因为李英俊是个哑巴，‘他’直到被淘汰，都没有说出过一句话。”

闻言，安宁想起前天去卫生间找李双双的场景，恍然大悟。

“我想起来了！那时候李双双去上厕所，我见她迟迟不回来就去找她，路过布草间的时候我从门上小窗往里看，那个时候李英俊冲我不停地啊啊叫，眼神无比惊恐。现在想想李英俊被我们捆起来的时候也没见他多慌乱，那个时候……那个时候里面的人就已经是李双双了？！”

话音落下，其余人头皮一阵发麻。

安宁又想起别的来：“还有厕所隔间的那个通气扇！那个通气扇是通往布草间的！李双双去上厕所，之所以没能察觉没能呼救，说不定就是李英俊从那个通气扇钻进厕所，从背后神不知鬼不觉把她拿下了！”

至此，李双双遇袭已经基本明朗。她不管是被李英俊从背后捂住了嘴巴，还是被直接弄哑，总而言之，没能呼救。

李英俊将她伪装成自己丢进布草间，她曾向安宁求救，可安宁没有认出她。而后李英俊去而复返，用扫帚柄将她淘汰。

“再说章之逑。”唐措放下汤碗，坐直了身子，“我们在厨房发现他的时候，他是睡着的。醒来之后发现自己说不出话，他也是神色惊恐。他中的毒恐怕不是别的毒，就是为了毒他的嗓子。后来你们所有人赶到厨房，他发疯朝你们扑过去，扑的不是别人，应该就是人群里的李英俊。”

彭明凡倒吸一口凉气：“没错，他哪怕不知道自己已经变成了李英俊，可看到人群里又出现一个自己，一定也明白了什么，可他已经说不出话了，而这个时候——”假的章之逑冲上前去淘汰了他。

赵平喃喃：“难怪……难怪他们前后都像换了一个人……”

说着，他又忍不住问：“可单凭这点怎么能断定就是互换身份？”

“因为粉末，也因为瞿丽。”唐措道。

“我在旅社里撒满了粉，可为什么李双双尸体的鞋子上一点粉末都没有？明明是‘她’把李英俊的尸体背出了旅社，就算一路上都被蹭干净了，也不至于这么干净，连埋尸的坑里都找不到丁点痕迹，反而是李英俊脚上沾到了。”靳丞终于说了几句人话，“原因只能有一个——李双双的尸体被李英俊背在背上，她的脚完全没沾过地。”

赵平微怔，随即哑然。

彭明凡忙追问：“那瞿丽呢？”

唐措道：“你们还记得昨天第一次遇到她，她看见我说的第一句话是什么吗？”

有人当时隔得远没听见，但靳丞听到了，她说——“你怎么在这儿？！”

“她看见我的时候很惊讶，不是惊讶于我为什么会在林子里，而是我为什么出现在这个副本。我们第一天见到的那个瞿丽也不是真的瞿丽，是李英俊。”

唐措起初真的以为瞿丽不搭理他、不揭穿他新人的身份，是因为性格使然。广场初遇时，瞿丽就是那样不爱搭理人的孤傲性格。

可在林中再次遇到她后，唐措就品出了不对劲。直到昨天晚上，瞿丽再次出现，引靳丞找到李双双的尸体，让唐措终于确定——最初的那个瞿丽是假的。

她在林中认出了唐措，也许是明白自己的处境而不甘心，也许是念着同届生的情谊，遂帮了一把。

靳丞说在任务中被淘汰的玩家会变成彻底的NPC，但现在看来，瞿丽还在转化过程中，没有完全丧失自己的意志。

或许等那个新人上岗培训结束，她就会变成另一个小圆了。

唐措最后道："这也就能解释为什么李英俊作为一个战斗力不低的Boss，能轻易被淘汰了。还有，他根本不是个哑巴。"

至此，一切真相浮出水面，再无疑窦。

山洞里因此陷入一阵长久的沉默，尤以赵平为甚。任谁想到跟自己待了大半天的队友竟然是"受害者"假扮的，自己还被对方玩弄于股掌之中，都不会好受。

这带来的不光是愤恨，还有恐惧。

"回去之后立刻围杀李英俊，要求只有一点——不能落单。"唐措语气凝重。一旦有人落单，就有可能被杀，如果他们一时大意，没有注意到有人落单，那么这个游戏就会变成猜猜我是谁。更糟糕的是，唐措怕李英俊借系统开了天眼，已经知道他们猜出了真相。

因为昨天那场太过及时的"入睡"。

如果李英俊知道了，那必然抛弃之前的做法，采取Plan B（B计划）。把唐措放在李英俊的位置，这个Plan B就会是伺机替换一个玩家，混入玩家之中，一举反杀。

而李英俊是个具备高智商的Boss，这毋庸置疑。

半个小时后，众人做好了心理准备，踏上归途。因为他们是从后门出来的，所以此次回去仍是从前门进。

跟上次一样，大厅里只小圆一个人。这次没人被淘汰，小圆开心地哼着歌在擦桌子，给他们开门时依旧没事人似的说："你们回来啦。"

安宁问："你知道我们出去了？"

小圆笑着："我看你们不在，就知道你们肯定出去散步啦。"

闻言，钱伟登时翻了好大一个白眼，做了好几次任务还是头一回碰到这么缺心眼的NPC。不过小圆不是主要的，他忙问："李英俊呢？他打柴回来了吗？"

“回来了啊，他去后面放柴火了。”小圆说着，望向他们身后，疑惑道，“咦，就你们三个回来了吗？还有其他人呢？”

没错，进门的只有钱伟、安宁和彭明凡三个人。至于其他人去了哪里，彭明凡推了推眼镜，自然不会告诉她。

后门口，唐措和赵平蹲在杂物棚后面。他们虽然也是从正门来，可从正门绕到后门还是可以的，左右这栋旅社里只会有小圆和李英俊两个人，行事也不必太过谨慎。

两人仔细听着后门口的动静，可以确认李英俊也不在杂物棚里。

唐措不禁抬头向侧上方看，靳丞正身形矫健地从旅社侧面的窗户里钻进去。那扇窗户进去就是二楼走廊，右侧是楼梯。

六个人，兵分三路。在尽量不落单的情况下，从各处搜寻李英俊的下落。

静等五分钟后，靳丞又从窗户里探出头来，跟唐措摇摇头——李英俊不在二楼。

钱伟的肚子饿了，屋里传来他的嚷嚷声，看来李英俊也不在一楼。

唐措双眼微眯。

兵分三路其实是一个试探，试探李英俊是否改变了杀人计划。现在找不到他人，多半是故意藏起来了，只等着背地里下黑手。

可他会藏哪儿呢？

唐措沉思着，神色却依旧淡定。

赵平安静蹲着不敢打扰他，只一心留意着四周的动静。他还记得刚才靳丞对他的叮嘱，让他好好看着唐措。唐措虽然生猛，可看起来状态不太好。如非必要，他们这一组尽量不跟李英俊正面硬刚。

一分钟后，小圆走入厨房，出现在两人的视线里。从他们这个角度，是可以看到厨房窗户的，窗框四周虽然结了霜，但也能勉强看清里面的情形。

小圆哼着歌走到冰箱前，先是打开冰箱看了看，随后拿出了一些食材洗干净，来到案板前准备做菜。这一切都很平常，没什么特别的。

而就在这时，小圆拿起菜刀，握着刀柄掂了掂。这下意识的动作让唐措瞬间蹙眉，脑袋中灵光乍现——“李英俊！”

唐措看到过小圆做菜，她没有这个下意识的动作，事实上也很少有小姑娘会在切菜前掂菜刀试手感。

想通这点，唐措立刻抬头望向二楼窗户，抬手跟靳丞比了个圆，又往厨房的方向一指。

靳丞会意，身影瞬间消失在窗口。

在赵平和唐措看不到的视野里，靳丞双手插在裤子口袋里，一米九的个子走得慢慢悠悠，从容之间带着点痞气。

不一会儿，他就下了楼梯，跟大厅里的彭明凡三人打了个照面。四人谁都没有说话，靳丞往厨房使了个眼色，彭明凡推推眼镜思忖两秒，带着探询的目光又比一个圆。

靳丞点头，孺子可教也。

三人上前，就要跟靳丞一同前往。靳丞却在此时摇头，视线一一扫过，最终指着彭明凡和安宁，道："你们继续去找李英俊。"

找李英俊，意思就是找真正的小圆。为了最终的目的，放任任何可能产生纰漏的存在都是不可取的。

劳工四人组已经对唐措和靳丞产生了巨大的信任，立刻郑重点头。钱伟便跟着靳丞一起来到厨房门口，他又兴奋又有点忐忑，压低声音："现在？"

靳丞很是随意，直接推开了门。

"吱呀。"门开的瞬间，小圆闻声回过头来。

靳丞倚在门框上，笑吟吟问："今天吃什么？"

小圆挠挠头："土豆炖牛肉啊。"

与此同时，唐措和赵平的身影出现在窗外。隔着一扇玻璃，唐措和靳丞对上了视线——现在动手？

## 17

通关游戏这种事，宜早不宜迟。

几乎是在对视的瞬间，唐措和靳丞就读懂了对方眼中的意思，一个破窗而入，一个正面迎上。这么近的距离正面应敌，靳丞用的是——枪。

快如闪电的一枪。

"当！"子弹直袭小圆面门，却被菜刀挡下，她歪头看着菜刀上的弹孔，狐疑地问："为什么要打我？"

靳丞毫不意外这样的结局，抬手又是一枪。

小圆侧身避过，动作之快近乎诡异，可就在这时，唐措已经杀到。他没有别的称手的武器，就从杂物棚里摸来了一把斧头。

小圆一下被逼到墙角，面露惊恐，连声呼喊："你们干什么？！住手啊！"

可唐措和靳丞都不爱废话，作为常年游走在作死边缘的先锋人物，深谙"反派死于话多"的道理，能动手的时候绝不浪费时间。

“咔！”唐措一斧头砍在厨房内的置物架上，瓶瓶罐罐顿时倒的倒、掉的掉。他当机立断飞起一脚，正中一瓶胡椒粉，迎面朝小圆砸去。

区区一瓶胡椒粉，小圆自不放在心上，靳丞却在此时开枪，子弹瞄准的不是她，而是胡椒粉瓶，“砰”的一声瓶身炸裂，铺天盖地的胡椒粉向小圆兜头而去，呛了她一个猝不及防。

“喀喀喀、喀……”在惊天动地的咳嗽声中，小圆的身手依旧敏捷。眼看着靳丞又举起了枪，唐措的斧头也近在眼前，她眸光微闪，竟朝赵平扑去。

赵平主攻异能，且是冰系异能，在这样一个风雪副本中本应是占了优势的，可奈何这是在狭窄的室内，他仓促之间凝出三根冰凌朝小圆刺去，可小圆闪避的动作太快了，几乎是瞬间便避了过去，手中菜刀直逼他的脖子。

“小心！”钱伟惊呼。

赵平咬咬牙，迅速凝出一面冰盾挡在身前，并在冰盾被劈碎之时，借助这个力道迅速后退。但他也没想着逃跑，他的身后恰好是水缸，后退的同时，一只手探入水缸暗自发力，“哗啦”的水声几乎在刹那间响起，带着寒冰的气息，化作水龙袭向小圆。

可小圆呢？

“靠！”赵平看到那跳窗的身影，差点气死。电光石火间他也明白过来，小圆朝他扑过来就是为了跳窗逃走。

钱伟也很气，到现在都没出过手呢，怎么 Boss 就要跑呢？

不要脸！

钱伟和唐措几乎同时追到窗边，可小圆已经跳窗了，赵平的水龙只沾到她的衣角便没了后劲。

跳窗的刹那，小圆也变回了李英俊的模样，那憨厚青年挂上了残忍又狡诈的笑容，回头冲他们笑。

“有种别跑！”钱伟大喊。

李英俊可不听他的，转身就跑，谁料转身的刹那就迎上一支箭。他脸色骤变，哪怕躲避的速度再快，依旧被箭擦破了手臂。

鲜血飙射，他倏然望向箭的来处——靳丞赫然出现在门口，唇角带笑，极度嘲讽。

他在李英俊扑向赵平的时候就立刻奔向后门，时间掐得分秒不差。

此时唐措三人也追了出来，赵平双手触地，断喝一声，弧形的冰墙便拔地而起，沿着木栅栏将整个后院围住。

李英俊一时无法逃离，而靳丞的箭又到了。

三箭连射，李英俊左支右绌，腿上很快又多了一道伤痕。可赵平的冰墙并不算多坚固，李英俊在闪避的过程中，顺利打出了一个豁口。

他正要冲出去，钱伟杀到。

钱伟是个剑客。

事实上在低级区，剑客、刀客这些玩冷兵器的并不多，因为上手很难，比枪械要难得多，甚至不如学气功。但钱伟有一个当侠客的梦想，又正巧遇到过一个武侠副本，阴差阳错地学到了一些剑术的技巧。

当然，永夜城的剑术也带了点玄幻色彩，就像气功真的能打出冲击波，剑术也能激发出剑气。

钱伟的剑气是淡橙色的，道行不深，所以激发的剑气还不够强，但他话很多——“吃我一剑！

“再来！

“别跑！”

李英俊不把钱伟放在眼里，可架不住他很吵，这么吵着吵着，赵平又把冰墙补好了。赵平喘着气，可见消耗之大，他到底不算多厉害，可还是咬牙又凝出了几根冰凌，配合着钱伟的剑向李英俊刺去。

谁料李英俊竟只是抬起手臂，就把那些冰凌打碎了。

是了，除非是金系的攻击，否则李英俊的防御几乎是无敌的。

钱伟虽然用剑，他的剑气却并非金系，真正能对李英俊造成伤害的，还是靳丞。靳丞仍然打得游刃有余，两箭再次逼退李英俊，却不下杀手。

赵平不解，回头张望，蓦地发现唐措不见了。

时间倒退回三分钟前，唐措给靳丞使了个眼色，而后悄无声息地折回旅社内。他要靳丞牵制住李英俊，确保李英俊不会有杀人调包的机会。

旅社正门口，彭明凡正蹲在地上仔细研究快要被积雪覆盖的脚印。安宁在旁警戒，看到唐措过来，连忙道：“小圆可能出去了，我们找遍旅社都没找到她人。”

唐措问：“这脚印是她的？”

彭明凡抬起头来：“大概 36 码的鞋子，除了她应该不会有别人。怎么办，要去追吗？还是就这样不管了？”

“我们的目标是淘汰李英俊，跟小圆没有关系吧？”安宁插话，“她之前一直把下山挂在嘴边，说不定是下山了？”

彭明凡却不这样想，直觉告诉他唐措也不这样想，事情哪有那么简单。

唐措很快有了决断：“安宁，去找油。”

“啊？”安宁愣住，“油？做什么？”

彭明凡很快明了，错愕道：“你要放火？”

唐措：“烧山。”

大约五分钟后，彭明凡和安宁各自拎着一桶油跟唐措进了林子。安宁虽然叫安宁，却不是个安分的人，在初时的惊讶过后，眼睛里呈现最多的还是激动。

放火烧山，这是多大的手笔啊。

这时，唐措又问她：“我看过你出手，你的技能跟风有关？”

安宁点头：“没错。唐大哥你放心，我懂你的意思，待会儿我会把火吹尽可能大，包你满意！”

说干就干。

三人没有走出多远，安宁和彭明凡就把油泼在了路旁的树上，用从厨房顺来的火柴点燃。火燃起的刹那，安宁也没整什么花架子，直接双手叉腰，吸气，吐气。

“呼——”

呼呼的风吹起来了，火瞬间蹿起十米高，顺利从这棵树蔓延到另一棵树，转瞬之间，便连成了片。

今天还是个难得的好天气，雪很小，地上虽然有积雪，但天气干燥。这么多油泼上去，再加上一刻不停的风，火势越来越大，大到后院众人也看到了那熊熊燃起的烟和火光。

“那边怎么了？！”钱伟一剑劈歪，愕然回头。

赵平也喘着气望去，李英俊更是面沉如水，嗓子里发出如野兽般的怒喝：“你们怎么敢？怎么敢放火烧山！

“你们会遭报应的！

“你们都得死——”

怒喝声被一支箭崩碎，靳丞站在杂物棚棚顶，看不见表情：“树是尸体上长的，烧也烧的是我们的同类，你号什么？”

这逻辑毫无破绽，李英俊竟听得愣住。

赵平和钱伟也面面相觑，这好像真的没毛病？

可李英俊也不是那么好糊弄的，怒极反笑：“那又怎么样？你们把我的柴烧了，一样得死！”

“啧。”靳丞就讨厌这样不讲理的人，这世上有他一个不讲理的就够了，多了岂不是要乱套。而且唐措那边既然已经搞出那么大动静，那他也不必再留手。

他笑着，再次拉开了弓。

李英俊预感到不妙，趁钱伟和赵平震惊于大火之时，迅速往冰墙的豁口走。没错，冰墙又被他打出了一个豁口，而赵平已经没有多余的能量再补一次了。

他跑得很快，可靳丞的箭更快。

那还是一支金属箭，看起来跟前几次没有什么不同。但李英俊不敢掉以轻心，余光紧紧盯着，提前便往旁边闪避。

然而神奇的一幕发生了，那箭在半空中竟突然分裂成三支，封住了李英俊所有的躲避路线。

李英俊瞳孔骤缩，急速后退，可是依旧来不及了。三支箭，有两支狠狠刺进他的胳膊和胸膛，那力道大得将他整个人撞飞，狠狠拍在冰墙上。

“咔——”冰墙碎裂。

李英俊猛地吐出一口血，却还没有被淘汰。他愤恨地抬起头，眸中闪过一道冷光，正要说话，却听靳丞抢在他前头问：

“你的斧头呢？”

李英俊再次怔住。

靳丞再问：“你的斧头呢？”

唐措从杂物棚里拿了一把斧头当武器，但那显然不是李英俊的斧头。李英俊的斧头破防极为厉害，可他都快死了，斧头呢？

钱伟和赵平也反应过来，不知为何，背上出了冷汗。

难道是他们的判断出了差错，眼前这人其实不是李英俊？

“咻！”又是一箭钉在李英俊的腿上，将他推出半米远。靳丞似笑非笑地看着他，再问：“你的斧头呢？”

与此同时，树林深处。

消失不见的小圆正笑眯眯地把一柄黑色的斧子交到瞿丽手中，说：“你接过它，从现在开始你就是英俊了。恭喜你，正式上岗啦。”

瞿丽没接，她紧紧攥着拳头，指甲刺破掌心，用疼痛来保持自己最后的一点意志：“为什么？我明明是来接替你的不是吗？”

“嗯。”小圆可爱地歪着脑袋，说，“我也不知道啦，总之乌鸦先生是这么说的。而且你做英俊也没什么不好呀，工期还短，我暂时都不能下山了呢，得等到下一个新人来才可以，冤死了。”

“乌鸦先生？”瞿丽的脑袋里突然嗡了一下，再次想起了被灵魂大摆锤击中的恐惧。她不由得后退一步，根本不敢去接斧头，而就在这时，她忽然看到远方一片红光：“那是什么？！”

闻言，小圆回过头，也终于看到了那熊熊燃烧的火焰，惊愕地伸手捂住了嘴。她慌了，是真的慌了，在这儿这么多年她可从没遇到过这样的情形。

“快快快，烧过来了！”小圆二话不说把斧头往瞿丽手里一塞，拔腿就跑。

瞿丽像接了个烫手山芋，下意识想把斧头扔掉，脑袋却传来钝痛。

熟悉的铃铛声紧随其后。

叮！

玩家 K26453，正式进入清业程序。

而不远处，一只乌鸦正在树梢跳脚。

“可恶！太可恶了！这两个该死的人类，竟然又做出这种大逆不道的事情，简直不把伟大的乌鸦先生放在眼里，不把至高无上的永夜城放在眼里，气死我了！！！”

它扑棱着翅膀，气到头顶掉毛。一时不察，树下火焰突然蹿起，差点烫到它的脚，它这就更气了，咻地飞起来，想骂人却又卡壳，憋了半天，只憋出一句——

“气死我了！”

## 18

在乌鸦先生暴跳如雷地咒骂时，旅社后院里的靳丞打了个喷嚏。他摸摸鼻子，抬头望天，料想着定是哪个浑蛋又在骂他。

会是谁呢?

靳丞作为 A 区精英深谙系统的路数，要么就老老实实走推理，在李英俊杀光所有玩家之前发现真相，这时候李英俊的实力会大打折扣；要么就走爆破流，用绝对的实力碾轧。

身手和脑子，你总得有一样。

可现在的情况很不对劲，李英俊的实力确实打了折扣，眼看就要死了，他的斧头却不在这里——那这多半是乌鸦先生的手笔了。

也就是说，此刻的李英俊已经不是英俊，他们千防万防，Boss 还是换了人，以一种近乎作弊的方式。

这可真让人不爽。

于是靳丞一箭淘汰了李英俊。

钱伟和赵平却没想明白，看到李英俊终于倒下了，还很高兴。可宣布通关的播报声迟迟没有响起，两人终于意识到什么，齐齐看向靳丞。

靳丞没有啰唆：“去前边。”

两拨人马在火海前集合。

唐措往后看了一眼：“没呼吸了？”

靳丞抱臂：“没了。”

唐措："还有两个人，小圆和瞿丽，你猜哪一个？"

靳丞："猜来猜去太麻烦，不如都试试。"

如果闻晓铭在这里，听到这话一定会跳起来。他们老大就是这样，别人顶多是破坏分子，他是爆破分子，虽说NPC没了会刷新，没有影响，可也不能是这么个玩法啊。

你这样，让系统怎么玩？

唐措不置可否。

靳丞耸耸肩，道："谁拿斧头谁就是英俊，小圆进林子多半是去找瞿丽，那瞿丽就是英俊。只是她跟你是同一届的，你下得了手吗？"

唐措反问："你觉得我可以？"

这是个好问题。

乌鸦先生插了手，新Boss上位，必定很难打，以唐措目前的状况，恐怕还真的杀不了。

但唐措不杀人，可以放火。

"安宁，风再大点。"他道。

"还要再大吗？"安宁抹了把汗，脸颊已经被热浪拍打得红扑扑的。

"再大。"

"好吧。"

安宁咬咬牙，终是把全部力量都用上，不留余力地将风送出去。说实话，这风系的能力迄今为止也只是让她的身体变得更轻盈敏捷罢了，真要运用到实战中她还有点不熟练。好在鼓风是项完全不需要技术的活儿，一股脑儿地往前输出就行。

"轰——"热浪再度暴涨，像奔涌的海浪拍向树林。

赤红的火，黑色的林，红与黑的交织在这片雪白的天地间显得分外夺目。

钱伟护着彭明凡赶紧往后撤了些，以免被大火波及，看着靳丞和唐措的目光则越发敬畏——这两位大哥怎么搞得跟反派似的呢？一个杀人，一个放火，后院里躺着的那个李英俊倒像是为了被焚毁的山林而奋起复仇的英雄，最终惨死在反派箭下。

那他们算什么呢？

钱伟一圈扫视下来，终于找准了自己的定位——反派的炮灰小弟。

这可真是太惨了，钱伟心疼地抱住自己的剑，不管正派还是反派，他的剑可不能再坏了。他们F区的装备根本禁不起修，修理费还很高，谁修谁知道。

可大哥有令，小弟怎敢不从。

靳丞："钱伟，跟我回后院。"

钱伟："回去做什么？"

靳丞微笑："兔子马上要跑出来了，我们去守株待兔啊。我看你的剑，特别适合用来宰兔子。"

钱伟："……"

一刻钟后，大火已经席卷了大半的林子。扭曲的黑色枝干在火光中一片接一片地倒下，那股奇异的香味混杂着烟味弥漫在山林上空，越发浓郁。

青年旅社的屋顶上，钱伟戴着靳丞的面具、拿着靳丞的弓迎着风雪和热浪显摆，内心感受到了前所未有的悲痛，那就是——小弟跟大佬果然是有区别的。

大佬的弓拿在手里特别重，但是大佬的面具竟然比他的脸小！

这不公平！

试问他区区一个小弟，为何还要站在这里承受这种侮辱？而且他也不是来宰兔子的，他就是等着兔子撞上来的那一个桩啊！

大佬自己呢？

钱伟低头看了眼身后，斜面的屋顶上，靳丞双手枕在脑后，仰躺在朝向正门的那一面，好不惬意。

"大哥，您觉得这真的能骗过 Boss 吗？"钱伟觉得 Boss 也不是盲人啊。

"大概不行吧。"靳丞慢悠悠道。

"那为什么还……"

"我就骗骗她，过把瘾。"

这也行吗？

钱伟完全无法理解大佬的思路，但大佬也没有改变主意的意思，他便咬咬牙，硬上。又过了几分钟，林子里终于有了动静。

这动静大得，钱伟脸上的面具都差点掉下来。

瞿丽她骑着个怪物！

她骑着怪物出来了，手里还拿着把斧头！

这是哪里来的钢铁女战士？！

我的天呀！

"嗷——"怪物在咆哮，可钱伟内心的咆哮声比它大一万倍。他双腿哆嗦着用余光去寻求大佬的帮助，大佬脸上不知何时又多了一副面具，告诉他："不要动哦。"

语毕，靳丞掏出一面红色小旗子插在瓦缝里。风吹过，红色的旗子迎风招展，这落在怪物眼中，让它的眼珠子瞬间通红。

它突然不顾一切地朝屋顶扑来，可并不会飞，猛地撞在墙上，墙体破裂，整栋旅社都颤三颤。

钱伟此刻才体会到“不要动”是什么意思，可这怪物太大了，直立起来就到了二楼的高度，再撞几次楼都要塌了。

这小旗子是什么嘲讽技能吗？！

说时迟，那时快，靳丞拔出钱伟的剑，从楼顶一跃而下。他双手持剑，跃下的同时剑气瞬间激发，照着怪物的肩膀劈下。

那是银色的剑气，月华一般，是钱伟在F区从来没有见过的颜色。

“当——”长剑砍入怪物肩膀三寸，却又被瞿丽的斧头挡住。

靳丞及时抽剑，动作极快地与瞿丽在怪物背上打了三个回合，当当当的金属交击声不绝于耳，可谁都没讨到好。

瞿丽果然很强，已经是个NPC，不是玩家了。那双眼睛里是同李英俊如出一辙的愤恨和阴狠，全然没了自己的模样。

嘲讽小旗子对她而言似乎也没什么用。

靳丞甩甩手，挽了个剑花。这一手看得钱伟又瞪大了眼睛，实在难以想象大佬究竟是什么来路的大佬，为什么连剑术都会。

此时，前门四人组也闻讯杀过来，赵平和安宁虽然已显疲态，但还是当机立断上前援助。唐措却拦住他们：“不要落单。”

彭明凡立刻警觉：“你是说——”

唐措没有答话，彭明凡的后半句话也没有说出来，但彼此心如明镜。混战之所以叫混战，其中有个混字，一个不注意被人取而代之也是有可能的。

更何况，谁也没说现在拿斧头的那个就是真的英俊。

“砰！”那厢，靳丞终于将瞿丽打落地面，将铺满积雪的地面砸出一个深坑，可她几乎没受什么伤，立刻爬起。

这物理防御，恐怖如斯。

怪物却还执着地往屋顶上爬，眼睛里似乎只有那面迎风招展的小旗子，就连站在小旗子后面的钱伟都被无视。

恰在这时，林子里又跑出一个灰头土脸的小圆。她扶着树干猛喘粗气，喉咙更像是被烟熏到了，带着咳嗽。

众人的目光被她吸引，但还来不及有所反应，轰隆隆一阵惊天巨响，怪物终于把旅社撞塌了，漫天的烟尘和飞雪混杂在一块儿，铺天盖地，更有烟雾从林子里蔓延出来，霎时间竟模糊了所有人的视线。

不好！

唐措倏然回头看向钱伟，却见原本应该在废墟中的钱伟突然变成了靳丞，正抬起长剑架住瞿丽的斧头。

瞿丽满脸愕然，阴狠不复。

"怎么会——"

"砰！"

靳丞一脚将瞿丽踹出，随即身形暴射而出，一剑刺入瞿丽胸膛。千钧一发之际，瞿丽侧身，化险为夷地护住了心脏。

她愤而挥斧，在这样的伤势下，竟还能将斧头挥舞得虎虎生风，差点削到靳丞头上。

而此时此刻，钱伟呆呆地站在靳丞原本站立的地方，取下面具看到内壁右下角刻着两个小字——换影。小字下面还有一行更小的字：Powered by 10086（10086 提供）。

他福至心灵，明白了始末。他原来真的就是个桩，故意让他戳在那么显眼的地方，故意让他戴这个面具，然后在关键时刻换人。好粗糙的一个骗局，从一开始就摆明车马告诉别人他钱伟是个假货，极尽嘲讽，但 Boss 还是掉阴沟里了。

"被骗的感觉好吗？"靳丞再次将瞿丽打落在地，身体滑出好几米直撞上怪物，且不等对方回答，便一剑刺下。这让钱伟忽然觉得，大佬有无数种赢的办法，但可能就是真的想骗一骗对方罢了。

移形换影，可不就跟英俊的互换身份有异曲同工之妙吗？

瞿丽口吐鲜血，双眼死盯着他，但已经说不出话了。靳丞微笑着拔出剑，瞿丽被淘汰，全场悄寂无声。

可播报声还是迟迟没有响起。

钱伟快疯了："英俊还没死吗？！"

其余人皆面色凝重，这一来一回又一来一回，英俊死了无数次，太挑战他们的神经了。可如果连拿着斧头的瞿丽都不是英俊，谁还能是英俊？

小圆吗？

众人的目光齐刷刷落在小圆身上，小圆面色僵硬，连连摇头："不是我，真的不是我，你们想干什么……"

她越这么说，越让人觉得有猫腻。可真的是她吗？还是说就在刚才所有人都模糊视线的时候，英俊已经悄然换人了？

这个人就在他们中间？

巨大的猜疑不可避免地在众人心里滋生，甭管有没有道理，逻辑成不成立，此时的情况实在让人难以冷静下来思考。

彭明凡："大家不要轻举妄动！"

没人敢动，谁动谁有嫌疑。

可唐措动了。

他径自走上前去，低头深深地看了眼瞿丽，随后又看向昏迷着的怪物。怪物撞塌了旅社后就被砸晕了，巨大的身躯躺在地上，身上各处都是可怖伤口，汩汩地往外流着血。

他举起了手中的斧头，对准它的脖子一斧劈下！

叮！

玩家淘汰英俊，成功完成任务“暴风雪山庄之风雪夜归人”！

现在开始结算奖励。

整个后院，再次一片死寂。彭明凡眨眨眼，目光在怪物和瞿丽的尸体上来回扫过，终于明白，或许这最后一次互换就发生在瞿丽撞上怪物的那一刻。

靳丞提剑杀了怪物，唐措淘汰的却是英俊。

谁能想到英俊到最后会是一只怪物呢？

人和怪物竟然也能互换，真是无耻至极。难怪瞿丽会骑着怪物出来，恐怕一开始就打算这么做。要不是唐措反应快，他们就得陷入无穷无尽的怀疑里，说不定还会自相残杀。

沉默，除了沉默大家还是沉默，一个个脱力似的坐在地上，心情不一。

这一场任务，真的是F区玩家不能承受之重，如果不是靳丞，他们恐怕连Boss都打不过。可现在仔细想想，F区团灭的副本不在少数，这么难的任务却只折损了两个人。

奇迹。

彭明凡推了推眼镜，庆幸之余，后背上还是出了冷汗。他想他以往还是太自信了，脑子不够，身手也不够。

赵平则不可避免地想起了李双双，这个姑娘虽然胆小了点，帮不上什么忙，却从不给人添麻烦，这也是赵平肯一直带着她的原因。他忍不住想，那天李双双去上厕所前眼睛里流露出来的挣扎，是否意味着她也想要改变，想要让自己变得更坚强。

思及此，赵平不禁抬头望向漫山的大火，目光幽远。

看到赵平这个样子，钱伟故作老成地拍了拍他的肩膀，其余人却没多话。在永夜城，离别总是多于重逢的。

他们能活着离开这个副本，已经是万幸了。

唐措和靳丞也在看山火，脸上从始至终都没有什么多愁善感的表情。

蓦地，唐措问：“你说任务失败的玩家需要留在副本里清业，那那些林子里的人呢？”

靳丞看着他久久没说话，似乎要从他脸上盯出花来。

唐措也任他看，目光直视，坦坦荡荡，看得靳丞又忍不住笑了，说：“还记得我第一次见你时说的话吗？你其实挺善良的。他们应该感谢你，他们能离开这儿进入清业程序，早一天开始，就早一天得到解脱。”

唐措了然。

彭明凡等人虽然不知道“清业程序”是什么意思，但也能大致明白靳丞的话。

李双双和章之逑也在里头呢，烧成灰总比头顶长树要好。

片刻后，播报声再起——

暴风雪山庄之风雪夜归人——

难度：困难。

玩家参与人数：八人，存活六人。

评级：A-。

获得人物点数：18。

团队奖励：英俊的诅咒。

持续时间：七个自然日。

其余个人奖励请玩家自行查看系统面板。

欢迎回到永夜城！

下一秒，众人眼前一花，熟悉的黑暗再度来袭，只有一道隐约的气急败坏的声音仿佛穿透黑暗从远方传来——

“气死我了！！！”

III

# 针锋相对

你可以在永夜城的任何一个角落里见到它。
乌鸦的分身有三千个，每个都是它。

## 19

再次睁眼，唐措又回到了东十字街的房间里，眼前悬挂着的是他的人物面板。

人物——

编号 K27216：唐措。

人物点数：18。

武力：-8。

智力：0。

魅力：0。

评级：A-。

生命值：16%。

英俊的诅咒：火抗 -80%。

生存不易，请再接再厉。

唐措瞧见那诅咒内容，不甚在意，随即把八个人物点数加到武力值将负分清零，但剩下十点却没动。

负分清除，唐措的评级立刻从 A- 变回了 A。

切换到技能栏，三个镶嵌着物品图标的小方格立刻跳出来，看来就是系统说的个人奖励了。唐措的目光定格在其中一个方格上，物品信息便在方格下方显现。

黑熊利齿——

分类：素材。

品质：普通。

那只怪物的名字竟然是黑熊！

黑熊的牙齿竟然被唐措从副本里带出来了，看样子还是可以用来制作装备的素材，或许可以入药？

唐措略作思忖，又看向另两个格子，这两个格子里的却不是物品了，而是技能书。

疾跑——

分类：技能。

品质：普通。

描述：奔跑速度提升 20%。

火球——

分类：技能。

品质：垃圾。

描述：以 2 秒一个的速度发射半径 2.5 厘米的火球，持续 10 秒。

唐措一时无语。

火球术这个技能，确定不是系统故意硌硬他的？十秒发射五个小火球，比豌豆射手更像豌豆射手，像是单纯为了嘲讽他在副本放火。倒是疾跑，看似普通，关键时刻却可以救命。

唐措毫不犹豫伸手点去，两本技能书便化作两道流光进入他的体内。

再看系统面板，“技能”下面已经多了疾跑和火球的图标。与此同时唐措也发现独立的装备栏下面又出现了一行素材栏，依旧是十个格子；装备栏里孤零零的只有一本试炼评估报告；素材栏里孤零零的只有一颗怪物牙齿。

“咚、咚。”有人敲门。

唐措不用想就知道是谁，所以不打算开门，直接从破窗溜出去，转瞬就到了楼下大街上。他因为不知道要去哪儿，所以走得不快，纯属瞎逛。

早点铺子还开着，独眼的老板娘正在打盹儿，唐措囊中羞涩，但想起点数可以兑换货币，便打算先去换个一百万花花。

但他要去哪里兑换呢？

唐措一路观察下来，又结合前两次外出时得到的信息，基本可以判断与系统有关的职能部门在中心区，譬如游戏大厅。而 F 区中的各个商铺多为玩家开办，譬如温泉、早点铺子和沿街的小酒馆。

他一路走一路看，走到半路，竟遇见一个熟人——10086。

一条宽阔的商业街上，闻晓铭穿着大号黑风衣、阔腿裤，外加拖鞋，戴着夸张的墨镜和渔夫帽，鬼鬼祟祟地坐在路边摆摊。原本他穿成这样，唐措是认不出他的，可他那头粉毛实在扎眼，哪怕是宽檐的帽子都挡不住顽强探出头来的一缕粉红。

他正在跟一个路过的玩家谈生意，手里拿着酷似呛呛蛋的东西还用风衣挡住，不知道的还以为他在卖盗版碟。

那玩家说几句就走了，闻晓铭还在后面喊："给你打九折啊！哎，八点八折不能再少了！"

这笔生意最终还是没成，唐措顿了顿，走过去。走近了他才发现闻晓铭还戴着两个夸张的布艺耳环，一边绣着"诚信经营"，一边绣着"童叟无欺"。

真是个人才。

"这位朋友你要不要——"闻晓铭看到一双大长腿在他面前停留，话说到一半，惊讶地拉下墨镜看他，"是你啊！"

唐措双手插在风衣口袋里，没说话。

闻晓铭倒是挺开心："任务结束了？那我老大也回来了吧，他在哪儿呢？哎，我跟你说，我可是天天都在这儿守着，光打架就看了好几拨了，最近的F区热闹得很。"

孰料唐措忽然问："你老大叫靳丞？"

"是啊。"闻晓铭奇怪地看着唐措，都一起去做任务了，怎么还问老大名字呢？但闻晓铭也不是个傻的，联想到靳丞问他要面具的事情，幡然醒悟。

我去！这里面有故事啊，什么人能让老大那个变态老光棍又戴面具又改名字的？可他想收回刚才的话也来不及了，眼睁睁看着唐措露出微笑，特瘆人的那种。

要糟。

闻晓铭虽有一颗八卦的心，但想到坏了老大好事的后果，当机立断卷铺子准备潜逃："那个，我忽然想起来我还有事就不去找我老大了，你也不要告诉他在这里看到我了哈！"

语毕，闻晓铭把包裹往背上一扔，拔腿就跑。

没过三分钟他又跑回来了，神色慌张，死活拉着唐措躲进了街边的一家小酒馆里。酒馆里人声鼎沸，醉酒的客人们正在吵架，服务员却对此视若无睹。

闻晓铭走位灵活地避过这群醉客，找到位于角落里的绝佳位置，甩出一沓钞票，招手点了两大杯朗姆酒。

"你看到靳丞了？"唐措问。

闻晓铭忍不住给他比大拇指，这都猜得到："大哥打个商量呗，你别跟我老大说是我告诉你的，我请你喝酒啊。”

唐措：“你很怕他？”

闻晓铭：“嗯，我不怕他，但他很可怕啊！”

这又是什么逻辑？

唐措起身就要走，闻晓铭连忙拉住他：“别啊大哥，坐下来聊会儿天嘛，你看酒都上来了。”话音落下，穿着夹克衫的服务员果然端了两大杯酒上来，只是臭着脸，酒放到桌上时还晃出来一点，打湿了桌面，还不给擦。

闻晓铭却似习以为常，一点儿不生气。

唐措想起那个早点铺的老板娘，问：“这些服务员需要做任务吗？”

“要啊。”闻晓铭喝了一大口酒，满足地打了个嗝，才回道，“跟永夜城签订契约的是酒馆老板，服务员只是在这里打工的玩家，有些玩家既没点数又没钱，就只好利用空余时间来打工了，否则饭都吃不起。”

原来如此。

唐措又问：“点数去哪里兑换？”

闻晓铭继续喝酒中：“ATM 机，不过在 ATM 机上取钱会扣手续费的，你要是不想交这笔钱，就得去中心区的银行。银行隔壁就是快递，以后如果原生世界有人送了你什么东西，你就能从快递那儿拿到了。”

唐措不得不承认永夜城的服务齐全，本想问一问这快递是单向还是双向的，能不能往外寄东西。可转念一想，他在那里也没什么可寄信的对象，便作罢。

他转而拿出了那颗怪物牙齿：“你是做装备的？这个可以做什么？”

闻晓铭接过来仔细看了看，作为 A 区精英，再好的装备他都见过，自然不会对一颗小小的怪物牙齿另眼相看：“这个啊，做武器上的配件，或许拿来炼药都行吧，不过只有一个也没什么用，干脆卖了得了。永夜城好多装备店，有官方的也有玩家开的，官方的价格最公道，但往往卖不了什么好价钱，你如果想碰碰运气，还是得去玩家开的。”

说着，闻晓铭神秘兮兮地指了指外头：“离这儿三条街的地方有家店叫黑帽子杂货铺，连锁的，各个区都有。那家老板脾气古怪，你的东西要是能入他的眼，给你开天价都没问题。”

但唐措想，一颗怪物牙齿也不是什么稀罕货。

他反问：“你怎么不去？”

闻晓铭：“我跟他有仇啊，黑心商人，永夜城就没有比他更黑的人了，我们老大都比他白多了！”

说曹操曹操到，靳丞正巧打酒馆外面过。

闻晓铭就像见了猫的老鼠，立刻缩着肩膀转头。可靳丞是谁啊，仿佛天生自带雷达的男人，一转头就看到了他们。

四目相对，唐措避也不避，就是神色过冷。

靳丞却笑了笑，转身走进酒馆。

醉酒的客人还在吵架，吵得声嘶力竭，唾沫飞溅，吵架又逐渐升级为肢体摩擦，不知是谁一个酒瓶锤下去，别人脑袋没开，桌子裂了。

靳丞脑袋一歪，躲过一片飞来的酒瓶碎片，没理会这乱象，径自走到目的地，揪着闻晓铭的后衣领把他拎了起来。

闻晓铭是真㞞："老大、老大您干吗呀？"

靳丞没好气："你占我位置了。"

"你早说嘛！"闻晓铭连忙帮靳丞拉开椅子，恭恭敬敬请他坐下，随后自己又搬了把椅子过来，乖巧可爱。

靳丞仍是看他，闻晓铭眨巴眨巴眼睛。

沉默数秒。

闻晓铭迟疑着问："我——应该在桌底？"

靳丞抱臂："你怎么不干脆上天呢？"

闻晓铭挠挠头，笑得憨厚。这可不行，这有点像李英俊，所以靳丞直接把他打发去拿酒了，省得杵在这儿碍眼。

对面的唐措仍冷着脸，像是刚在冷库里冻过似的，又或许是副本里冻僵了还没好。

"认出我了？"靳丞问。

"很难猜吗？"唐措反问。

"那你在副本里怎么没拆穿我，回了永夜城却又躲着我了？"

"你有意见？"

针锋相对。

闻晓铭回来时看到的就是这样的场景，两个人各自抱臂靠着椅背，双腿交叠着，一个冷眼，一个含笑，气场全开。

有那么一个瞬间，闻晓铭忽然觉得这两人很像。

靳丞："你还是那么不可爱，当初那一批小崽子里更张牙舞爪的也有，可只有你不服我。"

唐措不予置评。

靳丞饶有兴致地看着他过于冷酷，却又仿佛紧绷着的表情，抬手摘下面具。面具下的脸，眉峰凌厉，五官却俊美精致，比电影明星更具辨识度。

这样的一张脸，只要见过就必不会忘，可他的右脸上偏偏还有一道三厘米长的疤，硬生生给他添了两分粗犷和野性。

“几年过去，连声教官都不会叫了吗？”靳丞笑着，气势却分外压迫人。

唐措眯起眼，仍未答话。

闻晓铭却被这句话惊到了。教官？什么教官？老大的过去他隐约知道一些，这就更令他好奇了，于是他忍不住问：“你们究竟是什么关系？”

唐措：“上过坟的关系。”

闻晓铭：“什么？送过什么？送过花的关系？！”

因为太过震惊，闻晓铭的声音拔高了不止一个八度，于是整个旅馆的人都听到了他这句话，齐刷刷看过来。喝酒的人不喝了，打架的人也不打了，一双双眼睛顺着闻晓铭看到靳丞和唐措，全脸震惊。

唐措的脸都黑了。

靳丞却忍不住笑出声来，看向闻晓铭，真想给他鼓掌。他以前怎么就没发现闻晓铭的耳朵能背得如此出神入化呢?

“你过来。”唐措看着闻晓铭。

“你、你想干吗？”闻晓铭自知理亏，可真不是故意的。他一听上过什么，下意识就想到了那个，而他这人吧，还有个嘴快的毛病，总改不了。

他眨巴眨巴眼，企图装乖巧蒙混过关。

唐措不吃这套，他说——

“你过来，我打死你。”

## 20

唐措十八岁入伍，碰到的第一个教官就是靳丞。那时候他就像一棵逆风生长的野草，草叶边缘还都是锯齿状的刺。

靳大教官据说是因为犯了错误，才被罚下来带新兵，二十四小时不到就又得了个“魔鬼教官”的名头。

仔细想想，当年的情形跟如今也有点像，唐措两次遇到他，他都被罚。

在那个时候，唐措是靳丞的重点关照对象。有人觉得他俩关系好，也有人觉得他俩有仇，各有各的看法。

三年之后，唐措通过重重选拔进入靳丞所在的队伍，报到第二天，就得到了队长在国外失踪的消息。

四月的阴雨天，唐措撑着伞给靳丞的衣冠冢送了一束花。

三年过后的又一个四月，唐措也失踪了。睁开眼，他却来到了这个叫永夜城的地方，碰到了失踪多年的人。

千言万语，只能道一声——

“好巧。”

靳丞大大方方地给唐措倒了一杯威士忌，看到这位昔日学员还板着个脸，不由得笑问：“你说给我上过坟，看到我墓碑上都写什么了吗？”

唐措：“忘了。”

靳丞也无所谓地耸耸肩：“不过我很意外，你竟然还会给我上坟。”

唐措可不想跟他叙旧情，在唐措看来这人故意隐瞒身份跟着自己，恶趣味完全不减当年。你给他一把梯子，他能把天都给你捅破。

喝酒就喝酒吧，废话那么多。

他端起酒杯，主动碰了碰靳丞的杯子，“当”的清脆声响中，仰头咕嘟咕嘟把一杯酒干了，眉头都不皱一下。

“敬你的。”唐措放下杯子，擦了擦手，“前两年大李结婚了，说是欠你一杯酒。”

靳丞失笑：“你敬我的，怎么自己先喝了？”

唐措抬眸：“你爱喝不喝。”

“是跟他那个青梅竹马吗？”

“嗯。”

靳丞来永夜城三年，很少得到故人的消息，现在骤然听到这么一件喜事，心情挺不错。他也还记得大李那个青梅竹马，是个笑起来很甜的姑娘，说话带着吴侬软语的调调，每次大李跟她打电话都能让队里其他人好生羡慕。

他又想到什么，正想打趣打趣唐措，问他有没有谈恋爱，可转念一想，人都失踪来这儿了，再问这些过于缺德，遂作罢。

余下的时间，两人便对坐着喝起了酒，有时针锋相对，有时又相当平和，让闻晓铭都分不清他俩关系到底好不好了。

但闻晓铭是开心的，不管怎么说，都是故人嘛。

叙旧点到为止，小酒馆里人多眼杂，靳丞也不欲在这里多聊任务的事情，便提议换一个地方。

出了酒馆，两人一个向左走，一个向右走。

闻晓铭站在当中丈二和尚摸不着头脑。

靳丞回过头来：“你去哪儿呢？”

唐措也回头：“取钱。”

闻晓铭立刻补充说明：“老大，他要去 ATM 换钱，你给支援点呗，点数换钱多不划算啊。都是认识的朋友，先给个二百万吧。”

靳丞嫌弃地扫他一眼："你怎么还在这儿？"

闻晓铭不解。

最终靳丞果真掏了二百万给唐措，按他的话来说，傻瓜才拿点数去换钱。唐措看在钱的面子上，暂时接受了这个说法。

钱也是可以收进装备栏的，甚至放在素材栏里也可以，因为必要的时候它可以拿来当柴烧。只是没等唐措把钱放进去，短短一个小时，那钱就又被花完了。

药剂、换洗衣物、生活用品，还有必不可少的巧克力豆，林林总总装了三个大袋子，二百万根本不禁花。

靳丞又给他贴了六十万。

当然，永夜城官方出品的药剂是必须用点数购买的，一支初级药剂两个点，中级四个点，高级十个点。唐措买了两支初级药剂，花去四点，还剩下六点。

买完东西回去的路上看到 ATM 机，靳丞忽然有种那是自己同类的感觉，来到永夜城那么久，也就只有唐措敢这么花他的钱，还花得如此心安理得。

靳丞忍不住提醒他："你打算什么时候还？"

唐措理直气壮："不还，没钱。"

靳丞挑眉。

唐措也挑眉。

两人戳在大马路上，随时有干架的趋势。

闻晓铭躲在不远处的路灯柱后面，悄悄看着，越看越觉得开心。唐措这是什么神仙故交，竟然能让老大吃瘪，二百多万花出去连个响都没有。

他一定要回去把这件事告诉莉莉，让莉莉也开心开心。

这样想着，闻晓铭又看了一会儿，确定两人没有要打起来的意思，便心满意足地回 A 区去了。

那厢，靳丞和唐措还在街头对峙。早点铺子又飘出香味，唐措闻到那味道，再次果断地把视线从靳丞身上移开，花最后的五千块钱买了两荤三素五个包子，一个都没有分给靳丞吃。

靳丞气笑了："我看你就是乌鸦先生专门找来气我的。"

唐措不予置评。

靳丞也不指望这个小浑蛋能良心发现，转头自己买了，买完又听唐措若无其事地问："乌鸦先生到底怎么回事？"

看，当年那个被按在地上反复摩擦还能一次次爬起来的倔强少年终于被岁月磨成了老油条，青涩的时光一去不复返。

靳丞想到过往，不自觉又宽容许多："你可以在永夜城的任何一个角落里见到它。乌鸦的分身有三千个，每个都是它。它脾气很坏，但也不是每次都那么坏的，主要还是看运气。"

"它是系统吗？"

"不是，但它有很大的权限。"

唐措得到了确定的答案，但仍心存疑惑："触发彩蛋游戏的时候，我听到了一首歌。"

靳丞立刻会意，并准确说出了歌曲的名字："《神灵、羔羊和乌鸦之歌》，永夜城的城歌，随机出现，几乎到这里来的每一个人都听过。至于它是什么意思，跟乌鸦先生有什么关系，众说纷纭，但从来没有肯定的答案。"

说着，他抬头望向空中驶过的黑铁列车，说："那上面才是永夜城真正的核心，等你能坐上那辆车到上面去的时候，说不定就能知道了。"

唐措问："你上去过？"

靳丞耸耸肩："这可没有。"

唐措便也不问了。过早地窥探真相是作死的必经之路，他已经失踪过一次了，短时间内不想再失踪第二次，不吉利。

靳丞也道："乌鸦先生最近几天的心情应该很不美妙，你暂时不要进游戏，否则任务就不是困难级别了，是噩梦。"

恰在此时，前方传来骚动。

两人齐齐转头去看，又齐齐后退一步，并肩站在马路牙子上，看一大拨人浩浩荡荡地从长街上跑过。

他们有些拿着武器，有些穿着明显是特意定制的同款服装，气势汹汹，来者不善，且目标明确——就是不远处的东十字街。

"看来最近几天的 F 区真的很热闹啊。"靳丞道。

"副本里的时间流速跟永夜城内是一样的，对吗？"唐措问。

"大部分时候是一样的，有时也会有不同，不过'风雪夜归人'是一样的。"靳丞道。

唐措便微微蹙眉，他们进副本大约不到四天的时间，永夜城里的新人应该都来了好几拨了。他上次来时碰到的最大的事情也不过是老玩家敲诈勒索，这次又是因为什么搞出那么大动静？

两人对视一眼，跟在人群后面来到东十字街。

还没靠近，唐措便听见一道清越的少年声跨越人潮而来："大家不要慌，我们只要团结在一起，他们就不能拿我们怎么样！他们是厉害，可是我们人多啊，我们虽然没有多厉害的武器，可菜刀也一样能砍人！你们都忘了老大的英勇事迹了吗？！

“一个不行就上十个，十个不行就一百个，我们凭什么要被他们剥削？！一个月上交五个点才能活命，点数都被他们拿走了，我们连饭都吃不起，还不如拼一把！”

人群骚动。

慌乱和血性在互相角力，越来越多的声音就像海浪，冲刷着海洋中的孤岛。

穿着绿恐龙睡衣的少年就是这座孤岛，那身衣服看起来是那么滑稽，睡衣的帽子都被扯没了，只剩几根线头迎风招展。

他高举手臂，神采飞扬：“F区什么最多？新玩家最多！我们每天都有人加入，为什么要怕？谁敢来盘剥我们，给我干他！”

霎时间群情激奋，一个又一个人高举着手里的菜刀、寿司刀、剁骨刀，汹涌的人潮对抗着刚才那一拨来势汹汹的老玩家，混战一触即发。

“干他！”

“谁敢来抢我的点数，老子跟他拼了！”

“滚开，都给我滚开！”

“干他！”

“……”

唐措掉头就想走。

池焰却火眼金睛地发现了他，登时猛挥双手，惊喜大喊：“哥！唐哥！”

他还不忘向众人介绍：“看那边，那就是我们菜刀帮的老大唐哥，现在老大回来了，谁来都不怕，给我干他们！”

一呼百应。

“干他们！”

“唐哥回来了！”

“把他们都赶出去！”

仿佛一滴水坠入油锅，东十字街从街头炸到街尾，那一声声山呼海啸的“唐哥”，震得唐措都定在原地。

更有趣的是，因为他和靳丞是后来的，他们前面就是那群组团的老玩家诈骗集团。

大家齐刷刷往后看，灯光下的长街上，只有唐措和靳丞两个人大剌剌地站在路中央，又高、又帅、又拉风——标准的大佬出场姿势，如果忽略他们手里拎着的超市塑料袋的话。

“啧。”这是不悦的二重奏。

唐措和靳丞又对视一眼，仿佛都在说“为什么学我”。下一秒，两人又默契地把塑料袋放下，抬腿就上。

这叫人在河边走，哪有不湿鞋。

“嗷！”“砰！”“砰砰！”

“啊——”

两个人，像两个人形炮弹打入人群，一个赤手空拳腿鞭凌厉，一个一手板砖出神入化。这又是混战，大大限制了异能、枪械等手段的使用，一个不慎就会被人放倒，防不胜防。更重要的是，唐措和靳丞的速度都很快，招式狠辣，又很默契，远非普通人在永夜城里玩几次游戏就可以比拟的。

F 区，老玩家们再怎么厉害，也只是全永夜城吊车尾的水准。

只不过十分钟，老玩家们便哀号着倒了一片，以两人为圆心半径十米内，再无一个站着的。

唐措却在此时看到个熟人，对方正扭头钻进人群里企图逃跑，肥硕的身子灵活得像蚯蚓。唐措掂了掂手里的试炼评估报告，用力扔出。

“砰！”正中目标。

那人倒下，周围的人骇于唐措和靳丞的实力，纷纷散开，生怕一个不小心也得罪这两位杀神。

唐措便走过去，抓住对方的衣领把他拖到马路中央。

“大、大大大哥饶命！”那人抬起头来，正是张兴。

唐措可觉得他一点都不惜命，转头看向靳丞：“有刀吗？借我用用。”

靳丞玩味地看着他，手里动作也不含糊，半点没犹豫地抛过来一把匕首。唐措接过匕首，抵在了张兴脖子上：“猜猜你有几条命？”

张兴吓得魂飞魄散，脸色煞白：“这次真跟我没关系，我就是跟他们一起来的，真的不关我的事啊！”

唐措：“你老大呢？”

张兴哆哆嗦嗦地向人群中看去，目光所到之处，竞相躲避。黄毛没有出现，也不知躲哪儿去了。唐措冷眼看着，匕首在掌心打了个转儿，问——“还不跑吗？”

这句话问得是如此真心实意，似恶鬼在午夜的低语，待众人回神，背上已汗湿一片，僵硬的手脚恢复灵活，哗啦，人群作鸟兽散。

新玩家们都惊呆了，一个个难以置信地看着唐措和靳丞，说不出话来。只有池焰兴奋上脑，拨开人群忙不迭地跑过来。

可就在此时，异变陡生。

四散的人群中忽然出现几道亮光，从四个不同的方位，化作流光袭来。那是什么攻击唐措无法判定，只是其中蕴含的强烈波动让他这个菜鸟都感受到了。

但他没动，只是看了一眼自己的教官。

靳丞被他看得很无奈，抬手取出机械弓，拨动空弦，“铮——”

无形的声波强势扩散，两股力量在半空碰撞、崩溃，几乎是刹那间，那四道流光便被震碎成星点，如雨落下。

而那星雨中，靳丞微笑着扫视全场，问：“谁找死？”

老子成全你。

逃跑的人都僵住，那些看到流光掠过正想杀回来的人，更像是被掐住了脖子，攥紧了手里的武器，冷汗直流。大家都不是头一天在永夜城混了，当然看得出来靳丞很强，非一般的强。

靳丞见没人再回话，终于满意地点点头，回头看向唐措：“这次还行吗？”

唐措打开系统面板扫了一眼，负数清除后他的生命值已经恢复了正常，正缓慢朝 100% 靠拢，而刚才那一番打斗也不过让他掉了 3%，此刻他的生命值还有——56%。

再打十场都不成问题。

## 21

还是东十字街，还是唐措那间破了窗户的小房间里，池焰，作为一个真的勇士，面临着跟当初闻晓铭一模一样的场景。

这叫“两个屠夫和一只待宰的绿恐龙”。

“唐哥，你听我解释——”池焰也在装乖巧，眨巴眨巴眼睛，企图换来大佬的垂怜。但唐措还是无情地打断了他。

“我让你开口了吗？”

池焰委屈地缩了缩脖子，唐措却还黑着脸。

方才在东十字街上，靳丞小露一手后，便再没有人敢出手挑衅。老玩家们纷纷退去，新玩家们激动不已，差点就要当场向靳丞和唐措拜码头。

好在两人反应快，抓了池焰就躲回楼里，这才脱身。

良久，唐措的气终于顺了一点：“说。”

池焰赶紧解释：“我是被他们诓骗了！前两天我来 F 区找你，结果人没找到，就听说这儿成立了一个什么菜刀帮，再一打听，他们说的帮主不就是哥你嘛，所以我就加入了！”

唐措听到“菜刀帮”三个字，气又不顺了。还是靳丞笑着拦住他，微抬下巴示意：“你继续说。”

池焰：“哎呀其实大家就是不想被老玩家剥削，有人带头反抗，就有人响应。而且我们有武器了呀，超市的刀是真的好使！”

唐措的剁骨刀，是真的为大家指了一条明路。在新玩家们普遍没有武器傍身的前提下，超市的菜刀虽没有任何附加值，可刀就是刀啊！

“我们还买了好多胡椒粉、辣椒粉、滋水枪、钓鱼竿，各种各样的东西，这些天打过好多次了，虽然输的居多，可我们每天都有新人来啊！”说着说着，池焰还自豪上了，“而且今天这一次有唐哥你们俩出手，稳了！”

稳你个头。

唐措是没料到竟然还有新玩家打着他的名号拉帮结派，拉帮结派也就算了，还取那么一个俗滥的名字。还有这个池焰，年纪不大，倒是敢上去振臂一呼，也不怕把自己手臂折了。

靳丞对他挺感兴趣的，问：“看你刚才喊那几句，挺熟练的，以前是做什么的？”

池焰登时有些不好意思地挠挠头，红着脸道：“嘿嘿，我就是在网游里建过公会，在学校里也爱参加些集体活动，刚才热血上脑就上去喊了两句。”

唐措可不觉得他是随便上去喊了两句，那几句话分明切中要点又颇有煽动性，池焰哪怕不是个人才也是个鬼才。

“你不是F区的？”唐措问。

“我被分到E区了。”池焰点点头，“E区新玩家不多，我没看到认识的，一个人有点害怕，就过来找你了。对了，哥你也是新玩家吗？你刚才那一手好厉害，简直酷毙了！”

这最后半句话，池焰是对着靳丞说的。

靳丞表现得相当和善：“我叫靳丞，不是新玩家，只是恰好认识你唐哥。”

闻言，池焰本想叫他“靳哥”，可“靳哥”听起来有点像郭靖，便干脆叫他“丞哥”。丞哥是个大好人，他不仅答应让池焰留下来，还把隔壁的房间让给他住。

不过片刻，靳丞在池焰心里的地位就直追唐措。

“对了哥，你有看到那小姑娘吗？”池焰稍稍正色，蹙着眉头，颇有点小大人的样子，“我在E区找过，也在F区找过，但都没找到她。她那么小又那么扎眼，永夜城是这个样子，我怕她会出事。”

唐措也想起了那个光头的小姑娘，四五天过去，很难说会碰上什么事情。

靳丞便问：“她是什么样的人？”

池焰连忙把他知道的都说了，靳丞略作思忖，道：“在永夜城的评定机制里，评级代表着你的生存能力，点数则代表着你的成绩，生存能力高不代表成绩就一定好，两者并不对等。从F区到A区，虽然升级的条件是点数，可核心其实还是评级。你们说的那个小姑娘如果真的是因为癌症来到这里的，年纪又小，那意味着她的生存能力不会很强，多半被分在 F 区。”

靳丞说的与唐措推测的基本一致，他自己被分到 F 区，具体除了负分 Debuff，应该还有乌鸦先生的缘故，就像靳丞被罚回 F 区一样。

池焰有所不解：“可如果她在 F 区，怎么好几天了一点消息都没有？她不会一直躲在房间里不出来吧，也得吃饭啊！”

“也许她已经被淘汰了啊。”靳丞这话说得格外轻巧。

池焰噎住，不由得把目光投向唐措。

唐措若有所思，问：“在永夜城被淘汰，跟在副本里被淘汰有什么区别？”

靳丞最喜欢唐措这一点，他很聪明，问问题总能一针见血：“永夜城七大区，A 到 F 只有六区，剩下一个你们猜是什么？”

池焰乖乖摇头。

靳丞：“是监狱。你们刚进游戏的时候应该都听系统说过一句话，‘永夜城第一法则：生存即正义。’凡是在永夜城内被淘汰的玩家都违背了这一正义法则，你没有活下去的能力，或你没有活下去的勇气，都会遭到惩罚。”

“那杀人的人呢？凶手呢？”池焰瞪大眼睛。

靳丞摊手，唇边还带着笑：“这就是永夜城。”

池焰震惊到无语，对他这样的热血少年来说，这样的事实难以接受。而如果那个小姑娘被投入监狱，就更让人难以接受了。

“那我可以去监狱找人吗？”他忙问。

“G 区的典狱长是个连我都不敢轻易招惹的变态，你如果嫌自己活得太好，倒是可以去他面前晃一晃。”

听靳丞这么说，池焰难免有点打退堂鼓。可想到那个小姑娘，池焰又于心不忍，好在被关进监狱只是个猜测，池焰觉得他还可以继续找找。

接下来三人又说回了菜刀帮的事情，唐措一点都不想当这个劳什子厨师帮派的代言人，靳丞却有不同的意见。

“有这么一股势力也挺好的，只是这名字得换一换。”靳丞饶有兴致地给池焰传授秘诀，池焰也听得格外起劲，连连点头。

唐措全程没有参与讨论，待池焰得了靳丞的真传，被靳丞打发出去具体操作的时候，他才开口问：“为什么留下他？”

靳丞站在窗边，俯瞰着池焰重新混入新人堆，道：“我和你两个人在 F 区太扎眼了，需要一个更扎眼的存在。”

唐措挑眉：“扎眼的只有你。”

“这话可不对。”靳丞轻笑，靠着窗沿回过头来，“刚开始拿菜刀砍人的可不是我。”

“那是剁骨刀。”

“不都是厨房用具？”

唐措懒得理他。

靳丞这才恢复些正经模样：“有一点我没骗你，那就是我的仇人确实很多。高级区的虽然很少往低级区来，但我在这里的消息一定瞒不住，更何况刚才我已经出过手了。保险起见，我们得找两个固定队友，否则越往上越危险。”

唐措略作思考，就明白了他的意思。不同区的人不能一起做任务，但并不代表靳丞的仇家就不能在副本里给他们捣乱，他们可以收买别人。

理论上，只要盯紧他们二人，紧跟着他们一起接任务，就有可能被分到同一个副本。

“可我为什么一定要和你一起？”唐措真诚发问。

“因为你还欠我钱。”靳丞也真诚地回答他。

唐措瞬间面无表情，转身走回床边准备休息。靳丞看他把超市塑料袋里的东西一样样拿出来，又把剁骨刀塞进枕头底下，说：“你是打算半夜谋杀教官吗？”

唐措回头：“我更好奇你为什么半夜的时候还会在这里。”

靳丞摊手：“因为我把隔壁让给池焰了呀。”

唐措：“跟我有关系吗？”

靳丞：“我说有就有。”

唐措想跟他打一架。

算了，打不过。

十八岁的唐措还能无所畏惧地出手，然后被教官按在地上摩擦，二十四岁的唐措已经开始讲究谋定而后动——比如半夜趁他睡着的时候下黑手。

靳丞眯起眼，直觉告诉他唐措在想些不太好的事情，就好比从前在军营里的时候，大李他们总调侃靳丞，你迟早有一天阴沟里翻船，被个新兵蛋子以下克上，不过靳丞不在乎。

他觉得唐措像只小老虎，迟早会变成百兽之王的那种，别人逗猫他逗老虎，多牛。

不过靳丞最后还是没在唐措房里住，怕被老虎咬了，没地儿打疫苗。他也没跟唐措说去哪儿，只径自走出房间，下楼，离开了东十字街。

唐措站在窗边看着，目光幽远。

半个小时后，F 区红宝石酒馆。

“丁零”的风铃声中，靳丞推开门走进去，轻车熟路地跟候在门口的服务员打招呼：“一杯招牌白兰地，你们老板在吗？”

服务员穿着干净整洁的西式制服，彬彬有礼：“在的，先生，19 号包厢。”

靳丞点点头，便径自往 19 号包厢去。

这家酒馆跟其他的小酒馆不同，典型的巴洛克风格，奢华、浮夸，每一个角落里都透着金钱的气息。与之对应的是菜单上昂贵的价格，哪怕只是一杯普通的啤酒，都得花掉玩家四分之一个点数。

酒馆里几乎没什么客人。

靳丞在 19 号包厢等了一会儿，门开了，走进来一个穿着跟店内装修同样奢华的长发男人。他五官妖异，凤眼上挑，一身紫色西装独领风骚。

“我前天还跟黑帽子打赌，说你最近悄无声息的是在干什么大事，原来是又被打回 F 区了？”他随手把一杯酒推到靳丞面前，大拇指上一枚红宝石戒指殷红如血。

“你们一天到晚废话怎么那么多？上辈子怕不都是哑巴。”靳丞接过酒喝了一口，语气戏谑又冷淡。

对方也不在意，背靠着卡座姿态慵懒：“说吧，找我干什么，你总不会对 F 区感什么兴趣吧？”

“我为什么不能感兴趣？我要 F 区现有的玩家和任务情报，越全越好，着重两个人，一个叫安宁，一个叫池焰。”

“你脑子坏了？”

“你只要回答我有没有。”

“情报我当然有，红宝石酒馆从不自砸招牌，但我很想知道为什么。上一次你被罚回 F 区，在这里待了一个礼拜就走了，你要那么多情报做什么？”

靳丞摇晃着酒杯，反问：“你想从我这里套情报，什么价格？”

对方笑笑：“给你打八折。”

“对半。”

“你是商人还是我是商人啊，价开得比我还狠。”

“你不知道吗？江南人砍半价。”

“你祖籍不是首都的？”

“哦，我徒弟来了，他是江南的。”

“你是不是以为我不敢把你赶出去？”对方快被靳丞气笑了，这是什么砍价歪理，不过靳丞的话倒是给他露了一个重要信息。他思忖着这声“徒弟”到底有几分真，末了，爽快道：“就给你半价，二百个点。”

靳丞放下酒杯：“成交。”

“我会打好招呼，只要是我的地盘，以后看见你这徒弟礼让三分，但你得告诉我你徒弟是哪一个啊。”

“你很快就会知道了。”

“你不护犊子会死吗？你是老母鸡吗？”

“关你屁事。”靳丞仰头喝下最后一口酒，放下酒杯就拍拍屁股走人，来也潇洒去也潇洒，看得人又气又无语。

走到一半他又回头大爷似的叮嘱一句：“记得把东西给我送到东十字街。”

回答他的是一只凌空飞来的酒杯，靳丞歪着脑袋避过，“哐当”一声那杯子就砸在柱子上，好几十万大洋就这么没了。

靳丞耸耸肩，反正砸的也不是他的钱，一点儿不心疼。

离开红宝石酒馆，他又回到了东十字街。

街上的人都散去了，临街的房子大都窗户紧闭，偶有几个人探头出来看，也很快缩回去。但如果仔细看，就会发现各方的角落里都藏着好几双眼睛，在窥探一切。

这些眼睛里，有池焰从靳丞那儿活学活用的结果。所谓菜刀帮说到底只是勉强聚起来的一盘散沙，距离真正立足还差得远，能守住东十字街这块地盘就已经够厉害了。

至于另一些窥探的目光，则来自更远的地方。

有关于东十字街的消息在夜色中一层层传递出去，有一部分归于沉寂，也有一部分掀起波澜。

F 区靠近中心区的跃层住宅里，一个男人直接从吊床上摔了下来，捂着屁股问：“你说什么？”

“是个脸上有疤的男人。”

“帅的还是丑的？”

“呃……帅的。”

男人低声咒骂着，在房里来回踱步。过了片刻，他咬咬牙，道：“你让人继续盯着，没事先不要招惹他。再告诉安宁他们，准备做任务升级，去 E 区。”

## 22

唐措做了一个冗长的梦，梦醒的时候迷迷糊糊的，房间里又没有开灯，便有些分不清白天黑夜。隔了两秒他又想起来，永夜城本来就没有白天。

迷离的光从破窗里溜进来，在地上投下一个模糊的影子。唐措躺着没动，盯了那影子许久，才觉得那像是一个人。

望向破窗，靳丞侧坐在窗沿上，一条腿大剌剌地跷着，那远处高塔尖顶上的发光球体就像月亮，恰好悬挂在他的头顶，照着那一侧没有疤痕的脸。

他正在削苹果。长长的苹果皮从他指间垂落，像长发公主的头发，已经拖到了地上。

唐措记得自己睡觉前是把门锁好的，如今房门没有被撬开的痕迹，那靳丞肯定又是爬窗来的。

“你刚才说梦话了。”靳丞见他醒来，面露揶揄。

唐措从床上坐起，今天的起床气不是很重，但依旧不想理会靳丞无聊的玩笑。他得起床吃点东西，再静静地坐一会儿，让自己心平气和地，迎接崭新的一天。

靳丞却告诉他：“你一大早脸色那么差，肯定是少吃了水果。从前我就跟你说一天至少吃个苹果，你又把话扔垃圾桶了？”

我一大早脸色那么差，是因为你在我房间里烦我。

唐措不信什么“一天一个苹果，医生远离我”这种鬼话，因为就是眼前这个人天天宣扬老年养生，可他自己从不这么干。

譬如现在，他自己削了苹果但不吃，他要逼着唐措吃。

唐措不喜欢吃苹果。

“我还没刷牙。”他甚至开始爆粗口。

“那就去刷啊。”靳丞一副理所当然的模样，把苹果放进玻璃碗里，盯着他走进浴室。等到唐措真的开始刷牙，靳丞已经泡起了麦片。

他有一个电热水壶和一个烤面包机，跟他的红酒一起藏在唐措床底下，单身懒汉必备。永夜城超市里卖的烤面包机跟现实世界里的也不太一样，人家烤出来的吐司上面烫着笑脸，它烫出来的是骷髅头。

两人吃过早饭，唐措看向昨天刚买回来的闹钟，时间显示早上九点多。

靳丞道：“那个跟你同届的小朋友来永夜城真的是屈才了，他要是不来这里，就是做神棍也一定都能混个风生水起。”

唐措语气淡然：“他又干吗了？”

“哦。”靳丞微笑，“他一早在开动员大会呢，热血誓师，勇闯永夜城。现在的东十字街几乎都是一个礼拜内来的新人，暂时不急着做任务，正好一块儿上上课。”

唐措走到窗边往下看，东十字街其实并不是一条街，是两条交错成十字的黑石长街的统称，居住人口在五千左右。作为 F 区出了名的垃圾场，这里聚集的要么是新得不能再新的新人，要么是处于食物链底端的最弱者，如今这些人抱了团，也不知会引起什么反应。

池焰。

唐措在心里咀嚼着这个名字，他能看得出来池焰是真心想要帮忙，就像在广场时把帽子扯下来戴在小姑娘的光头上。

在那种情况下，善良是无法伪装的。

可他真的明白这会给他带来多少危险吗?

思及此，他回头问："你刚来的时候，这里是什么样子的？"

靳丞大爷似的跷着腿："这你可就问错人了，我一开始就被分在A区，等我被罚回F区的时候，我已经是黑名单第一了。F区对我来说，无论什么时候都是一样的。"

你听起来还挺得意?

唐措不想接他的话茬，靳丞便问："所以我很好奇你究竟是怎么来的，你的评级不可能差，不在A也是B，为什么会出现在东十字街？"

靳丞目光凛然，他有种直觉，唐措来到永夜城，是藏着秘密的。可唐措并不想回答这个问题，他转过头继续望着窗外："来都来了，怎么来的重要吗？"

当然重要。

除此之外本来就没什么大事，如果这都不重要，那还有什么事更重要？靳丞其实有很多话想问他，比如他最后有没有通过入队考核，比如这几年他都在干什么，犹豫了一瞬，敲门声就响了。

两人齐齐回头，听见池焰在门外喊："哥、丞哥！"

靳丞去开了门，池焰风风火火地跑进来，没等喘口气就说："有那小姑娘的消息了！刚才有玩家过来告诉我，前两天在北面的三合街看到过她，因为她是光头所以很好认，我看八成错不了，就是她了！"

池焰加入菜刀帮后，就托别的玩家替他留意小姑娘的消息，如今几天过去，可算有了点收获。

靳丞问："你要过去找她？"

池焰理所当然地点头："对啊，这不找到了嘛，找到了当然要去啊。"

靳丞又问："你跟她无亲无故，找到她了，然后呢？"

池焰倏然噎住——找到了，然后呢?

池焰真没仔细考虑过这个问题，只是恰好在进城前的广场上遇到了她，觉得小姑娘很可怜，本能地想要帮她而已。

靳丞蓦地笑了，回头冲唐措使了个眼色。唐措嫌他无聊，也不理他，双手插进风衣口袋里，酷酷地往门外走。

"哎，哥你去哪儿啊？"池焰忙问。

"不是你要去找人吗？"靳丞拍拍他的肩，迤迤然跟着走出去。池焰这才反应过来，脸上露出一个大大的笑容，连忙跟上。

三合街在距离东十字街三条街以外的地方，距离不算远，步行十五分钟的路程。这里的玩家比东十字街要厉害一些，居住条件也好一些，但也仅限于此。

池焰走得很快，那位给他提供线索的玩家就站在路口等他们。

双方会合，那玩家说："我大概是三天前看到她的，具体几点我也忘了。不过如果我没猜错她应该就住在那栋楼里，我在四楼看到她，只是不清楚她具体住哪一间。就是……就是我也不敢保证她还在那儿，就只能带你们过去看看，真的。"

有唐措和靳丞在，玩家显得很拘谨，还有点害怕。他可亲眼瞧见了昨天晚上的混战，如果不是这样，他也不想把事情说出来，怕惹上麻烦。

池焰忙宽慰他几句，四人便来到了玩家所说的那栋住宅楼。依旧是临街的房子，一共五层，从楼梯上去遇到几个玩家，一个个都避开了没说话。

冷漠、疏离、戒备，这才是 F 区的常态。

"就这儿了。"玩家大概估摸着站到四楼走廊的某个位置，说，"她那天好像就站在这儿，走廊里也没其他人，我住在五楼，下楼的时候刚巧看到她，因为很少有小姑娘是光头的，所以多看了一眼。她好像被我吓到了，就没怎么动，我走的时候还站着呢。"

池焰问："你们说话了吗？"

玩家摇摇头："我停了几秒就走了，真的就看一眼的时间。"

眼看是打听不出别的了，池焰决定直接找人。方法也很简单，一间房一间房地找过去，总能找到。

只是这任务最后还是落在了池焰头上，因为靳丞和唐措是两位大爷，他们一贯是能不动手就不动手的。

结果并不理想。

池焰敲了所有的房门，一共八扇，三个开了门，都不是；两个没开，隔着门说了几句话，听起来也不是；还有三扇无人应答。

池焰又重新去找那三个开门的，凭借自己的交际天赋套话，又成功排除了两扇门。这些人似乎都不认识那小姑娘，但对于同楼层里住着什么人，进进出出的多少都会有点印象。

"就是这儿了？"池焰狐疑地看着走廊尽头的这间房，再次敲门，依旧无人应答。他也不知道小姑娘到底叫什么名字，喊不出来。

这时靳丞终于走上前，掏出一张卡在门上一刷，咔嗒，门开了。

池焰张大嘴巴："这门是电子的吗？万能房卡？"

靳丞笑笑没说话，唐措却看到了那张卡片上的标志——Powered by 10086。

真是无处不在的10086。

唐措目不斜视，率先进门，私闯民宅的一把好手。靳丞紧随其后，同样大摇大摆。池焰和那玩家落在最后，进去一看，却发现两位大佬戳在房间里，正对着——地上一摊暗红血迹。

“血？！”池焰惊呼，“她人呢？”

房间里没有人。

靳丞蹲下来摸了摸那血迹，半干不干，还有点黏稠，转头扫过房内各个角落，敏锐地看到床底下有个东西，拿出来一看，正是池焰睡衣上那缺失了的恐龙头。

“怎么会这样？”池焰拿过帽子，发现帽子上也沾着血，他不禁倒吸一口凉气，不敢想象那小姑娘遭遇了什么。

他下意识想回头问那玩家还有没有什么线索，却见那玩家脸色比他还难看，一触及池焰的视线，立刻辩驳：“不是我，我真的只是带你们来看的！”

原本只是想给大佬留个好印象，谁知道还是惹上了麻烦，玩家想死的心都有了。池焰也不是怀疑他，见他这样，便只好作罢。

那厢，靳丞已经下了判断：“其他地方没有血迹，房间里也没有任何挣扎的痕迹，多半是当场被淘汰，直接被传送进监狱了。”

池焰灵光乍现：“会不会跟我哥遇到的情况一样，她不愿意兑换点数，所以被杀？”

唐措却不这么认为。

张兴对他使出塔罗牌，归根结底是因为唐措先对他动了手。那小姑娘年纪不大，柔柔弱弱一个，会强硬到跟那些老玩家死磕？

这不合理。

“哥，现在怎么办？”池焰一时拿不准主意，只觉得手里的恐龙帽子有千斤重。

“进了监狱只有一条路，自己想办法减刑，或者等到刑期结束。想要赎人是很难的，前期就别想了。”靳丞慢悠悠地打开水龙头洗去手上的血迹，又掏出手帕来擦了擦，继续道，“如果你觉得气不过，也可以把凶手杀了，送进去陪她。”

池焰听他说得轻巧，莫名感到一股冷意：“可我们根本不知道凶手是谁。”

靳丞摊手。

唐措忽然道：“小姑娘知道。”

“嗯？”池焰微怔，随即茅塞顿开，“对啊，她在监狱里，她没有真的离开永夜城，那岂不是我们只要见到她，就知道是谁害她了？！”

可话音刚落，池焰又想起昨天靳丞的话来——G区的典狱长是个连他都不敢轻易招惹的变态。

“我如果只是去探监，应该没有问题吧？而且他堂堂一个典狱长，监狱里那么多人，也不会注意到我？”他试探着，大大的眼睛里充满了希望。

“你想多了。”靳丞把擦过手的帕子随手丢在地上，“永夜城的监狱没有狱卒，只有一个典狱长。你想要进去，必须从他面前过，而且会触发游戏任务。”

池焰的表情登时像吃了苦瓜，五官都快皱到一起。

唐措也微微蹙眉，随即问：“这位典狱长是玩家，还是永夜城的人？”

靳丞挑眉，看，他徒弟就是这么聪明。

“玩家。”他肯定答复，“永夜城除了乌鸦先生，其余所有人本质上都是玩家。”

池焰和那人眨巴眨巴眼，一时没懂这话是什么意思。靳丞和唐措可没好心到给他们解释，两人交换一个视线，便往外走。

唐措的目光扫过一扇扇紧闭的房门，没有花时间再去打听。带他们来的那位玩家也很快离开，池焰看着他逃也似的背影，再看看手里的恐龙帽子，突然感到一阵挫败。

回东十字街的路上，他还在碎碎念：“她那么小，什么威胁都没有，为什么要害她呢？这没有道理，也没必要啊……”

靳丞便道：“世上害人之法有千百种，恶意也有千百种，谁说害人一定要有理由？”

池焰撇着嘴，特不想赞同，可又说不出反驳的话。他以前只在社会新闻上看见过那些令人无法置信的事情，哪怕是幸运大转盘带给他的，也是不解大过恐惧。

唐措看着，没说话。

不一会儿，三人便回到了东十字街，远远便瞧见一群人聚集在街上，且有越来越多的趋势。有人抬头看到他们，连忙跑上前：“池小弟！”

池焰眼皮一跳：“怎么了？”

“有人被害了！”那人神色惊惶，又带着些许愤怒，“刚刚才发现的，有两个新玩家是认识的，住得也不远，刚才其中一个去找人，没想到房间里却只有一摊血，人不见了！”

其余人也纷纷凑上来，他们不敢在唐措和靳丞面前放肆，便都拥着池焰。

“是啊是啊，我们都找过了，就是没找着人！”

“肯定是那群老玩家干的，这是在报复我们！”

“肯定是他们！”

“我们现在怎么办？”

众人七嘴八舌地说着，有几个最为气愤的，当即就嚷嚷着要去找老玩家对质。这话一出，其余人虽个个神色紧张，却都没反驳，因为谁也不知道自己是不是被害的下一个，唇亡齿寒。

池焰却斩钉截铁："不行！"少年的脸上满是坚决，"敲诈点数和杀人完全是两回事，冤有头债有主，你们搞清楚了吗就去跟他们拼命？！出了事谁负责？！"

池焰这样子还挺能唬人，一群男男女女愣是被他镇住，就连唐措和靳丞也有点对他刮目相看。

可等到池焰把这群人暂时安抚住，又回过头来找唐措和靳丞时，那小脸立马就垮了："哥，我的亲哥，现在怎么办？"

靳丞："你不是看起来挺有主意的吗，池小弟弟？"

"又有人被传送去监狱了啊！你们不觉得这跟那个小姑娘的情况有点像吗？怎么会那么巧？不会是有什么恶魔在城里晃悠吧，这我可撑不住啊！"

"查。"唐措言简意赅，"到底被传送了多少人。"

## 23

永夜城 F 区东十字街，突然变得风声鹤唳。

十三个人消失在自己的房间里，只留下一摊血迹，有些甚至早已干涸。凶手是谁，无人知晓。

而唐措直到走出东十字街，才发现东十字街以外的地方，气氛也不大对。而且，徘徊在东十字街出口的玩家也变多了。

唐措刚走出去，就发觉有好几道目光停留在自己身上，他受过专业的反侦察训练，所以对此尤为敏感。

他又若无其事地走了几步，而后立刻折返。

靳丞再度占领了唐措的房间，正在看红宝石酒馆给他送来的情报。看到唐措回来，他仿似主人样抬了抬眼："回来了？"

唐措："隔壁是没椅子吗？"

靳丞："被你猜对了。"

唐措："……"

靳丞这才解释："池小弟弟把那儿当大本营了，现在传送人数已经达到十四个，他待会儿可能就会哭着来找你了。"

唐措给自己倒了杯水："你不是正在查？"

"你说这个？"靳丞扬了扬手里的纸张，说，"这可不是凶案的资料，而是池焰的，想看吗？"

唐措略显诧异，没想到靳丞这么快就去抄了池焰的底，不过转念一想——这是靳丞，是他曾经的教官，能做到这样也不奇怪。

池焰的资料只有薄薄一张，记录了他从E区到F区的基本动向，大致跟他自己说的差不多。余下的那些纸张记录的却是F区已知的副本内容，有些写得很详细，有些只寥寥几句。

靳丞道："永夜城的副本五花八门，这里的其实也只是很少的一部分。以我们的人品，恐怕很难碰到常见的副本，不过有备无患。你先看看，熟悉熟悉基本的套路。"

这些资料说穿了，就是一个又一个副本攻略，哪怕再语焉不详，至少也挂了钩。不过唐措也并没有多惊喜，因为从"风雪夜归人"这个副本就可以看出来，想要随机到自己恰好知道攻略的副本是很难的。

而且，这些攻略价格一定不便宜，恐怕普通的玩家根本买不起。

他粗略扫过，翻到最后一页，看到一个熟悉的名字："安宁？"

靳丞便道："年纪不大的小姑娘，一个人独闯副本，胆大、心细，装备看着也不错，你不觉得好奇吗？"

我看你是闲的。

唐措对安宁或者是钱伟、彭明凡他们都没什么太大的好奇心，只要他们不给自己捣乱，他根本不在意他们是什么人，不过这资料上写的东西倒是有点意思。

"哥！"这时，池焰又来了，进了屋把门一关，果然对着唐措喊救命，"太邪门了，又有人不见了，被传送了十几个却连凶手的影子都没看到。"

谁知唐措又当头泼一盆冷水："恐怕不止十几个，外头也有点不对劲。"

"怎么说？"靳丞问。

"按血迹的干涸程度来看，这样的事情已经发生好几天了。之所以直到今天才被发现，是因为前几天新老玩家一直在打，风头太盛。而且，我想杀人寻仇、抢劫夺宝这样的事在永夜城应该很常见，哪怕天天有也不足为奇，除非像今天这样集中爆发。"唐措道。

池焰寻思道："难道是有一拨人在浑水摸鱼？趁我们谁都没注意到的时候，趁机杀人夺点？点数是可以直接抢的吗？"

靳丞："当然可以。你最好提醒他们都小心点，如果是无差别杀人，外面也有了动静，你可以约束他们不去找别人麻烦，不代表别人不会来找你们麻烦。而且杀人者能在不引起任何人注意的情况下得手那么多次，证明实力过硬。"

池焰倒吸一口冷气，觉得牙疼。待他风风火火地又跑回去，唐措眯起眼看着靳丞："我怎么觉得你像知道点什么？"

靳丞摊手："我知道很多，你想问哪一个？"

说罢，靳丞站起来走到窗边。今天的永夜城看起来过分安静，这让他想起了很多事："永夜城是一个法外之地，你知道在这里最难的是什么吗？"

唐措难得地配合："什么？"

靳丞："是在这里建立新的秩序。"

在这一刻，唐措像是看到了曾经的靳中校，哪怕不穿军装，背影也总是挺拔的。可下一秒，他又没个正行地靠在了窗沿上："提起监狱我忽然想到一件事，半年前六大区联合发布了一份通缉令，全城大围剿，大概送进去上百个人。算算时间，最近好像有人要出来了，他的刀法和行事风格很像犯罪嫌疑人。"

唐措："坐牢需要坐半年？"

"当然不是。"靳丞微笑，"他出狱的时候我又把他杀回去了。"

行吧。

唐措忽然觉得他应该去写张大字报挂在外墙上，就说靳丞住在这儿，点数多，仇家也多，使劲盯着他一个杀好了，省得让别人遭殃。

恰在这时，黑石长街上突然传来骚动。

靳丞和隔壁的池焰几乎同时探出头去看，只见长街尽头有人打起来了，其中有个走的魔法路子，场面格外绚丽。

"轰——"一团魔法元素轰然炸开，像过年的烟花，炸得周围人如炮仗乱窜。其中一个直直撞在路灯上，又弹回地面，抽搐几下就化作白光消散。

池焰瞪大眼睛，转身就往楼下冲。

靳丞的动作比他更快，单手一撑翻出窗户，整个人便如大鹏落地，稳稳当当地站在长街中央。长街尽头的战斗还没有停，并且有升级的趋势。周围的玩家躲的躲，喊的喊，场面一片混乱。

可还没等靳丞出手，一张红色巨网忽然从天而降，将打得最狠的那几个人兜头罩住。"唰"的一声，一个短发的俏丽女生出现在路灯灯柱上，用力握住手中绳索，将网收紧。

那几个被网住的登时挣扎起来，其中一个壮汉抬头看她，赤红着眼怒道："你干什么？！"

女生满面寒霜："我才想问你要干什么？"

壮汉咬牙切齿："我为老大报仇，你拦着我干吗？你跟他们一伙的吗？！"

"放屁！"女生从灯柱跳下，二话不说给了他一脚。那一脚踹在屁股上，看着凶狠，其实也并不伤人，她随即又一圈扫视过来，目光定格在靳丞身上。

"我可以解释。"她说。

"解释什么？"靳丞抱臂看着安宁，似笑非笑。刚才被打趴下的那些新玩家纷纷爬起来躲到靳丞身后去，一个个对安宁怒目而视。

其中一人喘着气抢白："刚才你们突然冲过来就打，我们分明没惹你们，也根本没去外面动过手！欺人太甚！"

“我们招谁惹谁了？！”

“疯子，都是疯子！”

“你们不如砍死我得了！”

刚到永夜城的新玩家，还没有经受过游戏任务的洗礼，快被这接二连三的危险逼疯。谁又被害了，跟他们又有什么关系？！

可大佬也是个不近人情的，靳丞冷眼一扫：“闭嘴。”

安宁深吸一口气，正色道：“今天一早我们老大被人下了黑手，F 区的程克，您或许听说过。”

唐措也过来了。

安宁冲他点点头，继续道：“他被传送得很蹊跷，房间里基本没有多少动手的痕迹，放眼整个 F 区，能做到的寥寥无几。之前又正好有消息说东十字街出了两个厉害角色，所以——他们冲动了。”

F 区的程克，唐措在关于安宁的那份资料上看到过。这大概是 F 区比较厉害的几位玩家之一了，有自己的队伍，安宁就是其中之一。

按道理说，他们这支队伍实力不弱，早该晋级 E 区，可程克是个求稳过头的人，一直压着不晋级。另外，他手下还有人，就是黄毛那一伙诈骗犯，通过骗取新玩家点数壮大自己，这可是在其他区没有的好处。

除此之外，程克还算安分。

“我很抱歉。”安宁这时才终于有了点副本里的模样，“之前我一听东十字街的消息就猜是你们，但等我知道他们要过来闹事的时候已经晚了。昨晚程哥已经决定去 E 区，没想跟你们起冲突，可谁知道会——”

靳丞打断她的话：“两个选择，二十个点或者去坐牢。”

安宁脸色微变，似乎没想到靳丞会这么不留情面。那壮汉更是剧烈挣扎起来：“别听他的！凭什么要交二十个点，有本事就把我送进牢里，我还能跟老大做伴呢！”

“凭什么？就凭这是我的规矩。”靳丞嘴角带笑，但语气渐冷。

“你别说话了！”安宁气死，她是完全不相信程克被害跟东十字街有关的。靳丞是什么身份，他会在意一个 F 区的玩家？

那什么菜刀帮，恐怕也压根跟他们没什么关系。而且一个副本相处下来，安宁打心眼里觉得靳丞和唐措不是随便杀人泄愤的人。

“我交。”安宁一锤定音，无视壮汉等人的叫唤，坚决达成和解。她这样的态度，也让周围的新玩家好受不少。

只见她随手在身前一滑，一个交易框便跳了出来，正好二十个点。靳丞却没接，回头扫过池焰：“你来。”

池焰："我？"

靳丞："你先收着，等刚才那个被杀了的倒霉鬼出狱，再给他。"

此话一出，池焰不觉得有什么，安宁和壮汉这样的老玩家却都怔住。他们都以为靳丞是要自己收着，没想到还要给出去。

这就是他的规矩吗？

也许是靳丞的这个规矩太出人意料，壮汉他们也不再闹了，脑子被迫冷静下来，一个个都沉着脸不说话。

唐措道："带我去现场看看。"

安宁正求之不得："这事儿蹊跷。程哥不明不白地被人送进牢里，我们肯定不能就这么算了。"

池焰跟她把东十字街的情况一说，安宁先是惊讶，随即不解："会是谁这么做？目的是什么？"

虽是跟池焰说话，安宁的目光却望着唐措和靳丞，期待着他们能像在副本里一样给出答案。可靳丞不回答，唐措当然更无从解说。

一刻钟后，四人连同那壮汉来到了程克居住的跃层公寓。公寓里的情况一目了然，除了地上一大摊血迹，打斗的痕迹很少。

但很少，不代表没有。

靳丞抬手摸着桌角上的刀痕，仔细观察刀痕的走势，又顺着那刀痕扫视一周，找到了一些别的痕迹，至此，心里终于有了最终的判断。他找到纸笔唰唰写下几行字，又随手抛给池焰一样东西。

池焰接到手里才看清那是个红色的小喇叭，他又看向那张纸，疑惑地歪着脑袋："孟——于飞？这又是谁？"

"嫌疑犯。你只要按照纸上写的内容念，全区广播。你要能把他引出来，这喇叭就送你了。"

池焰一点就通："全区广播，那不就跟网游里的公屏喊话一样？真能听到？"

靳丞怂恿："你可以试试。"

池焰说干就干，想想还有些小兴奋。想当年他也是在网游里叱咤风云的人物，世界频道哪里会缺少他的英姿？

"喀。"池焰清了清嗓子，却在看清纸上内容的时候，差点被口水呛到。安宁狐疑地凑过去看，不看不知道，一看也不得了。

唐措不知道他们到底看到了啥，但料想不是什么好话。果然，池焰紧随其后的播报证实了他的想法。

"下面插播一则寻人启事。

“下面插播一则寻人启事。”

全区广播下，池焰的声音通过喇叭扩张，回荡在 F 区的各个角落。

“孟于飞，编号 H13131，您的试炼评估报告掉了。请注意，您的试炼评估报告掉了，请速来东十字街靳丞先生处领取。为了表示我们的诚意和可信度，接下来每隔五分钟我们会公布一条报告内容，请孟于飞先生仔细确认。

“第一条：孟于飞你五岁还在尿床，扣 5 分；尿了床还栽赃嫁祸到狗身上，扣 3 分。”

唐措：“……”

他忍不住转头看向靳丞，表情一言难尽。靳丞挑眉，说：“我可没污蔑他，他上次试炼报告没拿稳，一不小心就被我看到了。只是他没尿到五岁而已，可他确实尿了。”

我管他尿不尿。唐措觉得自己有病才会跟他讨论这个话题，同时也打定主意一定不让自己的试炼评估报告给靳丞看到。

如果他看到了，当天的永夜城头版头条就会是《一本评估报告引发的血案》。

“请孟于飞先生听到广播速来东十字街，五分钟后我们将准时播报第二条。友情提醒您，您的 QQ 空间留言板和贴吧账号都在我们手上，请务必留心。”

池焰播完第一段，自己都忍不住捂脸。不知道为什么，这明明说的不是自己的事，可念出来还是有一股巨大的羞耻感，让他情不自禁回忆起曾经的糗事，仿佛自己也被绑上了耻辱柱。

当然，靳丞其实是没写那么详细的，句子也没那么正儿八经，是池焰在网游公会和学生会待久了，三天两头搞演讲，自然而然就给他润色了一下。

他还特地用了播音腔。

整个 F 区的人都听到了这字正腔圆的播报，知道了孟于飞五岁尿床还栽赃给一条狗的英勇事迹。

一股谜一样的尴尬氛围弥漫在 F 区的大街小巷里，间或夹杂着几句“我去”和扑哧笑声。大家都不由自主地停下了手头的事情，喝酒的放下了杯子，正在打架的收回了拳头，甚至有些迷迷糊糊想睡觉的，一个鲤鱼打挺坐起来。

“天啊这谁啊？太羞耻了。”这么说着的人，却支着耳朵期待着接下来的内容。

突然火爆 F 区的孟于飞先生，在他的 QQ 空间和贴吧里又留下了什么呢？

五分钟后。

池焰跟着靳丞和唐措往东十字街走，一边走一边调试喇叭，身旁还跟着安宁给他带着瓶矿泉水，就怕他说太多话会口渴。

“喂？喂？孟于飞先生您听得到吗？

“听到请回答。

“听到请回答。

“好的，您不回答，我们马上进行第二条内容播报——F 区的各位朋友，孟于飞的头发是假的！请记住，他的尿床是真的，他的腿短是真的，但只有他的头发是假的！

“孟于飞有一百零八个假发套。

“每一个假发都不一样。

“有一次孟于飞和教导主任走在一起，突然刮来一阵大风，风力四级，东南方向。问：孟于飞和教导主任的假发哪个掉得最快？哪个吹得最远？”

“……”

池焰牌小喇叭“叭叭叭”，不停地“叭叭叭”，一路走一路“叭”，沿街玩家一个个目瞪口呆。这操作太让人震惊了，简直生平仅见，震惊得让人忍不住跟在他后面，听听他还能说出啥。

不一会儿，四人小分队后面就跟了一大拨人，而且人数有越来越多的趋势。

唐措面无表情。

他造了什么孽要被人这么围观？

靳丞的心情却很好，他觉得池焰真是个天才，以后没钱了可以让池焰跟闻晓铭一起在街头说相声，保管大赚。

他还问唐措：“你怎么不笑呢？”

唐措：“脸在副本里冻僵了，没好。”

你真幽默。

靳丞正想夸他一句，余光突然瞥见右侧房屋的屋顶闪过一道寒光，跟那光芒同样一瞬即逝的，还有靳丞眼里的杀意。

“来了。”话音落下，靳丞召出长弓一箭射向虚空，出手如电。

“铮——”金属的箭头直击刀身。

唐措抬眸，恰见一个瘦小的身影出现在半空，一刀斩落长箭。伴随着金属落地声响起的，还有他咬牙切齿的声音。

“靳、丞！”

## Ⅳ

# 魔鬼之城

叮——

恭喜玩家开启任务“决胜魔鬼城”，本次游戏共十二位玩家。

基础目标：存活三小时！

个人奖励按照最终名次颁布！

祝您生存愉快！

## 24

靳丞和孟于飞的战场从半空转移到楼顶，又从楼顶打到长街上，快得目不暇接。原本跟在四人组身边的玩家一窝蜂散了，生怕被波及，又按捺不住心中的好奇，从各个地方探出头来看。

而池焰和安宁在这时候才明白，靳丞之前展露出来的实力可能还有所保留。

池焰收起喇叭不敢再叨叨了，凑到唐措身边咋舌道："哥，丞哥究竟什么来头，怎么那么强？"

唐措："你想知道？"

池焰疯狂点头，安宁也竖起了耳朵。

唐措："自己问去。"

"嘤。"池焰忍不住来了个恐龙嘤嘤，恶心得安宁想打他。

那厢唐措又面无表情地发出了灵魂拷问："你们不去帮忙吗？"

池焰和安宁心想大佬这么厉害，他们想帮忙也插不上手啊，可唐措拷问的视线也很厉害，两人一个激灵，拔腿就上。

唐措自己是不上去帮忙的，双手插在风衣口袋里，还在节能模式中。最重要的是他到现在都没件称手的武器，试炼评估报告还不敢拿出来了。

此时战局已经离唐措很远，靳丞的身影在远处的高塔顶端闪现，挺拔的身影如画镶嵌在他背后的发光球体中，拉弓，松手，箭矢如流星，以一个刁钻的角度直逼孟于飞面门。

孟于飞一个后仰躲过，单腿钩住挂着酒馆旗帜的房檐，似蝙蝠倒挂，又极快侧身，避过紧随而来的第二箭。

"砰！"金属箭钉入酒馆墙壁，轰开一个破洞。刹那间烟尘四起，惊得酒馆里的醉汉们四散逃窜。

唐措抄近路靠近战场，仔细观摩。

孟于飞是个刀客，刀法路数唐措暂时还摸不清楚，但靳丞的箭明显比副本里厉害得多。那箭上面附着一层淡淡的银光，杀伤力很大。

孟于飞的刀有点邪门。

唐措凑得近了才看到那柄弯刀的刀身上有血槽，这似乎能解释为什么凶案现场都会留下一大摊血迹。孟于飞的刀很快，钱伟的剑有剑气，他的刀也有刀意，他的刀意是暗红色的，浅浅一层。

重要的是，他的刀能斩断靳丞的箭。

这是唐措第一次看到有兵器能断靳丞的箭。

靳丞看似是远距离弓箭手，但两人的打斗从始至终都没有拉开很远的距离。那把机械弓能射箭，也能当称手的武器来用，“咔嗒”一声机簧弹开，机械弓便被他从中间断开，分成两截——恰似两柄弯刀。

以弯刀对弯刀，不同的材质、不同的路数，仍是靳丞更胜一筹。

因为他有两柄刀。

孟于飞挡得住一刀，却挡不住第二刀，胳膊立刻被划开一道血口。他咬着牙后退，双脚蹬在墙壁上，竟似在平地上行走，完全背离了地心引力，甚至还能诡异地扭转身子回头挡下靳丞的箭。

“咔嗒”一声，靳丞又把长弓恢复原状，双箭齐射逼得孟于飞不得不迅速改换位置。

打着打着，两人离东十字街越来越远，唐措则继续抄近路，灵活地在各个大街小巷里奔跑，不远不近地跟在两人后头。

池焰和安宁比唐措靠得近一些，安宁偶尔还能见缝插针地给孟于飞使点绊子，池焰则是纯粹打酱油——因为他动手之后才发觉自己啥都不会。

一腔热血涌上脑，是要害死人的。

可池焰总不能啥也不干啊，他的正义和勇敢之心不允许他这样做，于是他想啊想啊，又掏出了小喇叭：“喂？喂？秃头孟于飞在吗？在吗？”

孟于飞要气炸了。

他一刀狠狠向靳丞斩去，被靳丞用长弓架住，可他正在气头上，力道奇大无比，竟撞得靳丞后退了半步。

“把我的评估报告还回来！”

靳丞却笑了：“我早还给你了，你忘了？”

孟于飞哪儿能忘，但靳丞早就记住上面的内容了。他记住也就罢了，偏还只记一半，另一半靠添油加醋，简直缺德至极。孟于飞自忖不是什么好人，但不会那么缺德。

“我特意宰了程克，你们竟然没打起来。我搞不懂，靳丞，你为什么一定要跟我作对？”孟于飞停下来喘了口气，双眼紧盯着靳丞，眸底暗红一片。

“你不知道一句话吗？”靳丞毫无影响地弯弓搭箭，箭尖直指他的眉心，“反派死于话多。”

靳丞最讨厌别人跟他打的时候还瞎嚷嚷，有话不会早点说，可靳丞永远无法体会别人在面对他时不吐不快的憋屈心理。

孟于飞：“你传送不了我的，靳丞，我不会再让你得手了。”

靳丞：“你好烦哦。”

孟于飞气着气着也就习惯了，冷笑一声，突然挥出一刀，那刀意延伸出约莫半米，差点刺到靳丞身上。

靳丞侧身避过，孟于飞手中却突然出现一条光鞭。长鞭一甩，球状的闪电自鞭上脱落，以迅雷不及掩耳之势朝靳丞袭去。

“球状闪电！”安宁惊呼，同时脸色变得异常难看。这是个技能，而且是卡牌型消耗技能，有使用次数的限制。而这球状闪电分明是程克留在关键时刻保命的，竟然也被孟于飞夺走了。

那厢靳丞几个起落，以风骚的走位避过一个个闪电光团，只听“噼啪”的声音中，那些光团砸在街道两侧的屋顶、墙面上，轰出一个个焦黑的坑。

整片天空登时亮如白昼。

靳丞被余波波及，虽未怎么受伤，可衣角也烧焦了，手肘也有刺痛。而正是因为这拨攻击，孟于飞已经再次跟他拉开距离。

可跑在最前头的是唐措。

他趁着两人酣战，悄无声息地绕到了前头，等到孟于飞过来，立刻一把剁骨刀飞出去。“当——”剁骨刀毫不意外地被孟于飞拦住，可也就是这么一拦，靳丞又从后头杀过来。

孟于飞恶狠狠地瞪了唐措一眼，却来不及出手，被迫转向。不知不觉间，战场竟从 F 区跑到了中心区边界。

远远地，游戏大厅已然在望。

孟于飞眼珠子一转，脚步急转，竟直接朝游戏大厅飞奔而去。

中心区也不是什么安全之地，来来往往的玩家看到这一追一逃的身影，习以为常。只是有些人看到了靳丞的脸，认出了他，惊呼声便扩散开来。

认出了靳丞，自然也有人顺势认出了孟于飞。

“嚯，那不是孟于飞那个疯子嘛！”

“啥？！”

有知道内情的立刻给旁人做起了科普。孟于飞，曾经横行低级区的疯子，生性疯狂，又冷血。永夜城内的规矩更让他无所顾忌，通过将人传送去监狱的方法取点，一路升上 C 区，直至碰到被罚回 F 区从头来过的靳丞。

他没想过有人的升级速度比他还要快，上来就把他踹进了监狱。

第一次进监狱，他很快就被放出来了，可没想到又碰上全城大围剿，孟于飞在那张通缉令上排第十三位。

于是他又被靳丞传送了一次。

他出来一次，就被杀一次，坐牢的时间越来越长，惩罚越来越重，直至被打回 F 区从头来过。

这是他第三次出狱。

他原想着要杀到 A 区找靳丞报仇，可杀着杀着发现靳丞就在 F 区，天助我也。于是他灵机一动把程克送进监狱，想要给靳丞制造点麻烦。

麻烦没搞成，他又被靳丞追杀。

唐措在人群中穿梭，一边留意着耳边的话，一边快速靠近游戏大厅，抬头看，孟于飞刚巧从头顶掠过，靳丞也紧随其后。

他没急着跟上去，环顾四周，站到了任务墙旁边。

“靳丞，我说过不会再让你得逞，下次再碰见你，一定不死不休！”孟于飞站在一个夹娃娃机顶上，笑得狰狞。说罢，他随手一甩又是一道球状闪电。

这可是中心区，各个区的人都有，孟于飞敢在这里出大招波及别人，暴躁的各区玩家们当然不会放过他。

霎时间，整个游戏大厅一团乱。

爆炸的光束中，各式各样的招数混杂在一起，靳丞的视线中瞬间失去了孟于飞的身影。一片嘈杂中他也没办法再听出孟于飞的声音，目光巡视一周，他跟唐措对上了视线。

唐措朝任务墙的方向歪了歪头。

靳丞挑眉，迅速追上。他知道唐措什么意思，他不同意，可刚想把人拽住，人就哧溜一下钻进去了。

靳丞只得跟上，进入任务墙的瞬间，系统播报无缝连接。

叮——

恭喜玩家开启任务“决胜魔鬼城”，本次游戏共十二位玩家。

基础目标：存活三小时！

个人奖励按照最终名次颁布！

祝您生存愉快！

视野恢复光亮，欢呼声排山倒海直冲耳膜。

靳丞没理会，第一时间搜寻唐措的身影，终于在距离大约百米远处发现了他。两人隔着一、二、三、四、五、六、七个人，遥遥相望。

唐措默默地转过了头。

“你看哪儿呢？”靳丞难得板着脸，即使隔着那么远，声音还是毫无阻碍地传过来，让唐措无法忽略。

唐措只好又转过头来，面无表情。

靳丞：“你是不是非得跟我对着干？”

唐措：“是哦。”

靳丞气死了。

站在他隔壁的钱伟也气死了，气到以头抢地。看到大佬仿佛根本没看到他，还在隔空撩骚，他更气了：“大哥！我说这位大哥，你们怎么又进来了？”

靳丞挑眉：“你有意见？”

我不敢有意见但是我很崩溃啊！

钱伟特别崩溃，他跟彭明凡出了“风雪夜归人”副本后，一致认为大佬虽然牛，可跟他们一起下副本危险系数太大。至少他们在此之前根本没碰到过那么难的副本，所以特地等了一天再去接任务，就为了跟大佬错开时间。

他们觉得这么牛的大佬，要么一个任务接一个任务地上，直接飞升到E区，要么游刃有余先休息几天，可谁能想到呢？

谁能想到！

钱伟和彭明凡进入任务墙时，孟于飞和靳丞还没打进游戏大厅。他们是闲散玩家，不似安宁那样有自己的消息来源，也不知道副本中的程晋就是东十字街的靳丞。他们只以为这次稳了，再做一次任务就能上E区，谁知在任务墙里等了几分钟，叮的一声，进入副本一看——怎么又是你们？

比钱伟更崩溃的是孟于飞，他左看看，右看看，看到靳丞和唐措的时候差点心肌梗死。他如果此刻还不知道究竟是怎么回事，他就可以直接自裁了。

唐措他不认识，但去游戏大厅的路上唐措出过手。就是因为唐措那一次出手，孟于飞被迫改变行进路线，这才冲到了中心区。

仔细想想，靳丞也在有意识地把他往中心区赶，打的恐怕就是逼他进入游戏大厅的主意。

进入游戏大厅之后能干吗？稍微有点脑子的人都能想到，进入副本就可以避免追杀。F区的副本可比靳丞给人的危险要小，而孟于飞一点都不怀疑自己打副本的能力。

可靳丞和他的同伙也进来了，他们进来干吗？

杀人。

在永夜城被杀会被传送去监狱，但在副本里不会。

果然，孟于飞望向靳丞，就见靳丞抱臂看着他，微笑宣判：“你死了。”

靳丞的心情很不美丽，他原先让唐措配合自己把孟于飞逼入副本，可没让唐措一起跟着进来。他早就警告过唐措，这时候不宜进副本，可他偏偏不听。

孟于飞，罪加一等。

这时，周围的喧闹声愈演愈烈，终于打断了玩家之间的暗潮汹涌，让大家的视线回到游戏上来。

一个头上长角、背上长翅膀的红皮小恶魔飞在众人头顶，穿着西装小马甲拿着麦克风激情讲话：“欢迎大家来到一年一度的魔鬼城宠物大赛！本次比赛共有十二位大人的爱宠参赛，分别从一号到十二号，各位可以尽情地为自己喜欢的宠物呐喊加油哦！”

欢呼声冲破云霄。

唐措环视一周，他们正站在一条异常宽阔的崎岖大道上，道路并非笔直，前方有弯道，还有斜坡。两侧的黑色房屋如积木堆叠，怪异、荒诞。而且这些屋子上到处都是不规则的窗户，像一只只奇形怪状的眼睛，里面站着密密麻麻的奇怪生物，头上长角的、满口獠牙的、浑身长毛的、如软体动物蠕动在墙壁上的，应有尽有。

这些怪物正在为他们“打call”(加油)，嘴里嗷嗷怪叫，混杂着好几种语言。

魔鬼城宠物大赛，十二位参赛者，就是十二位玩家。永夜城的套路大致如此，人类烧山就反过来把你当柴烧，人类养宠物就反过来把你当宠物，恶意满满。

此时此刻十二位玩家在宽阔街道上一字排开，每人间隔的距离都是相等的。唐措站在右边第一位，寻思着往左边走了几步，却被一层无形的屏障拦住。

十二位玩家，十二条赛道，互不相通。

脚下有字，写着红色的“12”，应该就是赛道号码。唐措一个个看过去，孟于飞在8号，隔壁是7号的彭明凡。

钱伟在5号，靳丞4号。

其余赛道上的都是陌生玩家，暂时无法判定他们彼此之间是否认识。

红皮小恶魔在头顶巡视一周，略显满意地高举发令枪：“想必大家都期待已久，也对各位参赛宠物有了初印象，选好了要支持的小可爱。废话不多说，下面就让我们开始第一个关卡的比赛——趣味障碍跑！”

“砰！”

“比赛开始！”

## 25

发令枪响，玩家们还没搞懂比赛规则，整个人就飞了出去。

没错，就是飞出去，背后像是突然出现一双手，重重一推。钱伟被推得差点咯血，瞬间的腾空更是让人崩溃，好不容易调整好姿势准备落地，余光向后一瞥——地狱魔狼啊！

每个赛道一头狼，双眼猩红，獠牙外露，浑身肌肉鼓胀，凶残迅猛。它们追着玩家跑出来，还没靠近便带来一阵腥风，仔细看那獠牙上甚至还挂着没吃干净的肉。

钱伟一个激灵，刚一落地就忙不迭往前跑，并第一时间用上了装备“× 力健跑步鞋”。惊呼声在两侧响起，钱伟知道彭明凡的速度不如自己快，心脏跳到了嗓子眼。

每个人落地的时间都不一样，这刚开始的一推等于给了他们一段安全距离，钱伟落得不快不慢，左侧的靳丞借力飞出老远，右侧的陌生玩家却稍显手忙脚乱。

“咻！”靳丞凌空一箭，落地之后紧跟着又一箭，一箭射中自己赛道的狼，另一箭阻了彭明凡那边的。

玩家不能越过赛道，攻击却可以。

彭明凡落地翻滚，来不及道谢，拔腿就跑。

那魔狼中箭后也只是稍稍停顿，哪怕靳丞的箭扎在腿上，奔跑起来也几乎没有什么影响，甚至因此嚎叫着喷出愤怒的火焰。

那火焰如冲击波，喷出去最起码有五六米远，直追靳丞的衣摆。靳丞飞速后退，与此同时甩手又是一箭，破开火焰，正中魔狼张开的血盆大口。

钱伟可没有靳丞这种正面刚的勇气，也没有移动射箭的本领，只能拼命地跑。前方却是一个弯道，钱伟深吸一口气，不敢大意。

他可还记得这第一关卡叫“障碍跑”。

可饶是如此，当障碍来临的时候他还是差点摔了个狗吃屎，因为本就不平整的路面突然变成了波浪形，并且还在不停翻涌。

钱伟好险才稳住身子，动作滑稽得像在跳四小天鹅。

钱伟边跑边骂，再看旁边的那位穿吉利服的大兄弟，已经摔了个大马趴，眼看着就要被波浪路面传送到魔狼嘴里了。

钱伟看了就着急：“快跑啊！”

“吉利服”能不知道要跑吗？手脚并用地爬起来，可这路面让他根本无法保持平衡，还没站稳又摔一跤，嘴皮都快磕破了。

千钧一发之际他突然拿出一个火箭炮，扛在肩上冲着魔狼就来了一发，甭管中不中，巨大的后坐力将他瞬间推出十米远。

“这也行？！”钱伟还在跳芭蕾。

好在魔狼也被这路面影响了，速度有所下降。钱伟匆忙间看向靳丞，期待这位大佬能再帮他一把，结果不看不知道，一看吓一跳。

波浪路面在前，靳丞干脆停下了脚步，直接折返，弯弓、搭箭，三箭连射，且次次瞄准魔狼的同一部位，精准、粗暴。

“嗷——”魔狼的腰被射到几乎断裂，血口有碗那么大，但系统给出的NPC哪有那么轻易就死，奔着靳丞的腿就发狂突袭。

靳丞一脚蹬在赛道间的透明屏障上，一个空翻化险为夷地避过，这么近的距离来不及搭箭，他反手一张弓套住魔狼的脑袋，弓弦抵在魔狼脖子上，翻转，绞杀！

“4号选手！4号选手成功反杀了！”小恶魔在半空激情配音，“天哪！这是多么令人激动的一位选手，让我们期待他接下来的表现！”

赛道两侧的怪物们一时群情激奋，一只只或猩红或碧绿的眼睛盯着靳丞，挥动着前脚，嘴里流出口水来。小恶魔也把注意力都放在了靳丞身上，语气夸张：“哦，他还没停下，让我们看看这次又是哪只可爱的小狼会遭殃呢——是12号！”

12号是唐措。

游戏还未正式开始，唐措便立刻打开人物面板进行加点，六个点全部加在“武力”一栏。加点即时生效，唐措能明显感觉到自己的身体素质有些许提高，譬如基本的握力、弹跳力等。

再有“疾跑”加持，那魔狼虽然一直在身后三米处紧追不舍，可始终没能咬上他。

喷火似乎是个触发技能，魔狼没有受到袭击便不会出现。

波浪路段，唐措的反应跟靳丞相似，一脚蹬在透明屏障上，毕竟是他曾经教出来的学生。这一招，通俗点说叫飞檐走壁。

每条赛道大概十米宽，唐措的一侧是透明屏障，另一侧是积木状堆叠的房屋。他频频在屏障和房屋墙面上借力，整个人呈“之”字形跳跃式前进，只有距离不够时，才会在波浪路面上短暂触地。

唐措还跑得很有节奏，一点也不急，因为有靳丞在。这位教官的脾气差是出了名的，护短也是出了名的。

相隔百米，靳丞远距离支援，“咻咻”两支分裂箭齐发，给12号魔狼来了个天女散花。魔狼无处可躲，甚至被刺中了一只眼睛，痛到喷火。

唐措极力躲避，但仍被热浪燎到，烧了两根头发。打开系统面板一看，生命值掉了 2%——来自英俊的诅咒，火抗 -80%。

他转头望向靳丞。

靳丞耸耸肩，抬手给了孟于飞一箭。

“靳丞！”孟于飞就看不惯靳丞这骚操作，满场花蝴蝶似的乱飞就算了，你乱飞的时候还有空搞我！

冤冤相报何时了。

孟于飞反手一道球状闪电送给唐措。

唐措跟他隔了三条赛道，球状闪电到他跟前的时候只剩一两个，其余的全落到了中间赛道。

城门失火，殃及池鱼。

“我说你们能不能停下来再打？！”10 号赛道是位彪悍的长发小姐姐，一人顶了三个闪电球，差点把她头发都电秃噜了。

电光石火之间，她一个闪现避过，三个闪电球两个送给了身后的魔狼，把它炸了个皮开肉绽，小姐姐因祸得福。

9 号和 11 号纷纷效仿，看得孟于飞郁闷至极。

另一边，靳丞又唰唰两箭射向钱伟和彭明凡身后的魔狼，替他们解了燃眉之急，自己却因此落到了最后。

此时距离游戏开始，才不过六分钟。

“啊啊啊！”左侧忽然传来惨叫。

众人看去，只见 1 号不知何时冲过波浪路段，跑到了最前面，可恢复平整的地面忽然弹出密密麻麻的钢刺，瞬间钉穿脚掌。

钱伟眼看自己也快到那儿了，登时一个急刹车。可他速度太快，惯性太强，刹不住了，咬咬牙学着靳丞和唐措的样子一脚蹬在屏障上。

“小心！”彭明凡见状疾呼。

钱伟也当心着呢，蹬得不够远，根本飞不过钢刺，于是拔剑怒斩，剑尖触地，剑身弯曲、反弹，一下把他弹出去摔了个嘴啃泥。

摔倒了他也顾不上身上的伤，连忙检查自己的剑，剑上果然多了条裂缝。

钱伟欲哭无泪，其余人却在他和 1 号的接连提示下各显神通，顺利飞越钢刺。唐措的方法很简单，依旧是飞檐走壁。

他的右侧是墙，墙上有窗，窗里有各种各样奇形怪状的看戏群众。唐措没办法了，距离不够马上要落地了，抓着其中一个探出的长鼻子，荡秋千似的荡了过去。

“12 号！12 号是什么惊天大宝贝！”小恶魔拍打着翅膀笑得前仰后合，那个长鼻子怪物则心疼地抱住自己的鼻子，看上去特想找唐措拼命。

“咯。”小恶魔清了清嗓子，“我们现在看到1号选手已经站起来重新往前跑了，这受伤的小模样真让人心疼呢，我们可爱的魔鬼城居民有没有想要偷偷选择他的呢？请给他爱的支持哟！”

现场发出嘘声。

1号听得冷汗直流，忍着痛往前跑，一回头，那魔狼还跟在后头，纵身一跃，就越过了钢刺群。

他赶紧拿出药剂来灌下一口，眼看着大家都要跑到他前头了，心里一急就冲着靳丞大喊：“4号！ 4号帮个忙啊！”

可靳丞没有理会。

前方是一个将近九十度向上的斜坡，坡面光滑如镜，靳丞三步并作两步瞬间登顶，却又倏然止步，斜坡之后是走钢索，钢索之下是万丈深渊。

深渊里是蠕动的巨兽，挨挨挤挤有十几只，仰头张着长满利齿的嘴，就等玩家掉下去。刺骨的风一吹，空气里都是腥臭味。

前有巨兽，后有魔狼，2号、3号见此情形，纷纷拿出武器杀回去。至少靳丞刚才的行动证明狼是可以被杀的，如果他们上了钢索却被魔狼追尾，那不如直接跳崖自杀。

1号不明白他们为什么要折返，忍着脚痛爬上去，却是死也不肯下来了。魔狼紧随其后，爪子刺进坡面，发出指甲刮玻璃的刺耳之声。

“救我、快救我！救我啊！”1号死死盯着魔狼，双腿拼命往下蹬，企图把魔狼蹬下去，余光却不断往靳丞那儿瞟。

靳丞不进也不退，只静静地看着他，脸上甚至还带着微笑。1号崩溃了，脑袋里的弦眼看就要绷断，靳丞却又突然出手，一箭把魔狼射下去。

做完这一切，他再不看1号一眼。

此时，钱伟、彭明凡、唐措、孟于飞和6号的吉利服、10号的姑娘都已经到了钢索前，都试探着伸出一只脚试了试，但没有一个敢真的踏上去。

“不要往下看不要往下看不要往下看……”钱伟仿佛在念咒。他此时已经把鞋子换下来了，走钢索那么心惊胆战的时刻，如果耳边再响起百大劲曲，是要死人的。

6号的吉利服依靠地利，扛着火箭炮对准身后魔狼一顿猛轰，几炮轰下去终于把狼轰死，还支援了一把隔壁的钱伟和彭明凡。

钱伟和彭明凡的魔狼本就被靳丞的箭伤到了，再被这么一搅和，不死也半残，眼看是爬不上斜坡了。

与此同时，10号的长发姑娘祭出了某个纸船模样的道具，片刻之后神色骤变：“这里禁空行，没办法飞过去。”

唐措的魔狼却在此时杀到。

“嗷！”魔狼冲上斜坡，张开血盆大口朝唐措咬过去。唐措二话不说跳上钢索，几个摇晃后稳住身形，又很快上前三步。

魔狼冲他低吼咆哮，却没有追上去。

随后赶到的9号和11号眼看着要被魔狼追上，见此情形，不管三七二十一上了钢索再说。只是他俩没有唐措那样的水准，风一吹，趴在钢索上㞞得像鹌鹑。

小恶魔盘旋在空中，颇为惋惜地进行播报：“又一个都没被淘汰呢，这一届的选手们看起来运气都不错啊，可惜都不太会咬人，一点都不符合我们魔鬼城的民风。不过钢索不是那么好走的哟，看到底下萌萌的可爱小虫子了吗？它们吃不到食物会很生气的，到时候我们魔鬼城就又要地震啦，所以为了安全起见，你们谁主动跳下去呢？”

话音落下，玩家集体噤声。

唐措眯起眼，再次望向孟于飞。

孟于飞再也忍不住了，怒道：“我跟你有仇吗？！靳丞是谁啊，你次次都要帮他？！”

唐措听他这么说就不开心了：“你好烦。”

孟于飞一口气提到嗓子眼，吐不出来又咽不下去，脸涨成了猪肝色。他能在低级区横行那么久，可不是轻易会丧失理智的人，所以到底忍住了，没有出手。

靳丞和唐措也没有出手，他们毫不怀疑孟于飞会拉所有人陪葬。

场面僵持，距离对岸只有百米远，从深渊刮来的风却越来越大，吹得钢索摇摇晃晃，发出令人牙酸的嘎吱声。

唐措仔细观察着每个人的反应。其实走钢索对于他这种行伍出身的人来说并不难，如果有滑轮的话，更可以直接吊在上面滑过去，不费吹灰之力。可在场的玩家看起来没有一个人拥有这样装备，也不曾做过这种训练。

小恶魔在半空桀桀怪笑，似在期待着什么，而两岸的怪物观众则一个个伸长了脖子，高声起哄。

突然，9号一脚踩空，惊叫着往下掉，怪物观众顿时发出欢呼。

下一秒，9号眼疾手快抓住了钢索，化险为夷地挂在了钢索上。

怪物观众又失望叹息。

这一起一落，让所有人的心都跟着提起。9号试着回到钢索上，却怎么都使不上力，而寒风吹得钢索冰冷刺骨，如果就这么吊着，他绝对撑不过十分钟。

回头看，魔狼站在岸边虎视眈眈。

2号和11号跟他认识，见状都快急疯了，可一个离得太远，一个也在钢索上站着，根本不敢轻举妄动。

就在这时，一支箭凌空飞来将魔狼打下斜坡，隔壁10号的姑娘也当机立断抛给他一截绳子。9 号成功脱险，紧接着 11 号的魔狼也被解决掉。

可大概是深渊底下的巨兽等不及了，脚下忽然一阵地动山摇，差点把刚刚爬上来的 9 号和 11 号又晃回去。

唐措还在钢索上站着，低头看着下面暴动得不断哐哐撞大墙的巨大虫子，又抬头看红皮小恶魔。

小恶魔继续引诱：“只要有一个人跳下去，大家就都可以过去了哦。”

唐措若有所思，眯起眼盯着孟于飞。

被那双黑白分明的眼盯着，孟于飞心里咯噔一下，又想到什么，猛地回头看靳丞。靳丞也盯着他，甚至拉开了手中的弓。

“你敢！”孟于飞汗毛根根竖起，弯刀出鞘，“你们要是敢动手，我就敢拉这里所有人一起陪葬！”

靳丞撇撇嘴，真没劲。

唐措也觉得没劲，遂又若无其事地移开视线，徒留孟于飞一个人拿着刀激动得像个二百五。

孟于飞脸色铁青，可又不敢真的在这里发难，只得又收起刀，按捺住快要爆炸的脾气。

靳丞却又“咔嗒”一声将机械弓拆成两截，来到岸边，二话不说把钢索砍断了。断掉的钢索被他抓在手上，甩甩试了试手感。而后在众人惊愕的视线中纵身跃下。

“大哥！！！”钱伟吓得心脏差点跳出来。

下一瞬，钢索绷直，猎猎风中，靳丞的身影像个摆锤迅速荡过深渊，直至崖壁处。底下的大虫子们以为是加餐到了，一个个都伸长了脖子、张大了嘴巴嗷嗷待哺，却不料靳丞只是在它们头顶掠过。

“砰！”他抬脚蹬在崖壁上，屈膝卸力，但还是把崖壁蹬出了好大一个坑。碎石扑簌簌往下掉，靳丞却好像一点伤都没有，毫无障碍地开始向上攀登，身手矫健，速度极快。

大虫子们失望至极，又开始哐哐撞大墙，撞得岸边的玩家们东倒西歪险些站不住，靳丞却还爬得稳当。

“4 号！天哪，快看看我们的 4 号小可爱！”小恶魔夸张地捂住自己的嘴，仿佛瞬间乌鸦先生附体，“他又干了件多么有趣的事啊，这可真是我见过的最有意思的玩法了！ 4 号，请大家记住 4 号，他真是个小可爱！”

怪物观众也异常兴奋，不管是看得见的、看不见的，都挤在窗前拼命探头，仿佛随时都会从里面冲出来。

“嗷嗷嗷嗷！”

在一片听不懂的欢呼和尖叫声中，万众瞩目之下，靳丞爬上了对岸。他潇洒地拍拍裤子上的灰尘，丢掉钢索，冲唐措示意。

来吗？

唐措面无表情，觉得靳丞这操作酷是挺酷，还很快、效率高，但就是骚了点。

## 26

唐措素来生猛，拥有98%的生命值也底气十足，但这一次还是选择直接从钢索上过，免得撞在崖壁上被拍成肉饼，死相太难看。

他自己心里有估算，六个点数提高了他的身体素质，但比起靳丞来还是差远了。F区的玩家大致还是肉体凡胎，不经打。

孟于飞生怕他过去之后跟靳丞联合起来搞他，眼见唐措出发，他也紧跟着走上钢索。

两个身影一前一后。孟于飞全程神经紧绷，一只手牢牢握着弯刀，但凡靳丞有所异动，他就对唐措出手。

双方暂且相安无事。

“现在我们看到8号和12号都已经出发了，他们走得很稳哦，已经过三分之一了。让我们期待下一个勇敢的小可爱，他会是谁呢？”小恶魔拍打着翅膀，不怀好意的目光在剩余玩家中来回穿梭，“哇哦，10号出发了，5号和7号也不甘示弱，大家记得要给他们加油哦！”

5号和7号分别是钱伟和彭明凡，两人打定主意抱大腿，自然要紧随大腿的步伐。靳丞的方法对于他们来说也有点过于勉强，便选择了唐措的法子——吊在钢索上，双脚钩住钢索，迅速爬过去。

这种办法他们在影视剧里看到过，又有唐措示范，倒不是很难。

10号的姑娘就生猛许多，选择了靳丞的法子，在快要撞上崖壁时，突然一掌轰上去，成功获得缓冲，虽然受了伤，但问题不大。

6号吉利服如法炮制，等他们抵达对岸时，唐措和孟于飞也到了。

靳丞掏出一把左轮手枪抛给唐措，这正是他在“风雪夜归人”里用过的那把。这位徒弟到现在都没个称手武器，实在太惨了。

唐措接过枪，抬手就对准了孟于飞。

孟于飞瞬间头皮发麻，但还没动手，就看到靳丞拿出绳子，一头绑在自己腰上，一头绑在箭上，弯弓对准了深渊。他很快明白过来，唐措是在给靳丞当警卫员，警告他不要捣乱。

剩下的玩家里也有过得不那么顺利的，趴在钢索上缓慢地朝这边挪动，譬如胆小的1号。

唐措也是在这时发现，只有1号是单人玩家。2、9、11是一起的，3、6、10又是一组，且隐隐以10号为主。

2、9、11对视一眼，也选择了更稳妥的办法，他们三个实力一般，比1号强一点，但比不上钱伟和彭明凡，这样一来速度明显被拖慢，而深渊底下的大虫子们已经等不及了。

孟于飞也不想等。

“你们想等那些胆小鬼就继续等，我可不想在这里浪费时间。”孟于飞一边说一边后退，双眼戒备地盯着唐措和靳丞。

他还记得任务要求，最终的个人奖励可是和比赛名次挂钩的，鬼才理会那些垃圾。

唐措没有出手，询问的目光投向靳丞。

恰在这时，深渊里的大虫子一块儿发疯了，地面剧烈震动，即将抵达的钱伟一个没抓住，直直往下掉，就连紧紧趴在钢索上的9号也再次打滑。

靳丞当机立断，一箭射出，弓箭上拖着绳索，速度比人下落得更快，瞬息之间来到钱伟身侧。钱伟也算是个机灵的，一把抓住，身子在崖壁上连磕好几下，终于在变成口粮前停住。

他痛得简直快晕过去，抓着绳子的手掌都被磨出了血，全身上下的骨头都疼。可他随便往下看一眼，就发现自己的脚都快荡到人家嘴巴里了，那血盆大口腥风阵阵，熏得他一个激灵。

“快！快拉我！大哥救命啊！！！”钱伟一边往上蹬一边喊，全身汗毛倒竖，冷汗直流。

那厢9号还在钢索上挂着，也想喊“救命”，可一张口就被灌满嘴风。好不容易钱伟被拉上去了，靳丞才腾出手来也给他递了根绳。

“哇哦，这可真是和谐友爱的一幕呢，这在我们魔鬼城可不多见。”小恶魔延续着它的夸张语调，语气却满含讥讽，“8号已经到第二关卡了哦，现在让我们来聚焦8号吧！第二关，主宠默契大考验！”

“8号究竟能不能保持领先，第一个到达终点，获得至高的荣耀呢？让我们拭目以待！”

说罢，小恶魔就哼着歌飞到前头去了。道路两侧依旧是奇形怪状的房子，窗户里的怪物观众对唐措等人指指点点，似乎不大满意他们刚才的表现。

可它们又着实喜欢靳丞，唐措听到那一大串叽里呱啦的鸟语中不时掺杂着“4号”这样的字眼。

此时，爬钢索的玩家也终于抵达，一个个躺在地上大喘气，浑身脱力。9

号被靳丞救了两次，爬起来刚想说“谢谢”，却见靳丞收了绳子转身就走，端的是潇洒如风。跟他一道走的还有唐措和钱伟、彭明凡，10 号的姑娘略作思忖，也中断了休息，跟同伴追上去。

一行人走得飞快，转眼就走过了街角，前方出现一个巨大的宛如古罗马斗兽场的地方，形形色色的怪物观众坐满了台阶，正翘首以盼他们的到来。

“8 号！调皮的 8 号又没有完成主人的指定任务，萨利夫人要生气了，这次它会给 8 号什么样的惩罚呢？”小恶魔开心得上下翻飞，“哦，萨利夫人拿出了它的擀面杖。打是亲骂是爱，擀面杖打在爱宠身上，疼的可是主人的心呢。”

只见斗兽场中，一个穿着围裙、身高足有两米的壮硕大妈正挥舞着擀面杖朝孟于飞当头砸下。它的皮肤是蓝色的，围裙下面是无数蠕动的触手，有十几条，让孟于飞根本无处可逃。

“啪——”孟于飞被一杖拍飞在地上，猛地吐出一口血，又被触手捞起。萨利大妈心疼地将他抱在怀里，完美贯彻“打是亲骂是爱”的宗旨。

钱伟看着孟于飞身上那黏糊糊的样子，差点吐出来。其余人的反应也不遑多让，那一双双惊恐的眼睛扫过场中其他的怪物，很难说服自己这些怪物比萨利大妈好多少。

斗兽场依旧分了十二条赛道，1 到 6 往左边，7 到 12 往右边，互不干扰。每条跑道都站着一个怪物，正慈爱地看着他们。唐措一眼就看到了自己的“主人”，一条黑鳞的长着爪子的巨蛇。

钱伟的“主人”是一只浑身长满眼睛的巨鼠。

彭明凡的“主人”是头上长角的半人马。

靳丞就厉害了，碰到一只会飞的双头火焰鸟，英俊的诅咒，火抗 -80%，可能都诅咒到他一个人身上去了。

最害怕的却是钱伟，他看着那浑身眨巴着眼睛的老鼠，翻个白眼就能晕过去，末了，问：“我能不能自杀？”

彭明凡：“不能。”

“看来我们剩下的选手都到了哦。”小恶魔又重新关注他们，高举麦克风，“来吧，你们心爱的主人已经等候多时了，现在就开始你们的默契大考验！”

话音落下，除了孟于飞外其余十一条赛道同时弹出一个光屏，显示着考验内容。唐措那块赫然写着——为黑魔大人烹饪一顿可口的晚餐。

他再看其他人的，靳丞被安排跟火焰鸟玩钻火圈，彭明凡需要给半人马挠背，钱伟就厉害了，系统让他给主人戴墨镜。

倏忽间白光一闪，钱伟手上就多了一副巨无霸墨镜，但这墨镜的款式除了特别大、镜架是绳子之外，跟人类戴的没什么区别。

他看看墨镜，再看看那只浑身是眼睛的巨鼠，难以置信："它长那么多眼睛只有两只是真的吗？其他是摆设吗？"

不过钱伟再看旁边的6号吉利服要给屎壳郎洗澡，心里一下就平衡许多。

此时孟于飞的第三次考验也开始了，光屏上显示——萨利夫人需要出一趟远门，可是它没有一件合身的裙子。为了不让心爱的主人伤心，请参赛选手为它缝制一条漂亮裙子吧！同时出现的还有一台老式缝纫机和一大筐碎花布。

孟于飞要疯了，他疯了靳丞就开心了，冲他友好地挥挥手，转头就去找火焰鸟玩钻火圈。火焰鸟有两个头，一个喷完另一个喷，一喷一个大火圈，叠起来就是五环。

靳丞耍杂技的时候，唐措就站在灶台前思考人生。

他真的只会烧水煮泡面，可这一堆生肉，该怎么办？

叫黑魔的大蛇游过来，龙爪似的手扒在灶台上，神色亲昵地对着唐措吐舌头。唐措毫不怀疑如果自己做得不合它胃口，它就会立刻翻脸。

要不干脆毒死这条蛇？

可是很多蛇本来就带毒，下毒毒得死吗？

唐措有时无法控制自己的思维，天马行空一顿乱闯，片刻才回神。他不可能在短短几分钟内进化成星级大厨，干脆把肉整块整块地放进大铁锅里，再按直觉把桌上的作料都加了一遍，放水，生火，盖锅盖——完美。

"好的，12号大宝贝已经率先盖上了锅盖，不知道他做的晚餐味道究竟合不合黑魔大人的心意呢？大家如果喜欢他，可以给他刷礼物哦！"

小恶魔从这个赛道飞到那个赛道，花蝴蝶似的到处解说。

"10号也很快哦，不愧是本届比赛唯一的雌性选手，她给玛莎阁下化的妆看来很讨玛莎阁下的欢心呢。看看这华丽又不失阳刚的妆容，我想她一定会在我们魔鬼城掀起新的风潮！"

钱伟听到这溢美之词，忍不住回头看，不看不知道，一看吓一跳，这夸张的紫色眼影和大红唇，还有堪比水墨大师的晕染技术，让钱伟觉得自己这个直男上去都比她化得好。

可偏偏观众反响热烈，在小恶魔的带领下，一波又一波的欢呼朝10号涌去，甚至有怪物往她的赛道里扔礼物。

"本届比赛第一个礼物诞生了！恭喜10号！"

有一就有二，短短几分钟10号收到了三个礼物，虽然不知道这些礼物有什么用，但她明显化得更起劲了，手里的化妆刷甚至刷出了残影。

钱伟继续犯难，抖着手不知道该把墨镜往哪儿戴。

巨鼠先生已经有点不耐烦了，眨眼的速度快过闪光灯。而就在这时，两股奇异的味道从右侧赛道飘过来——像是隔夜的馊饭重新放进锅里煮，还煮煳了的味道，里头还混杂着一股臭味。

隔壁屎壳郎在洗澡，这钱伟知道。

可另一股味道又从哪儿来？

“12号！惊天大宝贝的惊天晚餐出炉了！黑魔大人闻到味道直接晕了，我的天哪，他竟然在里面放了千面蜘蛛的唾液，那销魂的味道——我的天哪！”小恶魔一边叫着一边捂鼻子撤退，也亏得唐措是个猛士，到现在仍站在灶台前屹立不倒。

“啪！”一个礼物从观众席扔到12号赛道，送礼的观众还骄傲地站了起来。那是一个背着蜘蛛壳的流浪汉，不，或许是体内藏着流浪汉的蜘蛛。

反正花钱的都是大爷。

唐措盖上锅盖向蜘蛛点头致敬，弯腰捡起礼物一看，是一捆白色的蛛丝。他试了试，蛛丝可以放进素材栏里，估摸着是个好东西。

远处的钱伟看了，心想着做道黑暗料理都能拿礼物，把心一横，找准巨鼠脸上原有的眼睛位置就把墨镜绑上了。

“5号考验失败，主宠默契度0！”小恶魔的嗓音突然尖厉，随即幸灾乐祸地飞过来，站在巨鼠的脑袋上说，“巴比伦先生看起来格外生气呢。”

巨鼠巴比伦当然很生气，它的眼睛明明在脖子上，这只该死的宠物却还是不记得。于是它一把扯下墨镜，戴墨镜的眼睛里登时射出两道激光，把钱伟从跑道的这一头射到另一头，再撞上弯道屏障弹回来。

钱伟艰难地摸出治疗药剂给自己续上，一把眼泪一把血，哭得真情实感。

三分钟后，10号姑娘第一个顺利通关，紧接着是民间钻火圈杂技表演艺术家靳丞。火抗–80%的属性让他不可避免地损失了一些生命值，可杂技这个东西无论放到哪个世界都是很受欢迎的，所以他一边吃药一边收了不少礼物，譬如一朵食人花、一块鳞片，和一堆从某个怪物嘴里吐出来的破铜烂铁。

光屏上很快刷出了他们第二轮主宠默契考验的内容。而此时的唐措呢？他盘腿坐在他的12号赛道里，无所事事。

因为他的主人，晕了。

## 27

唐措等了十分钟，大蛇还没有醒过来。

彭明凡、6号吉利服等人相继完成了考验，刷背、搓澡这样的任务没什么大惊险，但也没有任何奖励。

场上最受关注的是靳丞和唯一女性选手 10 号，两人都碰到了问答题。

问靳丞，第一题：火焰鸟约克夏大人最喜欢什么运动？

A. 钻火圈　B. 在极地冰川游泳　C. 炭烤小精灵　D. 玩躲避球

三短一长选最长，靳丞选 B。

回答错误，靳丞被火焰鸟追着满场跑。

第二题：火焰鸟约克夏大人的初恋是谁？

A. 魔女乔安娜　B. 伊丽莎白小姐　C. 小精灵波波　D. 甲虫骑士

小精灵做错了什么？一会儿是初恋，一会儿被炭烤，因为是逝去的初恋所以被炭烤了吗？靳丞这个老光棍不是很懂，果断选择 D。

回答错误，靳丞再次被愤怒的主人追着跑，但只要他跑得够快，火焰就烧不到他的屁股。

"哈哈哈哈哈！"小恶魔看得特别开心，鼓动全场观众一块儿看戏，但随即它又发现另一处宝藏，"快看 12 号啊！我们的大宝贝 12 号，他是多么地善解人意，竟然亲自给黑魔大人喂晚餐了！"

唐措不想等了，端起铁锅撬开大蛇的嘴就往里倒，咕嘟咕嘟，奇异的味道又飘散开来，熏得全场心醉。

大蛇终于有了动静，尾巴倏然绷直，蛇身翻滚着，身体里似乎有什么在涌动。

唐措丢开铁锅迅速后撤，退开十米远，大蛇猛地吐出一大堆东西来，食物残渣、废铜烂铁，各式各样的东西，一直蔓延到隔壁赛道。

11 号吓得一溜烟跑开。

观众席齐齐"噫——"地移开视线。

"黑魔大人醒了！"小恶魔也拍打着翅膀飞得远远的，直至自己变成天上的一个小点，才捂着鼻子继续播报，"黑魔大人看起来很生气啊，它一点都不喜欢这顿晚餐的味道。好的，我们看到 12 号已经跑了，他跑得非常快但是没、有、用！哈哈哈哈！"

唐措被大蛇咬中肩膀，立时觉得自己头顶绿油油的，打开人物面板一看，显示中毒状态，生命值上限减少 30%。

"啧。"唐措面无表情地表达不满，转头看到远处的靳丞站在火海中淡定喝药。靳丞连错三题，整个 4 号赛道已经变成一片火海，无处可藏。

这种时候，比的就是谁药多。

很快，唐措看到了他的第二项考验——黑魔大人是一位学识渊博的魔药学教授，今天它需要配出一份变身药剂，可是助手临时生病了。作为它的爱宠，请参赛选手协助黑魔大人完成配置。

魔药？

唐措看着灶台变实验台，药臼、全套的试管、水晶量杯、坩埚、毛刷，应有尽有。实验台旁的置物架上则放着许多的材料，有不知名的叶子、树枝、羽毛、各类矿石等，颇有点欧洲中世纪黑魔法的意味。

魔药学，不出意外的话这是永夜城职业体系中的一个分支。闻晓铭能够自主研发药剂，可能就和魔药学有关。

唐措来了兴致，神色也认真许多。

实验台上放着变身药剂的配方，大蛇的蛇尾卷着一个沙漏放在地上，按照流速，大约能坚持半个小时。

也就是说，唐措有半个小时的时间来完成这项考验。

半个小时过去，其他玩家可能都去第三关了，但无论唐措成功与否，都获得了这份配方，所谓的有得必有失吗？

唐措略作思忖，便不再浪费时间，抓紧配药。他不知道置物架上的药材分别对应什么名字，所以只能通过外形、气味来判断。

五分钟后，“砰！”——坩埚冒出黑烟，无法相容的半成品药剂爆炸开来，把唐措的衣袖都炸出一个洞。

“哇哦，12 号真的是个胆大无比的大宝贝呢，瞧瞧他竟然将龙须根和星沙放在一起，黑魔大人的脸都绿了。大家可以来猜猜他最后会炸几次锅呢？猜对了也没有奖哦。”

这时，孟于飞终于完工，给萨利夫人展示出自己疯狂踩缝纫机的成果——一个两头贯通的碎花破布袋，迎风招展的线头比袋子上的碎花还要多。

萨利夫人没有立刻翻脸，好脾气地拿着破布袋往自己身上套，但这布袋是 XXXL 的，而它得穿 XXXXL。

“￥%& ￥% ￥*%*……￥%*&！！！”胸口卡住了，萨利夫人恼羞成怒，对着孟于飞疯狂辱骂，再加上触手鞭打，带着海腥味的唾沫星子差点喷到隔壁的彭明凡。

彭明凡招谁惹谁了。

左边屎壳郎，右边章鱼怪，高贵的半人马还要跟他玩抛接球。如果他接不住，那被当成球抛的就变成了他自己。

“砰！砰！砰！”唐措还在不停炸锅，生命值从 70% 不停往下掉，一次掉个百分之八九，踏上了靳丞喝药扛伤害的老路。

靳丞迎来了最终考验——猜猜我是谁？

火焰鸟约克夏有两个头，这两个头其实是孪生姐妹。靳丞作为它们的爱宠，当然得分清楚哪个是姐姐，哪个是妹妹。

回答的机会只有一次，不靠智力，只讲运气。

靳丞的运气很极端，要么很好，要么很差。左右是五五开的情况，他随便报了一个答案，竟然猜对了。

“恭喜 4 号！三关考验成功两次，主宠默契度高达 60% 以上，不愧是我选的小可爱，让我们一起为他献上热烈的掌声！”

第一个完成考验的是孟于飞，虽然他失败了整整三次，可成功活了下来。通过之后他也不敢多作停留，愤愤地瞪了靳丞一眼，转身就走。

可他刚走出十来步，小恶魔的恭喜声响起。他心里咯噔一下，猝然回头，一支金属长箭在他瞳孔中放大。

“靳、丞！”孟于飞狼狈滚地，额角划出一道血痕。

“我警告过你。”靳丞持弓对准了他，“如果你再敢出手，我一定宰了你。”

孟于飞：“我传送的又不是你！那些低级区的垃圾跟你有什么关系？更何况他们根本只是被传送去监狱了而已！”

靳丞：“他们怎么样关你屁事？”

孟于飞：“你！”

两人再度交手，4 号和 8 号赛道虽然隔着一定距离，无法近身作战，可靳丞是个弓箭手，这样的限制反而是他的优势。

再加上孟于飞刚被章鱼怪揍过，状态不佳，靳丞此时出手，正是典型的趁你病要你命。

两人的身影很快消失在圆形广场。

这丝毫没有打扰到唐措，他依旧专心致志地炸着自己的坩埚，用排除法确认每一种药材的名字，不断往正确答案靠拢。

他随身带了两支初级药剂，已经喝掉一支，现在还剩一支。

很快，其他玩家陆续完成考验，有三次考验都没通过纯靠硬扛的，譬如钱伟。有三次都侥幸通过的，譬如 10 号的姑娘。其余人或多或少都失败了一到两次，身上挂彩。

3 号、6 号、10 号略作商议，立刻紧追靳丞和孟于飞而去。这一组的综合实力要比钱伟和彭明凡更高一些，看样子是要去争一争最后的名次。

2号、9号、11号也随后跟上。

原本钱伟和彭明凡应该快他们一步，但彭明凡看了眼唐措，说："我们等一等，一起走。"

场中只剩下钱伟、彭明凡、唐措和倒霉蛋1号。1号已经连错两次，整个人痛苦地蜷缩在地上，被他的主人打得肺都要咳出来了。

光屏上刷出他的第三题，他睁着青肿的双眼不敢去看，拼命朝隔壁赛道爬："救我、救我！求求你们救我啊！"

"你自己站起来答啊！"钱伟刚吃了药缓过一口气。

"我不行了，不行的！"1号的脸上又是血又是泪，"我本来就是被拉来做强制任务，我没有办法，你们救救我啊！"

"强制任务。"

听到这个词，便是唐措都忍不住转头看。

张兴曾说过，赖在永夜城不主动做任务的玩家会触发强制任务，以一个月为限。所有的强制任务都九死一生，或许不是指这个任务本身有多恐怖，而是对于被拉进强制任务的玩家来说，任务的难度超出了他的能力范围。

难怪这个1号连队友都没有。

"哎呀呀，看来1号已经坚持不住了呢。这关的考验是要按照主人指令完成指定动作哦，再不爬起来的话主人可要生气了。整个魔鬼城都知道塞维斯大人的脾气不太好，我们可怜的1号能不能承受它的怒火呢？"小恶魔看起来也不怎么喜欢1号，还在煽风点火。

塞维斯是个标准恶魔样，红色的眼睛、头上长角，身材魁梧。

1号光是看着它的模样就被吓破胆，而他除了逃跑什么都不会。

"不要杀我、不要杀我不要杀我……"1号见没人来救他，越发崩溃，踉跄着从地上爬起，转身想跑。

可是他的拖延已经惹怒了恶魔塞维斯，它抬起巨大的脚就向他踩去。

千钧一发之际，唐措忽然举起左轮手枪——"砰！"一声枪响，子弹打在塞维斯脚踝。

紧接着又是一声枪响，人体描边大师彭明凡也打中了塞维斯的小腿，擦破了点皮。塞维斯的动作稍稍停顿，1号就地滚开。

"*&%#&%&@%！"塞维斯大怒，观众席也一片躁动。

"这一届的选手果然都太友爱了，一点都不符合我们魔鬼城的精神面貌。敬告各位小可爱，你们这样子可是会得不到礼物的哟。"

回应小恶魔的，是唐措面无表情的第二枪。

塞维斯皮糙肉厚，寥寥几枪并不能对它造成什么实质性伤害，它打不到唐措，便把怒气都撒在1号身上，更用力地向他踩去。

钱伟看得心惊胆战，但没有什么远程攻击的能力，所以只能看着。令他最惊奇的是唐措一只手开枪，另一只手竟然还在往坩埚里放药材。

“砰！”坩埚随着枪响一块儿炸了。

唐措腾出手来，双手持枪。可距离太远，子弹有限，唐措只能在关键时刻开枪阻止一下，1号逃得惊慌失措无法有效配合，还是没能逃过被踩中的命运。

“啊啊啊啊！”塞维斯的大脚直接踢断了他的一只胳膊，惩罚也到此结束。

钱伟被那惨叫声刺得心里突突，虽然下副本好几次，但还是无法习惯这种场面。彭明凡推了推眼镜，神色还算平静，但转过了头去。

唐措没说话，收起枪立刻开始配药，此时距离时限结束还有——七分钟。

小恶魔的心情又好起来：“12号这个不听话的大宝贝又会怎么样呢？你可得抓紧时间哦，你是最后一名了呢。”

唐措头也不抬，手里的动作却快了几分。只见他拿起药材看都不看就往坩埚里放，一连好几样，似乎成竹在胸。直到最后拿起一瓶星沙往里倒时，他的脸上才显出凝重来。

但他并不犹豫。

3克星沙，只要一点点，五彩斑斓的沙子撒进咕嘟咕嘟冒着黑色泡泡的坩埚里，瞬间就与药液发生反应。

黑色在迅速褪去，与沙子同色。唐措按照配方上要求的不停搅拌、搅拌，那斑斓的颜色继续褪去，直至变成透明。

可就在他以为要成功了的时候，坩埚又炸了。

究竟是哪里出了问题？

这时小恶魔似乎听到了远方的动静，脸上流露出惊喜：“看来前面发生了什么好玩的事情了，小恶魔大人不陪你们这些吊车尾的啦！我们第三关见！”

说罢，小恶魔朝前飞去，不多时便消失不见。

怪物观众发出嘘声，似乎也都在催促着唐措抓紧时间，它们可不爱看这么磨叽的比赛。

唐措重新开始配药。

还是一样的操作，还是一样的结果，距离时限结束还有三分钟。唐措蹙眉，心知自己是配不出药了，也没有那个天赋，便干脆一脚踢翻了沙漏。

“咝——”黑魔吐着蛇芯子发出危险的信号，可还没行动，一只手忽然伸到它嘴边。

唐措：“快咬。”

黑魔怔住，钱伟和彭明凡也怔住。

唐措的骚操作却还没有结束。

被咬第二口后，唐措的生命值上限再次减少20%，比第一次中毒少扣10%，掉到了50%。光屏很快刷出他的第三关考验，是跟靳丞如出一辙的不知所云问答题。

唐措看都不看选项，三题全部盲选C，一题正确两题错误。

黑魔怔愣着，又被他催着咬了第三口。

整个过程唐措总共耗时四分钟，生命值上限掉到40%，一朝回到解放前。唐措挑了挑眉，随即招呼钱伟和彭明凡："走。"端的是一个雷厉风行。

两人回过神来，好不容易跟上大佬的步伐，却见大佬忽然又停下来。

唐措弯腰从地上捡起一个东西，那是一个长了绿锈的指环，绿锈层层叠叠，已经把指环原来的样子遮掩住了。这东西显然是第一关考验时黑魔吐出来的，唐措本不想捡，可就在刚才他不小心踢到它时，耳边响起了熟悉的铃铛声。

叮！

恭喜玩家触发隐藏任务——月隐之国，本任务为连环任务，可选择单人或组队模式，请玩家决定是否即刻进入？

唐措略作思忖，选择了"否"。心念一动，播报声立刻消失，那枚生锈的指环静悄悄躺在他的掌心，仿佛从未出现过异样。

"唐哥，怎么了？"钱伟在5号赛道喊着，看样子他们都没听到播报声。

"没事。"唐措将指环收起，没有声张。

1号还瘫在地上，痛苦地哼哼。钱伟叫了他两声，提醒他赶快出发，他也没动。双方隔着几个赛道，钱伟也不可能再停下来等他，咬咬牙转身就走。

五分钟后，三人踏上了一条满是怪物尸体的宽阔大道。这些怪物长得都很相似，尖鼻子尖耳朵，皮肤呈青黑色，个头很小，手里拿着刀，有点像网游里经常出现的小怪哥布林。

这条大道上躺下的哥布林数量极多，越往前越多，密密麻麻到处都是。而且最重要的是，这里没有了赛道与赛道之间的限制。

钱伟终于跑到了唐措身边，声音发紧："这些都是被前面的玩家杀掉的吗？"

彭明凡："估计是，我们得快。"

三人不再多言，全速往前赶。而唐措在这时又回头看了一眼，路的尽头，他们来的地方，已经死亡的小怪又晃晃悠悠地站了起来。

"加速。"唐措冷声。

小怪刷新了。

# 28

十多分钟的赶路后，唐措三人终于追上了大部队。

最先传入他们耳中的仍然是小恶魔的声音：“哇哦、哇哦，看看我们的4号，他真的是超棒的！看看这矫健的身姿，看看这凶悍的招式，我们魔鬼城里难得有这么棒的宠物，他的血统一定很纯！8号也不错哦，不要气馁哦，被打倒了就要爬起来咬回去，你可以的！”

孟于飞仍在抵抗。

他的一只胳膊已经负伤，背上、腿上也都是伤口，大口大口地喘着气，狼狈至极。靳丞一箭袭来，他连忙闪身往小怪堆里撞，让成群的小怪为自己打掩护。

他闭上眼，满脑子都是前几次被靳丞送进监狱的情形，而这一次，是真正的生死存亡。他不能死，哪怕真的要死，也绝不能死在靳丞手上。

小怪嗷嗷叫着向靳丞扑去，它们单个的杀伤力并不强，但胜在数量巨多。放眼望去，路的尽头密密麻麻都是小怪，杀死一个，就会涌上来一大群。

玩家们几乎无法在道路上站立，稍有不慎就会被小怪包围。而在这个时候，6号吉利服的火箭炮就成了杀怪利器。

“轰——”一炮轰出去，根本无须瞄准，小怪倒掉一片。

他的队友3号就在他旁边捡漏，看到哪个倒在地上还没死，就上去补一刀。10号的姑娘则要彪悍得多，她的能力是常见的火系异能，一个又一个火球往外砸，杀怪效率也很高。

2号、9号、11号比不上他们三个，稍显手忙脚乱，身上也有挂彩，但暂时都没有什么生命危险。直到唐措三人赶到。

“后面的小怪开始刷新了！”钱伟大喊一声。

其余玩家心里登时一咯噔，前面的小怪还没杀完，终点不知道在哪里，后面刚杀完的小怪就又刷新了？

前后围攻，这可怎么玩。

“加快速度！”10号姑娘的反应跟唐措如出一辙，如果后面的小怪要杀过来，那他们只能全速前进。

不前进，就是死，哪怕不被小怪围殴致死，也会被耗死，往前至少还能拼一把。

所有人加速杀怪。

唐措落在后头，只有一把枪，枪里只剩一颗子弹了，自然不会逞强。此时他的武器是从地上捡的哥布林掉落的大刀，一刀一个虽然不快，但聊胜于无。

身处前后夹击的困境，他的思绪又有点跑偏，忽然想起孟于飞的刀意和钱伟的剑气来。张兴曾说过，高手都有自己的能力，而像他那样的小虾米，只能依靠卡牌这类的道具作战。

可唐措至今还没有入门。

他一没异能，二不会魔法，更不要说什么刀意和剑气，屁都没有，所以触发的条件是什么？是需要获得什么秘籍，还是跟 NPC 拜师学艺？

思索间，唐措又一刀解决一个小怪，后退一步。

前头的靳丞在小怪脑袋上跳舞，从这里跳到那里，转身一个天女散花般的连射，唰唰唰小怪就倒了一片。

靳丞的箭，破防和杀伤力都很强，一只小怪根本挡不了，洞穿一个，箭去势不减，瞬间又中第二个。而小怪又那么密集，所以靳丞的一支箭往往能杀两到三个小怪。

这两到三个小怪倒地时又撞倒一两个，数目就极为可观了。

孟于飞抓紧一切机会想逃。

“铮——”靳丞一招出手，强大的声波攻击让小怪们纷纷被压倒，孟于飞也脚下一个趔趄，吐出一口血来。

他立刻抽刀回身，“当”！

弯刀斜斜砍在靳丞的箭上，这一次，没能砍断。

孟于飞已经快脱力了，满头满脸的汗跟血混在一起，刺得他眼睛疼。用力甩出最后一道球状闪电，孟于飞瞅准机会，竟是往后逃。

他虽被逼到穷途末路，可大脑还算清醒。

往前冲是不可能的，终点根本不知道在哪里，而那么多小怪势必会拖慢他的速度，消耗他的体力，被靳丞追上是分分钟的事情——不如往后撤。

孟于飞就不相信那么多玩家，个个都是靳丞的帮手。靳丞不是爱锄强扶弱吗？他不是很伟大吗？那么多玩家混在一块儿，倒要看看他怎么动手。

其余玩家看到孟于飞突然后撤，果然没有出手阻拦。他们根本都不认识孟于飞也不认识靳丞，自然不会贸然出手。

钱伟犹豫了一下，而就是这犹豫，让他差点直面孟于飞的刀尖。

斜里忽然飞出一把刀，再次将孟于飞拦下。孟于飞偏头去看，又是唐措，那个可恶的 12 号。

唐措扔了一把刀，又捡一把刀，一刀捅了一只哥布林，抬头问：“你想挟持人质吗？”

话音落下，其余玩家纷纷警觉。

唐措一句话戳破孟于飞的心思，将他叉到各位玩家的对立面，这让孟于飞恼怒不已。他二话不说朝唐措扑去，今天如果他逃不了，那至少也要拉个垫背的。

“小心！”钱伟急忙去拦。

唐措的动作也不慢，他特别有吊车尾的自觉，抓起一只哥布林就往孟于飞的刀尖上送。

孟于飞杀得眼红，二话不说抽刀斩落。下一瞬，又是一个小怪迎面飞来，他根本来不及细想，又一刀将之斩下。

“#￥@#！”冲入耳膜的却不是哥布林尖厉的惨叫，而是咒骂声。

孟于飞的刀顿了一下，仔细一看，才发觉这哪儿是哥布林小怪，是魔鬼城的怪物观众，是那个可恶的12号从窗户里拽出来的！

霎时间，整个魔鬼城群情激奋，声浪排山倒海般向中间道路上涌去，震得所有玩家都一个恍惚，脑子差点炸掉。

那个被唐措拽出来的怪物观众，一刀没被砍死，更是愤怒地、发了疯似的朝孟于飞扑去，血盆大口一下咬住他的胳膊，直咬下一块肉来。

“8号玩家发疯了，他竟然对着我们魔鬼城的各位大人出手，违背了他作为一只宠物的原则！天啊，这是何等令人震惊又痛心的一幕！”小恶魔拍打着翅膀飞过来，气急败坏之中，也不乏一丝幸灾乐祸，话锋一转，“12号大宝贝的举动也很耐人寻味啊，让我们看看他究竟想干什么呢？”

唐措不想干吗，只是灵机一动。

靳丞可以做证，唐措的灵机一动有很大的不确定性，是生是死全在一念之间。他是一个小浑蛋，同样也是个小机灵鬼。

孟于飞最终还是把怪物观众杀死了，一不做二不休，道路两侧的声势虽然浩大，却没有哪个真的冲下来打人。

可在这一刻，孟于飞对唐措的愤怒值瞬间超过了靳丞。

恰在这时，被6号吉利服一个火箭炮轰趴下的小怪群中，忽然升起一个绿色像素小方块，停在距离地面五六米的地方。

唐措、钱伟、彭明凡三人不明所以，其余人却似都知道那是什么东西，3号一个箭步冲过去，蹬在墙壁上用力跃起，用身体撞上那小方块。

小方块瞬间碎裂，化作光点散落，而3号的头顶闪过一个“+20%”的字样。

“超级马里奥吗？！”钱伟瞪大眼睛吐槽。

彭明凡则很快明白这游戏的玩法，看不见尽头的赛道，密密麻麻的小怪，十五至二十分钟的小怪刷新时限，决定了这条路的艰难。任务要求说最起码存活三小时，他们在前面两关用去差不多一个小时，那剩下的两个小时就会花费在第三关。

小怪群中隐藏着特殊小怪，杀死它们就能触发像素小方块。这些小方块可以补血，或是别的什么，保证玩家的续航能力。

3号他们一路杀过来，应该已经触发过几次了。

弯刀又至，唐措闪身避过，同时眼疾手快地从地上捡起两把刀，转身格挡。双刀交错，将孟于飞的弯刀架住，孟于飞发狠，用力压下，却压不动。

唐措擅长近战，他的格斗技巧是靳丞手把手教出来的，在同年龄段中鲜有敌手。微微用力将刀抬起，唐措一脚踹在孟于飞肚子上。

小怪们在此时蜂拥而至。

唐措一个错步杀入小怪群，学孟于飞，用小怪来给自己打掩护。孟于飞死死盯着他，他原打的就是挟持人质的主意，可唐措的实力超出了他的预期。

这简直是又一个靳丞。

在这个时刻，唐措和靳丞的身影几乎重叠，让孟于飞心里不由生出一丝忌惮。他迅速切换目标，转而朝着彭明凡杀去。

彭明凡的能力很古怪。

作为一个持枪者，他的枪法很烂，格斗能力也不行，但孟于飞的刀快要砍到他身上时，他瞳孔骤缩，那刀尖便倏然顿住。

彭明凡立刻滚地躲开。

孟于飞接二连三吃瘪，神色已极度难看，再回首看靳丞，他竟然全然没有过来追自己，反而冲在最前面大开杀戒。

整个玩家队伍开始全速前进。

靳丞是根本没把他放在心上，还是太相信后面这些玩家能拖住他？

孟于飞再忍不住了，直接开大。刀尖凝聚起旋风，他咬着牙一刀抡圆，刀意猛然疯长至两米，无差别向四周攻击。

这一招，叫旋斩。

“躲！”唐措断喝一声。

钱伟和彭明凡等人亦满目错愕，相继往侧方扑去。9号倒霉蛋不幸中招，跟周围的小怪一起像麦子一样被割倒，只是他到底是玩家，那刀只是在他腰上割开一道口子，并没有直接剥夺他的行动能力。

他不由得咒骂一声，却不敢反击。

此刻的孟于飞太过可怕。

小怪群中再度升起一个红色像素小方块，孟于飞快步上前接取，刹那间，弯刀上的刀意殷红如血。

唐措蹙眉，红色的小方块提升的难道是战意值？他当机立断：“往前！”

钱伟和彭明凡已经到了唯命是从的地步，二话不说爬起来就往前冲，也不管前面乌泱泱到底有多少小怪。

前冲之时，靳丞迅速后退，双方于眨眼之间完成换位。

“咻！”靳丞一箭杀到，眸光扫过唐措：“退。”

唐措退了。

靳丞身影如电，拆解长弓化作双刀，追着孟于飞就把他打退数十步。两人的战场迅速远离大部队，“砰砰砰砰”的交手声不绝于耳。

而这时，刷新了的小怪们终于从后方赶来。

靳丞凝眸，又是一刀砍在孟于飞的刀上，两人互相角力。下一秒，靳丞突然前冲，无视孟于飞的所有抗力，似炮弹一般推着他砸入小怪群。

“噗。”孟于飞一口老血喷在刀上，他怎么忘了？靳丞的瞬时爆发力几乎无解。就是这么突然给你来一下，钢板也给你打穿。

孟于飞几乎能清楚地听到肋骨断裂的声音，整个背部重重砸在地上，视野范围内除了靳丞就是小怪的刀。

说时迟，那时快，孟于飞的掌心突然出现一个形似手雷的玩意儿。

靳丞火速退开，可也来不及了。

“轰——”爆炸的余波掀翻了他的衣角，被炸飞的碎石和手雷碎片划破他的大腿，就是喉咙里都忍不住泛起一丝痒意。

烟尘四起。

靳丞抹掉脸上沾到的一丝血，微微眯起眼，蓦地，耳边吹过一缕风。

孟于飞的刀破风而来。

靳丞侧身躲过，连退两步，不敢轻易触碰到那疯狂的刀意。孟于飞是真的发狂了，乱刀斩下，各种道具层出不穷。

其余玩家彻底不敢靠近，钱伟更是咋舌，不知道他到底哪儿来那么多东西。F 区的玩家哪怕天天下副本，恐怕也攒不来这么多吧？

唐措也不知道孟于飞到底杀了多少人，抢了多少东西，但此情此景，可见一斑。

“你的手段呢？你就想这么跟我拼到最后吗？”孟于飞捂着心口，愤愤地盯着靳丞。

两人的身边满地浮尸，都没有刻意再去杀小怪，但如此激烈的比拼之下，根本没有小怪能撑得过去。

靳丞没说话，他早说过了，打架不要瞎废话。

可孟于飞不甘心，咬牙切齿道：“我不明白。”

你为什么一定要置我于死地？

那些垃圾，被传送就算了，而我本可以活到最后。

“哐当！”靳丞一箭射在他手腕上，孟于飞的刀掉落在地，一只胳膊彻底报废。然而靳丞没有给他喘息的时间，一箭之后又一箭。

小怪们趁机蜂拥而上，孟于飞左支右绌，终于用光了身上能用的道具。

可他还是没能挡住靳丞的脚步，最后一击，靳丞大步上前，一刀刺下。

鲜血喷涌的刹那，孟于飞倏然倒地，眼前只剩下魔鬼城惨白的天。靳丞牢牢握紧刀柄，冷厉的脸上被溅上几滴血。

他在这时才有闲心告诉他："他们比你弱，你杀他们，合你的理。那我比你强，我杀你，天、经、地、义。"

整个魔鬼城，群情激奋，山呼海啸。

"最激动魔鬼心的一幕出现了！我们魔鬼城的比赛就应该是这个样子啊！"小恶魔暴起青筋，"4 号，记住 4 号！请大家为他致以最热烈的欢呼，绝对的冠军候选：4 号！"

## 29

孟于飞被淘汰了。

在震耳欲聋的欢呼声中，一件又一件礼物被抛下，甚至有观众直接抛下了像素小方块，绿色的、红色的，还有蓝色的。

其余玩家看得心痒难耐，可没人敢上前抢夺。

"别分神。"彭明凡跟钱伟背对背，出言提醒。钱伟赶紧回神，一面惊叹大佬的厉害，一面继续打小怪，羡慕是有的，但他不敢忌妒。

钱伟如此，其他人更如此，整个赛场突然变得沉默，只有小恶魔继续兴奋地叨叨，看着靳丞的眼神像看着什么稀世珍宝。

10 号等人都下意识离靳丞远了点。

唐措也离他远了一点。

靳丞有时真的不知道这位徒弟脑子里到底在想什么："你躲什么？"

唐措："随大溜。"

靳丞："你给我过来。"

唐措："哦。"

靳丞被他气笑了，唰唰解决了几个靠过来的小怪，指着地上的东西让他捡。唐措浑不在意，问："这里有能解毒的吗？"

靳丞："你中毒了？"

唐措："生命值上限掉到 40% 了。"

靳丞："你成心来气我的吗？"

唐措真不是成心的，就是这破比赛，比着比着就这样了，理不直气也壮。

但眼前这堆东西里真没有能解毒的东西，于是靳丞自己掏了一支解毒剂给他。

这一支药剂在永夜城官方药店里卖三个点，唐措没舍得买。

喝了药，唐措的生命值上限缓慢恢复，他也老老实实地捡起了东西。靳丞自己拿了绿色和红色的方块，把蓝色的让给了唐措，那是加防御值的。

至于地上的东西，两人也没有细看，把能捡的都捡了，转身又杀入小怪群。

此时，钱伟等八位玩家还在前方不断推进，靳丞和唐措便留下断后。唐措没有范围攻击的大招，所以他主要负责——捡漏。

捡漏也是个技术活，如何在不干扰到队友的情况下拦住所有漏网之鱼，既考验他的灵活机动性，又考验两人的默契度。

队伍持续推进整整半个小时，钱伟等人打得毫无后顾之忧。

可无休止地杀怪，让所有人都疲惫不已。

"这什么时候才是个头啊……" 9号喘着气，看着仍望不到尽头的路和成群的小怪，头皮发麻。

10号的姑娘再次祭出纸船模样的道具，企图跟队友一起飞过去。这儿倒是没有飞行限制，可三人刚刚登船起飞就吸引了小怪的全部仇恨值，哥布林们双眼放红光，齐齐向飞船掷刀。扔了刀还不算，它们一窝蜂地叠起了罗汉，堆成小山样拼命去拉飞船。

三分钟不到船就坠毁了，正掉在小怪堆里。

钱伟看着那仿佛被潮水淹没的一幕，背上不由得渗出冷汗。等到10号三人组从小怪堆里杀出来，不死也脱了层皮，战力大减。

"怎么办？"钱伟看向彭明凡，"那个要用吗？"

彭明凡的状态比他稍差一些，但神色还算冷静："再等等。"

又十分钟过去，队伍推进的速度肉眼可见地变慢了。

此时距离任务要求的三个小时，还有最后的四十五分钟。

6号吉利服扛着火箭炮，双手已经在发颤，开火的频率也逐渐下降："不行了，能量快不够了！"

小怪堆里又升起一个绿色方块，10号的姑娘去接了，回头道："这里没办法休息，再撑一下！"

"看来大家都快到极限了啊。"小恶魔居高临下地看着，满意地欣赏着一张张狼狈的脸，拉长了语调说，"还有多久才到终点呢？你们猜我会不会告诉你们呢？哈哈哈，我不告诉你们！"

"继续杀吧！

"打吧！

“魔鬼城的宠物一定要有最锋利的爪牙，最凶猛的姿态，只有坚持到最后的，才能获得丰厚的奖励！才值得最热烈的掌声！”

“各位，”小恶魔又高高飞起，“让我们一起期待吧！”

观众沸腾了，它们越是激动，小怪们也越是激动。那一双双赤红的眼睛盯着玩家们，更疯狂地朝他们扑去。

靳丞和唐措便在这时大步冲上，与其余玩家再次完成互换。这样一来，冲在最前面的就变成了他们两个。

靳丞拉满弓弦，神情难得肃穆。

“铮——”琴声响彻，带起了风萧萧兮的悲壮。弓弦割破手指，血滴迸碎的刹那，声波被二次放大。

那是如海浪般汹涌澎湃的攻击。

霎时间，小怪们被掀了个人仰马翻，足足清出十余米的空地。又因为前面还有小怪在不断涌来，被声波攻击掀飞的和还在涌上来的撞在一起，竟堆成了一堵墙。

小怪们吱哇惨叫着，殷红的血顺着这面墙流下来，唐措迅速翻墙杀上，双手各持一把刀，手起刀落。

靳丞也紧随其后，但没有多作停留，独自杀到前头，再如法炮制。

一面又一面的小怪墙竖了起来，有时也像个小土包，已经死了的压着还活着的，前面的挡了后面的，成群成群的小怪被分割开来，而后被唐措迅速收割。

钱伟的嘴巴张成了O形。

彭明凡也被吓到了，但向来比较沉得住气，猛地一拍钱伟的肩膀：“别发呆，后面还有！”

其余人也纷纷醒悟，后头的小怪被靳丞和唐措清了不少，可随着小怪不断复活，杀是一定杀不完的。靳丞和唐措的迅猛激励了他们，刚刚落下去的气势有所回升。

“杀啊啊啊啊！”6号开始为自己打气，打着打着火箭炮熄火了，只能自己上。

此时距离三个小时还有最后的二十八分钟，终点未知。

怪物观众看得起劲，礼物和小方块陆续被丢下，但大多都是无用货。玩家们拼死拼活地在打小怪，还要花心思去辨别礼物，一个头有两个大。

彭明凡好不容易捡着一个有用的，还是一筐看不出具体材质的黑色煤球似的东西。10号的姑娘是火系异能，方才一点火星溅在这上面，那煤球竟炸了开来。

“有炸药！过来帮忙！”

大家一听炸药就来了精神，纷纷聚集过来，就以这一筐炸药为防线，疯狂往小怪群里投掷。

“砰、砰、砰！”

从后方赶来的哥布林们不断被掀飞，防线守住了，但气味不大好闻。

前头的唐措也祭出了道具，正是他从刚才捡的那堆礼物里挑选出来的——一张水墨卡牌，流星飒沓。

唐措双指夹着卡牌，竖于胸前，心念一动，卡牌上顿时泛起光亮，漫天的流星便如雨落下，拖着璀璨炫目的尾光砸在小怪群里，杀伤无数。

这是唐措观摩孟于飞出手后得出的使用方法——卡牌无须掷出，也可发动。

当然，孟于飞出手更老练，随手一挥技能发动，发动时间几乎可以忽略不计，也几乎没人看到那张牌在哪儿。

永夜城的卡牌都属于消耗品，但使用次数并不一样。唐措当初拿到塔罗牌时，使用次数仅剩一次，这是手指接触卡牌时能够直接感应到的。

孟于飞从程克那儿拿到的球状闪电使用次数较多，但它们的初始值是几次，唐措就不知道了。

这一次的水墨卡“流星飒沓”，使用次数为三。

好钢要用在刀刃上，唐措收起卡牌，跟随靳丞再度杀出。

后头的玩家们凭借一筐“炸药”顺利为自己赢得了喘息的机会，吃下几个像素小方块后，重整旗鼓继续推进。

此时距离三个小时的基础目标，还有最后的十三分钟。

9号快坚持不住了。他在走钢索环节两次打滑，本就用了太多的力气，实力也不算强。这一个半小时不停歇地打怪不只消耗了他大量的体力，更让他负伤累累。

治疗药剂和小方块能吊住他的生命值，可频繁地受伤磋磨的不仅是他的身体，还有他的意志。精神上的疲惫往往是无法消除的。

“咚”，9号倒了。

2号和11号作为他的队友，连忙过来拉他，这才避免了他被小怪围殴的局面。两人手忙脚乱地把9号拖到身后，精神业已紧绷到极限。

“兄弟坚持住啊，马上要到了！”路过的6号吉利服也累如死狗，与其说是在给他们加油，不如说是在给自己鼓劲。

每一个人都气喘吁吁，汗水顺着脸颊滑落，刺得伤口生疼。

唐措的鬓角也被汗水打湿了，双手握着刀，稍微喘口气，眼神依旧冷厉。他在想一个问题：“终点还没出现，三个小时一到，游戏会结束吗？”

靳丞：“也许不会。”

唐措嘴唇紧抿，不说话了。

靳丞看了眼身后的玩家，道：“通关的触发条件可能是有人抵达终点。”

永夜城一大特色——通关永远靠猜。

“你去？”唐措挑眉。

“你不想跟我一起去？”靳丞也挑眉，“如果三小时还没通关，后面那些人可能就垮了。”

唐措手上动作不停，接连砍倒几个小怪，浑不在意：“你一个人更快。”

靳丞微笑：“这倒也是。”

永夜城的战斗模式与现实中不一样，以唐措现在的水平，跟过去恐怕会给靳丞拖后腿。两人都不是爱废话的人，一旦有了决断，身影就交错开来。

靳丞全速前进，不再想着给后面的人开路，速度自然就快多了。唐措则稍稍后退，与钱伟和彭明凡会合。

“大哥他去哪儿啊？”钱伟略有些着急。

“终点。”唐措言简意赅，目光扫过其余人，道，“撑过三小时不一定能通关，去终点有名次奖励，你们自己看着办。”

语毕，任凭其他人怎么说，唐措也不再管。

10号的姑娘面露沉思，一边打怪一边有意识地瞟着唐措，几分钟后，终于决定向终点拼一把。她一直很有拼劲，两个同伴虽面露犹豫，但还是把某样道具掏给了她，给她打掩护送她离去。

2号急了：“他们都走了我们怎么办？！”

3号也很急，但10号是他的队友他当然出言维护：“能怎么办？继续打啊！有本事你也争名次去！”

说话间，又一拨小怪扑过来，几人打的打，躲的躲，没了两个战力，打得越发艰难。唐措看得分明，这些人实力本就不强，又消耗过大，再继续往前冲恐怕也冲不了多远，只能求稳。

2号滚地间啃了一嘴泥，眼见两只小怪齐齐砍来，连忙去挡，胳膊上被划开好大一个口子。他痛得直叫，哆哆嗦嗦地摸出治疗药剂喝下，伤还没好，小怪又来了。

2号抬腿就踹，却一个不小心把怪踹到了3号那里去。

“你什么意思？！”3号瞬间发怒。

杀不完的小怪阻止了这场差点爆发的内讧。

6号吉利服连忙冲到两人中间将他们隔开，这时候内讧显然是极度不理智的，伤人伤己。可大家的精神已经到极限了，而此时此刻，头顶的小恶魔又开始发笑，笑声尖厉又刺耳。

“哈哈哈哈哈哈哈终于要打起来了吗？我最喜欢看这种狗咬狗的戏码了，魔鬼城的观众，你们喜欢吗？”

“嗷嗷嗷嗷呜！！”

“%* ￥&@ ￥#！”

回应它的是山呼海啸。

距离三个小时的基础目标，还有五分钟。

唐措没兴趣当和事佬，抬手一道“流星飒沓”轰开一片净土，转头问彭明凡：“还能打吗？”

彭明凡喘着气，仔细思量几秒，才肯定地答：“能打，但最多能撑二十分钟。我们还有个群攻大招。”

二十分钟，以靳丞的速度，或许够了。

唐措目光飞快扫过两侧，道：“如果撑不住，去窗子躲一躲。”

钱伟看着那窗子里挤挤攘攘的怪物观众，心里发怵：“这能行？”

唐措：“试试。”

钱伟咬牙：“行，试试就试试！”

谁还不是个勇士呢！

最后的拼搏拉开帷幕，五分钟的时间说长不长说短不短，大家都提着一颗心等待着熟悉的铃铛声响起——可是没有发生。

五分钟过去，什么都没有。

“这要我们打到什么时候？！”2号要崩溃了，刚才已经倒下过一次的9号更是出的气比进的气多，瘫坐在地上好半天没爬起来。

钱伟光顾着听声音，也差点被小怪打到，灵机一动想起唐措的话，闷头就往路旁窗子里跳。

怪物观众完全没料到这茬，被他硬生生挤开来，一片哗然。钱伟自己也冷汗直流，毫无把握，生怕被打。

叽里咕噜的语言他也听不懂，这个有毛的那个没毛的触感也十分奇怪，他一边胆战心惊地往里挤，一边头顶爹毛，内心念咒。

一只怪物朝他伸手，他一个激灵，鬼使神差地握住，上下大力摇晃：“你好、你好！好久不见！”

6号吉利服都惊呆了，更让他惊呆的是窗子里的那些怪物观众竟然真的没对钱伟出手。

可以啊兄弟！

6号紧跟着也往窗子里挤，2号、11号等人纷纷效仿。

小恶魔急眼了：“哎你们怎么能这样呢？这是违规的、不行的！比赛还没有比完呢，你们怎么能这么耍赖？！”

没有人理会它。

小恶魔又把矛头对准了唐措："12号！！！"

唐措一个跳跃挂在离地三米多的窗沿上，再一使劲，撒手跳进前方小怪群里，一脚一个将小怪踹飞，学靳丞在小怪肩膀上跳舞。

跳着跳着，他又跳到了窗台上。

一屋子的怪物观众被他堵在背后，场面一度非常混乱。小恶魔继续发癫："12号！！！你给我下来！下来！"

唐措之所以这么大胆，是有依据的。

他之前就试验过两次，一次抓着某个怪物的长鼻子荡秋千,一次送给孟于飞当挡箭牌。两次试验下来，窗里的怪物都没有暴走，哪怕第二个被孟于飞杀掉了，也没有引起什么波澜。

"12号！！！"小恶魔已经被气到除了12号什么都不会喊了。

与此同时，几千米外的前方。

靳丞终于看到了传说中的终点，却在看到它的时刻，面露古怪——因为他又回到了第二关的斗兽场。

1号仍如死狗样躺在赛道里，跟唐措离开时没什么两样，但看到了去而复返的靳丞。那一瞬间他以为靳丞是来救他的，终于燃起了一丝生的希望，挣扎着从地上爬起。

靳丞却没有看他，一脚踏进斗兽场，赫然发现此时的赛道没有了阻隔。也就是说，他可以去任何一条赛道。

那么终点到底在哪里？

第三关是在走回头路吗？

思虑间，斗兽场上方忽然弹出光屏，与此同时一个内部装有铃铛的镂空宠物玩具球当空落下，滴溜溜滚进赛道。

"丁零零。"

"开启冠军争夺战，捡到球者为胜！"

小恶魔似是急匆匆赶过来，身影"啵"的一声在半空出现，火急火燎地念着光屏上的比赛规则。完了它还瞪靳丞一眼，让靳丞丈二和尚摸不着头脑。

这是乌鸦先生的远亲吗？怎么都说爱就爱，说不爱就又不爱了？

"你们这些不听话的宠物，合该下地狱的！"小恶魔扇着翅膀，总算稍稍恢复些高傲姿态。

靳丞的嘴边顿时露出一抹玩味，不听话？是那小浑蛋又作死了吗？

1号则目瞪口呆，因为那玩具球滚着滚着，竟然滚到了距离他不过五米远的地方——胜利，唾手可得。

## 30

转瞬之间，1 号的心里闪过无数念头。

播报声响起的时候他就知道靳丞不是回来救他的了，失望滋生恶念，胆气重回胸腔，他蓦地面露狰狞，不顾一切向玩具球扑去。

胜利是他的！

凭什么他就不能赢一次呢？

可就在他的手即将触碰到玩具球时，一支金属箭凌空飞来，一箭刺进玩具球镂空的缝隙里，将它牢牢钉在地上，凌厉的风割破了 1 号的手指。

“你最好不要动。”靳丞善意警告。

可他还在场边，还没有过来。1 号踉跄着爬起来，眼睛里只剩下那颗玩具球，什么都看不到、听不到，只想要拿球。

他再次伸手，眼里带着前所未有的对胜利的渴望。

还差一步，还差一步说不定他就要翻身了！这个副本的奖励一定很丰厚，如果他能得到那些奖励，他一定也能变得像其他人那么厉害——

“砰！”靳丞一脚踢碎了他的妄念。

1 号重重倒在地上，捂着心口痛苦地咳嗽，那双眼睛却还盯着玩具球，求而不得。随即他赤红着眼瞪着靳丞：“为什么不让我拿？！你们都那么厉害了，为什么不肯帮帮我，为什么……只要你们肯帮我一把，我怎么会变这么惨？！”

“啧。你自己都不帮自己，我为什么要帮你？”靳丞冷冷地看他一眼，十成十的反派样，但又想起自己刚才在钢索前救过 1 号，登时觉得有点打脸，心情就更加不美丽了。

1 号似被人扯掉了最后一层遮羞布，张着嘴想大声说话，喉咙里却咯着血，一张脸涨成猪肝色。靳丞一记手刀劈晕他，干脆利落。

弯腰拔出箭，玩具球钩在箭上被一同带起。靳丞没有碰它，回头笑着问后脚赶到的 10 号：“你要来试试吗？我可以给你一个机会，公平公正。”

10 号紧紧盯着那玩具球，神情颇为忌惮。她几度想上前大胆一试，但看着靳丞含笑的脸，终于还是退却了。

“不用，你先到，那就是你的。”她道。

小恶魔终于又忍不住说话：“真的不拿吗？比赛可是有大奖哦，在魔鬼城，只要你敢，没有什么事情是办不到的。你们知道什么样的宠物最受欢迎吗？这可是魔鬼城，魔鬼最憎恨和平！”

可它越是这样说，10 号的态度反而越坚定，甚至后退一步。小恶魔气得拿鼻孔瞧人，但又无法干预，只能作罢。

“那我就拿了。”靳丞也干脆，伸手将玩具球从箭上取下，取下的刹那，熟悉的播报声响彻魔鬼城。

叮！

第七十二届魔鬼城宠物大赛圆满结束，恭喜各位玩家，成功完成任务“决胜魔鬼城”！

现在开始结算奖励。

所有玩家齐齐抬头，唐措从窗台上跃下，看向前方。密密麻麻的小怪们开始撤退，像来时一样，奔涌如潮水。

劫后余生的喜悦亦如潮水，冲刷过玩家们的心。

决胜魔鬼城——

难度：中等。

玩家参与人数：12。

存活人数：11。

评级：A-。

获得人物点数：14。

所有玩家生命值上限永久增加点数：10。

其余个人奖励请玩家自行查看系统面板。

欢迎回到永夜城！

副本结束，熟悉的黑暗遮住眼帘。而在剩余十一位玩家全部被传送出副本后，魔鬼城第三关的赛道上，却又响起熟悉的系统声。

检测到玩家携带乌鸦先生的羽毛，触发复活条件。

永夜城，F 区东十字街。

唐措打开系统面板，检查此次的收获。获得的十四点暂时不急着加，唐措的心思全在个人奖励上。

这次一共弹出了九个小方格。

变身药剂配方——

分类：技能。

品质：普通。

描述：可变身成任意物种，持续时间30分钟。

空中漫步·初级——

分类：技能。

品质：普通。

描述：滞空1秒，冷却时间1分钟。

流星飒沓——

分类：技能。

品质：高级。

描述：系列卡牌“诗仙李白”之十二。可激发技能流星坠，对敌人进行范围攻击，攻击半径5米，持续5秒。

三个技能类的奖励方格，药剂配方果然被带了出来，唐措思忖着自己学不会还可以卖掉。空中漫步的具体效用还要在实战中检验，而让他最好奇的是卡牌“流星飒沓”，这居然还是套牌。

流星飒沓，出自李白的《侠客行》？

唐措学历不高，但对于大名鼎鼎的李白还是知道些的。

他继续看下去。

蛛丝——

分类：素材。

品质：高级。

描述：千面蜘蛛的蛛丝，它做成的衣服很难被刺穿，但是记得不要用它上吊。

一块破抹布——

分类：素材。

品质：垃圾。

描述：萨利夫人丢弃的厨房抹布。

青铜匕首——

分类：武器。

品质：垃圾。

描述：一把生锈的匕首。

哥布林大刀——

分类：武器。

品质：普通。

描述：一般般的刀。

蟒蛇——

分类：武器。

品质：高级。

描述：左轮手枪。固定弹匣，内装7枚子弹，空匣状态下每5分钟自动补充一枚子弹，直至满匣。

夜莺——

分类：武器。

品质：传说。

状态：已绑定。

描述：全大陆最受欢迎的吟游诗人兰斯洛特先生的戒指，据传当它沐浴在月光下时，你能听到这个世界上最美的歌声。镌刻技能“月光潮汐”，冷却时间24小时（修复完成后可使用）。

蟒蛇是靳丞给唐措防身用的左轮手枪。夜莺，则是唐措在第二关捡到的戒指。这个戒指触发了隐藏任务“月隐之国”，没想到竟然还是传说级别的物品。

可是修复该怎么做?

唐措思考间，走到窗边往下看，发现楼下又聚集着一大拨人，这里一堆，那里一堆，平静的表面下有些暗流涌动。

“看来我们不在的这三四个小时里，这里又发生了些别的事。”

靳丞的声音从隔壁悠悠传来，唐措转头看到他，他还像重逢时一样蹲在窗台上。唐措问：“怎么说？”

靳丞：“孟于飞一手昏着搞掉了程克，以程克的谨慎程度，暂时无法出狱，那就一定不会让安宁他们继续留在F区，等他们一走，F区必定又要重新洗牌。”

唐措从靳丞给的那沓资料上看到过，程克确实是个极度谨慎求稳的人。他早两个月前其实就可以升上 E 区，但就是拖着不升，拼命攒装备提升实力。

谁能想到拖着拖着反而把自己拖死了。

“这样的洗牌大概多久一次？”唐措若有所思。

“最多三个月。”靳丞跳到唐措房里来，“F 区是淘汰率最高的地方，不断有人来，不断有人走，高淘汰率带来高流动性，大半新人熬不过前三次副本，而有实力的人一定会往上走。今天刚崛起一股势力，可能明天就被传送一半，再走一半，崩盘速度太快，最后能活下来的都是精英小队，人越少，越容易维系。”

唐措明了：“所以你让池焰把范围压制在东十字街？”

这大约叫作概念转换，用区域的概念取代帮派的概念。

菜刀帮是属于某个人的菜刀帮，一定会有一个头领。但东十字街是玩家的东十字街，维稳的核心是规矩、是律令。

一个帮派可能分分钟垮台，但东十字街不会，只要属于东十字街的规矩能够立得住。

最关键的是，这样可以确保靳丞和唐措不会被什么所谓的帮派拖住手脚，保持距离。靳丞虽然也有闻晓铭、莉莉丝那些队友，但他本质上跟唐措一样，不爱聚众。

这样想着，他打趣道：“那天我跟池焰说话，你一点不搭理，这不是都听进去了吗？”

唐措心想：我要你管。

靳丞耸耸肩，继续道：“池小弟有点儿天赋，但他还是太嫩了，不一定压得住。现在 F 区重新洗牌，上面也许会伸手下来，浑水摸鱼。”

“高级区？”

“永夜城弱肉强食，你知道 F 区在高级区的大多数人眼里是什么吗？是人人都可以割的韭菜。”

“你想跟他们打擂台？”

“不，明明是他们想打我。”

“我忘记问，你说孟于飞杀人取点，杀一个人能从对方手里拿到多少点数？”

“未加点的一半。”

杀人取点这事儿也看运气，如果一个人把点数全部加掉了或用掉了，账上一个点都不剩，那杀了他也什么都得不到。

如今的 F 区哪条鱼最肥——靳丞。

唐措专注地看着他，竟有一点点心动。

靳丞日常在心里骂他“小浑蛋”，欺师灭祖、以下犯上。不过唐措转移话题的速度也是一绝："刚才系统奖励说，所有玩家生命值上限永久增加十点，每个人的生命值上限都不一样？"

"当然，这跟你的武力值挂钩。"

唐措目前的武力值只有六个点，脆皮，血薄。

靳丞抱臂靠在窗边，笑着问："你想知道我有多少点吗？"

唐措沉默，他一点都不想被打击到。

靳丞："永夜城三大力，武力、智力、魅力。武力决定你的血条厚度和身体素质，智力决定你的精神力，加点可以有侧重，大概就是战士和法师的区别。"

"魅力呢？"

"提升 NPC 好感度，可以更容易得到副本线索。当然，它最重要的是可以返老还童。"

"返老还童？"

"你没发现到了永夜城之后，几乎看不到老人吗？"

老人不是没有，有很多超过六十岁的，哪怕评级不高，可他们有点数。六十岁是一个分水岭，只要活过六十，就可以拿到相对多的点数。

靳丞："能够升上高级区的老年玩家一定是可怕的，他不光有强悍的实力，还有远超年轻人的人生阅历和城府。哪怕他顶着一张少年人的脸。"

闻言，唐措不禁想起了广场上碰到的那个老头。思及此，他又问："那婴儿呢？出生没多久就夭折的，和已经有行动能力与基础认知能力的，怎么分？"

靳丞："小孩子纯净无辜，他们绝大部分会直接进入清业程序，且清业的时间很短，只有极少数特殊案例才会被送入永夜城。给你一个来自教官的忠告，在永夜城，绝不要小瞧老人和小孩儿。"

唐措深以为然。

至此，他也大概明白了永夜城的运转模式。它看起来冷酷无情，却又透着一股荒诞的公正，后期加点赋予了所有人所有的可能性，一切都围绕一句话——生存即正义。

转身倒了杯水，唐措不再多想，拿出戒指，道："我触发了一个隐藏任务。"

# V

# 十一乐章

叮！

检测到第十一号乐章，持有者 G79081。

律令在规定权限内，审核通过，即时生效。

## 31

对于隐藏任务，靳丞作为混迹永夜城三年的高端玩家，并不陌生，但还是第一次碰到连环任务。

“隐藏任务一般都是单个的。”靳丞把玩着那枚戒指，说，“月隐之国，全大陆最受欢迎的吟游诗人兰斯洛特，听起来像一个独立又完整的世界。不过我从没听说过相关的内容，恐怕之前没有人碰到过，或者有人做过，但也是很久之前了。”

唐措：“怎么修复？”

靳丞歪着头思考了一会儿：“我让闻晓铭试试，如果他不行，那就去找黑帽子。这种连环的隐藏任务可遇不可求，比中彩票更难，就这么放着太可惜了。”

最重要的是隐藏任务的奖励很丰厚，哪怕只有一件，都有可能是普通副本里遇不到的极品，譬如靳丞的弓。虽说戒指不修复也可以进副本，但触发任务的东西一定是关键物品，关键物品不修复，副本恐怕不好打。

靳丞拿了戒指，说：“左轮手枪你先用着，等找到了合适的武器再换。”

唐措点点头，忽然又想到一点：“这一次副本的难度是中等，乌鸦先生没有来捣乱？”

靳丞也觉得奇怪，但乌鸦先生的秘密不是他们这些玩家可以窥探的，它出现或者不出现，都没有任何的规律。

两人不再多言，唐措照旧没有跟靳丞打听他的奖励。靳丞去联络闻晓铭，他就在房间里休息。

“决胜魔鬼城”副本虽然过得快，但消耗太大，这三四个小时不停歇地打下来，唐措的低血糖又要犯了。

强撑着去洗了个澡，唐措头发都没擦干就倒在床上睡着了，这一睡就是八个半小时。

八个半小时以后的东十字街，出奇地安静，唐措一时还有些不习惯，正巧有人敲门，是池焰来给他送酸辣粉外卖。

“丞哥说你差不多该醒了，就让我过来喊你。”池焰终于脱下了他的绿恐龙睡衣，换上一身草绿色休闲装，他对绿色似乎有着异常的执着。

“他在哪儿？”

“中心区。”

不用唐措细问，池焰就竹筒倒豆子似的把他们进副本后这十几个小时之间发生的事都讲了一遍：“安宁姐那边有人去闯过监狱了，他们那位叫程克的大哥让他们继续按原计划去E区。孟于飞一死，他们更没有必要留在这里，结果他们走了之后F区就又乱了。”

这情况跟靳丞预料得分毫不差，只是这一次的乱比先前东十字街新老玩家对立的乱还要大。

池焰咋舌：“他们打得特别狠，一下就送进监狱好几十个人，负伤一大片，到现在都还没结束呢。跟他们比起来，我们那简直就是小屁孩儿互相吐唾沫。”

这短短十几个小时里发生的事，对于东十字街的新玩家和池焰来说，相当于一次震撼的教育。那些嚷嚷着要去找老玩家报仇的，顿时屁话没有，看见了恨不得绕道走。

池焰经历过幸运大转盘，全程观摩了F区的动乱，又被靳丞科普了一大堆有的没的永夜城规矩，整个信仰世界都快崩塌了。不过少年人的愁绪来得快去得也快，他转头又跟安宁搭上了线。

“安宁姐说到E区以后可以带我下副本，第一次副本比较难打。”

你可真是个交际鬼才。

唐措看看闹钟，又看看外面永远不变的夜幕，登时不想管现在到底是几点了，擦了擦嘴，问：“中心区有事？”

池焰老实地摇摇头：“我也不知道。”

唐措便不再问，把酸辣粉的盒子重新打包起来处理好，就跟池焰一块儿出门。临出门时，门口的小铃铛忽然响了。

“丁零。”

“您有一个快递，请注意查收。”

快递？唐措还没反应过来，池焰先开心上了：“快递啊，哥有人给你送东西了。我身上这套衣服就是我爸妈给我送的，今儿早上我刚去拿，怎么样，好看吧？你看我脚上这双鞋，AJ限量版的！”

池焰没有说的是，今天他去拿快递的时候，看到那一堆东西，哭得像个傻子。

只有在那个时候，他才真切地感觉到自己离开现实世界了，他永远也没办法想象他的父母在给他送这些东西时是怀抱着什么样的心情。

唐措这才想起永夜城还有这么一个设定，快递点好像就设在中心区。算算时间，他跟池焰来到这里快七天了。他没有说话。

池焰只当他伤心了，便识相地闭嘴，但其实唐措只是在想，到底是谁给他送了东西。他想了半天，没有答案。

从东十字街到中心区，需要穿过程克原来所在的区域，但这片区域现在极度不太平，于是池焰提议绕道走。

他热血的时候是真热血，该㞞的时候也是真㞞。

到了中心区，唐措没急着找靳丞，慢悠悠地就走到了快递点。永夜城的快递点是一家正儿八经的店铺，中式的装修风格，门口一块大牌匾上写着——永夜物流，下边还有一行英文花体字，PARADISE EXPRESS。

他走进店里，里面的布置很接地气。

足足四十平方米的门店像一个大仓库，货架上堆满了各式各样的东西，从各类电子产品到瓜果菜肴，靠窗的地方甚至停了一排玛莎拉蒂、劳斯莱斯、兰博基尼等一系列豪华跑车。但是最显眼的莫过于钱，一沓一沓的钞票和堆成了小山的金元宝就这么大剌剌地堆在货架上，没有保险箱，没有任何防护措施，惹人眼红。

“取货吗？”店员是个八九十岁的老头，端着搪瓷茶杯晃晃悠悠地从柜台后冒出来，眼珠子浑浊泛白，幽灵一样。

唐措问：“怎么取？”

老头：“报编号，扣一个点数做快递费。”

唐措转身就想走，池焰拉住他：“哥、哥你去哪儿呢？”

唐措：“我没有父母。”

池焰：“……”

唐措：“也没有兄弟姐妹。”

池焰：“……”

唐措：“朋友也不多。”

池焰：“……”

唐措：“说不定是仇人给我寄的炸药包。”

池焰：“哥你别说了，这一个点数我给你出好不好？我出了！”

唐措当然不能让池焰给他出这个点，只是适当地表达一下对快递收费的不满。快递应该由寄方付费，而不是到付。

点数这么珍贵，还要玩家付快递费，这破店迟早要倒闭。

一番折腾后，老头递给唐措一个文件袋。

唐措看看这薄薄的纸袋，又看看货架上成堆的钱和金子，很想把自己那一个点要回来。但他到底没那么做，旁边还有池焰，不能教坏小朋友。

他拆开文件袋，里面是一封信，浅粉色的信纸，掉出一朵白色雏菊，信上只有两个字——谢谢。

唐措看着信，愣怔了几秒，又平静收起。

池焰抓耳挠腮好奇得很，但没凑过去看，想问又拼命忍着，可憋死了。唐措就让他憋着，戒指塞进口袋里，迤迤然走在前头。

靳丞在中心区的居酒屋里，这家店里还卖兰州拉面。不怎么正宗的居酒屋卖着不怎么正宗的兰州拉面，所以生意也惨淡。

唐措掀开门帘走进去的时候，靳丞正在跟老板娘调笑打趣。老板娘是个用簪子绾着头发，眼角有了几丝细纹，但仍风韵十足的漂亮女人。她化着妆，一双手很干净，指甲修剪得整整齐齐。

靳丞坐在吧台前，老板娘站在里面给他倒酒，不知道说了什么，老板娘斜睨了他一眼。也就是这时她发现又有客人来了，笑盈盈打招呼："生客啊，小哥喝点什么？"

唐措："我找人。"

靳丞回过头来，看到他面无表情的脸："谁又惹你了？"

唐措没答话，径自在吧台前坐下，跟靳丞隔着两个位置。池焰挠挠头，到底没敢坐到两位大哥中间去，跟靳丞问了声好，坐在了唐措隔壁。

老板娘回过味来，朝靳丞抬了抬下巴，调侃意味十足："这就是你说的那位？"

"可不是嘛。"不知道又在发什么脾气呢。

靳丞看着这宛如天堑的两个空位，不由得失笑。

唐措倒是很淡定，刚吃过酸辣粉，现在不怎么饿，所以只象征性地点了一份天妇罗和梅子酒。池焰咋咋呼呼的，这个想吃那个也想吃，拿着菜单万分纠结，最后点了一份兰州拉面。

他想喝酒，被老板娘拒绝了。

"小朋友不要学那些满身臭毛病的男人，姐姐请你喝酸梅汤。"

池焰也是好打发，一杯酸梅汤就让他忘了酒，捧着杯子小口嘬着，乌溜溜的眼睛在唐措和靳丞之间来回扫。他觉得气氛有点不大对劲，但又说不上来哪儿不对劲。

靳丞支着下巴看他们："路上没碰见什么事？"

唐措不解。

“已经有人按捺不住了。”靳丞说得轻松，“我在F区出手的那几拨人里隐隐约约看到了好几个人的影子。”

“有人从高级区下来了？”唐措问。

“不是，是装备。”

“你是说，交手的那些人里，有人的装备水平超出了F区的应有水准？”

“Bingo（猜中了）。”靳丞打了个响指。为什么唐措那么气人，靳丞还喜欢带着他？就因为他从不需要自己多说话。

靳丞好为人师，可总嫌别人悟性差，自个儿脾气又不好，没耐心。

他又给自己倒了一小盅酒，一边摆弄着碟子里的花生米，一边说：“F区突然冒出些新面孔，拿着强力的装备，把原有的局势破坏得一干二净。东十字街按兵不动，但如果这场洗牌比预料的完成得时间早，想动也动不了了。”

唐措不明白。靳丞的脾气虽说容易得罪人，但他的人缘其实并不差，仇家也并没有遍地走。如今这个局面，更像是那些人有什么必须对靳丞动手的原因，甚至不惜把F区搅得天翻地覆。

靳丞扫过唐措蹙着的眉头，笑了：“还记得那首歌吗？”

池焰听到“歌”这个字就条件反射：“那首乌鸦和羊的歌？”

“嗯。”靳丞扫了眼居酒屋的其他客人，继续说，“永夜城有一样很特殊的物品，叫十二乐章，乐章上印的就是《神灵、羔羊和乌鸦之歌》的曲谱。乐章只是薄薄的一张纸，没有别的任何效用，但可以——制定规则。”

制定规则是什么意思？池焰的小脑瓜子一想，就瞪大了眼睛。

唐措立刻问：“你有？”

靳丞竖起一根手指：“乐章共十二份，我有其中之一。”

难怪、难怪那么多人想要对靳丞出手，唐措什么都明白了。

靳丞在A区时，有自己的队友，下的也都是高端副本，实力强悍，那些人可能还忍着，可靳丞一朝掉回F区，给了他们太多可以下手的机会。

无论是用F区的普通玩家牵制他，还是在副本里搞破坏，都是可行的办法。而永夜城不同区不能一块儿做任务的设定，和高级区玩家可以去低级区、低级区玩家却不能擅自前往高级区的设定，保证了靳丞哪怕动怒，也暂时无法找到他们头上。

十二乐章的吸引力太大了，这是哪怕自己得不到，也不能让别人得到的东西。

唐措忽然又想到一个问题：“永夜城存在那么久，难道没有其他人拿到乐章吗？”

话音落下，不光是池焰，居酒屋里其他的客人也都竖起了耳朵。老板娘却似早就知道了，继续慢条斯理地炸着天妇罗。

“当然有，但是一旦乐章持有人进入清业程序或刷新，乐章也会被系统收回，放进副本。等到十二乐章全部都被收回去，玩家就只能等待它下一次集中出现了。”

没有人知道永夜城究竟存在了多久，十二乐章出现过多少回。在那些语焉不详的前辈们留下的记载里，有人依靠乐章带来光明，有人洒下黑暗，也有人妄图颠覆永夜城的统治。在靳丞看来，十二乐章更像神灵偶尔抛下的小玩具。

“目前已知的只有三份，一份被用掉了，一份在黑帽子手里，一份在我手里。”

唐措问：“你为什么不用？”

靳丞将装有花生米的碟子推到他面前：“因为时机没到。”

闻言，唐措看向那碟子。花生米一粒粒个大饱满，在碟子上罗列成了笑脸的模样，最骚的是这些花生米都被剥掉了红色的皮。

## 32

居酒屋的客人陆续离开，店里只剩下了唐措、靳丞和池焰三人。

老板娘给唐措端上天妇罗，瞪了靳丞一眼：“你看看你，把我的客人都赶跑了。”

靳丞耸耸肩：“说不定人家是嫌你手艺不好，你这可不能怪我。”

老板娘：“今天料理涨价了，收双倍的钱。”

靳丞：“啧。”

靳丞最终为自己的嘴贱付出了代价，他要是敢说个不字，老板娘的寿司刀可能就会插在他脑袋上。

池焰第一次看到大佬吃瘪，觉得新奇极了，等出了居酒屋就迫不及待跟靳丞打听老板娘的事情。靳丞看了他一眼，语重心长地告诫他：“你没机会的，弟弟。”

“我才不是那个意思呢！”

“哦。”

靳丞最后还是为他们说了一段八卦，因为他觉得如果不说，自己的清白就要保不住了。唐措那小浑蛋的眼神到底怎么回事？真是令人难以捉摸。

“老板娘以前是黑帽子的情人，不过他们现在已经掰了，你们可不要在她面前提起，免得被她从店里丢出去。永夜城的八卦，要有命才可以听。”

池焰摸了摸自己的脖子，觉得如果不是碰上这两位大佬，也听不到这种等级的八卦。而且这几天观摩下来，他深深觉得自己的实力太低了，就像一个低级小号在不停蹦跶，哪怕是在网游里也迟早要完，更何况是在永夜城。

他正纠结着，靳丞先开口了，道：“你先回东十字街，让所有人想活命的就不要出来。”

池焰：“啊？”

靳丞：“你们太弱了。”

池焰：“嘤。”

池焰哭唧唧，配上那一身绿色，场面一度非常清新，但他还是很听话，让他去就去了，也不多废话。

唐措等他走了，才问靳丞：“刚才你是故意在其他客人面前把十二乐章的事情说出来的？”

靳丞：“十二乐章的事情在高端玩家里不是秘密，该知道的都知道。但对于普通玩家来说，就有点难了。”

唐措：“你想把它用在F区？”

“什么都瞒不过你嘛。”

“过奖。”

靳丞双手插在工装裤兜里，不紧不慢地往F区走着，神色散漫但仔细看又藏着一股难得的郑重：“我拿到的是十一乐章，编号越大，乐章的效用越小，规则能覆盖的范围越小。传说中的一号叫金色乐章，据说能影响整个永夜城，甚至更改一些核心规则，但到现在都没人见到过。”

唐措听着，越想越觉得靳丞被罚回F区可能是他有意为之。

前方，就是程克原先所在区域，也是如今F区最乱的地方。这一次唐措和靳丞没有再绕路，大大方方地走过去，从头到脚写了四个字——大杀四方。

谁能不注意到他俩呢？

所有人都注意到了。

“十二乐章是被传送即掉落的物品，所以你可得跟紧我啊，万一我被传送了，你还能捡回来。”靳丞道。

“他们不会继续传送我吗？”唐措道。

“要坐牢一起坐啊。”

“我拒绝。”

两人就这么慢悠悠地散步聊天，走着走着又在街边车站停了下来，光看着，也不动手。暗地里不知道有多少双眼睛在盯着他们，前方刚要火并的两拨人马更是因为他们的到来谨慎停手，散也不是，继续打也不是。

靳丞不太满意：“怎么不打了？”

唐措：“你吓到他们了。”

他们在车站里坐下，靳丞跷着二郎腿，唐措则开始研究乘车费。永夜城的公共交通系统很有特色，交通工具从自行车到电车到魔法列车应有尽有，但半天也不见开过一辆，效率太低，而且收费奇高。

思及此，他忽然想起快递点那些豪华跑车，不知道能不能开。

前面的人最终还是没打起来，唐措和靳丞所在的这整条街陷入了诡异的和平之中。两人又等了一会儿，一辆旧沪上式的电车叮当叮当地开了过来。

电车员是个穿着制服的小平头，看到他们的时候愣了一下，似乎没想到这时候还有人在这里坐车。

“去东十字街，多少钱？”

“二十万，或四分之一个点。”

太黑了，黑得唐措都懒得跟他说话。靳丞却是个财大气粗的，直接付了两个人的钱，径自往车上走。

可就在他一只脚跨进车门时，一道攻击突然从天而降。靳丞迅速闪身避过，背靠在车厢上，抬头望向某个方向。

唐措眸光微凝：“狙击枪。”

“走。”靳丞一把拉住唐措的胳膊，两人迅速躲进车内。余光扫过电车员，靳丞声音冷厉：“开车。”

电车员这才反应过来。大概他从业这么多年以来第一次碰上这样的场景，神色之间竟还有些小兴奋。

“叮当、叮当——”电车又开了起来。

唐措打开车窗，徐徐的晚风吹进来，里头夹杂着一点若有若无的血腥气。黑石街道沉默无言，一盏盏路灯拉长了电车的影子，像一只长长的怪物。

“砰！”第二枪来了，正从洞开的窗户里打进来，削掉了半张座椅。唐措看着那焦黑的截面，猜想这子弹上应该也附着了某种力量，就像靳丞的箭一样。

“看到他在哪儿了吗？”靳丞问。

“换位置了。”唐措从前跟靳丞一起做过狙击训练，靳丞是狙击手，他是观察员。此时他手里没有了望远镜，靳丞却拿起了弓。

弓这个东西，跟狙击枪或导弹倒有点儿像。

“你能做定位攻击吗？”

“定位箭，价格不菲。”

意思就是用在这里有点不值。

唐措也就是随口一问，这时那躲在暗处的狙击手又开了第三枪，当然还是没中。靳丞不大满意：“就安排一个来点杀我吗？哪个浑蛋这么埋汰人？”

他从车头走到车尾，扫视一圈，在车尾最后一个座位的后面看到了一台留声机。他饶有兴致地放下唱针，娓娓的歌声便随着唱片的缓慢旋转流淌而出。

那南风吹来清凉，
那夜莺啼声细唱，
……

《夜来香》，邓丽君。

唐措瞥他一眼——你有病吗？

靳丞挑眉——这不是挺好的吗？唐措不想跟他说话，他想下车。唐措是造了什么孽要跟他在《夜来香》的 BGM（背景音）里被追杀，歌还没唱到一半，一道攻击像彗星，拖着长长的尾巴向列车砸来，光芒璀璨。

这彗星倒映在靳丞的眼里，眸光微亮。他抬手钩住车窗，一个翻身便上了车顶，极限速度弯弓搭箭。

“轰！”金属箭在攻击抵达前正中彗星，那星光炸开来，化作强烈的波动在半空扩散，震得整个电车都颤了颤。

唐措探出车厢去看，那爆炸的星光恰似一场绚丽花火。

电车员大概是邓丽君发烧友，所以才会在车上备着她的唱片，甚至此刻一边飙车一边跟唱。唐措仿佛误上贼船的小可怜，在这歌声里无处容身。

“坐稳了，前面转弯。”电车员适时提醒一声，手中方向盘急打、打死，疯狂打死。电车一个标准九十度急转弯，叮当叮当的声音如惊涛拍岸。

唐措直到现在也没搞清楚这电车的运行原理，看着跟有轨电车差不多，可它没有轨道。

算了——唐措拿出左轮手枪，抬手就对着街边“砰砰”两枪。一个正要从暗巷里冲出来的男人被打中，捂着流血的肚子倒在地上，结果倒了一个，里头又冲出一群。唐措果断缩回去，拿起车上的拖把戳了戳车顶：“快打。”

靳丞打开车顶天窗：“你到底对我有什么意见？”

“那给我几个雷。”

“你怎么那么不可爱？”

唐措抬手就要拿拖把戳他，靳丞便给他扔了几个精灵球下来。这精灵球跟闻晓铭的呛呛蛋很像，唐措仔细查找，果然在底部看到了“Powered by 10086”的字样。

“它叫爆爆蛋，不是呛呛蛋，能用。”靳丞道。他把唐措的戒指交给闻晓铭时，特地跟闻晓铭拿的。

这什么见鬼的取名风格？

唐措面无表情地对着窗外甩手就是一个爆爆蛋，爆爆蛋砸入人群，似精灵球一般从中间打开喷出白烟，下一秒，“砰——”震耳欲聋的爆炸声，把袭击者炸了个人仰马翻。

好了，唐措接受爆爆蛋这个名字。他试了一下，爆爆蛋还可以放进装备栏，应该是闻晓铭研制的武器中比较成功的一个。

电车一路开，音乐一路飘扬，爆爆蛋不断在道路两侧炸响，喷出的烟竟还有彩色的。白的、红的、黄的、绿的，一朵又一朵像极了粉末开出的花。

唐措竟不知闻晓铭还有这样的艺术细胞。

突然，电车晃了晃，而且晃动有越发剧烈的趋势。

唐措眉头微蹙，大步走到车尾透过车窗往外看，只见黑石长街突然从中间开始蜿蜒龟裂，似乎有什么东西要破土而出。

他不认识，靳丞却认出来了，弯弓时嘴角还有一丝讥笑："傀儡师都用出来了，怕我真看不出来是谁吗？"

与此同时，中心区，游戏大厅，人声鼎沸。

"果然打起来了！"

"这次他们真的能得手吗？"

"对面可是黑名单第一的那位啊，A 区那么多人都不是他对手，人现在哪怕掉回 F 区，实力也还在吧……"

"太刺激了，我刚刚碰到人从 F 区过来，整条街都炸了！"

"……"

说着说着，话题又扯到了十二乐章上。

"那什么十二乐章真的这么厉害吗？"

"永夜城至高乐章，那可是跟独立宣言一样的东西啊！你们可别小看那一张纸，我听说大概在百年前有人拿到过第三乐章和第五乐章，两章在同一个人手上，整个永夜城差点变成地狱！"

"嘶，那么可怕？"

"永夜城本来不就是地狱吗？这有什么区别？"

立刻便有人嗤笑："那算什么，你做任务打副本或许还有活路，在那个人手上不是没活路的问题。我听说当时整个 F 到 C 区，所有的任务都变成强制任务，而且是无缝连接，走在大街上你根本看不到活人，因为全都在副本里，能活着回来的根本没几个。"

这话说出来，有人胆寒，也有人表示怀疑。永夜城从不会给你看它的历史，也甚少有文字记载传下来，这人说的究竟是不是真的，谁也不知道。

闻晓铭戴着帽子乔装打扮穿梭在人群里，嘴里还含着棒棒糖，一边吃一边留意着周围的动向。老大拿到十二乐章其实已经有大半年的时间了，刻意瞒着，但还是没瞒住。现在的局面说好也不好，利弊很难权衡。闻晓铭思考不了这么复杂的事情，他甚至想过让老大干脆把乐章卖给黑帽子，可老大没答应。

“咔咔”两声把棒棒糖嚼碎了，闻晓铭叼着糖棍坐到角落里，拿出一个巴掌大的类似打地鼠机的小玩意儿开始鼓捣起来。不一会儿，唐措的名字也开始出现在游戏大厅里。

K27216，唐措，乌鸦先生的黑名单排行榜上倒数第三名。因为“风雪夜归人”副本，他终于不是吊车尾了。

“现在的新人都这么猛了吗？”

“你也不看看是谁带出来的，我从红宝石酒馆那儿听到风声，说这个 27216 是第一名的徒弟……”

“他们不能到 A 区去吗？老子现在都不敢回 F 区了！”

“炸了炸了，又炸了！”

眨眼间又是几个人风风火火从外面冲进来，其中一个来不及喘口气就吊着嗓子大喊：“他们把乌鸦先生的铜像都打掉了！”

全场倒吸一口冷气，此起彼伏的惊叹声不绝于耳。

F 区，热闹非凡。

乌鸦先生又不知从哪儿钻出来，站在被砸毁的铜像上跳脚，头顶的毛都快被气得掉光了：“你们这群可恶的、不知天高地厚的、杀千刀的玩家！气死我了！气死我了！！气死我了！！！”

飞驰的电车已经行驶在回东十字街的半路上。

先前从地下钻出来的是一条傀儡巨蟒，而它的主人则躲在暗处，叫人遍寻不得。永夜城有几个比较特殊的战斗路数，傀儡师就是其中之一，他们本身实力不强，混迹在人群里一点儿不扎眼，可操纵的傀儡却很厉害。

傀儡是机关物品，基本都在副本中获得，极难到手，所以大半的傀儡师还没成长起来就夭折了，但只要一千个人里有一个能成功，那这个人就必定很厉害。

靳丞连射七箭在巨蟒身上，卸了它的关节。巨蟒失去行动力，庞大的身躯重重砸在街边的建筑物上，这才砸坏了乌鸦先生的铜像。

这也怪他自己太臭美，铜像竖哪儿不好，非要竖在十字路口。

曼妙歌声还在飘荡，电车的车顶已经被砸毁了一半，像一堆奔跑的破铜烂铁，别有一番风味。唐措握紧手里的枪靠在尚算完好的车壁上，抹掉脸上一丝血痕。

靳丞从车顶跳下来，拍拍电车员的肩：“兄弟，绕点儿路。”

电车员回头："绕路加钱啊，一公里半个点。"

黑，是真黑，不愧是永夜城的乘务员。

## 33

"真是丧心病狂！"

永夜城某位吃瓜玩家的一句话，概括了靳丞和唐措接下来一个多小时的所作所为。这两位坐着电车一路从 F 区边缘杀回东十字街，又在半路改道，改成了 F 区巡回演出，将《夜来香》的歌声播撒在每个角落。

F 区的各位从没觉得这首歌有这么洗脑过。

巡演过程中，电车也从原先的"叮当叮当"变成了"哐当哐当"，但无论变得怎么破，似乎破到下一秒就要散架，它还依旧坚挺地开在路上，风驰电掣。

唐措渐渐原谅了它高昂的车费。

"哐当"声中，电车终于驶向最后的目的地——东十字街。

靳丞还是没有找到那个傀儡师在哪儿，也许其貌不扬，也许是路边的任何一个人，唯一能辨别的只有他手指上缠绕的丝线。

可永夜城毕竟是个夜幕笼罩的城市，哪怕灯光再亮，也会影响视线。

这次来的大多是远攻手和控制系，再加上各种道具，真正冲上来打的很少。街边的暗巷里、各个窗户里、楼顶不知藏了多少人，无数的人各怀鬼胎，但始终没能对靳丞和唐措进行什么毁灭性的打击。

乌鸦先生在持续跳脚。永夜城有自动修复功能，今天打了个稀烂，明天一觉起来还是原样。放在以往，乌鸦先生从不计较玩家对城市的破坏，甚至津津有味地在旁边看戏，他们打得越凶，它看得越开心。可今天不一样。两个黑名单招摇过市，还砸坏了它的铜像，偏偏这不是在副本里，它又不能对他们做什么，便只能从这个屋顶跳到那个屋顶，企图咒死他们。

骂着骂着，它又不免怜惜起来。

看看这 79081，多么凌厉的身手，多么惹人厌又讨人喜欢的性格，自己从前是多喜欢他呀，可他偏不听话。

再看看这 27216，瞧瞧这充满正气偏又面无表情的小脸蛋，放火动刀都不在话下，真是让乌鸦先生又爱又恨。

真气鸦。气死鸦了。这些披着羊皮的玩家果然没一个好的，哼。

"你们等着吧！伟大而善良的乌鸦先生早晚有一天把你们一个个啄死！"乌鸦先生扑棱着翅膀，想了想，又觉得不妥，立马改口道，"不，我要把你们穿在树上！当我的展览品！就是这样！"

“我要把你们做成雕像，竖在永夜城的大街小巷里，让所有人都知道我的伟大哈哈哈哈哈哈！”

乌鸦先生越说越快乐，心情变好了，毛也不掉了。

唐措抬头遥望它，问靳丞：“它失心疯了吗？”

靳丞还未回答，乌鸦先生立马回头：“你说什么？！ 27216！我听见了！你以为我听不见吗？我听见了！”

唐措闭嘴，乌鸦先生恨不得啄他一口。

这时，电车终于驶进了东十字街，唐措能明显感觉到周围隐藏的杀意淡了许多，窥视的目光也少了许多。

那种如芒在背的紧张感，正在缓缓退去。

电车员把他们送到距离唐措住所最近的公交站台，便挥挥手走了。他还没听厌那首歌，破旧的车厢里也只有一台留声机还完好无损，被时光浸染的歌声飘荡在永夜城的夜里，有股说不清道不明的韵味。

东十字街，清冷寂静。

玩家们在池焰的警告下一个个龟缩在房里，只有胆大的敢走出楼道或探出窗外查探，心里却仍惴惴不安。方才外面的动荡他们都听见了，东十字街就像狂风暴雨中的孤岛，看着安全，可谁知道下一个浪头会不会打过来。

此时的安全，更像是暴风雨来临前的平静。

池焰也不敢大声喧哗，从唐措的破窗里探头朝他们挥手，点点头表示“一切安好”。靳丞收了弓，和唐措并肩往楼道里走。

楼道里也没有人，偶有几个开着门缝看的，眼神带着点害怕的也没有说话。直至二楼，才有人终于走出来，隔着一段距离小心翼翼地问：“那个孟于飞真的被淘汰了吗？”

靳丞看过去，微笑：“是啊。”

那人随即红了眼眶，哽咽着说：“跟我一块儿来的人被他杀了，我、我也不敢为他报仇，谢谢你们、谢谢……”

这时池焰听到声音从三楼楼梯转角处探出头来，正好看到他们：“哥！”

唐措和靳丞齐齐抬头，而就在这时，那位说着“谢谢”的玩家忽然对准他们丢出一张卡牌。池焰看得分明，瞪大眼睛惊呼出声：“后面！”

话音未落，卡牌在空中翻了个面，牌面上光芒一闪而过。靳丞却似早有预料，转身的刹那抬手一把飞刀扔过去，“叮”，正中卡牌。

可是预料中的攻击并没有出现，刺鼻的浓烟从飞刀刺中卡牌的地方扩散出来，几个呼吸时间便弥漫了大半个楼道。

“闭气！”靳丞神色忽变，迅速退往三楼。

刺鼻的烟雾几乎追着他们的脚步往上蔓延，唐措只是吸到一口，就觉得脑袋有点发昏，状态不对。他立刻屏息，眼见池焰慢了一拍，捂住他的嘴直接拖走。

踏上三楼最后一个台阶，靳丞急转身，手中也倏然多了一个红色的小型灭火器。转身的刹那他对准楼梯打开灭火器，无穷无尽的泡沫喷射而出，眨眼间就将楼梯口堵了个严丝合缝。

“烟雾暂时上不来了，你守在这儿。”靳丞把灭火器往唐措怀里一丢，目光又移向池焰：“用喇叭，让楼下所有人跳窗。”

语毕，靳丞二话不说，转身冲入唐措的房间，从破窗里一跃而下。池焰见状，心都快从嗓子眼里跳出来了，还没缓口气，就被唐措一巴掌拍在肩上。

“回神。”唐措道。

思绪归位，池焰抹了把冷汗，赶紧拿出喇叭来吆喝。他刚才只是被吓到了，回过神后脑子依旧灵活，张嘴就来：“楼里有毒气弹，一楼、二楼所有人马上跳窗！不要走门，直接跳窗！快！”

与此同时，靳丞迅速掠至一楼楼梯处，正巧跟仓皇逃离的卡牌玩家打了个照面。

“不是让你跳窗吗？你走什么楼梯？”靳丞嘴角带笑，眼神却冷得出奇，身形暴射，上去就是一脚。

“砰！”玩家撞上楼梯，铁制的扶手瞬间弯曲。他吐出一口血来，痛苦倒地，然而靳丞已经又到了跟前，膝盖压住他的胸膛，“咔嗒”一声机械弓拆成两截，两柄弯刀呈交错状架住他的咽喉。

“谁让你来的？”他问。

这一瞬的靳丞，在永夜城万年不变的深沉夜色中，阴冷得像个魔头。卡牌玩家吓得浑身哆嗦，一哆嗦就疼，话都说不利索：“不、不是，我不是……”

弯刀割破皮肤。

“我我我我说！我说，是一个男的，穿夹克衫的男人，大、大概二十几岁，他说只要我对你们用出那张牌就能给我装备带我离开 F 区。我不是故意的，我真的不是故意的，大哥饶命，我在东十字街很久了，再这样下去我永远都去不了 E 区，你可怜可怜我，可怜可怜我，我真的不知道他叫什么名字……”

男人不停地说，似乎只有这样才能缓解他的恐惧，而此时弥漫的烟雾终于从二楼飘下。烟雾都是往上走的，下潜的速度比上行慢得多。

一楼、二楼的玩家听到池焰的紧急喊话，纷纷跳窗逃生，一时间，整个东十字街像下饺子似的，到处都是跳窗玩家。

甚至不只是东十字街，也不只是一楼、二楼。

三楼及往上楼层的玩家听说是毒气弹，一时惊慌，于是也跟着跳。而池焰是在探出窗口看到这跳窗盛景时，才想起——这喇叭是全区广播的。也就是说，整个 F 区都听到了他的警示。

没人知道中了毒气弹的究竟是哪栋楼，所有人都以为是自己那栋。

全区广播啊。

听听这声音有多么急促多么情真意切，不用多问，赶紧跳了。

F 区的玩家因为自身实力较弱，一向是最为惜命的，跳出去之后才发现不对——欸，怎么你们隔壁楼也跳了？！

满大街的跳楼玩家，满大街目瞪口呆。

震惊的余波一路扩散至中心区，由于《夜来香》巡演大获成功，所有人都关注着 F 区的动态，这么壮观的一幕在出现的第一秒，就有人大呼小叫地往外传，一传十十传百，传到游戏大厅时，变成了——“靳丞把 F 区玩家逼得集体跳楼了！！！”

角落里的闻晓铭错愕抬头，眨巴眨巴眼睛以为自己听错了。下一秒他直接从地上弹起来，竖起耳朵又听了几句，便立刻火烧屁股似的往 F 区赶。

不是不相信他们老大，而是他觉得老大真的干得出这种事啊！

F 区，东十字街。

靳丞最终把卡牌玩家绑了，又堵住了一楼的楼梯口。因为玩家都是跳窗，各自的房门都关着，所以烟雾暂时都被封锁在了楼内。唐措和池焰是最后从楼里出来的，还给靳丞带来了一个不太好的消息。

“有几个人晕在里面了。”

“……”

“恐高，没跳，走的门。”

“……”

靳丞微笑着问：“我现在看起来好吗？”

唐措如实回答：“不太好。”

靳丞拿回灭火器，觉得自己肺都要气炸了。作为全场唯一有防毒面具的，他只得重新返回楼内，一个个把晕倒的玩家背出来，再顺手用泡沫把所有可能的通风口堵上。

楼里一共晕了六个人，被背出来时脸色泛青，看着已经不太好了。

池焰不敢直接上手摸，担忧地问：“这到底什么毒这么厉害？他们不会有事吧？”

“这不是普通的毒，是病毒。”靳丞沉声，“普通的毒不会传染，但病毒会。”

唐措此时终于明白靳丞为什么会那么生气，因为这一招太过阴损了。如果不是靳丞反应得快，恐怕中招的不止这几个。

黑石长街上的人没听见他们在说什么，但也人心惶惶。他们知道靳丞和唐措这些人都很厉害，能让他们都面露沉凝的事情，必定不是什么小事。

有人壮着胆子上来问，池焰却一个激灵，下意识就站到了靳丞和唐措前面挡住他，脸蛋紧绷着：“你有什么事，跟我说吧。”

那人本就是想问个情况，原先也都是池焰在跟他们交流，便跟池焰说了。可就在这时，靳丞的身子突然一晃，手就搭在了唐措肩上，眉头紧蹙，看着有点不太好。

唐措微愕，随即反应过来，冷厉目光扫向那位玩家：“抓住他！”

池焰快炸了。

怎么来了一个还有一个，有完没完？！他赶紧招呼其他玩家一块儿把人制服，那人很是惊慌失措，几乎没怎么反抗就被生擒，直喊冤枉。

靳丞便在此时重新抬头，似是缓过了一口气，但他的脸色仍不好看。池焰紧张地问他有没有事，被他抬手按下，指令更是一条条下达，迅速、果决。

“把他关起来，审过再说。

“中招的人全部隔离，不要用手碰，穿防护服。其余人注意自己的变化，有异状立刻上报。

“东十字街全面警戒，没有我的允许，不得出入。”

说罢，他从装备栏拿出一套防护服扔给池焰，这件事自然由池焰去安排。众位玩家哪见过这阵仗，纷纷噤声，一时间倒也忘了刚才被迫跳楼的事。

东十字街，风声鹤唳。

池焰去做事，唐措和靳丞进了隔壁的一栋楼，临时借用了一位玩家的房间。哪知门一关，唐措脸上的沉凝就消失得无影无踪，抱臂看着靳丞：“你再演。”

靳丞耸耸肩，转身在椅子上坐下：“你不是配合得很好吗？”

唐措有时觉得靳丞是个天才，只有这样才能解释他为什么在卡牌发挥效用的短短两三分钟时间里，就能制订出这么一个完整的计划。

让池焰通过喇叭进行全区广播是第一步，既能疏散无辜玩家，又可以把这件事扩散出去，告诉幕后黑手——你的人动手了，还有可能得手了。

在众目睽睽之下假装自己中招，甚至把无辜玩家当成另一个杀手，是在明确告诉对方——我中套了。

紧随其后的一系列指令，把事情搞得越严重，对方相信的概率就越大。而他们现在需要做的，就是以万全的准备等他们上门。

“你坐电车招摇过市，又来这一招，是想把他们尽可能都引到东十字街，一网打尽？”唐措道。

“你说的都对。”看着唐措清明的目光，靳丞忽然不气了。比起一个黑心肝的敌人，还是默契的搭档来得更重要。

“你手上有十二乐章，如果它真的这么厉害，那些人真的敢来？以他们对你的了解，会不怀疑这是个圈套？”

“如果我没有中招，他们不敢，也没必要冒险，只会不断用别的手段削弱我的实力，最后再一举杀了我。可我中招了，而且这个病毒的 Debuff 很厉害，在十二乐章的诱惑之下，总会有人忍不住出手的。”

来一个是一个，两个不嫌多，一个不嫌少。

顿了顿，靳丞又道：“最关键的一点在于——那些会因为十二乐章来杀我的人，本就不相信我会草率地把乐章用在东十字街这么一个垃圾场，不相信我会放弃权利做善事。而那些相信我的人，或有底线的人，根本不会来杀我。”

唐措被说服了，这逻辑真的强。

靳丞换了个更悠闲的姿势，继续道：“不过病毒比较麻烦，这种 Debuff 套在人身上，普通的治疗药剂和解毒药剂都没用，得先确认到底是哪一种。我现在不方便露面，你给池焰带个话，让他去找闻晓铭。”

闻言，唐措打开人物面板瞧了一眼，直接告诉他：“它叫‘BS101’，临床表现为生命值上限以每分钟 1% 往下掉，武力、智力、魅力三个属性栏和技能栏全锁，传染程度应该很强。”

靳丞震惊。

你又对你的生命值上限做了什么？

## 34

闻晓铭紧赶慢赶地来到东十字街，没看到自家老大被愤怒的 F 区玩家打死的场景，倒是又看到了病恹恹的唐措。

这一幕，跟初见时何其相似。

敢情被永夜城制裁的是这一位啊，不愧是黑名单吊车尾的新人。

唐措的症状其实不算重，只是因为站得近，所以在烟雾散开的刹那不慎吸入一口，远没有到昏迷的程度。闻晓铭道：“BS101 系列的病毒，中文名就叫必死的一百零一种方法。我看外面那些比你症状严重的，是肯定要去监狱报到了。而且这种级别的病毒，不是简单隔离就可以防得住的。”

闻晓铭一语成谶。

池焰火急火燎地从外面跑进来："不好了，有个感染的玩家直接化成一摊脓水消失了！附近也有好几个出现了症状，速度太快了，根本来不及反应。"

闻晓铭："这又是哪位？"

"你好，我是池焰，池塘的池，火焰的焰，寓意是水火双全。"一听到有人问他是谁，池焰的交际魂就开始熊熊燃烧，但现在这不是重点啊，他赶忙打住，"就，那个，现在怎么办？"

池焰眨巴眨巴眼，闻晓铭也眨巴眨巴眼，转头看靳丞："老大，你新收的小弟啊？"

闻晓铭是靳丞第一次被罚回F区时，在F区的一个副本里捡的，故有此一问。

不过池焰现在最多算编外人员，靳丞还没决定要不要组他入队，便避过了这个问题，问："这个系列有疫苗吗？"

闻晓铭答："一百零一种呢，有些有，有些没有。C区有个疫苗研究所，可以去问问。"

靳丞："官方挂牌？"

闻晓铭："不是，玩家自己搞的，那个人的药剂学很厉害，据说还是独立玩家，不过现在有没有被招揽我就不知道了。"

最终闻晓铭和池焰分头行动，闻晓铭去C区跑一趟，池焰被派去黑帽子杂货铺碰运气。那儿的东西卖得杂，或许会有疫苗贩售。

与此同时，A区。

跟靳丞同款的豪华大别墅内，一个男人拿着张纸从外面走进来，看到沙发上坐着的人，恭敬又带着点激动地说："靳丞果真中招了。蜂鸟传回来的消息，东十字街已经开始死人，过不了多久可能就会死一大片，到时候人心惶惶，靳丞自顾不暇，正好动手，还能趁机收割一批点数！"

房间里却传来反对意见："靳丞那个人阴险狡诈，城府又深，你怎么就能断定这不是圈套？"

男人蹙眉："我们把BS101都用出去了，下了血本，难道还能有错？你不要把靳丞想得太厉害了，他一个人在F区，难道能比我们所有人加起来还要厉害？我看你们都被那个黑名单吓怕了，第一名又不代表实力第一。"

"你以为你能在他手上走过几招？"

"话不要说得那么难听，你以为我是孟于飞那个傻瓜吗？"

两人说着说着，火药味渐浓，但提出反对意见的男人从始至终都靠在窗边，冷着脸，语气漫不经心。

屋里还有其他人，见状纷纷劝和。

坐在沙发上的高大男人终于开口了："BS101 都已经用出去，没有这个时候收手的道理。江河，你要明白，现在是动手的最佳时机。"

叫江河的正是窗边的男人，他闻言没有再说话。

"十二乐章我一定要拿到手，不管拿着它的是靳丞还是谁，挡我路的就得死。"

同样的讨论发生在高级区的各个地方，不同的人得出了不同的结论，甚至低级区的许多人也在观望。

譬如刚刚升到 E 区的安宁小队，有人琢磨着，按捺不住心动地说："要不我们偷偷去东十字街探探情况，他们大佬斗法，说不定我们能浑水摸鱼。"

安宁气得一脚踢上去："你就算拿到了十二乐章，你保得住吗？想死别拖上我们所有人。"

外面如何喧嚣，此刻正在东十字街的唐措都听不见。

靳丞又在削苹果，他削苹果是一刀流，果皮从头到尾不断，能有多长就有多长。唐措坐在他对面，觉得那颗苹果就像自己的头，时刻有被削掉的风险。

"你不要去做准备吗？"唐措问。

"我在做啊。"靳丞微笑，"我打算用苹果毒死他们。"

"……"

"怕了吗？"

我好怕怕哦，唐措面无表情。

靳丞实在拿他没办法，说到底，唐措中招这事儿也算是被他拖累的。站起来，靳丞把削了皮的苹果丢到唐措手里，终于出去干正事了。

临了，他又回过头来警告："不准给我扔了。"

门关上，唐措撇撇嘴，"咔嚓"咬了一口——甜的。

时间缓缓流逝，唐措瘫在椅子上，慢慢从亚健康患者变成了一具还在喘气的尸体。池焰风风火火从黑帽子杂货铺回来的时候，推开门吓了一跳。

"哥，你怎么了？！"说着他就要去探唐措的鼻息，唐措给他一个眼神让他自己体会，但池焰跟他没有那个默契度，无法体会。

你的哥哥从节能模式迅速切换至暴躁模式。

"我没死呢。"唐措坐起来。

"哦哦，杂货铺里也没有疫苗卖，这个杂货铺不太行哦，完全不像外面传说得那么牛啊。不过它还挺先进的，无人售货，老板都不在。"池焰说。

老板在，你可能就被打死了。

唐措打开人物面板看了眼生命值，上限掉到63%了，但还能活。他其实一点儿不担心，死了也不过去监狱走一遭，兵来将挡，水来土掩。

池焰完全把他当病人看，又是倒水又是问他难不难受，过一会儿出去转一圈看了看情况，回来又巨细靡遗地把情况说给唐措听。

“才半个多小时，最早感染的已经全部死掉了，后续又感染了几十个，人数越来越多，太可怕了。”池焰说这话的时候，身体都不禁抖了抖。虽说那些人只是去了监狱，不算真正的死亡，可化成脓水而死比被人用刀杀死更让人恐惧。

许多玩家被科普过监狱的可怕，不敢继续待在东十字街，想要离开。可这时候又有谁敢让他们出去？

东十字街的各个路口明里暗里都多了许多人，有人手里明晃晃地攥着刀，谁敢出去，恐怕立刻就是被杀死的命运。

恐慌逐渐滋生，肆意扩散。

“早知道就去做那个什么任务了，哪怕在副本里也比现在好吧？”

“我受不了了，为什么我要来到这么一个鬼地方？还不如让我直接死了！”

“我是人，不是什么玩家，谁来告诉我这究竟是不是一场噩梦？”

“我想回家呜呜呜……我想回家……”

“……”

在无数压抑的呜咽声中，终于有人忍无可忍放弃挣扎：“砰！”

“啊啊啊啊啊！”有人捂着嘴巴尖叫。

突如其来的变故让东十字街的恐慌加剧，街外的玩家们远远看到这一幕，脸色微沉，却没有多大的震惊。

新玩家大多心理承受能力不强，尤其是东十字街，放弃自我是正常的，而且往往会引起连锁反应。

可真的那么简单吗？

有人在嗤笑，有人保持沉默。

池焰听见尖叫声推开窗望出来，看到地上的尸体和血，突然神色大骇。他蓦地想起第一次见面那天晚上，靳丞告诉过他的话，刹那间手脚冰凉。

“不要放弃！不要放弃！”他立刻拿出喇叭大喊，大半个身子都恨不得钻出窗去，“放弃会比死更惨，相信我，不要放弃！”

永夜城第一法则：生存即正义。

在如此强调求生的永夜城，“放弃自我”这个选项，是大罪过中的大罪过。

池焰的惊天一嗓，吓得正在窗台边缘的小姑娘愣住。她呆愣愣地望向声音传来的方向，苍白的脸上满是泪痕。

“你们看，他们没有消失。”池焰尽量保持冷静，可当他看到这样的变化时，声音还是忍不住发抖，“他会变成怪物，不能去坐牢重新来过，也不会真的死掉……”

他说不下去了，因为那个玩家已经变成了怪物。他染血的背鼓了起来，一只镰刀状的爪子破开皮肉从中钻出，紧接着是第二只。他的脸庞开始扭曲，牙齿变得锋利，嘴巴咧到了耳朵根，喉咙里发出野兽的低吼。

鲜血滴滴答答地往下掉，短短十几秒钟，他就在众目睽睽之下变了个样。

“啊啊啊啊啊！”小姑娘捂着嘴尖叫，拼命摇头，却一个不慎，直接从窗台摔落。

所有人呼吸一滞，一个身影忽然从楼顶跃下，以更快的速度掠至小姑娘身侧，将她拦腰捞住。“唰”，绳子瞬间绷直，那人这才缓缓松手，带着小姑娘安全落地——正是靳丞。

“这就是我讨厌你的原因，79081，你为什么非要救他们呢？”乌鸦先生一贯高傲的声音从远方传来，众人齐齐抬头去找，就见它站在一座塔楼的顶端，像人张开双手一样张着黑色的翅膀，背后正是作为光源照亮永夜城的巨大宝珠之一。

靳丞也看过去，触及它的目光，乌鸦先生歪着脑袋，蓦地开心起来：“一起来打怪吧！谁能杀死东十字街的那个怪物，就可以得到丰厚的奖励哦！”

它笑着飞起来，在东十字街盘旋着，欣赏一个个玩家的丑态。

“哇哦，那儿也有一个呢，那边还有一个，啧啧，四个怪物，四种宝物，你们谁能拿到手呢？”

动手的还是靳丞。整个东十字街的心都在烈火中煎熬，有人崩溃，有人绝望，也有人眼神如刀。

一连四个怪物，靳丞以最快的速度将它们斩杀，中间没有丝毫停顿。怪物一死，它的身下就出现一个黑色的洞口，将尸体吞没。

它们消失了，但是那可怖的身影，永远留在了在场玩家的心里。

乌鸦先生颇为无趣地拍了拍翅膀，想说点什么，可看到底下玩家都丢了魂似的，顿时失去了说话的兴趣，怪笑一声便消失不见。

而靳丞就在它消失的那一刻，身体突然晃了晃，猛地吐出一口血来。他面色惨白，抬眼时眸光冷厉，吓坏了周围的玩家。那小姑娘更是吓得后退一步。

靳丞没说话，缓了口气，随手抹掉嘴边的血迹，径自翻窗回到唐措所在的房间。他这一系列举动当然还是在做戏，关上窗，回头就对上唐措黑白分明的眼睛："他们进入清业程序了吗？"

"是，也不是。一般的清业程序中，玩家忘了自己是谁，哪怕一遍遍被杀，他们也根本不会记得。但像刚才那几个，去的是特殊副本，在痛苦中保持清醒却无法逃脱，你知道这叫什么吗？"靳丞自问自答，"这叫——生不如死。"

再听一遍，池焰仍觉得胆寒，凉意一股一股从脚底冒上来，让他都不敢去看桌上的那四样东西。他不可遏制地想，如果靳丞没有出手，而是由玩家蜂拥而上将它们杀死，又会是怎样残忍的一幕。

永夜城的规则会逐渐泯灭人性，为了宝物杀掉变成怪物的玩家，恐怕得手的人还会哈哈大笑吧。

在争斗中，又会有人死。死亡又催生死亡。多天真啊。

池焰这样想着从前的自己，来到一个什么样的地方，他真的看清楚了吗？

"没时间了，那些人如果想杀我，应该快要过来了。"靳丞转身又往窗外扫了一眼，微微蹙眉。闻晓铭还没回来，不知道这趟去得顺不顺利。

他不是很想让唐措进监狱，有些惩罚能不受就不受，没那个必要。

此时唐措的生命值上限还剩下 44%，一个不怎么吉利的数字。

"咦？外面怎么起雾了？"池焰揉了揉眼睛，蓦地又想到什么，后退一步，"这不会又是什么毒、毒气吧？"

"不是。"靳丞语气笃定，"A 区精英小队'天志'的军师，雾影刺客，江河。"

唐措："不是傀儡师的那个？"

靳丞："那是另外一个。"

唐措："哦。"

靳丞："我说过了，仇人真的很多。"

## 35

雾气越来越浓，恐慌加剧，敌人却始终没有出现。

唐措的生命值还在 1%、1% 地往下掉，他步履沉着地走在楼道里，神色依然平静。池焰紧跟在他身后，手里攥着靳丞给他的爆爆蛋，时刻戒备。

攻击还未显现，他们需要转换场地，以确保自己不会被瓮中捉鳖，不会拖靳丞后腿。靳丞本想让他们悄悄离开东十字街，被唐措拒绝了。

"整个东十字街只有我们最扎眼，三个不见了两个，对方必定起疑。"

池焰不知道自己怎么就上了贼船，好像自从他那一晚振臂一呼后，就再也下不来了，既然下不来，就只好跟着哥哥们往前冲。

"哥，待会儿你说丢谁咱就丢谁，我都准备好了。"

唐措想说“别了吧，你太弱了”，但看着少年诚挚的双眼，默默压下了心里的话。两人从这个楼跑到那个楼，翻窗、爬楼梯，就是不走正门。

五分钟后，两人终于找到了一个绝佳的藏身地点——独眼大妈的早点铺。

这家店离唐措原先居住的地方很近，而唐措素来大胆，奉行“最危险的地方也最安全”那一套，浑不怕死。

恰好永夜城的店铺都是不下卷帘门的，此时是晚上，独眼大妈不在。

靳丞那边还没有打起来。

唐措探出头去看了一眼，微微蹙眉。这有点奇怪，那些人既然都决定要出手，当然是打靳丞一个出其不意为最佳，速战速决。为什么要先宣告自己的到来，让靳丞有了警惕，却迟迟不动手？

唐措想不通，池焰就更想不通了，此时外面的黑石街道上基本没什么人影，雾蒙蒙的。所有玩家都窝在自己房里，一人一个房间，倒是能最大限度地隔绝病毒。可等着等着，他们没等来攻击，却看到有人从楼道里被推到了街上。他踉跄着倒在地上，咳嗽着，面容灰败。

“感染了就不要待在楼里，你想拉着我们一起死吗？！”愤怒的话语从楼里传出来，只闻其声，不见其人。

没有第二个人说话，被推出来的男人也垂头坐在地上，好像连站起来的力气也没有了。他只是捂着脸，佝偻着背，肩膀在抖，却没有声音。

永夜城的夜很寒冷，突如其来的雾更是给它蒙上了一层冰冷的面纱，让人的每个呼吸仿佛都带着冰碴子。

池焰紧抿着唇，眼睛里的火在翻涌，但忍住了。

迷蒙的雾气逐渐将那个男人包裹，雾变浓了，两人的视线变得模糊，寒意也逐渐侵袭至包子铺内。

黑夜，长街，路灯，冷雾，绝望的男人，像一幅画。

唐措忽然明白了对方的打算，他们在刻意地拖时间。迷雾可以制造恐慌，死的人越多，靳丞的压力就越大。如果靳丞真的中招，那么也一定会死，只要拿不到疫苗。疫苗必定从东十字街外头带进来，那些人肯定会想方设法阻止，而靳丞一旦死亡，十二乐章即刻掉落。

攻守双方瞬间反应了过来，现在是靳丞要想办法找出他们，而不是他们主动出手。否则，靳丞迟迟不死，骗局立刻拆穿。

那个叫江河的军师……

唐措忽然对他有了点兴趣，据靳丞说那是个长相非常普通的男人，丢进人群里都没人能认得出来，看起来不好对付。

与此同时，东十字街的各个角落里，江河的名字也被反复提及。

“那天志的江河到底什么意思？拖着不动，是想让别人先动吗？他们想螳螂捕蝉，黄雀在后？”

“有可能，江河一贯阴险狡诈。”

“那我们动不动手？”

“再看看。”

“无道的傀儡师据说也来了。”

“本人吗？”

“不知道，但有人看到了他的机关傀儡，也有可能是假托别人的手。他上次不是已经在靳丞手上吃过亏了吗，不一定敢亲自来吧？”

“江河会不会在等他出手？”

“无道、天志，还有哪个也来了？”

“我看到了 B 区的欧皇，黑名单第三的那位。”

“他怎么还没死！”

“……”

暗影处，天志的其他人也在骚动。

“江河那浑蛋到底要我们等到什么时候？我就说直接动手，别整那些弯弯绕绕的，万一被其他人得手了，偷鸡不成蚀把米！我们整个天志都会成为 A 区的笑话！”

“相信江河，再等等。”

他们等得，靳丞等不得。他跟江河交过几次手，比唐措更早意识到江河的打算。如果让江河得逞，那靳丞现在做的一切都白费了，但直接找上江河也是不明智的，那等于告诉对方——你猜对了。

所以靳丞的目标是其他人。

白雾隔绝了双方的视线，唯有江河自己能不受阻碍。靳丞不知道他究竟在哪里，所以没动，只是拿出了一个巴掌大的类似打地鼠机的东西，按下上面的红色按钮。

“咔嗒”“咔嗒”的怪声立刻从雾中传来，仔细听，它遍布于东十字街的各个角落，虽然不大，却很有规律。

“咔嗒”“咔嗒”……间或还夹杂着一些齿轮转动的声音，像是什么小东西在地上走，越来越近，越来越近。池焰心中紧张，忍不住轻轻露出一只眼睛去看，只见那蒙蒙的雾气中，一个巴掌大的小东西在跳跃前进。

它跳得不高，灰色的，身后还拖着一根尾巴。

“老鼠！”看到它的人睁大了眼睛。如果有人从上空俯瞰，就会发现无数的机械老鼠从东十字街的各个阴暗角落里钻出来，蹦跳着向街外进发。几十个里，总有那么一两个恰好撞上敌人的藏身之处。

“咔咔咔咔咔咔！”老鼠的眼睛发着红光，像红外线探测仪，探测到前方有活物，立马怪叫起来，下一秒，“砰！”一只老鼠炸了，又一只老鼠炸了……

分散潜伏的敌人们各自为政，互相都不清楚对方的打算，听到其他地方传来爆炸声，立马怀疑对方动手。

“哪个龟孙？！”

“不能等了，冲进去！”

牵一发而动全身，东十字街瞬间乱了，而那些散落各处的机械老鼠但凡探测到有人活动，立刻爆炸。爆炸产生的烟尘融入江河的白雾中，两层烟雾，把江河的视线也搅乱了。

“风！”呼呼的狂风立刻吹起来，众人各显神通，浓雾被吹散只是时间问题。而且大家心里都清楚，江河已经在了，代表天志已经在了，想要抢在他们前面传送靳丞得到十二乐章，只能快。

天志对十二乐章志在必得，哪能让他们得逞，狂风刚刚刮起，某处楼顶便传来浑厚男声，借着风刮遍东十字街。

“靳丞，我手上有 BS101 的疫苗，你如果不想让这里所有人给你陪葬，就主动把十二乐章交出来。天志的老大，崇延章。”

有人听出他的声音，冷哼一声便抢先答话：“崇狗你简直不要脸！用低级玩家来换十二乐章，打得好如意算盘呢！”

另有一人也阴笑道：“我每人补贴他们十个点，让靳丞把十二乐章交给我好不好啊？”

两个声音一东一西，像唱了一出双簧。

崇延章沉着脸，身边的人立刻就要出声，被他拦住：“你们按江河的计划，全力去找那两个新人，要抓活的。”

“可是——”

“没有可是。”

崇延章眼神如刀，那人立刻噤声。其实他们已经有人去找了，崇延章此刻却让他也去，摆明了信任江河胜过他。

那人咬咬牙，眼神几度变换，终于退下。

这时机械老鼠的爆炸还没有停，所有东十字街的土著玩家都缩在房里不敢出去，有些胆小的甚至搬来床和桌椅顶着门。

原先被推到街上的被感染玩家也躲到了墙角，瑟瑟发抖。

蓦地，整个东十字街地动山摇，剧烈的爆炸把剩下的机械老鼠都震了出去。受到震动最强的是唐措和池焰，池焰瞪大眼睛看着巨大的冲击波席卷烟尘，被炸掉的正是唐措的住处——整栋楼！

“妈妈呀。”池焰好险没有大声叫出来，幸好那楼里的玩家都因为病毒逃出来了，否则这一传送就是一大片。

等等……玩家不在里面，可病毒在啊。

“哈哈哈崇狗，我帮你一把！”一道嚣张笑声在不远处响起，带着万分的狂妄。附近的人齐齐色变，当机立断掏出防毒面具戴上。

咒骂声四起。

“哪个傻帽！你过来老子弄死你！”

“有病啊！”

“疯子！”

这一招，伤敌一千，自损八百。病毒从楼里释放出来，无差别攻击，而此刻在东十字街最活跃的是哪批人？

可不就是他们这些十二乐章争夺者嘛！

“是苗七！苗七那个疯子！”

捣乱者的身份被戳穿，咒骂声却小了下去，大家似乎都有所忌惮。那苗七笑着，竟大大咧咧地出现在一处楼顶，对准下面又是一炮。

那身影瘦长，穿一身黑色的衣服，系红围巾，肩扛重型火箭炮。

“哈啰。”他打个招呼，就送你一炮。

类似“疯子”的咒骂声此起彼伏，让大家一时都摸不清他到底是来抢十二乐章的还是单纯来捣乱的。

“苗七，我好像没有得罪过你。”崇延章出现在楼房的废墟处。

“我也想拿十二乐章玩玩，不行吗？”苗七反问。他倒没有对准崇延章轰一炮，让池焰非常遗憾。

“林砚东知道你来这里？”崇延章沉声。

“你管他知不知道，我只知道你到现在还没有逼出靳丞呢。”

“不用你操心。”

崇延章显然服用过疫苗，哪怕没有防护措施也敢站在病毒最浓厚之处。苗七没有靠近，笑眯眯地后退几步至安全距离，扬声道：“靳丞，我跟你做个交易怎么样？我不要十二乐章，只要你能让我杀你一次，掉落的乐章我双手奉还。”

此话一出，崇延章的脸色瞬间阴沉。

苗七继续嚷嚷："怎么样？与其让崇狗和江狗杀你，不如和我做交易。"回应他的是崇延章直接的杀招。

崇延章是个异能师，没有固定的武器。徒手接炮弹是什么画面，池焰没在现实生活中见过，但现在见到了。

金系异能，霸道刚烈，那拳头用力挥出时带出的金色劲气差点迷了池焰的眼。"轰"的一声，苗七的炮弹被崇延章打中，冲击的余波连躲在早点铺里的池焰都感受到了，而崇延章依旧毫发无损。

一支箭恰在此时破空而来。

"靳丞！"有人眼尖认出了箭身，霎时间，数道身影往这里赶，而这些人自然也看到了箭攻击的对象——

不是苗七，更不是崇延章，而是躲在墙角的那位瑟瑟发抖的玩家！

怎么回事？

池焰在心里低呼，唐措则在瞬间明了。那玩家有诈，不是 F 区的感染者，而是江河。果然，当金属箭刺中那位玩家时，他突然变成一团烟雾破散。

狂风已经把东十字街的烟雾吹得差不多了，此时任何的雾气翻涌在这里都极为明显，而就在十几米远处，一个身影在雾气缭绕中显现——正是江河。

唐措还是没看清江河的脸，但在江河出现的一刹那，他立刻抓紧池焰："走！"

两人从早点铺后门离开，唐措跑得太快，池焰差点一个趔趄，但好歹跟上了。急速跑动中，池焰也来不及问为什么，只听唐措又一声断喝："往后扔！"

扔？扔什么？

池焰慢了一秒反应过来，急忙把爆爆蛋往后扔，回头一看——追来了！

被雾包裹着的身影若隐若现，上一秒出现在这里，下一秒就往前挪了好几步，闪现前进，根本让人捉摸不透他的行动路线。

池焰的爆爆蛋只炸到他的衣角，引得雾气翻涌，屁用没有，唐措毫不犹豫用出流星飒沓。

半径五米内，漫天的流星以极快的速度坠落，终于把江河从雾中逼得现形。真的是一个普普通通的男人长着一张普普通通的脸，就连穿的衣服都灰不溜秋普普通通。

"咻！"靳丞的箭也到了。

江河落地翻滚，硬顶着流星坠的伤害避过靳丞的箭，甩手一把流星镖飞出，不打靳丞，仍是追着唐措和池焰而去。

池焰哪挡得住那天女散花似的飞镖，瞳孔骤缩，看着被吓到了，却又在千钧一发之际一个骚里骚气的九十度拐弯，一下拐进了旁边的小巷，拐得人猝不及防。

因为那里灯光太暗，以至于唐措都没发现那儿有条仅容一人通过的巷子。而池焰进去之后，紧接着就疯狂投球。

爆爆蛋接连被扔出来，“砰！”“砰！”竟也打乱了江河的步子。

靳丞终于现身，拦在江河和唐措之间，一道分裂箭逼退江河。江河是刺客，论正面拼杀，完全不是靳丞的对手，手臂轻而易举就负了伤。

但这毫无疑问坐实了他对唐措的猜测，这个人在靳丞心里很重要。

只要重要就够了。

江河拼着受伤，强行雾化，与此同时，一道烟花从他消失的地方升起，在东十字街上空炸开。池焰看到了，眼皮狂跳，但知道自己出去也只是拖后腿，旁边正好堆着几个破旧木箱，他灵机一动用箱子罩住自己。

他藏得隐蔽，趁现在没人注意到他，尽快逃跑。

池焰确实被人遗忘了，一条杂鱼没有被记住的必要。而唐措才向前跑出几步，一人便从右侧楼房跳窗杀出，攻击差点削到他的鼻子。

唐措急刹车，抬手的刹那召出哥布林大刀，“当！”大刀架住了对方的长刀，力道大得唐措手臂发麻。

那是个陌生的阴狠男人，对方一脚向唐措踢来，唐措旋身避过，左手持左轮手枪，瞄准对方胸膛，“砰！”

男人一个侧身，但是距离太近，被打中肩膀。

唐措从不低估永夜城的玩家，所以以他那样精准的枪法、这么短的距离，依旧对准面积最大的胸膛，而不是脑袋。

靳丞杀到，跟唐措前后夹击。

说时迟，那时快，消失的江河陡然在靳丞身后出现，手中匕首对准靳丞后心狠狠刺下。唐措瞳孔骤缩，枪口瞬间掉转。

“叮！”子弹打偏了匕首，但靳丞背上仍被划拉出一道血口。

鲜血流淌，靳丞的脸色越发难看，他似是强撑着一口气，额头上都是汗，动作也稍显迟缓，否则以江河对他的了解，他本可以避过的。

“动手！”持长刀的男人正是崇延章的手下，也是先前跟江河发生过争执的那位，名叫陈柳。他一心想要传送靳丞，看到此情此景，哪里还能等。

江河张了张嘴还想说什么，但到底没说，而就在这时，一抹黑云压顶，突如其来的阴影笼罩过来，让几人的动作稍顿。

抬头，江河面露沉凝——傀儡师，姚青。

他终于还是亲自来了。

机械鸟从半空俯冲而下，巨大的翅膀张开来，恰似两片黑云，而它的目标正是靳丞。陈柳哪里肯让，提刀便打。

崇延章也终于甩开苗七赶来，眸光一扫便拦下姚青，让陈柳和江河继续打靳丞。姚青作为傀儡师，拥有的机关傀儡当然不止这一个，几个机关傀儡再加上高手混战，打得街上的黑石板都寸寸龟裂。

江河却觉得有点怪——哪里不对劲。一定有哪里不对劲。

苗七那个疯子，这么简单就放弃了？他为什么没有追过来？还有刚才的那条杂鱼呢？江河这才想起池焰来，再一扫，唐措也跑了。

江河立刻去追，却摸不准唐措的逃跑方向——是左，是右？

与此同时，东十字街外，气喘吁吁的闻晓铭终于赶上了趟。他抹了把汗，兜里揣着疫苗，却没有立刻往里闯。

他拿出一顶黄色的工装帽往头上一戴，那帽子上还有一根翘起的天线，天线顶端一闪一闪地发着红光。

“嘀嘀嘀嘀！”天线在叫，指向某个方向。

闻晓铭二话不说掏出爆爆蛋就往那儿扔，等炸出人来就问：“你们咋不进去呢？”

对方气炸了，刚想说“关你屁事”，就有人认出了闻晓铭。靳丞的走狗，精灵球大师，移动客服 10086。

战斗眼看一触即发，闻晓铭却歪头一笑，突然扯出一块银灰色的布把自己罩住，在大家眼皮子底下表演了一个原地消失。

“量子隐身衣！”有人道破玄机，无数攻击朝闻晓铭原先站立的地方砸去，可什么都没砸出来。

闻晓铭已经跑了，不擅长打斗，但擅长跑路，一边跑一边探测东十字街外潜伏人员，半条街没跑完，炸出一长串。

这些被炸出来的人眼看着是隐藏不了了，大部分干脆冲入东十字街，打算浑水摸鱼。永夜城的资深玩家，不缺谨慎，更不缺大胆。只要事情还没有尘埃落定，那谁都有赢的机会。

越来越多的人加入混战之中，战局的中心，靳丞终于直接对上了崇延章。崇延章的实力自不用多说，A 区前十必有他一席之地。而靳丞的实力虽然也深不可测，但他中了 BS101，实力大为减弱。

“砰！”靳丞被崇延章一拳砸中，身体撞入左侧楼道，直把墙壁撞出一个大窟窿。

“喀喀”，他捂着心口站起来，崇延章却已再次杀至。两人进入近身战，从底楼一路打上去，震耳欲聋的声响光是听着就让人胆战。

崇延章的手下们则已掉转方向，开始为老大拦住其他人。

姚青冷哼一声，骑着机械鸟悬于高空，却暂时收手。他不欲与底下的那些杂鱼多费体力，目光紧盯着崇延章和靳丞，仍然寻找一击必杀的机会。

周围的人越聚越多，所有人的目光都落在楼内的对战上，不敢有丝毫分神。

江河却依旧觉得不对劲——人太多了，为什么忽然又来那么多人？远处的爆炸声又是怎么回事？

蓦地，他灵光乍现，终于想明白心里的不安是什么。他霍然看向已经打到楼顶的崇延章和靳丞，看到靳丞又吐出一口血来，张嘴就要喊。

“砰！”一颗子弹阻截了他的话——是唐措。

江河冷眼望过去，见他站在隔壁楼的一扇窗前，冒烟的枪口对准了自己，竟避也不避。两人遥遥对峙，唐措毫不犹豫扣下扳机，又一枪。

楼顶。

崇延章胜利在望，余光瞥见姚青似有异动，冷声道：“你最好不要过来，姚青，否则我一定第一个灭了你。”

姚青脸色铁青，但终是没敢异动。说到底靳丞还没被传送，他对靳丞太过忌惮，总觉得不看着他咽下最后一口气，心里不踏实。

不如等崇延章杀了靳丞，让他们鹬蚌相争，他再从崇延章手里抢十二乐章。

跟姚青有同样想法的不在少数，比起武斗派的崇延章，他们更忌惮靳丞，哪怕他看起来快死了。

“有诈！”江河石破天惊的一声，刺破了夜风。

姚青等人蹙眉看去，知道发声的是江河，都不禁留了个心眼。这是江河在提醒他们，还是在诈他们？

是靳丞真的有诈，还是他江河有诈，故意吓跑他们，好让崇延章动手？

江河万万不会想到是自己给靳丞添了一层保护色，甚至连崇延章都有片刻的怀疑。但不管怎么说，箭在弦上已不得不发，陈柳亦急得大喊：“别听他的，动手啊崇哥！”

崇延章再不迟疑，用尽全力一拳挥出。金色的劲气包裹着他的拳头，身上的衣服也迎风鼓胀，他目光坚决，势在必得。

可就在这时，两道流光闪电来袭，一道袭向崇延章，一道袭向靳丞。

崇延章脸色微变，但拳头去势不减，一拳将那道流光轰碎。他霍然转头，看向突然出现在半空的男人。

A 区，E57456，冷缪，乌鸦先生的黑名单第二名，大魔法师。

“等你很久了，缪缪。”最先开口的竟然是靳丞，他直起身来，染血的嘴角忽然勾起，“我说你怎么就那么沉得住气呢，缪缪？”

靳丞左一个“缪缪”，右一个“缪缪”，玩味，恶劣。

冷缪本该生气，可靳丞的前后反差让他瞬间变了脸色，也让在场所有人都意识到——江河说的是真的。

姚青转身就跑，毫不犹豫。崇延章却咬咬牙，眸中冷厉更甚以往，一不做二不休，再度一拳轰上。

“令。”靳丞只简简单单一个字，空气倏然凝滞。

一滴冷汗从崇延章额角滑落，他难以置信地看着挡在拳头前的那一张薄薄的泛着莹润光泽的纸，浑身僵硬。

冷缪亦沉着脸收起魔法，他刚刚以最快的速度想要施展空间裂缝术离开，却发现空间已经被锁住了。他抬头看，现在整个东十字街，甚至可能是整个F区，因为靳丞而聚到此处的人，恐怕都被困住了。

十二乐章。

靳丞能做到这点，一定早已把律令写在了乐章上，只等此刻生效。并且他能笃定这些律令一定能生效，否则若被打回，前功尽弃。

这一切都是他算计好的，拖到现在，就为了等冷缪现身。想通这一切，冷缪咬牙切齿，几乎要保持不住脸上的冰冷。

空灵却诡异的歌声便在此时倾洒而下，跟唐措在幸运大转盘时听到的一模一样——

神灵、羔羊和乌鸦，
一起在悬崖快乐地玩耍。
他们唱啊跳啊，
石头里开出了鲜花。

神灵说，看呀
它是我的花。
一只羔羊吃了它，
快点走开呀……

乌鸦先生在歌声中出现，高傲地昂着头颅，看到拿着乐章的是靳丞，冷哼一声，但还是开口道：“玩家G79081，宣布你的律令吧。”

靳丞微笑致意：“是，乌鸦先生。”

靳丞：“令：F区内所有玩家，不论来自何区，凡杀人者，以头顶红色数字光标区分。若杀人者被杀，双倍判罚。”

乌鸦先生：“可。”

一个念、一个判，在这一刻，靳丞好像跟乌鸦先生才是一伙的。周围的人都沉默听着，纵然怒不可遏、拳头紧握，也不敢放肆。

就在乌鸦先生的“可”字落地时，所有人的头顶几乎都弹出一个红色的虚拟光标。杀了几个人，就是数字几，清晰明了。

A 区的几乎没有一个低于三位数，就连靳丞自己的头顶都有。

靳丞：“令：F 区东十字街为安全区，在安全区内死亡，可得豁免。”

乌鸦先生：“可。”

靳丞：“令：任何携带有红色标记的非 F 区玩家不得进入安全区，一旦进入，即时入狱，以杀人多寡作为判罚裁定。”

这一次，乌鸦先生没有立刻回答。

它饶有兴致地扫过众人惊变的脸，怪笑起来：“真有意思，哈哈哈，伟大的乌鸦先生准了！”

“那我能再提一个吗？”

“闭嘴！”

伟大的乌鸦先生，今天也是说翻脸就翻脸。

叮！

检测到第十一号乐章，持有者 G79081。

律令在规定权限内，审核通过，即时生效。

下面进行全区播报。

系统的播报声中，《神灵、羔羊和乌鸦之歌》传遍全城。

有人茫然抬头，有人还思考不清这三条律令的意义。而东十字街的这批玩家，反应过来之后忍不住疯狂咒骂，骂到一半，却又被命运掐住了喉咙，一个接一个化作光点坐牢去。

尤其是冷缪，他刚来，就走了，气到仰倒。

眨眼间，整条黑石长街上，空无一人。

唐措靠在窗边打开人物面板，生命值上限剩下 4%，数字是不太吉利，但可喜可贺，怎么作都死不了了。

# VI
# 诗人之死

叮！

恭喜玩家开启隐藏任务——月隐之国，本任务为连环任务。

第一环：诗人之死。

当前参与人数：2，开启双人模式。

请玩家时刻查看任务面板，按照指引完成任务。

祝您生存愉快！

## 36

一切尘埃落定之后，靳丞在东十字街外的一个角落里找到了正在伪装蘑菇的闻晓铭。他问闻晓铭："你怎么不进去？"

闻晓铭指指头顶的红色数字："这不是进去就坐牢嘛！我可还是A区的，老大。"

十五分钟前，闻晓铭一出极限炸鱼运动，沿着东十字街外围把能炸进东十字街的都炸了进去，但自己是不敢进的。

靳丞有些惊奇："你个搞后勤的，哪来的人头分？"

闻晓铭噌的一下从地上蹿起来："我也是跟着你一路打上A区的，老大，你不要瞧不起我！"

靳丞摸摸鼻子，在闻晓铭幽怨的目光中，伸手道："疫苗呢？拿来了吗？"

"拿来了。"闻晓铭认命地叹口气，自己选的老大，跪着也要跟他打天下。他拿出了疫苗，又继续往外掏东西，碎碎念着："以后我都不能来东十字街看你了，老大，你要好好照顾自己啊。这些东西你先拿着，以后不够了我再来街口找你。"

瞧您这说的，好像坐牢的是我。

靳丞没好气地给了他一个栗暴，收起东西挥挥手，走得潇洒如风。闻晓铭捂着额头看着他的背影，唉声叹气，慈祥如父。

分发疫苗的事仍是交给池焰去办。闻晓铭带来的疫苗数量不多，但F区玩家普遍血薄，一个人用不了一整支疫苗，大家分分也够了。

靳丞护短，所以唐措拿到了一整支。

"有备无患吧，谁知道你哪天又对你的生命值下手了？"靳丞如是说。

唐措不予置评。他用了疫苗，又喝了一支治疗药剂，总算把生命值加满，但低血糖使他屈服，他必须休息。

靳丞虽说没有被感染，但为了做戏，还是受了不小的伤，也正需要好好休息。而街区的破坏需要等永夜城自我修复，两人回不去自己的房间，便干脆继续待在借用的那间屋子里。

池焰是个劳碌命。

他也不知道为什么两位大哥都去休息了，而他这个最弱的还要举着个喇叭沿街发疫苗：“走一走看一看啊，新鲜出炉的疫苗，有感染的朋友赶紧出来。一针疫苗，你打不了吃亏，你打不了上当。本次活动费用全免，先到先得，最终解释权归东十字街所有……”

在池焰深情的呼唤下，玩家们终于爹着胆子走出房门，陆陆续续地，街上有了点人气。东十字街渐趋平稳，但是F区外，第十一号乐章带来的风波才刚刚开始。

在重复出现的“我的天哪”“太狠了”和两者的结合体“我的天哪太狠了”中，靳丞这个名字，再次响彻永夜城，荣登玩家最不想惹第一名。

A区，全永夜城玩家最少的地方，此刻看着更少了。一栋栋少了人的别墅，诉说着一个个悲伤的故事。

苗七扛着他的炮，在各路玩家打量、探寻的目光中，大剌剌地走进某栋爬满蔷薇的院子。院子里，花架下，坐着一个正在看书的男人，三十二三岁的模样，穿着棉麻的纯白家居服，面容清俊，气质温雅。

“先生，你怎么又在看书？”苗七自顾自倒了杯水，有靠背椅不坐，偏拣了张小板凳。

“回来了？”林砚东抬头，合上书本，说，“还顺利吗？”

“我都没跟靳丞说上话，他那律令一出，我都进不去东十字街了。”

“也好。”

林砚东摩挲着烫金的封面，思虑片刻，道：“律令的范围比原先定下的三条律令范围要小，看来他又做了修改。十一号乐章的权限不够大，谨慎些也没错。接下去不论是A区还是F区，应该都会平静一段时间，你跟其他人趁这段时间多去下几次副本，好好攒点点数，别又花光了。”

苗七好奇地问：“先生，你跟靳丞算是结盟了吗？”

林砚东摇头：“不算，他只是借此试探我一下。”

苗七：“试探？”

林砚东微笑，拍拍他的头顶：“你以后会明白的。”

苗七撇撇嘴，他就讨厌这种聪明人打机锋的样子，搞得他好像很笨似的。随后林砚东又问了些东十字街的具体情况，苗七一一说了。

末了，他问：“靳丞到底想干吗？当救世主吗？”

林砚东微笑：“不是，这叫撬动命运的杠杆。”

中心区，山寨居酒屋挂上了打烊的牌子，屋里却还有两个人在喝酒。

红宝石酒馆的主人依旧一身骚气的紫色西装，摇晃着手中的小酒盅，说："就是你非要来这儿喝酒，我好好地留在F区看热闹，有什么不好？你看人老板娘都不搭理你。"

对面的人戴着顶黑色巫师帽，帽檐遮着眼睛，肤色苍白，笑起来阴恻恻的。他不说话，紫西装便无趣地继续喝酒。

后厨传来重重的剁肉声，间或伴有一声冷哼，似乎在表达老板娘对他们滞留于此的极度不满。

"你的那份乐章是几号？"

"五。"

"什么打算？"

"嘿嘿。"黑帽子轻轻一笑，却没说话。

如林砚东所料，接下来无论是A区还是F区，都迎来了短暂的太平。这两区太平了，其他几区自然都相安无事。

其中最为人津津乐道的还是B区赫赫有名的"欧皇"，编号F66666的余一一。他不只编号非常"欧"，本人的运气也非常"欧"。这次明明他也去了东十字街，可就是在律令颁布前一分钟离开了，幸运躲过一劫。

而迄今为止，被关进大牢的还没有一个被放出来。

东十字街，唐措也在问靳丞："判罚的标准到底是什么？"

靳丞惬意地窝在椅子里喝着茶，说："不知道。我只给出框架，具体怎么判、判多久，那是永夜城的事情。十一号乐章的权限还是太低了，我只能做出适当的让步，免得阴沟里翻船，白忙活一场。"

唐措遂不再多问。

靳丞道："准备下副本吧，闻晓铭刚才传来的消息，说戒指的修复已经有眉目了，他只需要再找一样材料。隐藏任务不需要去游戏大厅，没有不同区的玩家不能进同一个副本的限制，可以自由组队。到时候还是我们两个进去，等我们走了，就让池焰回E区找安宁。"

对于靳丞的安排，唐措没有什么意见。

一天后，闻晓铭果然送来了已经修复好的戒指。那是一枚造型古朴的铜戒，雕刻有夜莺和某种花的花纹，大小正好能戴在唐措的食指上。

靳丞瞧着那修长手指套上戒指，还挺好看，这样想着，对唐措伸出手，道："走吧。"

唐措眼神古怪："干什么？"

靳丞："抓着我啊，不然你要怎么把我带进副本？"

唐措："其实我可以一个人。"

靳丞蓦地笑了。

唐措面无表情，只想打人。

靳丞见他又臭着脸，终于不逗他了。

叮！

恭喜玩家开启隐藏任务——月隐之国，本任务为连环任务。

第一环：诗人之死。

当前参与人数：2，开启双人模式。

请玩家时刻查看任务面板，按照指引完成任务。

祝您生存愉快！

黑暗退去，唐措的眼前出现了一个陌生的城市。

玫瑰色的夕阳里，金黄的沙漠拥抱着断垣残壁，那硕大的红日恰好落在一处城墙的缺口上，把缺口处丛生的白色月季晕染出红晕，似黄昏时的美人，娇羞、婉约。

圆形的城市里，到处开着这样美丽的花，似神明遗忘在沙漠中的后花园，任黄沙侵蚀，花朵也顽强地开着，荒凉之中透着股别样的生命力。

也许是入目的场景太美，让唐措一时忘了自己身处何处。待回过神来，他才发现自己站在城市西侧一处高耸的塔楼里。

塔楼的最高处四面镂空，尖顶上挂着一个铜钟，铜钟上刻着半月形标志。半月形标志，月隐之国，这会有什么联系吗？

"这像是一座死城。"靳丞的声音从旁传来。

唐措径自打开任务面板查看。

月隐之国——

第一环：诗人之死。

主线：找到吟游诗人兰斯洛特。

支线：******

这隐藏任务跟普通的副本任务果然不一样，竟然还分了主线和支线，原本唐措听到"诗人之死"这四个字以为又是推理副本，但现在看来像是个探索副本。

唐措重新往城里看了一眼，确实没看到任何人影。他伸手摸了摸栏杆，没摸到多少灰尘，这城市看着破败，但并不像荒废已久的样子。

塔楼有旋转楼梯一直通到底楼，底楼的门没锁，推门出去，就是石砖铺成的街道。大概是城市不怎么大的缘故，这里的街道也不宽，大约只能容两辆马车并行通过。

这是一座典型的西幻风格的城市，说不清具体哪个年代的，墙体业已褪色，看不出本来面貌。

唯有到处开着的白色月季生机勃勃，可这儿看着也没有什么大的水源，不知是怎么长的。

“到处走走吧，或许会触发什么，反正这副本没有时间限制，我们也不急着出去。”靳丞今天又换回了他的皮夹克和机车靴，自由、散漫。

唐措也正是这个打算，两人沿着街道走走停停，看到了很多小商店。商店的门窗大多开着，不用进去就能看到里面的情景：面包店、小酒馆、铁匠铺、书店，大多是些常见的地方，而走过这些，前方突然出现一家魔法屋。

唐措停下脚步，毫不犹豫地拐了进去。

这家店不大，左侧是个柜台，柜台后有一整面墙的置物架，上头摆满了各类药剂瓶和卷轴，还有些稀奇古怪的不知道什么作用的小东西。

右侧是张小桌子，小桌子上摆着一个水晶球，其余三面墙上则挂满了属于魔法师的小物件，譬如巫师帽、斗篷、魔杖，等等。

靳丞随手把一根魔杖拿下来，放在手里把玩着，说：“看来这是个魔法与剑的世界，你想当个魔法师，还是骑士？”

唐措反问：“魔法跟异能有什么区别？”

靳丞道：“其实本质没有什么区别，不论是魔法、异能还是武功内力，能量来源都是永夜城，是一样的，区别只在于它们的表现形式。譬如火系的魔法和火系的异能，其实看起来差不多。”

唐措明白了，不过这些先不去管它，能拿到手的才是真的。

唐措二话不说绕过柜台拿起了置物架上的药剂瓶，试了试，发现不能收进装备栏。他的心情顿时不怎么美丽，靳丞便笑说：“这么多呢，要是真能带走，永夜城不得破产？”

唐措：“不能带走，至少可以用。”

置物架上的药剂，除了普通的疗伤药剂，还有安眠药剂、解毒药剂、迷幻剂等不同种类，瓶身上都有标签，且都是中文。

永夜城难得有这么贴心的时刻，无奈的是唐措的口袋不够大，装不了多少东西。他便拣着实用的拿了几瓶，其余的可以以后再取。

靳丞热衷于研究水晶球，又在店里找了半天，没发现什么药剂配方或魔法咒语似的东西，颇为遗憾。

置物架上的卷轴看着倒是像，可他们打不开，怕弄坏了，所以只能搁置。

“这么一家店竟然没触发任务，不科学。”靳丞道。

“这里没有科学，这是魔法。”唐措吐槽他。

两人一边说着，一边走进下一家店，没承想刚走进店门，就听熟悉的“叮”的一声，任务来了。

触发支线任务——塞西莉亚的面包店。

异乡的旅行者啊，欢迎来到月隐之国。一年一度的花朝节又要到了，美丽的塞西莉亚要去时光之井取水，暂时无法看顾她的店铺。请你们帮助她将客人订购的面包送达，她将不胜感激。

闻言，唐措看向店内，靠窗的货架上摆着一层层香喷喷的面包。柜台上放着三个竹编的篮子，篮子里盖着蓝色的碎花布，往里一些是烤面包的地方，炉火还烧着，阵阵香味从里面飘出来。

唐措打开任务面板。

月隐之国——

第一环：诗人之死。

主线：找到吟游诗人兰斯洛特。

支线：塞西莉亚的面包店。

将竹篮中的面包分别送往客人处（0/3）。

真是简单明了，靳丞发誓他进永夜城以来从没碰见过比这还简单的任务。送面包，简称“送外卖”，又称“跑腿”。

靳丞：“这座城里真的有人吗？”

唐措拿起各个竹篮里贴心留着的小字条，上头记录着每位客人的名字和地址——小杰克、安娜大婶、吉伯特先生。

“去看看就知道了。”他道。

## 37

唐措和靳丞作为异乡人，人生地不熟的，在城里转了许久才找到第一位顾客“小杰克”的住所——贝壳街 27 号。

那是一间很小的屋子，门口用豆腐块大的铜牌刻着门牌号，如果不是唐措眼尖，可能还看不到。

屋子里依旧没有人，可就在唐措提着竹篮进屋的那一刻，耳边又想起“叮”的声音。他打开任务面板一看，支线任务进度已显示为——1/3。

靳丞：“看来这个任务真的很简单。”

唐措在屋里唯一的桌子上放下竹篮，不太信这个邪。靳丞其实也不信，目光扫过床头摆着的一个相框。相片上是一对母子，都穿着最普通的麻布衣服，妈妈系着围裙，儿子斜挎着一个小布包，一头红棕色的鬈发，鼻梁两侧长着许多小雀斑，笑得很开心。

这大约就是小杰克了。

小杰克可能有一个音乐梦想。

唐措从床下的木箱里找到一把小竖琴，小竖琴已经很旧很旧了，但被保养得很好，甚至连装竖琴的箱子都被擦得纤尘不染。

小竖琴下面还压着一份曲谱，边角已经泛黄，字迹也开始模糊，想来年代久远。唐措看不懂谱子，但他认出了曲谱作者的名字——兰斯洛特。

“全大陆最受欢迎的吟游诗人兰斯洛特。”

“所以这小杰克是兰斯洛特的迷弟？”靳丞说着，递给唐措一份报纸，“你看这个。”

报纸的头版头条在讲一个叫青藤同盟的组织——

《凯瑟琳夫人接受青藤同盟授勋，成为青藤同盟第十三位仲裁者》

近日，青藤同盟波波罗岛总部颁布消息，正式授予凯瑟琳夫人仲裁者之位，代号“生命秩序”，以表彰她一直以来为青藤同盟以及整个西西里特大陆做出的巨大贡献。

“监察者”罗杰里德阁下表示，青藤同盟将继续追踪玫瑰教派的消息……

据悉，兰斯洛特先生已将七月义演的所有收入全部捐赠给七月玫瑰事件受害者，赞美永远善良而正直的兰斯洛特先生……

报纸叫《渡鸟日报》，日期为西西里特大陆历 1228 年 7 月 30 日。

唐措翻看过其他内容，除了知道一些地名，并没有其他值得留意的地方，问：“今天是几号？”

靳丞：“9 月 1 号。”

小杰克有记日期的习惯，他自己画的日期格子，每过一天就画个叉。9月1号还没有画叉，还用红笔圈出来，旁边写着：花朝节。

除此之外，屋子里没有其他有用的信息，唐措和靳丞便不再停留，往下一家去。

安娜大婶住在两条街外，居住条件比小杰克好一些，但她的屋子显得更拥挤，角落里堆着很多需要浆洗的衣服。男女老少的都有，大多是粗麻的，也有些棉布的——这可能是她的工作——门口就有那么一堆浆洗到一半的衣服。

房间里虽然拥挤，但所有东西都归置得井井有条，叫人一眼就知道什么东西应该放在什么地方。

唐措找了一圈，一无所获，最终把目光对准了那堆衣服。可他刚想伸手，靳丞就递过来一根魔杖，这是他从魔法屋里顺来的。

靳丞在某些时刻，会突然得一种叫“洁癖”的病。

唐措面无表情地接过魔杖，把它当棍子在衣服堆里翻，翻着翻着，还真被他翻出点东西来，“咚”的一声，一枚徽章从某件衣服里掉出来。

靳丞将之捡起，看了看，说：“银月标志，可能是家族纹章，也可能是什么信物。我看月隐之国多半就只有这么一座小城，这就是皇室或城主的章。而且你发现没有，我们一路走来，除了白色月季没看到第二种花，这些月季看着还都是相连的。”

从生的月季，遍布城市的各个角落。它们开在面包店的橱窗上，开在小杰克的房檐上，缠绕着塔楼，甚至填补了城墙的空缺。那长满尖刺的藤蔓绕啊绕的，很难让人分清它们的来处，但毫无疑问——它们的根不在这里。

这整个月隐之国都用大块大块的石砖铺就，几乎没看到泥土路，月季总不会从砖里长出来。

“你的意思是，月季跟这座城里的古怪有关？”唐措问。

“多半是。”靳丞说着，摘了一朵从洞开的窗子里探进来的月季，微微挑眉，“我只是好奇为什么是月季，而不是玫瑰。”

“玫瑰？”

“你没看过王尔德的《夜莺与玫瑰》吗？你手上的戒指就叫夜莺。”

唐措：“我是个文盲，谢谢。”

唐措不爱读童话，那是悲惨世界里的乌托邦，太假。但他也不爱看《悲惨世界》，太惨。总而言之，他就是不爱读书。

靳丞的文艺细胞则像他的洁癖一样，随机生长。

十分钟后，两人到了最后一个客人吉伯特先生的住所。

吉伯特先生家底丰厚，住着双层的独栋小楼，楼下甚至还停着一辆马车。马车没有马，车厢的门开着，里头堆放着各式各样的东西，吃的、用的、玩的，甚至还有一摞信。

马车外边也还有一筐东西，旁边搁着一个脚凳。看样子，像是谁正在往马车上搬东西，东西没搬完，人就不见了。

唐措先看信。

这些大多是家书，有求学在外的游子写给父母的，有远游的冒险者写给心爱姑娘的，有琐碎小事，也有冒险趣闻，辛酸、思念、爱慕，都在信里。

翻着翻着，唐措看到了安娜大婶的信，信是他的儿子写的。

母亲，又是一年春天到了，不知您是否身体安好。

法兰虽然是个小公国，但这里很美。母亲，您上次担忧我无法习惯这里寒冷的气候和法兰人与生俱来的傲慢，但这里的春天开满鲜花。只要是生活在开着鲜花的地方，总不会太难过的。

我找了一份计时的工作，在一家钟表店帮人维修旧钟表。老板是位很和善的先生，时常将家中多余的面包分给我，所以您真的不必担心我，也不必再为了我的学费而让自己过度操劳。

去年年底我还有幸见到了兰斯洛特先生，他还是那么温柔、善良，他的音乐也越发地美妙。他同我问起了家乡的事情，还鼓励我勤勉向上，我真开心，母亲，他还记得我。

赞美银月。

想念您，我的母亲。

待我明年学成归来，定为您带一朵最美的花。

您最爱的儿子路易斯

合上信，唐措压下微微泛起波澜的心绪，打开了下一封。

这封信的收件人又是个熟人，开面包店的塞西莉亚。

亲爱的塞西莉亚：

很抱歉这么久才给你回信，你知道的，月隐之国与百花王国之间山高路远，我很难将第一手消息传给你。

关于你拜托我的事情，我只能怀抱最大的遗憾告诉你：兰斯洛特先生暂时没有回来的打算，他刚刚接受了青藤同盟的邀请，打算去波波罗岛在凯瑟琳夫人的授勋仪式上演奏他的新作《小夜曲》。

亲爱的塞西莉亚，或许我不该这么说，但你该用你那双美丽的如星辰般的眼睛看一看别的男子，他们是如此爱恋着你，愿意为你付出一切。

你的塞恩大叔

靳丞也看了信，打趣道："看来这位美丽的塞西莉亚还是兰斯洛特先生的暗恋者。"

唐措却开始在意第二次出现的波波罗岛和青藤同盟，报纸的日期是7月30日，今天的日期是9月1日，短短一个月的时间，兰斯洛特从百花王国去往波波罗岛，遇到了什么事情？

"诗人之死"，他真的死了吗？

月隐之国的异象又跟他有什么关系？

如今看来，月隐之国无疑是兰斯洛特的故乡，这里处处都有他存在的痕迹。而家底丰厚的吉伯特先生看来是个行脚商人，往返于月隐之国和其他地方之间，为这里的人带来货物和信件。

马车里的东西，带有不同的标志，唐措根据信的内容分辨出一些，譬如来自百花王国的干花书签、精灵之森的玉石，等等。

唐措把装有面包的竹篮放进吉伯特先生的屋里，"叮"的一声，支线任务顺利完成，同时还有系统播报响起——

恭喜玩家完成支线任务——塞西莉亚的面包店。

获得奖励：一把黄铜钥匙。

唐措打开系统面板，果然看到了奖励的东西。他随即看向靳丞，靳丞对他耸耸肩，看来这奖励只落在了戒指持有者唐措身上。

此时两人已经离开城西到了城南，又转道往城中心走。唐措在塔楼眺望时，看到城中心有一座爬满月季的小宫殿，兰斯洛特极有可能就在那儿。

到了地方，两人却有点傻眼。

宫殿不大，没有围墙，但层层叠叠的藤蔓缠绕着宫殿，花团锦簇，把所有的门窗都堵住了。而且那藤蔓上到处是尖刺，根本没有下手的地方。

靳丞抱着试一试的心态，取出机械弓对准大门射了一箭。

"嗖！"金属箭刺破藤蔓，擦伤了一朵月季。而就在那花瓣被破开之时，所有的藤蔓像是活了过来，疯狂地对着金属箭拥去，将它牢牢拖住。

唐措眼尖，看到被破开的花瓣上流下了殷红的血。

“咔嚓。”金属箭被藤蔓折成两截，仿佛脆弱不堪。

“走！”靳丞当机立断，拉着唐措就往回跑，速度极快。唐措比他慢了半秒，但也跑得头都不回。

太可怕了。

整个宫殿的月季都活了，成百上千条荆棘藤蔓像鞭子似的甩过来，一鞭下去，哪怕不死都要脱层皮。唯一庆幸的是其他地方的月季都没动，否则此局无解。

“啪！”几根藤蔓齐齐打来，唐措飞快越过屋顶，却还是被打中衣摆，“刺啦”一声，衣摆瞬间被撕裂。

靳丞及时替他挡了一下，两人飞速逃离，终于在跑出宫殿千米范围时，逃出生天。

藤蔓缩了回去，纯白的花再次拥抱着宫殿，静悄悄的，像呵护着沉睡的爱人。

唐措稍稍喘口气，也不去管破了的衣摆，先打量四周。他们原先在城西，这会儿跑到了城南，城南的格局跟城西差不多，往前看，那儿似乎有个小广场。

此时太阳终于要落进金黄的沙海里，天色昏暗，月亮在远方冒了个尖儿。

“宫殿暂时去不了，连我的箭都拿它们没办法，恐怕还需要找到别的什么通关物品。”靳丞深谙副本套路，说着，目光扫过唐措手指上的铜戒，说，“我怎么觉得你的戒指上还差点什么。”

唐措抬起手：“什么？”

靳丞：“譬如一颗宝石。”

唐措仔细看了看，那雕刻着花纹的地方倒真有点像空着什么，不过真有什么宝石的话，也是很小一粒，去哪里找？

他又不禁看向月亮，戒指上镌刻的技能叫“月光潮汐”，不知道与真正的月光有什么关系。永夜城里没有月亮，如果要验证的话，也只有在副本里了。

或许用月光潮汐轰开宫殿大门？

不，这样做危险系数太大了。

唐措暂时放弃了这个念头，两人沿着街道继续前行，走到了小广场。

小广场真的很小，长不过十米，但这广场上竖着一座铜像——一个怀抱小竖琴、盘腿坐在地上、闭目唱歌的年轻男人。

唐措很少看到雕像是坐在地上的，男人穿着衬衫、马甲配长靴，腰间挂着匕首，头戴一顶侧面帽檐卷起的费多拉帽，帽子上簪着形状漂亮的羽毛，头发卡在耳后，露出一张英俊侧脸。

他是笑着的，脚边蹲着一只白鸽，身前堆满鲜花——当然，这些也都是铜做的。

靳丞在铜像前蹲下，看到了他右手上戴的戒指。雕像把戒指还原得很好，而在这枚戒指上，花纹处果然有一颗很小的宝石。

除了这个，雕像的心口还有个钥匙孔，唐措用塞西莉亚的钥匙试了，但匹配不上。

靳丞的关注点却不在这些，因为忽然想起了一些陈年旧账：“爱尔兰小竖琴，我记得你刚入营那次篝火晚会我就弹了这个，所有人都给教官捧场，就你不在，你去哪儿了？”

唐措不想说自己其实听到了，只是坐在角落里，靳丞没看见。其他的教官最多吹个口琴，就靳丞抱个竖琴独领风骚，一点不给别人出风头的机会。

“上厕所。”

“啧。”

如果说靳丞对这个学生有哪里不满意，就是他没有一点艺术细胞，大煞风景。

唐措不想多聊这个话题，转而道：“时光之井。”

靳丞会意：“时光魔法？”

唐措：“支线任务里说，今天是花朝节，所以塞西莉亚要去时光之井取水。这个月隐之国的时间像是停滞了，永远停在花朝节这一天，而且留下来的都是死物。”

靳丞：“除了那些诡异的月季花。”

整座城里，或者说整个国度里，除了月季花，一个活物都没有，甚至没有树。

花必得扎根于泥土中，必得有水源滋养，如果月季花由那时光之井里的水浇灌长大，时光之井蕴含时光魔法的话，一切倒可以解释得通。

问题是——这口时光之井在哪里？

## 38

唐措和靳丞继续在城里瞎转悠，陆续又接到了几个支线任务，譬如“托克先生的小玩具”“玛丽的烦恼”，等等。

这些小任务都没什么难度，但任务内容与“塞西莉亚的面包店”一样，彼此之间都有着细微的联系，为唐措和靳丞逐渐描绘出一幅属于月隐之国的生活画卷。

这是一个没有其他花也没有树的地方，沙漠里建了一座小小的石头城，与大陆的其他地方都相距甚远。就连最富有经验的行脚商人，都要走很久很久，才能抵达离他们最近的法兰公国，更不要说在大陆的最南端，那个四季如春的百花王国。

靳丞拿着点火器，一路走一路将沿街的油灯点亮。这些灯罩着彩色的镂空琉璃罩子，据说这种琉璃只在大陆北面最繁华的小风车海港才有得卖。

月隐之国的上一任国王耗费了很多心思才将这些灯罩运回来，他将这些灯罩装在街边，同他的国民说："灯亮起来的时候，五彩的琉璃像花一样盛放，我的国民便不必再整日看着风沙了。"

此时他们正在做的任务，叫作"比利的花"。

比利是个独居的盲人，入夜后从不出门，但依旧希望门前的长街上能每晚都亮起灯火。长街共有九十九盏灯，两人做完任务，拿到了一盏可以提在手里的琉璃灯作为奖励。

这些任务里的奖励物品也是互相关联的，譬如这个任务的奖励物品可以用在别的任务里，只看你想不想得到。

虽然完成了任务，可靳丞还是不停地在点灯。他突发奇想，说想看看全城都亮着灯的样子。唐措随他去，他虽然不解风情，可对于美的事物还是有基本的欣赏能力的。

像这样走在神秘国度的长街上，一路点灯一路探寻，一点点将碎片拼成一个完整的故事，感觉挺不错。

这也是他进入永夜城以来，心里最平静的时刻。

"瞧这儿。"靳丞的语气忽然带上了一丝兴味。点燃的灯照亮了夹在两栋建筑之间的一扇绿色小门，他念出门上钉着的铜牌上的字："波波罗岛青藤同盟驻月隐之国办事处。"

月夜之下，这绿色小门真的不起眼。办事处也像开在巷子里，小得可怜。门锁着推不开，靳丞仔细看了眼锁孔，转头问："塞西莉亚的钥匙呢？"

唐措也早想到了，钥匙已经拿在手上。他上前一步将钥匙插入，旋转，"咔嗒"一声，门开了。

屋里没有灯，这么狭窄的地方，自然也没有窗能让月光透进来。唐措便拿出琉璃灯，点亮了带进去。

办事处虽小，但五脏俱全。正对着门口就是一个接待处，右侧挂着块黑板，贴着许多告示和字条。黑板下面是一个书报架，靳丞从上面拿下一份报纸——正是《渡鸟日报》。

"看来小杰克的报纸就是从这儿来的。"靳丞道。毕竟他们走了那么多地方，也没看到哪里有报纸卖。

"最新的报纸也是7月30日？"唐措问。

靳丞快速翻看，而后给出了肯定的答案。这儿除了7月30日的报纸，还有往前整整一周的，往后就没有了。根据已有线索来看，应该是路途遥远，运输不便，所以月隐之国的整体消息要比大陆其他地方晚一个月。这样想着，靳丞干脆把报纸都拿了下来，绕到柜台后的椅子上坐下来慢慢看。

唐措见他拿了报纸，便开始研究黑板，两人分工明确。

黑板上基本都是关于青藤同盟的内容，而唐措也是在看过之后才知道，青藤同盟是一个赏金猎人组织。这个组织的总部波波罗岛跟小风车海港相隔着一个黑加仑海峡，而它的办事处则遍布大陆各地。

简而言之，这是一个存在不超过百年，但实力非常雄厚、能让各国皇室都礼遇有加的组织。

这有点像唐措认知中的冒险者公会，只不过把冒险者改成了赏金猎人。而这些赏金猎人在加入组织后，也必须维护青藤同盟创立的初衷——消除一切邪恶。

“邪恶”又指什么？

唐措想起报纸上说过的“七月玫瑰事件”——玫瑰教派。这样想着，唐措加快了浏览速度，果然在一行行小字里找到了它的痕迹。

> 上月，据“监察者”罗杰里德阁下汇报，玫瑰教派在法兰公国活动加剧……

法兰公国？这不是距离月隐之国最近的地方吗？“监察者”罗杰里德，在七月玫瑰那件事的报道中也出现过，应该是青藤同盟的高层了。

唐措找东西，惯不会放过任何一个角落，这黑板上的纸张又贴得层层叠叠的，所以他看一张便取下一张，直到——黑板上露出一个标志——金色倒五芒星，中间是一朵盛开的红玫瑰。

玫瑰教派。

可玫瑰教派的标志为什么会出现在青藤同盟的办事处里？难道说他们的势力已经蔓延到这里了？

唐措的目光不由得看向门外，9 月 1 日，花朝节，应该正是人潮涌动的时候。再加上之前提到的法兰公国的消息，故事的轮廓似乎已经清晰。

“你那里有什么收获？”唐措回头问。

“没有。”靳丞耸耸肩，“那一周里除了七月玫瑰似乎没什么值得报道的大事，不过有很多花边新闻，你要听吗？”

唐措当然不要听。

靳丞非要讲给他听：“兰斯洛特有个好朋友叫西奥多，百花王国的世袭公爵，是位正直、勇敢又英俊的骑士先生……”

唐措：“……”你真的烦得很。

不过他也见好就收，说："你找到什么了？"

唐措便把玫瑰教派的事情说了一下。

靳丞走上前去看："玫瑰教派、时光之井、花朝节、活过来的月季、死去的城市，似乎都能关联上了，问题还是时光之井的位置。以我俩的运气，我猜它也许会在那座宫殿里。"

唐措："你也可以不要这么乌鸦嘴。"

靳丞耸耸肩，他也不是故意的，主要乌鸦先生就是只乌鸦，老是诅咒靳丞。

两人遂又离开办事处，决定去找找有没有图书馆，图书馆里或许会有月隐之国的平面图，能够确定时光之井的具体位置。

一个小时后，两人没找到图书馆，却找到了一所学校，刚踏进校门，"叮"的一声，新的系统播报又来了。

触发支线任务——伊芙的书签。

小伊芙是个粗心大意的孩子，但也是个乖巧懂事的好孩子，哪怕再伤心难过，也只会偷偷躲在角落里独自哭泣。

异乡的旅行者啊，请帮她找到丢失的书签，让这个可怜的孩子能够安心上课。

靳丞先去点灯，顺带吐槽："这隐藏副本到处充满了人文关怀，不是永夜城出 Bug（漏洞）了，就是想让我们放松警惕，然后用月季把我们捆起来，丢进时光之井淹死。"

你可闭嘴吧。

唐措扭头就走，不想理他。他的目的地很明确，就是音乐教室。这个副本里所有的支线任务几乎都与兰斯洛特有着千丝万缕的关联，书签所在的地方可能也与他有关。

可这学校太小，没有专门的音乐教室，而唐措走着走着，竟看到了遍寻不到的图书室。

——对了，城里可能没有专门的图书馆，可学校里一定会有图书室。

"吱呀。"唐措推门进去。

屋里没有灯，但月光很亮，他便没有点灯，随手从书架上抽出一本硬壳书，借着月光看清书上的字——《西西里特大陆植物百科全书》。

翻开书本，书里不光有详细的注解，还给每种植物都配了插图，中间夹着一张借书卡，上面用不同的字体写着借阅人的名字。

唐措没看到熟悉的名字，暂时将书放下，又换了另外一本。

《莉莉安游记》，仍然有着万分详尽的内容，文风生动有趣，配着可爱风格的手绘插图，一点点地描绘着主角莉莉安在大陆上的见闻。

《精灵的十四行诗》《湖上秘闻》《西西里特童话》，等等，每一本书都言之有物，好像这个世界上真的存在一个历史悠久的西西里特大陆。

唐措甚至还找到一本《魔法通则》。

“我想我们碰上一个史诗级大副本了。”靳丞的声音从身后传来。

“怎么说？”唐措回头。

“你不觉得这个世界的设定太详尽了吗？人文、地理，包括这些书，还有数不清的细节设定，如果只为了让我们找到兰斯洛特的尸体，太浪费了。”

“这才只是第一环。”

唐措有近乎变态的直觉，这个第一环只是故事的开端而已，真正的冒险还在后面。他不禁又低头看向手里的书，这本《魔法通则》相当于魔法入门指导书，先从基础冥想法开始，再介绍简单的入门咒语；比较艰深的魔法阵被一笔带过，魔药则是另外的分支。

成为一个魔法师？

唐措想起了冷缪，A 区赫赫有名的大魔法师，还擅长空间系魔法，能够以最快速度从 A 区抵达 F 区。

这时，靳丞又道：“想听听教官的意见吗？”

唐措回头，看到他抱臂靠在书架上，依旧没个正形。可唐措知道他很可靠，于是诚实地点头。

靳丞嘴角微弯：“初期点数不多，最好专攻一个方向。相较于远程职业，你更适合近战，不过技多不压身，魔法这个东西也可以学一学。不用多，挑几个适合自己的施术要求不高的魔法，辅助作战。”

唐措也是这个想法，先前犹豫，只是因为魔法的道路已近在眼前，而选择近战的话，还不知道有没有这个机缘。

K27216，毕竟是个喜欢使刀的猛士。

“永夜城的战斗路数，无论是什么方向，战士还是法师，大体分为两种成长途径——自学成才和填鸭教育。”

霸道教官上线，月光下，靳丞的眼神里透出几丝认真和威严，就连脸部线条似乎都刚硬起来。

“自学成才就是像你现在这样，自己在副本中找到门路，去探寻成为魔法师的可能性。你也许会成功，也许会失败，天赋、努力、运气缺一不可。

“填鸭教育更简单，任务通关，系统奖励，无须钻研，包学包会。你应该也拿到过。”

唐措想起了技能栏中的“火球术”和“空中漫步”，这两个技能无须练习，学会了就是学会了，直接用出来就是。

“高手和普通玩家的区别？”他问。

“不一定。”靳丞却摇头，“永夜城有无限的可能性。越困难的副本，通关时就越有可能会奖励高级别技能。但你要记住，能活到最后的真正的高手，一定是自学成才，因为他们够稳。”

靳丞虽是个好剑走偏锋的人，但作为他曾经的学生，唐措却知道他有多强调稳扎稳打。只有基础够强，才有剑走偏锋的实力。

“选择自学成才的人，不一定有结果，但有努力的过程。哪怕最后不成功，他的整体素质在这个过程里也得到了提升，永夜城对他生存能力的评估自然会有所提升。当然，这条路需要机遇，不是每个人都能在副本里找到入门的途径。这种时候，只能先退而求其次。”

“生存即正义。”唐措又想起了这句话，在这个拥有无限可能的永夜城里，哪怕最差的玩家也有活下来的机会。就像靳丞说的，天赋、努力、运气，都至关重要。

“再说看起来比较相似的魔法和异能，这两者孰优孰劣，很难有标准的判定。魔法需要咒语，需要法杖，异能却不用。但异能者不能选择自己的属性，觉醒成哪个系就是哪个系，魔法师则更灵活。虽然大多数魔法师专精一系，会让自己在这一系上变得更强，但别系的魔法也不是不能用。”靳丞道。

“永夜城里的异能者好像比魔法师多很多？”唐措问。

“那是因为关于魔法的副本少，而且它上手更难。你在永夜城待久了就知道，异能多如狗，枪手遍地走。”说着，靳丞的语气又带上了一丝调笑。

“那你呢？”

“弓箭算是武学的一种，不过我也修了一个异能，你应该也猜到了——声波。”

靳丞以弓弦奏琴音，声波震荡，真正的无差别范围攻击。唐措挺爱他这一招，但他没什么音乐细胞，想想还是算了。

“按照一般的设定，正统的骑士教育都被贵族垄断，这种小学校里恐怕不会有。趁现在没有人打扰，你先学魔法，我去找书签。”

霸道教官再次给唐措安排得明明白白，唐措懒，也乐于被安排，拿着书就找了个洒满月光的角落盘腿坐下，尝试冥想。

靳丞继续翻书。

这个副本里的支线任务都很简单，或许书签就夹在书里。图书室不大，一共六排大书架，全部快速翻一遍也不是什么难事，顺便再找一找地图。

时间一分一秒地过去，两人互不打扰，只有唰唰的翻书声静静流淌。

# 39

魔法是一门说难不难、说简单也不简单的学科，唐措闭上眼，按照书上教的“月光冥想法”成功感知到环绕在天地间的魔法元素。

与异能者的自然觉醒不同，魔法师讲究元素亲和度。魔法分那么多系，什么系的跟法师本人亲和度更高，就更容易被吸收，该系的咒语也会释放得更快。

唐措感知了一下，发现周围的魔法元素都挺高冷。如果魔法元素有表情，那它们的表情跟唐措的表情应该如出一辙，那就是——没有表情。

魔法元素被吸收入体内，就化作魔力。

十分钟后，唐措感知着自己体内数量几乎持平的各系元素，继续面无表情。他的加点都加在武力值那一项，智力为零，就算有原先的基础打底，能够储存的魔力也不多，均分下来，每个系的够不够施展一个魔法都未知。

这一步完成，还有咒语。

咒语生涩拗口，简单的入门级咒语句子很短，只几个音节，可唐措刚刚张嘴，体内的魔力就开始翻涌，脑海中传来点点刺痛。

他面色不变，又尝试了几次，断断续续地把一个火球术的咒语念完。

话音落下，他的身前出现一个小火球，跳跃着晃动了几下，“啵”的一声出现，又“啵”的一声消失。

唐措面无表情，低头看向手中的法杖。

这法杖是靳丞在魔法屋里顺的那根，胡桃木的。他的火球这么快就消失了，一定是法杖太差的缘故。

于是又凝了一个火球，这次他看清楚了，他的魔法元素表现得一点都不积极，消极懒散，即刻罢工。

靳丞听到声音，从书里抬起头来，恰好跟他四目相对。唐措静静地看着他，倒要看看这位教官又能说出什么话来。

靳丞说：“你这个火球，挺亮的。”

唐措：“……”

等到靳丞终于弄明白了唐措存在的问题，也没多话，只道：“你确实适合近战。”

唐措眯起眼：“你是不是在心里笑？”

靳丞：“污蔑教官你知道是什么罪吗？”

唐措：“永夜城没有这个罪。”

啧，小浑蛋越来越不好糊弄了。

靳丞合上书，说："你以前没看过玄幻小说吗？男主角就跟你这样，全系法师，不能专精。所有人都认为他是废柴，嘲笑他，辱骂他，结果人家热血逆袭，从此走上人生巅峰。"

唐措："……"

靳丞没有说，永夜城针对这些全系法师、全系异能者，还流传着这样一句话——一顿操作猛如虎，近看全部是纸糊。

唐措信他那套走上人生巅峰的鬼话才有鬼，但本来就没打算当一个魔法师，便也谈不上失望。"你找到书签了吗？"他问。

"还没有，不过我从很多借阅卡上都看到了兰斯洛特的名字。"靳丞抽出其中一张，双指夹着扔给唐措。

唐措接住，扫过上面的名字，又翻到背面，发现了一行字。

等我长大了，一定要找到这个世界上最漂亮的一朵花，把它带回月隐之国。

这个笔迹跟兰斯洛特的签名一模一样，年代看着也比较久远，应当是他在这里上学时写下的。

吟游诗人兰斯洛特的愿望，最终实现了吗？

唐措不禁望向窗外，白色的月季在月光下盛放。

兰斯洛特在借阅卡上的留言暂且还不能确定有没有用，靳丞又飞快地把剩下的书翻了一遍，终于找到了伊芙的书签。它夹在一本游记里，书签上也写着字。

想要当一个伟大的冒险家，就一定要勇敢啊，伊芙。

排列并不整齐的小字，字迹也歪歪扭扭，还有错别字。这像是伊芙写给自己的，也可能是她藏在心底的话，不曾给别人说过。

生于沙漠之中的孩子，向往着宽广的大陆，想要做一个冒险家，正是因为这样，书签才会夹在一本游记里吧。

而在靳丞找书签的时候，唐措也把书上剩下的几条入门级咒语学了，分别是光照、水球、风刃、闪电和地动术，其余几系的魔法看起来都不大适合初学者，也不太实用，唐措便先放下。

令人遗憾的是，他们还是没有找到月隐之国的地图，无法确认时光之井的位置。

离开学校，两人走着走着，发现自己又走回了城西的塔楼。此时是凌晨一两点，月亮正高悬在天上，靳丞把塔楼前的灯点燃，便又信步走了上去。

城西塔楼是月隐之国的最高处，这里拥有整个月隐之国最好的视野。

清冷月光下，天地都安静下来，茫茫黄沙彻底变成了一片海。海中的孤岛上开着无数纯白的花，花中点缀着星星点点的萤火。

这些萤火并不都是暖白色的，有着彩色琉璃那样梦幻的色彩，同徐徐的晚风一块儿，交织着一场五光十色的梦。

在这样美丽的风景前，饶是靳丞都变成了一个纯粹的优雅的观赏者。他提着那盏任务奖励的琉璃灯，灵活地爬上了塔楼的顶端，站在倾斜的瓦片上，单手抱着高高的塔尖举目远眺。

“你看，所有的灯都亮起来，就是一朵花。”他说着，声音被晚风吹得悠扬悦耳，带着一丝愉悦和满足。

无论身处什么样的环境，他总能找到点闲情逸致，譬如点亮全城的灯火。

月隐之国的城市是圆形的，它的街道也并非直来直去，而是有一定的弧度。白日时还不太明显，现在沿街的灯都亮了起来，就会发现这些街道连接在一块，就是一朵盛放的花的样子。

盲人比利的任务里说，上一任的国王告诉他的国民：“灯亮起来的时候，五彩的琉璃像花一样盛放，我的国民便不必再整日看着风沙了。”

果真是这样。

“砰！”忽然，头顶传来声响。唐措抬头去看，便瞧见一道流光升上夜空，划过那弯弯的月钩，在漫天繁星的夜幕中，绽开一朵烟花。

唐措微怔，随后问：“花朝节的烟花？”

支线任务“托克先生的小玩具”，他的玩具箱里放了很多稀奇古怪的哄小孩子开心的玩具，也有为花朝节准备的各色烟花。

靳丞又点燃一根烟花棒，说：“今天既然是花朝节，不放烟花太可惜了。”

唐措不予置评。虽说种种迹象表明，城里的时间停在了花朝节当天，可不代表今天就是花朝节。他们两个异乡的旅人闯入这里时，说不定距离那一个花朝节已经过了数百年。但唐措也不总是那么煞风景的，所以什么都没说，只静静看着。

他想起那一个个支线任务。

暗恋着兰斯洛特的美丽的塞西莉亚，辛苦做着浆洗工作送儿子求学的安娜大婶，仍然向往光明的盲人比利，心怀梦想的伊芙和小杰克，等等。虽然没有看见他们的人，可这里到处都是他们存在过的痕迹。

月隐之国里，究竟还隐藏着多少像这样的支线任务？

“你不上来吗？”靳丞从上面探出头来。

“我为什么要上去？”唐措道。

“还有两根烟花，你不来放一下吗？说不定这就是触发任务的关键。”

“哦。”我信你个鬼。唐措不信，但过了几分钟，还是爬上了塔顶，跟靳丞并肩坐在上面，放起了烟花。靳丞把那盏琉璃灯挂在了塔尖上，随着晚风轻轻晃着，光影便随之摇摆，迷离梦幻。

头顶是漂亮的烟花，身边是朦胧的灯影，唐措沉默着，余光瞥见靳丞的侧脸，不是很明白他这么会，为什么一把年纪了还是单身。

靳丞来到这里的时候，三十二岁。

唐措在队伍里的时候，常听别人说谁谁谁暗恋教官，哪个长官又想给他做媒。靳丞出身好，学历高，长得又好，前途一片光明，唐措便也觉得他总有一天会跟一个同样优秀的人结婚。

谁承想这人忽然就失踪了，三十二岁，什么都没有留下。

“我记得见面那天我就说过。”靳丞支着下巴偏过头来，笑说，“你这么看我，容易让我产生一些庸俗的联想。”

闭嘴吧，骚死你得了。

唐措决定要治一治他，于是沉默数秒，忽然说：“我是故意看你。”

靳丞挑眉，是真的始料未及，以至于愣在那儿，孰料唐措一个大喘气，面无表情地补充道：“的点数。”

靳丞气笑了，把最后一个烟花棒扔进唐措怀里，说：“省省吧，一个也不分给你。”

唐措不稀罕，随手把烟花棒点了，朦胧的光影里，谁也没有看到他的嘴角微微勾起了一个弧度，又很快放下。

“砰！”烟花又绽开了，两人都抬头去看，漂亮是真的漂亮。

与此同时，永夜城 G 区监狱。

因为 F 区的一系列风波，往常至少有一半牢房空置的监狱大牢，入住率直线提升至 80% 以上。这间房里的和那间房里的打个照面，大概率还是老熟人。

又因为监狱分房时并不根据玩家所属的区域来分，所以 A 区的精英们和他们口中的 F 区的垃圾混在一起，住着同样的房间，吃着同样的东西。谁又比谁高贵？

同为天志成员的江河和陈柳被分到了隔壁，同一个区域的还有大魔法师冷缪和两个面熟的 A 区玩家。至于崇延章和傀儡师姚青，则被分到了稍远处。

F 区和其他区的玩家混在这群大佬里，个个缩在角落，恨不得隐身。不过 G 区都是单人牢房，大佬们阴沉着脸，也没有动手的心思。

江河的房间在走廊尽头，右手边是墙壁，左手边是陈柳。冷缪在他斜对角，而他正对面的那间牢房里，住着一个光脚的小姑娘。

那小姑娘全程躺在地上背对着他们，身体蜷缩着。她看起来瘦弱不堪，露在外头的胳膊仿佛一折就断，更别说脖子上还顶着个可笑的光头。

江河一直在看她，因为从进来到现在，那个小姑娘一动未动，衣服上到处都是暗沉的已经干了的血迹。他看了许久，才看出那是件病号服。

陈柳一直在废话，说得江河想杀人。

“江河，说实话，你是不是一早就看出靳丞的阴谋了？你是故意的对不对？

“你是不是早就看我不顺眼了，为了跟我作对所以故意隐瞒不说，好让我跌一个大跟头。这样一来，我就——”

江河终于忍无可忍，沉声道：“你也配？”

陈柳气急站起来，隔着墙壁，他看不到江河，但这无碍于他倾泻自己的怒火：“江河，别以为我不知道你打的什么算盘。你不就想当二把手吗？你也不掂量掂量自己的资历，你一个半道加入的，有什么资格跟我争？”

闻言，江河闭上眼，忽然就失去了跟他理论的想法。

陈柳却咄咄逼人：“你为什么不答话？心虚了吗？呵呵，我告诉你江河，有我在一天，你就休想耍什么花样！你以为就你一个人聪明吗？你还不是被靳丞耍得团团转——”

话音未落，一道魔法攻击突然从对面牢房袭来，穿过铁栏杆，直打得陈柳的胳膊皮开肉绽。陈柳慌忙避过，愤怒的目光刺向对面，却在触及冷缪的脸时，硬生生按捺住。

“吵死了。”冷缪神色冰冷。

陈柳垂着胳膊不说话了，崇延章不在这里，他根本不敢跟冷缪硬碰硬。

冷缪也不想搭理这个蠢人，余光扫过犹如老僧入定的江河，心情极度暴躁。这暴躁不针对江河，针对的自然是靳丞。刚才也就是陈柳又提到靳丞，才让他失态。

牢里的味道不好闻，隔壁的血腥味大概飘了好几天了，浓烈得令人作呕。

冷缪不想忍了，抬手就是一道空气囚笼将隔壁封住。有了这道空气囚笼，他终于感到舒服了一些，也不管是不是心理上的自我安慰。

过了一会儿，江河突然看过来，说：“你这样，里面的人会缺氧而死。”

冷缪冷笑：“你可怜她？”

江河：“我想堂堂大魔法师冷缪，尽管想拿十二乐章，也不是随便杀玩家取乐的人。”

“天志在 F 区投毒，送进来多少人！你跟我谈这个？”

“下毒只是让他们坐牢，在这里杀人，是真的杀人。”

江河语气毫无波澜，仿佛只是在陈述一个事实。

陈柳手臂痛得发抖，听到他的话，又恨到牙痒。他最讨厌江河这一点，好像面对什么人都不卑不亢的，崇延章也说他有什么大将之风。这一次对靳丞出手，陈柳提议用 BS101，也是江河第一个反对。

都是 A 区的老玩家了，谁还不知道谁，装什么道德卫士？虚伪恶心。

陈柳只希望冷缪也讨厌这么虚伪的人，这位的脾气可是出了名的冷硬，很少有人能讨得了他的好。

可冷缪深深地看了一眼江河，竟将空气囚笼撤了。

江河对他点头致意，双方再未讲话。

陈柳气得仰倒，脸色忽青忽白，但到底没敢质问冷缪。他转而愤愤地看了眼小姑娘，见她忽然抽搐似的咳嗽了一下，很快又悄无声息。

“丁零零——”一阵急促的电铃声忽然响起。

陈柳心里咯噔一下，立刻就把小姑娘抛到了脑后，因为——电铃声响，典狱长要出巡了。

属于永夜城 G 区监狱的噩梦，再次降临。

## 40

副本里，唐措和靳丞无聊地放了半晚上烟花，终于迎来了日出。

两人稍微休息了一会儿，去塞西莉亚的面包店吃了点面包垫肚子，便又继续无头苍蝇似的在城里瞎逛。

靳丞说：“最后我们可能不是被 Boss 打死的，而是渴死的。”

城里没有水，不用说洗漱了，吃面包都得谨防被噎死。

唐措不想浪费自己的唾沫，于是明智地选择闭嘴，切换至节能模式。靳丞说了一句也不多说了，手里拎着盏琉璃灯，天亮了也不放下。

接下去的大半天，两人依旧在支线任务中度过，修一处房顶、找几样物品，再跑个小腿，从城西跑到城东，中途又去城中心的宫殿逛了一圈。

玩家不动手，藤蔓就不会突然活过来。两人顺利走到宫殿大门前，试了所有支线任务的奖励物品，包括夜莺戒指，都没有触发效果。

目前已有且还未用掉的奖励物品有一盏琉璃灯、一面巴掌大的小圆镜、一块手帕和一支羽毛笔；还有几样东西，比如塞西莉亚的钥匙，则在打开青藤同盟办事处后便消失不见了。

靳丞不信邪地又绕着宫殿走了一圈，试图找到另外的突破口，却还是一无所获。看来这副本是非要他们把所有的支线任务都做完不可，这样想着，靳丞偏头跟唐措交换一个眼神。

两个没水喝的倒霉鬼，节省着身体里的每一滴水，靠默契取代了说话，继续去做任务。

大约十五分钟后，靳丞却又忍不住开口了，说：“这个马克不太行，给心爱的姑娘写情书居然还要代笔，难怪塞西莉亚更喜欢兰斯洛特。”

唐措：“你写？”

支线任务“马克的情书”，玩家需要替马克给他心爱的塞西莉亚写一篇情书。可怜的马克，为了写这封情书，他的头发都快掉光了。

马克小屋的桌上就有纸笔，地上还有无数揉皱的纸团，都是他的失败作。靳丞捡起来看了几篇，表情一言难尽。过了一会儿他大约摸清了马克的行文思路，拿起羽毛笔就要在纸上涂抹，孰料这笔根本写不出来；换一支，写不出来；再换一支，还是写不出来。

唐措心领神会，拿出了奖励物品——一支羽毛笔。

这一次，羽毛笔沾上墨水，写得极为顺畅。靳丞没打草稿，嘴角带着笑，唰唰几下就把情书写好了。

亲爱的塞西莉亚：

月隐之国没有花，吟游诗人便要将世上最美的一朵带回来，寻遍大陆，不知归期。

而我是如此幸运，因为在我心里，你就是月隐之国最美的那朵花。

爱你的马克

对于靳丞这酸不溜秋的诗，唐措不予评价，他的关注点在于——“马克也提到了兰斯洛特的愿望？”

靳丞：“没错。我猜兰斯洛特那么有名，全大陆都知道他的愿望。”

唐措：“……”

靳丞：“安娜大婶的儿子路易斯、上一任国王，再加上马克，都提到过要把花带回这里的事情，可见月隐之国确实没有花。现在在这里盛开的月季，只能是兰斯洛特带回来的了。”

唐措若有所思：“兰斯洛特觉得月季最美？”

靳丞抱臂：“月季和玫瑰很像，但如果把两者做比较，通常人们都会觉得玫瑰更美。它代表爱情，浓烈、炽热，可在这个故事里，玫瑰代表邪恶。如果是玫瑰开满月隐之国，那我就不得不怀疑兰斯洛特才是幕后大 Boss 了。”

情书能提供的线索有限，靳丞把信装进信封，任务就算完成了，系统奖励了他们一把裁纸刀。

接下来的三个小时，两人继续在城里扫荡支线任务，用这个任务的奖励物品，去完成那个任务，就像在解一个连环扣，谁也不知道解到最后一环会是什么。

有时他们接到支线任务，却因为缺乏某个关键物品而无法完成，便将它暂时搁置。最多的时候他们的任务面板里同时挂着六个支线任务，在做这个的路上顺便完成另一个，满城忙活——就是没有水喝。

月亮再次升起时，两人完成的支线任务总数已达 59 个，徒步环绕月隐之国整整三圈。

唐措黑着脸，已经不知道触发这个隐藏任务到底是自己的幸还是不幸。而真正的强者，总能在逆境中另辟蹊径，譬如——在没水的时候，喝治疗药剂解渴。

最早是靳丞这么干的，财大气粗，不缺治疗药剂。

唐措见状，也面无表情地掏出一瓶从魔法屋里顺来的药剂，没病喝药，滋味也挺不错；喝着药，吃着面包，滋味就更不错了。

但此时的他们还不知道，这样的情况还将持续整整三天，而越到后面，支线任务的触发越难。有时他们要在城里晃悠四个多小时，才能找到一个支线任务，因为可能藏在某个不起眼的角落里的某块破碎的石板下。

连环支线任务第 98 环——“查理的怀表”。

破碎的石板下面，藏着一块旧怀表。怀表上镌刻着一个留音魔法阵，能刻录下这世上任何美妙的音乐。钟表匠查理想要把这块怀表送给他的叔叔当生辰贺礼，但唯独还缺一段音乐。

如果说这世上有谁的音乐最能打动人心，那当然是全大陆最受欢迎的吟游诗人，兰斯洛特。

可兰斯洛特已经死了。

靳丞和唐措对视一眼，不约而同道：“小杰克。”

第一个支线任务“塞西莉亚的面包店”，其中一位客人小杰克的床下藏着一把小竖琴和兰斯洛特的乐谱。幸运的是，靳丞恰好会弹奏小竖琴。

两人再次回到小杰克的家，找到了床底下的木箱。靳丞拿起小竖琴试着弹了几下，音色不错。

他看向唐措，唐措拿出怀表，按下怀表上的小按钮，说：“这得注入魔力才能用。”

不知道为什么，看着唐措一本正经说着“注入魔力”的表情，靳丞忽然想到了巴啦啦小魔仙。他偏过头，忍住笑。唐措眯起眼，当场识破。

唐措想打人，算了，嘴唇干得都快起皮了，省点力气吧。

唐措继续钻研怀表，尝试把自己有限的魔力注入进去，激活魔法阵。但他是初学者，对于魔法阵的运转原理知之甚少。靳丞虽说是老玩家，可不是走魔法这条路子的，也帮不上什么忙。

两人便搬了屋里的小矮凳坐在小杰克家门口，一个跷着二郎腿学谱子，一个低头鼓捣怀表，丛生的月季爬过窗沿垂在靳丞的肩侧，远处，金黄的海上又迎来了一轮日落。

靳丞抱着小竖琴，轻轻拨弄，怡然自得。

从这里望出去，城西的塔楼高高耸立，爬满月季的城墙和面包店的烟囱都隐约可见。当玫瑰色的夕阳从塔尖一路洒落至唐措的脚边时，他终于成功激活了魔法阵。

“嘀嗒嘀嗒”，指针复苏，怀表的表盘像留声机上的黑胶碟，也开始了缓慢地转动。

唐措看向靳丞，投去一个疑问的眼神。

靳丞挑了挑眉，指尖拨动琴弦，悦耳的琴声便从他的指尖流淌在玫瑰色的夕阳里。那是遥远大陆上的异乡的声音，神秘、悠扬，裹挟着某种不知名的感动，溢满心房。

唐措不禁又想起那次篝火晚会上的琴声，他弹了一首陌生的北欧民谣，隔着火光，什么都看不真切。

靳丞弹得尽兴，已经很久没有像现在这样放松地坐在夕阳里，静下来弹一弹琴，或者干点别的什么了。

永夜城那个地方，距离生活很远。靳丞虽然有同伴，可以交托后背的那种，但他们不曾参与他的从前，便总觉得缺了点什么。

有了音乐，月隐之国的街道上也多了几丝鲜活的气息。流动的风不再透着股尘封已久的味道，纯白的月季也在风里轻轻摇晃着，仿佛下一秒钟，街角处就会出现一个提着裙摆、一路小跑着从花朝节回来的年轻姑娘。

兰斯洛特的这首曲子，叫《黄昏恋人》。

唐措静静听着他一曲弹完，再次按下怀表上的按钮，“叮”，支线任务完成，奖励物品——一把钥匙。

又是钥匙。

唐措看着掌心的钥匙微微蹙眉，过了几秒，忽然觉得这钥匙的形状有点眼熟，灵光一现——“铜像！”

兰斯洛特的铜像，他的心口位置有一个钥匙孔。

两人迅速起身，奔赴雕像所在的小广场。

大约二十分钟后，兰斯洛特的铜像出现在他们的视线里，还是那副微笑拨弦的模样，只是在夕阳中，面色更显温柔。

叮！

触发支线任务——兰斯洛特的心。

唐措刚刚迈进小广场范围，系统播报再次响起。这是上次来这儿没有的，那么触发的关键就是这把钥匙。

异乡的旅行者啊，欢迎你们跨越时间长河，最终来到这里——月隐之国。你们准备好聆听最后一个故事了吗？

请摘走兰斯洛特的心吧。

让这位全大陆最受欢迎的吟游诗人，亲自讲给你听。

连环支线任务第99环。

唐措和靳丞对视一眼，没有说话，但很有默契地走到了铜像前。拿着钥匙的唐措半蹲下来，稍显郑重地将钥匙插入兰斯洛特心口，“咔嗒。”完美契合。

唐措打开心门，里面是一颗红色的宝石。宝石很小，小到可以镶嵌在唐措的戒指上，仿佛它本来就应该在那儿。

靳丞：“九十九个支线任务，最终的奖励就是这个，我想我们现在可以去城中心的宫殿了。”

支线任务中拿到的奖励物品还剩几个，因为有些任务并不需要额外的物品通关。但唐措同意靳丞的观点，九十九是个特别的数字，也是个特别的任务。

他把红宝石放到戒指上，宝石自动契合，支线任务结束。那一瞬间，唐措终于在这枚戒指上感觉到了魔力的流淌，只要他心念一动，就能立刻用出镌刻技能“月光潮汐”。

任务奖励——一把金色的小剪刀。

“走吧。”

两人都不想再等，全速赶往宫殿。

此时月亮已经升起，满城的月季沐浴在月光下，静静吐露芬芳。唐措戴着完整版的夜莺走在路上，明显感觉到一股不一样的气息缭绕在四周——是善意。

这满城的月季，对他释放出了温和的善意。

这一点在抵达宫殿前得到了完美的验证，因为当唐措走到宫殿大门口时，那些缠绕着的藤蔓似是感应到了什么，自动退往两侧，露出了被重重遮掩的大门。

靳丞忍不住调侃：“这是主角才有的待遇。”

唐措：“我可以让你开门。”

你确定不是怕门里突然射出箭来？

靳丞在心里腹诽小浑蛋，身体还是诚实上前，“吱呀——”沉重的大门缓缓打开，尘封的时光便在此刻开始了流动。然而宫殿内什么都没有，只有正中央一口井，和井里生长着的月季花。

唐措：“时光之井。”

## 41

大殿中央，孤零零一口井，沐浴在清冷月光下。

月光从穹顶的镂空花窗中洒落，纯白的月季从井中探出头来，一路向上、向上，直至探出窗外，却还留了缝隙给那月光。花窗正对着井口，月光便似舞台上的追光灯，独独把井照亮，待人探寻。

唐措和靳丞走到井边，齐齐往里看，终于第一次在这月隐之国里看到了水。

月季生长在水中，深得看不见根。

缠绕着的藤蔓长满尖刺，开出的花朵却是纯白的，挂满了枝头。它的枝条并不粗，很难想象就是这一株月季，开遍了全城。

唐措很笃定，整个月隐之国就这一株月季。

他感应得到。

“没有触发，看来还需要做点别的。”靳丞非常识相地没有伸手触碰月季，看向唐措，“譬如——破除魔法。”

唐措会意，拿出了金色小剪刀。

月季是Boss，一旦暴走连靳丞的箭都可以折断，那系统给出这把剪刀的意图就很明显了。而如果兰斯洛特的愿望是把花带回月隐之国，那唐措自然也不能将之完全破坏。

权衡之下，唐措挑了一朵离他最近的月季，谨慎、小心地将它剪下。

“咔。”一朵月季落在唐措掌心，断口处没有流血，藤蔓也没有发生暴动。就在两人狐疑什么都没有发生的时候，时光之井忽然泛起波澜。

两人齐齐向井中望去，却见那长出藤蔓的水面上瞬间光芒大放，耀眼夺目。唐措连忙伸手遮挡，几秒钟的失明后，耳边忽然传来轻快笑声和隐约的集市的喧闹。

他下意识循声望去，眼前也终于有了点跳动的光影。

“嘿，小杰克，你没把你的竖琴带出来吗？今天可是花朝节啊，不正是表演的好时候嘛！”

“美丽的塞西莉亚，你可真是位心善的姑娘，谢谢你的面包。今天老约翰又赖床了，我们急匆匆出门，怕错过取水的好时候，可不就忘了吃早餐嘛。”

“托克！托克！烟花准备好了吗？托克！”

“听说吉伯特先生终于赶在花朝节回来了，我想我托他带的发饰一定也到了。如果我的妹妹收到这个礼物，她一定会是花朝节最幸福的姑娘。”

不同的话语，此起彼伏的欢快的语调，充盈在唐措的周遭。他站在原地一动未动，看着眼前的模糊光影变成了一个个陌生又熟悉的人，像走马灯一样。

塞西莉亚是个金发的穿着长裙的漂亮姑娘；小杰克跟照片上一样，但更有朝气；托克大约喝了酒，醉醺醺的，难怪会忘记自己把玩具箱的钥匙放在了哪里；盲人比利还坐在门口，永远望着街上的琉璃灯。

西西里特大陆历 1228 年 9 月 1 日的花朝节，无比真切地展现在唐措面前。

他没有试图伸手触碰，也没有喊任何人的名字。那些身影远远地从他面前跑过，或像雾一样从他身上穿过，让他知道这一切都是幻影。

靳丞也不知道去了哪里。

良久，唐措的眼前忽然如玻璃镜面一样出现裂痕，“咔嚓”的声响中，裂痕越来越大，纵横交错，又化作碎片剥落。

万物的真实出现在眼前。

仍旧是那个空荡荡的只有时光之井的大殿，大殿里依然盛开着纯白的月季，但那古老的井边，却出现了一具棺材。

棺材紧靠着井口，有人闭目靠坐在棺材旁，一身破损了的骑士盔甲，银色长发，英俊的脸上沾着几滴血，色泽鲜艳，仍如活着一般纯白的月季，就在他的心口盛放——不是从井里。

整个大殿就是一个巨大的魔法阵，金色的阵纹随着唐措的靠近而慢慢浮现，而魔法阵的阵心，就是那口井。

靳丞似乎比唐措早来一步，站在棺材边上，问：“你觉得他是谁？”

“西奥多。”

名叫夜莺的属于兰斯洛特的戒指戴在唐措手上，看见那张英俊却陌生的脸，一股难以名状的悲伤包裹了他的心脏。

他又看向那口棺材，棺材里，兰斯洛特静静地躺在里面，旁边放着他断了弦的小竖琴。

“诗人之死。”

现在又添了一个——骑士之死。

“是月季。他胸口的盔甲上，有月季的徽章。”靳丞露出难得的正色，蹲下仔细看着那个家族徽章，再三确定那不是玫瑰，是月季。

月季是西奥多，所以开在他的心口。

百花王国的公爵阁下，家族徽章是花完全不奇怪。

唐措沉默着，他的心绪被影响了，难以名状的悲伤让他难以冷静思考。兰斯洛特的愿望是把世上最美的一朵花带回月隐之国，现在花开了，愿望达成。

所以是西奥多把他的尸体带回来，完成了他毕生的愿望吗？

可又是谁杀死了他们？

兰斯洛特是死后才回到这里，还是为了阻止玫瑰教派的欲望而回来？

思绪太过繁杂，唐措强行压下心里的悲伤，目光又缓缓移到了西奥多手边的剑上。那是一把造型古朴的骑士长剑，黑色剑柄，银色剑身。

鬼使神差，唐措弯腰拾起了那把剑，握住的刹那，一股力量从掌心传入，冲刷着唐措的四肢百骸，让他差点没站稳。

靳丞眼疾手快地扶住他的手臂，沉声："怎么了？"

唐措摇头，心里的悲伤和力量的冲刷让他不得不靠着靳丞站立，但目光还紧紧地盯着西奥多。

这个副本的主人公是谁？

刚开始唐措以为是兰斯洛特，现在却觉得是西奥多才对。

下一秒，魔法阵泛起微光。西奥多和兰斯洛特的血肉开始化作光点消散，像风中的尘沙，也像月夜下的萤火，渐渐地，只剩下伤痕累累的枯骨。

被尘封的时光，都回来了。

宫殿布满灰尘，头顶的花窗到处都是风吹雨打的痕迹，就连时光之井本身都长满青苔。唯一不变的只有纯白的月季，缠绕着枯骨，也呵护着陈旧的棺材，一路往上、往上，钻出花窗，直至开满全城。

"出去看看。"唐措缓过一口气，目光坚定。

靳丞本想让他坐下休息，但看着他的眼神，还是没说什么，随他一块儿走出了宫殿。破旧的大门再度开启，灰尘震落，甚至还有很多蛛网。

两人却谁都没有去拨一下，因为眼前的一切都太过震撼，让他们的脚步僵在原地，迟迟没有迈开——满地的骸骨。

西西里特大陆历 1228 年 9 月 1 日的花朝节，原本是一个举国欢庆的日子。有人准备了烟花，有人换上了漂亮的裙子，有人等着远方的来信，也有人心心念念着要给妹妹送一个发饰。

节日的彩带还挂在树上，树枯萎了，人死了，一个个沿街的美食摊子无人再光顾，角落的乐器也蒙上了厚厚的灰。

良久，唐措和靳丞才迈动步伐，缓缓走过那一具具或堆叠在一起，或散落各处的白骨。他们有时会停下来看一看，从白骨的旁边捡起一个东西——那也许是盲人比利的一根拐杖，也许是塞西莉亚的一根蕾丝发带。

如果没有那99个支线任务，唐措想，他的脚步不会踟蹰。

从城中心的宫殿，走到城西的塔楼，唐措和靳丞走了足足一个半小时。塔楼已经倒了，挂在塔顶的铜钟跌落在废墟上，长满了绿锈。

月季从废墟上爬过，拥抱着铜钟，画面破败又美丽。

他们来到吉伯特先生的马车前，一具白骨半趴在敞开的车厢上，肋骨缝隙里插着一把剑。靳丞把剑拔出来，摩挲着剑柄上倒五芒星镶嵌玫瑰的标志，眸中一片冷光。

越靠近城墙，城里的黄沙越多。月季保护着这座城，但终究无法护得密不透风，此时距离1228年不知过去了多久，也许百年之后，月隐之国就会彻底被黄沙掩埋，就连月季也将不复存在。

登上城墙的那一刻，唐措和靳丞回望着这座沙漠之城，系统播报声终于再度响起。

异乡的旅行者啊，

当你走到这时间的终点，当你拾起象征着勇气与正义的长剑，请你永远保持热血的滚烫、坚定心中的信念，不要忘了自己来自何处。

现在让我们回到一切的开始。

叮！

恭喜玩家成功完成连环任务“月隐之国”第一环：诗人之死。

难度：普通。

支线任务完成度：100%。

评级：A。

获得人物点数：2。

个人奖励请自行查看系统面板。

欢迎回到永夜城！

熟悉的黑暗过后，唐措又回到了东十字街的房间里。

这次他没急着检查奖励，在房间里静坐良久，直到心里那股悲伤慢慢淡去，才打开系统面板。

这次弹出的格子比“决胜魔鬼城”时还要多，但大多是支线任务的奖励，标注的是任务物品，无法在其他条件下使用；除去这些，还有不限制使用条件的。

一朵白色月季——

分类：素材。

品质：稀有。

描述：西奥多的月季，蕴含极强的时光魔力。

裁决之剑——

分类：武器。

品质：传说。

状态：已绑定。

描述：百花王国西奥多公爵阁下的佩剑，拥有第十三代精灵王哀弥夜的赐福，附魔武器（已损）。据传当裁决圣辉光耀大地时，所有黑暗都将无所遁形。

两样物品，品质都很高，可一个是暂时用不上的素材，一个是已经损毁的。唐措不确定损毁的裁决之剑能发挥出多少威力，不过比起哥布林大刀来，传说级别的武器仍是仰望的存在。能不能修复另说，能用就行，还能唬人。

除此之外，还有“火球术”等魔法技能，让唐措获得了一个“见习魔法学徒”的称号。这些技能后面都跟着熟练度，应该就是技能升级的关键。

回到人物面板，加上这次的奖励，唐措共有点数16。

既然已经确定了未来的战斗路数，他也不再把点数留着，10点加在武力值，4点加在智力，魅力值暂时不考虑；余下2点买药，以防万一。

等他做完这些，靳丞也过来了，怀里还抱着把断弦的小竖琴。如果唐措没记错，这把琴应该在兰斯洛特的棺材里。

唐措：“你拿的？”

靳丞：“我在你心里到底是什么形象？”

唐措：“一个靳丞的形象。”

靳丞：“一个？”

靳丞是什么形象？

贼不走空，靳不留手。

唐措不想跟他探讨用词的问题，怕引发战争，于是拿出一捆蛛丝放在桌上：“试试，决胜魔鬼城的奖励。”

靳丞挑眉，心里清楚他想转移话题，但这蛛丝确实引起了他的注意，高级的蛛丝，或许可以修复琴弦。

“小竖琴是任务奖励的。”靳丞大大方方地把蛛丝收了，说，“现在的情况有点妙，你拿了西奥多的剑，我拿了兰斯洛特的琴，你猜第二环会是什么？”

唐措：“角色扮演。双人模式，回到一切开始的地方，那就是初遇。”

靳丞微笑，靠在窗边往下看了一眼，说：“现在看来这个第一环只是引子，只要够细致，基本没什么难度。下一环必定开新地图，角色扮演不好做，一旦偏离剧情就会受到惩罚，轻则受伤，重则死亡。”

唐措：“什么惩罚？”

靳丞：“被雷劈吧。”

唐措：“……”

其实靳丞有点遗憾为什么唐措不是兰斯洛特，他还挺想听唐措唱歌的，听说巨难听。

地狱歌声，在线索命。

“告诉你一个秘密。”

“什么？”

“我以前跟冷缪碰巧一块儿进过一个角色扮演副本，我是大侠，他是花魁。”

“……”

缪缪想杀你，现在看来情有可原。

唐措越发坚定了绝对不能把自己的试炼评估报告给靳丞看的决心，末了，又想起另一桩事情：“我们进副本那么多天，牢里的人出来了吗？”

靳丞摊手：“多半有人要出来了，所以我们还是老老实实留在东十字街做连环任务吧，我可没有第二份乐章了。”

话音落下，靳丞对着窗外发了一枚信号弹。

唐措的眼皮跳了跳：“你做什么？”

靳丞微笑：“我跟红宝石酒馆的老板做了份买卖，只要有人出狱就记下来，整理成名单。我现在不得告诉他我回来了吗？好让他给我送过来啊。”

唐措无话可说。

这位教官刚刚还说要老老实实留在东十字街保命，转头就大张旗鼓地告诉仇人我回来了，生怕别人不知道。

刺激。

# VII

# 风吟之歌

叮！

恭喜玩家开启隐藏任务——月隐之国，本任务为连环任务。

第二环：风吟之歌。

当前参与人数：2，开启双人模式。

请玩家时刻查看任务面板，按照指引完成任务。

祝您生存愉快！

## 42

靳丞这么明目张胆地宣告回归，极尽嚣张，但就是没人来杀他。

三条律令之下，非 F 区玩家进入东十字街只有坐牢这一条路。而想要炮制 BS101 惨案也几乎是不可能的，靳丞不会在同一个坑里摔两次。

大家只能咬牙切齿地祈祷他赶快升到 E 区。

根据红宝石酒馆的情报，目前为止出狱的人都是些小虾米，不足为虑。但有一点让靳丞很疑惑，做这笔买卖的时候，忽然想到池焰说的那个小姑娘，便顺嘴提了一句。

可情报显示，那小姑娘到现在都没出狱。

一个 F 区的新玩家，手无缚鸡之力的十来岁的小姑娘，什么都还没来得及干，就因为被杀而坐牢，顶多关几天就出来了，怎么会拖那么久？

靳丞觉得疑惑，但也不至于亲自去牢里查，于是让红宝石酒馆继续留意。

休整一天后，靳丞用蛛丝暂时代替琴弦，修好了小竖琴，两人再次开启连环任务。

> 叮！
> 恭喜玩家开启隐藏任务——月隐之国，本任务为连环任务。
> 第二环：风吟之歌。
> 当前参与人数：2，开启双人模式。
> 请玩家时刻查看任务面板，按照指引完成任务。
> 祝您生存愉快！

“西奥多？西奥多？”

系统播报声刚刚落下，唐措的视线还没有恢复，便听到有人在耳边叫西奥多的名字。他只觉大脑似乎不太清醒，迷迷糊糊睁开眼来，瞧见一张带着笑的陌生脸庞。

那人长着一头棉絮一样的茂盛的红发，在他眼前挥挥手，打趣道：“你怎么在这儿睡着了？庆典快开始啦！今天来了好多人啊，特别热闹，你听到风中的歌声了吗？”

唐措听见了。

徐徐的微风里，传来了空灵又缥缈的歌声，带着某种异国风情。那歌声里还有小竖琴和笛子的声音，轻快的鼓点和着木吉他，像风在跳舞。

透明的白纱帘在他眼前飘荡，那是从高高的建筑顶端垂下的飘带。乳白色的圣堂似的建筑将这一方小小的集市围绕成一片小天地，而他就坐在角落的花坛边，望着满目繁华，在这风和日丽的午后不小心睡着了。

他不禁低头看向自己，宽袖的棉衬衣，领口塞着纯白领巾，黑色马甲、鹿皮长靴，腰间还佩带着骑士长剑——裁决之剑。

唐措握住剑柄，夜莺还戴在他的手指上。可既然是角色扮演，这不该是兰斯洛特的戒指吗，为什么还会在他手上？

来不及细想，唐措就被那红头发拉起来了。两人拨开飘带，一路混入人群往最热闹的地方走。

穿过集市，外面是一条宽阔的大道。红头发高兴地指着行进的花车队伍，说：“你看，待会儿大公的马车就会从这里走过，我们站在这里，一定就能看见啦。”

唐措没有回答，赶紧打开任务面板扫了一眼。

月隐之国——

第二环：风吟之歌。

主线：保护大公。

刺杀？唐措瞬间产生联想，而就在这时，他在马甲内袋里摸到一枚徽章——青藤做底，两把长剑相交，是青藤同盟。

西奥多原来是青藤同盟的成员吗？那他出现在这里，是不是就是受青藤同盟指派，前来保护这个所谓的大公？

这儿又是哪里？

红头发一直在踮脚往马路对面看，似乎在找着谁，过一会儿略显遗憾地跟唐措说：“兰斯洛特不知道跑哪儿去了，原本说好了要介绍你们认识的。西奥多，相信我，只要你听过兰斯洛特的音乐，一定会喜欢他的，那可真是世上最美妙的音乐了。或许只有月隐之国那样神秘又遥远的地方才孕育得出那样的音乐吧，跟我们法兰公国一点都不一样。”

“法兰公国。”

唐措敏锐地捕捉到关键。法兰公国是距离月隐之国最近的地方，如果这里是法兰，那代表兰斯洛特可能刚刚离开故乡开始闯荡，还没有成为名扬大陆的吟游诗人。

他变成了西奥多，那靳丞就是兰斯洛特，会在哪儿？唐措也往人群里扫了几眼，但都没瞧见。角色扮演任务，两人的任务线极有可能是不一样的，什么时候能碰头也不好说。

不过靳丞那么厉害，唐措并不担心他，目光扫过人群中一张张陌生的脸，右手一直搭在剑柄上没有离开。

花车缓缓从面前驶过。

红头发站到了路边的花坛边上，登高远眺，终于，惊喜道："大公的马车来了！"

身穿银色软甲的亲卫队在前方开路，一辆黑色马车跟在花车后徐徐驶来，坐在里面的法兰公国大公向民众挥着手，头发花白，肃穆的脸上没有多少欢笑，尽显威严。

人群在欢呼。

许多人自发地虔诚地低头，把手放在胸口，几乎要匍匐在地。大公同样致以颔首礼，看得红头发激动不已。

"西奥多，你看，这就是我们的大公。哦，我永远敬爱他。赞美法兰，赞美这片被神风眷顾的大地！"

唐措没有应答，被人群挤着跟着马车往前走。而就在这时，他忽然看到马路对面的两个中年男人交换了一个隐晦的目光，那藏在长袍中的手上多出了两根法杖。

不好——唐措当机立断，一把抓住红头发迅速后退，与此同时大声喊道："敌袭！"

石破天惊的一嗓子，让整个亲卫队倏然警戒。人群也骚动起来，音乐戛然而止，而那两个中年男人见行事败露，竟没有选择退去，反而高举法杖："以神的名义，制裁！"

澎湃的魔力瞬间自法杖上涌现，而同样的魔法刺客不止两个。唐措飞快扫过人群，两个、三个、四个，最起码有六个人，都穿着黑色长袍，戴着兜帽，高举法杖。

"这怎么回事？"红头发惊呼着，满脸错愕。

亲卫队反应迅速，已经架起了盾墙，防止有人浑水摸鱼靠近马车。此时魔法攻击如期而至，那是无数散落的银光，如利剑般大范围地向下砸去。

“银光落刃！”靠近马车、盔甲规格最高的那位大概是亲卫队队长，一口叫破了魔法的名称。亲卫队便立刻变阵，将盾牌举过头顶。

队长更是直接跳上了马车顶，提剑将银光斩落。

大公的亲卫队里当然不只有骑士，也有魔法师，而且就坐在马车前充当车夫。他当即抽出法杖，嘴中念念有词，法杖顶端便迅速发起光亮。话音落下，法杖倏然往前一甩，一道橙色光盾迅速张大，将还未落下的银光悉数挡下。

大公坐在马车里，未见丝毫慌乱。

唐措却在蹙眉。

刺杀，讲究精准的定点攻击，这种大范围魔法很难达到目的，除非敌人留有后手。他当即顾不得红头发了，趁乱混入人群。

骚乱持续了很久，几个魔法刺客甩下银光落刃后迅速撤退，醒目的长袍一脱就犹如鱼游大海，不见踪影。

亲卫队戒备着，却也不敢离开大公进行追击。

“继续前进。”长久的戒备使人精神紧绷，队长大手一挥让队伍继续开拔。而就在这时，异变陡生，一道寒光就从马车底部刺向大公，队长在车顶根本没有发现，魔法师紧急吟唱冰冻术，却只能阻挡片刻。

千钧一发之际，唐措一个滑铲从旁杀入，裁决之剑横扫，“铮——”把人逼出车底。

唐措亦翻滚着从车底杀出，那人怒极，转身就朝唐措砍来。唐措提剑格挡，他的银色长剑秀气，对方的大剑宽阔厚重，可就在双剑交击之时，裁决之剑上忽然泛起一层淡淡的月光一般的光辉，瞬间将对方逼退。

这是武器描述中提到的裁决圣辉？

唐措来不及细想，乘胜追击。

挥剑的次数越多，他感觉体内的气息越顺畅，而第一次拾起剑时受到的力量冲刷，似乎让他的身体素质更强了，速度也更快。

这是一把会呼吸的剑，一呼一吸之间，剑与主人心意相通，如臂使指。让并没有专门练过剑术的唐措，看起来也挺像那么回事儿。

不远处正焦急寻找唐措的红头发眼中异彩连连，在他看来，骑士就应该像唐措这样，挥起剑来干脆利落，没有那么多花招。

这可真是太酷了。

他保护了大公，那就更酷了。

唐措却又想起了别的事。

释放魔法需要法杖，但这么快节奏的厮杀中，突然掏出根法杖来太突兀了，一个不慎就会死于念咒。俗话说，反派死于话多，魔法师死于念咒。

不过裁决之剑是附魔武器，可以代替法杖吗？

想归想，唐措却没有时间验证。

近身的刺客不止车底的这一个，一拨接着一拨，连环攻击。拥挤的马路，惊慌的人群，给了他们太多的便利。而那批魔法刺客亦再度出现，铺天盖地的魔法攻击让整个亲卫队都疲于奔命。

唐措喘着气，稍稍退开，可刚退到马路边上，耳边就响起铃铛声——“叮！”“叮！”“叮！”

勇敢而正直的骑士不会抛下同伴。

唐措怕被雷劈，死相太惨，只好又杀回去。

大公的马车并未停在原地不动，那相当于摆个靶子在那儿，等着别人来杀。唐措的任务目标是大公，便只能跟着马车跑，一路杀一路躲避攻击，束起的长发随风飞舞，背上业已沁出了汗。

他这时才发现，自己的头发竟然是栗色的，可西奥多不该是银色长发吗？

“嗖！”就是这么一分神，一支长箭擦着唐措的脸颊过去，差点让他破相。唐措冷眼扫过去，又一支长箭袭来。

唐措抬手就把箭砍了，干脆利落，非常凶猛。

打人不打脸，打脸就搞你。

电光石火间，唐措祭出哥布林大刀，找准弓箭手的位置，一刀飞过去。中不中另说，唐措余光瞥见魔法的光芒，一个后空翻从马车顶上掠过，“砰！”踢开了一个正企图杀入车中的壮汉。

他回头：“大公陛下，请下车，车上已经不安全了。”

大公深深地看了他一眼，又扫过他手中的刀，只犹豫两秒，便立刻照做。唐措感谢他的配合，紧紧护着他退往路边。就在这时，唐措看见一张熟悉的脸。

“这边！”他站在一处门前朝唐措挥手，那嘴角含笑的表情，熟悉的语气，不是靳丞是谁？当然，他现在的身份是吟游诗人兰斯洛特，怀里抱着小竖琴，穿着打扮与小广场上的铜像如出一辙，只是没戴帽子。

唐措带着大公迅速退往屋内，待他们进屋，靳丞立刻关门。他的动作虽快，但透着股从容不迫，甚至还有闲心向大公行礼。

“下午好，大公陛下。”

唐措想踹他，忍住了。

三人转移至地窖，这里头有条密道可以直通白叶区。唐措不知道白叶区在哪里，靳丞也没多解释，但大公的表情看起来稍显凝重。

在自己的城池里，在自己的眼皮子底下，有人挖了一条密道，而自己竟然什么都不知道。

趁着没人发现，唐措和靳丞护着大公迅速转移。大公虽然没摆大公的架子，但毕竟年迈，腰间的长剑看着也是摆设。

三人的速度不可避免被拖慢，唐措便趁这时又打开了系统面板。

主线任务：护送大公和兰斯洛特前往白叶区。

他不禁看向靳丞。

靳丞歪着脑袋微笑："你好，我叫兰斯洛特，一个吟游诗人，很高兴认识你。"

## 43

沉闷的地道里，没人说话。

大公有大公的骄傲，而且他看起来心情不佳。

唐措也有唐措的骄傲，他是一个高贵的、英勇的骑士，不能跟一个举止轻浮、吊儿郎当的吟游诗人做朋友。

吟游诗人有点委屈。

他刚才不是故意在旁边看热闹的，事实上他很想帮忙，可他的弓被系统封印了，而他想用别的，系统就给他疯狂弹提示音，大有"你只要敢动，我就敢搞死你"的架势。

靳丞敢动吗？他不敢动。

他的主线任务是——等待时机，接应大公。

唐措带大公离开马车就是这个时机。

地道也是任务提示。靳丞直觉他们会在这条地道里发现什么，果然，在走出大约一刻钟后，他在地道的墙壁上发现了熟悉的玫瑰教派的标志——金色倒五芒星，内嵌红玫瑰。

唐措看着地道里每隔十米就有的魔法灯，再看看这玫瑰标志，说："我们得快一点，如果这地道是玫瑰教派挖的，敌人恐怕很快就会追上来。"

刺杀大公的敌人是不是源自玫瑰教派，唐措无法确定。但在这个副本故事里，它无疑扮演着最大反派的角色，刺客就算拐弯抹角也会跟它扯上关系。

大公的脸色越发沉凝："看来他们图谋的不只是我的命，城里也恐怕不止这一条密道。"

靳丞耸耸肩，关于这些，可不是他一个小小的吟游诗人可以发表意见的了。

三人继续赶路。白叶区似乎很远，走了大约半个小时还没有到，而身后的敌人倒是快追上来了。唐措作为英勇骑士西奥多，当然得负责断后。

“你们先走。”

“好。”

靳丞拉着大公走得毫不迟疑，让大公都不由得多看了他一眼。靳丞可没空解释，前面恰好是个转弯口，他一边跑一边问：“大公陛下，您知道这里距离白叶区还有多远吗？”

大公跑得有些气喘：“最起码还有半个小时。”

靳丞把手放在小竖琴的琴弦上，再次尝试使用声波攻击，但“叮叮”的提示音如约响起。

“看来我们得加速了。”靳丞嘴角还挂着笑，但眼神渐冷。说完，他也不等大公回答，一把将人扛在肩上，快速前进。

大公到底是大公，虽然被吓了一跳，这姿势也极为不舒服，但愣是一声不吭，抬头看向落在后面的唐措，说：“那个年轻人不能因为我而死。”

靳丞：“您放心，只要您不死，他就不死。”

唐措目前状况良好。

追来的刺客不多，只两个人，一个魔法师，一个剑士。唐措不知道该不该也把他称为骑士，在贵族的世界里，这里面或许还有讲究。

唐措暂时没办法一边用剑一边施法，但除了自学魔法，还有系统奖励的小火球术。垃圾品质的技能，以两秒一个的速度发射半径两点五厘米的火球，持续十秒。

这小火球没有丝毫杀伤力，用来打断施法却足够了。

对方的魔法师压根没料到唐措还能用魔法，大刺刺地站在队友身后念咒，谁承想咒语念到一半，一个火球当面砸来。

“啪！”他下意识后退，举起法杖就要施展冰冻术。那火球却在冰冻术出现之前就消失不见，仿佛跟他开了一个玩笑。

他登时脸色铁青。

就在这时，又一个火球砸来。

“你竟敢愚弄我！”他哪还能忍，认定了唐措是在用火球羞辱他，因为再差的魔法学徒，火球术都不会差到这个地步。

唐措面无表情，反手又是一个火球术，跟上一个无缝衔接。

“当！”剑士再次将唐措拦下，他急着追击大公，面对唐措却多了一份谨慎。这位年轻骑士的剑有古怪，看着平平无奇，但每次交击之时泛起的那层光辉过于霸道，仿佛带着某种不可抵抗的力量，几次交手下来，震得剑士手腕发麻。

唐措的打法大开大合，他没学过精妙的剑术，那就只有劈、砍、挑这些基本动作，仗着神剑在手，又横又野，进攻、进攻、再进攻，以绝对的进攻代替防守，用剑的威力掩饰自身短板，给对方不断施加心理压力，然后——

“咔！”对方的剑裂了，表情也跟着裂了。

唐措步步紧逼，一个错步绕过错愕的剑士，直奔魔法师。此时距离他施放火球术才不过半分钟，魔法师一心想要放个大威力魔法把唐措碾碎，咒语刚刚念完，便迎上了唐措的剑尖。

“噗。”唐措的剑刺入魔法师心口，可已经释放的魔法也收不回来了。

说时迟，那时快，唐措反向逃离。

“轰！”魔法在前方炸开，震得剑士都被波及。唐措却一个滚地向后方避过，狼狈是狼狈了些，手臂上的伤口也被撕裂得更大了，但至少没有添新伤。

半瓶治疗药剂喝下，唐措不回头，继续提剑往来时的方向杀去——因为新的敌人又来了。

至于那剑士，剑都断了，如果他还要追着靳丞而去，那就让他去吧，左右不过是去送死。

剑士左右权衡，咬咬牙，最终还是追大公去了。这条地道通往白叶区，白叶区是三教九流聚集的贫民区，比内城区更好动手。哪怕他自己杀不了，但至少得把大公的下落传出去，务必让大公不能活着回到王宫。

可他跑出没几分钟，唐措又从背后杀上来。

“当！”剑士匆忙用断剑抵挡，心中大骇。他分明瞧见自己的同伴也进来了，而且不止一个，这年轻骑士怎么会那么快就追上来？

他哪里知道，唐措一看人多，转头就跑。

唐措虽在逃跑，可打得依旧凶悍。

剑士拿着断剑，根本不是裁决之剑的对手，被震退到一边后，眼睁睁看着唐措继续往前跑。他跑得飞快，身体素质提升后再用上“疾跑”技能，速度比一些成年的骑士还要快。

愣了愣神，剑士这才追上。

落在后面的他的同伴们也在这时与他会合，双方来不及说话，一起往前追。

唐措且战且退，身上的伤越来越多，后头追着的人也越来越多，十五六个呢。

前方又是一个弯道，唐措一脚蹬在墙壁上，提剑削掉魔法灯。灯光暗下的刹那，他的身影也消失在众人视线里。

众人心中警觉，但人多势众，队伍里还有魔法师。一个光照术驱散黑暗，他们继续往前追去，速度分毫不减。

可就在他们转过弯道时，一点光亮忽然在打头的那人眼中放大。

那是什么？

他人生的最后一个念头就这么诞生了，而后，那光亮在他眸中越放越大、越放越大，直至将他整个人淹没。似月夜下的潮汐，带着梦幻的色彩。所过之处，一切化作月光消散，不惹一丝尘埃。

唐措从弯道后绕出来，若有所思地摩挲着手上的戒指。传说级戒指夜莺，镌刻技能“月光潮汐”，冷却时间二十四小时。

传说果然是传说，这效果，霸道绝伦。

二十分钟后，唐措在出口处与靳丞和大公会合。靳丞已经去外面打探了一番，正好唐措赶到，便跟唐措商量接下来的路线。

“外面情况不太妙。出口处是一家小酒馆的库房，如果我猜得没错，这家酒馆就是玫瑰教派的秘密联络点，否则地道不可能在这儿。我们一旦被人发现，可能就是瓮中捉鳖。”

唐措：“假装客人呢？他们应该不认识我们。”

靳丞摇头：“可行性不高，哪怕我们是生面孔，可还有大公。而且库房的位置不好，那里离后门比前门更远，也不是客人会走到的地方，来往都是酒馆内部人员。除非——有人把他们引走，剩下两人再离开。”

两人眼神交会，迅速得出结论——靳丞去引客人，唐措带大公离开。

大公默默在旁看着，不知道这两位年轻人到底是怎么通过一个眼神就分配好任务的。但他的性命此刻都寄托在他们身上，便也不好多废话，只道：“去教堂，彼得牧师是我的人，他能联络到卫队。”

“好。”靳丞点头，“一个小时后我们教堂见。”

时间紧迫，后面不知道还有没有敌人追上来，所以靳丞立刻行动。库房里存着大量的酒，他随手拿了瓶朗姆，猛灌几口，又往衣领上洒了些，这才抱着小竖琴推门出去。

他走得摇摇晃晃，像醉酒的客人，没走几步果然撞上一个拎着水桶的服务员。服务员看到他，立刻蹙起眉，神色戒备。

“你是谁？”他放下木桶，一只手已经背到了身后。

“我是谁？我找厕所啊。”靳丞双眼眯起，好似因为醉酒而无法聚焦。蓦地，他绊到了什么，一个趔趄差点扑在水桶上。

服务员并未因此失去警惕，背后的刀已然泛起寒光。他却不知道，自己此刻阴冷的表情全印在水面上，被靳丞尽收眼底。

"噔！"一个音符响起，服务员拿刀的手一顿，眼神挣扎。

"噔噔！"又几个音符接连响起，服务员的眼神已经开始涣散。而这时，靳丞直接一记手刀将之劈晕，打开旁边的房门推进去——开门，再关门，行云流水。

刚才那旋律，叫《安魂曲》，也就是在分头行动离开地道的那一刻，靳丞发现自己的主线任务变了，声波攻击也能用了，只是弓还被封印着。

角色扮演游戏，一切以不违背角色本身设定为前提。兰斯洛特是个使用魔法的吟游诗人，小竖琴就是他的魔杖，并不会用弓箭。

当前主线任务：掩护大公和西奥多撤离。

靳丞喜欢这样的任务，把主动权攥在自己手里才符合他的性格。于是他弹着琴一路从库房走到大厅里，嘴里还哼着小调，无论从什么角度看，都是一个实打实的吟游诗人。

可靳丞的《安魂曲》作用范围有限，他也是第一次用小竖琴弹奏它，难免不太熟练。心怀鬼胎的服务员们看谁都有鬼，警惕着呢，自然不会个个中招。

酒馆里顿时乱了起来。

唐措和大公便在这时出现在库房里，他看着满屋子的酒，本想放火，可听着前面的动静又放弃了这个危险的想法。

这时，守在后门的人也都赶到了前面去，只留下一人看守。

"走。"唐措当机立断，带着大公直奔后门。

一个人是完全挡不住唐措的，他根本不管这个人是不是会出声引来别人，上去就打，打完就跑，等前面的人终于分身赶来，后门口哪还有半个人影？

酒馆后门出去是一条狭窄的巷子，巷子一侧是低矮的民房，另一侧则都是店铺后门，到处都堆放着杂物，在初夏的天气里散发着一股难言的味道。

几个中年妇女坐在小板凳上洗着成堆的碗筷和杯盏，对于巷子里突然出现的两个跟这里格格不入的人，面露戒备。

"大公陛下，我想您得换一身衣服。"唐措道。

一刻钟后，唐措和换了平民服饰的大公出现在距离酒馆三条街远的地方。唐措自己没有换衣服，只套了件跟自身风格比较搭的外衣，用以遮住身上的伤和血迹。因为他必须保留自己的佩剑用以防身，而一个平民是不可能拥有一柄骑士长剑的，也更不可能当着大公的面把剑收进装备栏。

所以他们此刻的身份是——来贫民窟寻找乐子的贵族少爷和他可怜的老仆。

当前主线任务：前往教堂。

唐措作为一个高高在上的贵族少爷，肆无忌惮地打量着周遭的一切，自然也发现了潜藏在人群里的可疑分子。

越靠近教堂，这种人越多。

“大公陛下，您对那位牧师保持绝对信任吗？”唐措问。

“人心总是易变的。”大公望着教堂的方向，神色稍显肃穆，尽管穿着平民的衣服，但是他眉眼中的威严犹在，偏头看向唐措，说，“但是我相信他，他是一位正直且善良的先生，他的坚守一直令我钦佩。”

“坚守什么？”

“坚守在这片苦难滋生的土壤里。”

“这片土壤也是您的国土。”

“年轻人，你要知道有些东西不是那么容易改变的。神说要有光，世上便有了光，但光一定与暗同生。”

唐措想学着靳丞耸耸肩，但到底还是面无表情更适合他。他不确定大公逃往白叶区的消息是否已经传到了这里，如果敌人知道了，并且清楚大公与牧师的关系，那么很有可能来这里守株待兔。

事实证明教堂确实已经被盯上了，唐措只能祈祷那位牧师没有叛变——因为他不能掉头。

系统在不断调整他的前进方向，一旦他偏离前往教堂的路，就给他疯狂弹提示音。唐措不认为西奥多是个明知前方有危险还一意孤行的人，那么在原来的剧情里，他一定有非去不可的理由。

比如，教堂里有什么依仗，只要进去就一定能保住大公。

还有青藤同盟。

西奥多营救大公的行动到底是个人行为还是同盟授意？如果是后者，为什么其他人还不出现？

剧情提示还是太少了，唐措边走边想，仍无法将全局看清。而就在远远看见教堂尖顶时，他感知到一股澎湃的魔力从那里散发出来，似水晕，并以极快的速度向四周扩散。

不好——他顾不上系统提示了，抓住大公就往后撤，可人的速度怎么比得上魔力扩散，转瞬间，已近在眼前。

唐措只能尽可能将大公护在身后，横剑在前，全力激发裁决圣辉，希望能有点用。然而预想中的攻击并没有出现，一个透明的光圈忽然从天而降，罩在两人身上。

“嗡！”水晕般的魔力波纹撞上光环，发出嗡鸣。嗡鸣声中，唐措只觉精神震荡，但到底没有受到什么伤害。

唐措抬头看向半空中忽然出现的一道身影，黑色双排扣长款礼服、黑色手杖。因为他背对着唐措，唐措看不清他的面容，只能隐约看到那人右眼戴着黑色眼罩。而手杖似乎就是他的魔杖，他抬手平举，手杖顶端黑宝石瞬间光芒大放。

他没有张嘴，瞬发魔法。

大公松了一口气："监察者罗杰里德阁下。"

## 44

监察者罗杰里德。

唐措记得这个名字，《渡鸟日报》和青藤同盟驻月隐之国办事处的小黑板上都提到过他，或许他就是那十三位仲裁者之一。

这么一来，西奥多带大公来教堂的原因就有了——罗杰里德在这里。

能够瞬发魔法的魔法师，而且看起来还不是低阶魔法，他的实力一定很强。大公也因此露出了放松的神情，唐措收了剑，护着他避到一边，继续观战。

可以看得出来，罗杰里德的魔法大都是光明系的，魔法的光辉普照时，好似一切阴影都将无所遁形，自带圣光 Buff[①]。

出现在教堂尖顶上的敌人则身穿红色法袍，戴着兜帽，看不清脸，神秘莫测。红色的法袍，红得像血，也像玫瑰。

他一出手，风格也极其明显。

那大约可以称为玫瑰炸弹。

玫瑰炸弹，招如其名，地面突然出现的魔法阵印刻着玫瑰的花纹，金光乍现，那些花纹如有生命般从魔法阵中剥离，似花朵盛放，而后倏然炸开。

"砰！"教堂里冲出的人被炸了个人仰马翻。

这些人大约都是青藤同盟的，有魔法师也有剑士，穿着打扮风格不一。而从教堂的各个窗户里掠出来的，还有身穿刺客同款的黑法袍。

双方发生了激烈的打斗。

玫瑰炸弹似连环，一个又一个互相叠加着，从教堂门口一路铺到罗杰里德脚下。罗杰里德神色冷酷，一串长长的咒语洒下，手杖前指，黑暗的光芒便如星辰洒落。那黑色的光点落在玫瑰舒展开的花瓣上，玫瑰便立刻枯萎。

---

① 多见于网络游戏中，指给英雄自身或者装备额外增益的属性，可以是防御生存型的，也可能是攻击型的。通常有野区的红蓝双 Buff，用于增加攻击和减 CD 回蓝，接着就是一些英雄的技能额外提供的 Buff 增益两种。

增益效果，一般指一定时间内对英雄有益的影响，如提升 30% 伤害，持续 30 秒。

光暗双系。

唐措再次刷新了对罗杰里德实力的判断，对面那个红法袍能跟罗杰里德斗法，实力也不容小觑。他还穿着独一件的红法袍，那就应该是玫瑰教派的核心人物。

只是他们为什么会在白叶区的教堂打起来？今天的焦点不应该在大公身上吗？还是说他们早就料到大公会被逼至白叶区？

唐措观察一切，怀疑一切。

很快，青藤同盟的人占据了上风，而白叶区的卫队终于姗姗来迟。红法袍见势不妙，冷哼一声，终于挥手撤退。

罗杰里德自然不会轻易放过他，追了上去。

“西奥多！”青藤同盟的其他人都留了下来，其中一个看到唐措，连忙挥手。

唐措遂带着大公过去。他不是一个好演员，也根本不知道他们叫什么名字，为了避免穿帮，便最大限度地保持高冷。

好在西奥多好像本身就是个高冷的人，众人将大公迎进去，刚才挥手那位便主动问起：“你怎么会带着大公出现在这里？你们不是在内城吗？”

唐措简略地交代了剧情。

对方听到地道，若有所思，随即说：“等罗杰里德阁下回来，会有定夺的。至于你提到的那位吟游诗人，我们待会儿或许可以见上一见。”

兰斯洛特虽然救了大公，但为什么会知道地道，还需要再进行确认。

交谈中，唐措知道了对方叫凯尔特，跟西奥多一样是个正统的骑士。

随即他又打开系统面板瞧了一眼。

月隐之国——

第二环：风吟之歌。

主线：与罗杰里德交谈。

罗杰里德还没有回来，那就只能等，而此时的大公正独自站在教堂里，面对着一个垂首跪在血泊里的身影，沉默无言。

那跪地的人穿着一身月白色牧师袍，如果唐措猜得没错，他就是大公说过的，愿意相信他的那一位。

唐措走上前去，却没有说话，单手搭着剑柄，像个沉默的骑士。

大公一身粗布衣裳，近看时，脸上的每一道皱纹里似乎都写满了苦难。但这种苦难是肃穆的，无言且沉默。令人敬佩的友人，究竟在何时背弃了信念，总是叫人无从说起。

凯尔特说这位牧师投靠了玫瑰教派，今天的刺杀也有他的参与。原本青藤同盟的注意力确实都放在内城，但罗杰里德阁下敏锐地发现了这里的异样，于是紧急抽调人手对玫瑰教派进行围剿。

那个红袍法师，是玫瑰教派的祭司。白袍主教，红衣祭司，黑袍则是普通的教众。

良久，大公单手放在胸前，对死去的牧师致以最后的问候，不失声质问、不痛哭流涕，就像他看见众生苦难时那样平静。

唐措则想起了靳丞，他们约定好一个小时后在教堂见，但现在一个小时已经到了，靳丞却还不见踪影。

靳丞难道触发别的剧情了？

唐措猜得没错，靳丞确实触发了别的剧情，而且又是一个支线剧情。经历了月隐之国的九十九个连环支线任务后，现在的靳丞看到支线任务都有点头皮发麻，可这一个不一样。

它的奖励物品清清楚楚地标在任务说明里，叫作——乐章残片。

乐章？是十二乐章，还是兰斯洛特的乐章，抑或两者是同一个东西？

靳丞哪会放过这个机会？哪怕让他再做九十九个连环任务，也不可能放弃。

而且这支线还有时间限制，应该就是“在不耽误主线剧情”的前提下，给支线预留出的时间。

支线任务名称——未完成的画；触发地点——距离酒馆五分钟路程的偏僻后街。

彼时正被酒馆的人追杀，弓箭被封印的状态下，他可不想仅凭一把小竖琴跟土著们硬拼。于是他正面刚也刚得潇洒，掉头跑也跑得潇洒，太过潇洒的后果就是不小心撞上了别人在出殡。

两个凶神恶煞的男人，扛着用草席裹着的尸体，被靳丞一撞，那尸体就从草席里滚落，支线任务触发。场面一度很尴尬。

靳丞随即用一首《安魂曲》送两位壮汉入梦，再蹲下来检查尸体。尸体是位年轻的女性，穿着暴露，涂着劣质脂粉，算不得漂亮，身上也有很多青紫，但看不出具体死因。

任务要求靳丞补完她未完成的画，限时一小时，可靳丞连她是谁都不知道，两个知情者又睡过去了。

此时追兵已至，靳丞只好先撤，溜了一圈再回来，那俩壮汉也醒过来了。两人愤愤地咒骂着，想打人却找不到始作俑者，便只好扛起尸体继续走。

靳丞原想把人绑了问情况，但心思一转，又悄无声息地跟在他们身后。

白叶区的人对于大白天有人扛着尸体招摇过市的事情，似乎已经习以为常了。人们的脸上只有麻木，偶尔有人露出同情、悲哀的目光，也很快移开。

靳丞一路跟着，最终看到他们进了一个门口停着木板车的院子。

巧得很，木板车上也有一具草席盖着的尸体，拖着板车的中年男人正跟一位头发梳得油光锃亮的小胡子男人讨价还价。

"先生，再多给五个铜币吧。我的父亲虽然已经年迈，但身体一向很健康，到死也没有生过什么大病，这在白叶区可是很少见的。"

"可他已经老了。"

"五个铜币对于您来说可能不算什么，却可以让我的孩子们填饱肚子，先生，您行行好吧。"

"你爱卖不卖。高贵的死灵法师们可不喜欢老头子的尸体，我们送到洛克王国光是运输费就要一大笔钱。收你的尸体只是可怜你，这是在做慈善你知道吗？"

两人争执着，这时壮汉扛着尸体到了，小胡子男人便摆摆手，先看起了年轻女人的尸体。他对这个似乎颇为满意，很快以一个银币的价格成交。

大汉高高兴兴地扛着尸体进去，屋里便出来个人，拿着一个印章动作麻利地敲在女人的后脖颈上——罗马数字Ⅴ Ⅵ，代表56。

靳丞蹲在隔壁的屋顶上瞧着，忽然想起了现世里猪肉身上的那种章，也是蓝色的。

这时拉板车的中年男人终于咬咬牙放弃了五个铜币的加价，生怕小胡子男人反悔，火速完成了这笔交易。他得到了60个铜币的钱，而老人尸体上多了个57的章。

由此看来，数字是尸体的数量。

靳丞托着下巴静静看着，一直看到大汉高高兴兴地拿钱折返，也没有什么动作。他只是在离开前又多看了一眼那院内，敲章的人正往陈列着的尸体上抛撒粉末，似乎是用于防腐。

他无从置喙。

在填不饱肚子的情况下，道德是廉价的。

但与板车男人买卖自家老人尸体不同，那两个壮汉显然不会是女人的兄弟，所以靳丞在摸清尸体的去向后，转头就把他们绑了。

从他们口中，靳丞得到了女人的住址和职业。

一个风尘女子，独自租住在白叶区，两个大汉是负责看场子的打手，也负责处理尸体。女人是猝死，本就得了病，活不长。

此时距离一个小时的时限还剩下最后的二十多分钟，靳丞火速赶往出租屋，刚打开门，一幅巨大的壁画就闯入眼帘。

女人生前在画画。她空出正对着门口的那面墙，把所有的家具和杂物都堆放在另一侧，一边整洁一边杂乱，一边色彩鲜艳一边暗沉。

画上是一片盛放的红玫瑰，只剩下最后两朵花还没有涂色。画笔和颜料盘就放在桌上，旁边还有一封未寄出的信。

尊敬的彼得牧师：

我想我快死了。

恭喜我吧。

我不知道这世上是不是真的存在一种叫玫瑰的花，我从未见过它，但如果它真的如您所说那般美丽，愿它能实现您的愿望。

我却是不必了。

丽莎

靳丞沉默了两分钟，才放下信拿起画笔补画。可就在笔尖触碰到墙面时，那鲜艳的红色倏然在靳丞眼中放大，占据了他的所有视线，像红色的泼墨，从墙上泼洒下来，瞬间将靳丞笼罩。

另一边，唐措没等来靳丞，等到了罗杰里德。

玫瑰教派这次潜伏在白叶区的人死了一多半，红衣祭司也被罗杰里德重创，但最后还是被他逃掉了。罗杰里德回来后，跟凯尔特交代了几句后续的事情，便主动找上了唐措。

“地道的事情你再跟我说一遍。”罗杰里德面容冷酷，大约四十岁，两鬓剃掉，留了个很利落的发型。他的发色也是这个世界里少见的黑色，再配上那黑色眼罩和蓝色眼睛，让他冷酷的脸更显严厉。

两人走到教堂的院子里，唐措正打算把对凯尔特说过的话重复一遍，以不变应万变，孰料罗杰里德又换了种严厉但不失熟稔的语气。

“西奥多，你带着大公走地道，太莽撞了。你的哥哥让你来这里历练，但并不希望你出什么事。”

哥哥？西奥多还有哥哥？

唐措心中狐疑但面色不显：“我知道了，罗杰里德阁下。”

罗杰里德微微蹙眉：“拜师的事情还要再放一放。我会给公爵阁下写信，如果你将来要留在青藤同盟，就必须经受更多的历练。你没有轻易向别人提起你的来历，这很好，西奥多。身为一个骑士，你要为自己高贵的出身感到骄傲，但不可以傲慢，也不可以停止前进的步伐。”

唐措了然，这原来还是一个贵族子弟隐瞒身份下乡历练的故事，难怪西奥多的头发换了颜色。

不过有一点让唐措觉得奇怪。

如果西奥多还有一个哥哥，那在这样一个正统的贵族骑士家庭，袭爵的就会是长子。按照罗杰里德说的，他来青藤同盟历练，意欲拜罗杰里德为师，以后可能还要留在青藤同盟，这是一条和袭爵不同的路。

可为什么最终成为公爵的会是西奥多？他的哥哥又去了哪里？

他死了，还是出了别的事情？

唐措暂时压下心中的疑惑，也不去问为什么。他一个骑士要拜魔法师为师，点点头，保持着他的高冷人设不动摇。

于是凯尔特过来的时候，看到的就是一大一小两个冷脸，仿佛一个模子里刻出来的。他挠挠头，都不知道自己该不该上前打扰。

## 45

凯尔特过来告诉罗杰里德，大公请他过去谈话，商量地道的后续处理问题。他用的词是“请”和“商量”，这里虽然是法兰公国的首都，但监察者罗杰里德在西西里特大陆的地位，不比一位大公逊色多少。

等罗杰里德一走，凯尔特小声跟唐措说：“地道的事情一出来，接下来我们又有得忙了，希望玫瑰教派不要再搞什么幺蛾子。风吟的时候可是丰收的季节，我远方的佩吉姑妈还要邀请我去她的农场喝新酿的麦酒呢。”

唐措高冷地点头。

凯尔特似乎也习惯了西奥多的正经和无趣，继续说：“对了西奥多，你说你的家在百花王国？百花王国可比法兰大多了，你怎么跑到这儿来了？”

法兰是百花王国统治范围内的一个公国，虽然面积不算小，可到底也只是一个公国而已。唐措知道他什么意思，但得保持人设不崩，于是继续高冷道：“为了信念。”

凯尔特久久无言。

他也不知道为什么，西奥多明明年纪不大，身上却有古老贵族般的坚守。有时瞧着太古板太正直了，冷酷不易接近，但像现在这样说出“为了信念”这四个字的时候，凯尔特还是小小地感动了一下。

虽然他也实在不知道该怎么接西奥多的话茬。

姗姗来迟的兰斯洛特拯救了他。

这位吟游诗人像是刚从哪个暴风眼里流浪回来，裤子、衣服上划开了好几个口子，衬衣领口也不羁地敞着，头发凌乱而飞扬，抱着琴，嘴角带笑，还有那么点帅气。

看到他的第一眼，凯尔特就知道这肯定是那位带大公走地道的人了，主动上前："兄弟，你这是怎么了？"

靳丞耸耸肩："一不小心踩中了魔法阵。"

凯尔特立刻警觉："魔法阵？"

"对。"靳丞神情严肃，随即报了丽莎的住址，道，"我怀疑白叶区不止一个这样的魔法阵，而且多半跟地道里那个玫瑰五芒星标志有关。"

闻言，凯尔特哪还站得住，立刻着手去查。

靳丞便终于和唐措有了独处的时间，开门见山："我触发了一个支线任务，拿到一块乐章残片。"

唐措微怔，随即问："兰斯洛特的乐章，还是十二乐章？"

他的问题跟靳丞所想的一模一样，靳丞不由得勾起嘴角，说："暂时还不清楚，或许得等到收集得多了才能看到乐章的原貌。"

随即靳丞把整个支线任务的内容跟唐措简略说明。

墙壁出现异样后，靳丞整个人被吸进了壁画里。壁画的世界里到处都是带刺的玫瑰，铺天盖地地对靳丞发起了攻击，所以靳丞的衣服才会被划开那么多道口子。

不过在这个壁画世界里，靳丞的弓也恢复了使用，他抢着时间从里面冲出来，赶在最后一刻提笔将画补完。

"魔法阵应该跟一个叫彼得的牧师有关系，一个普通的女人可不会光凭画画就画出一个魔法阵来。你们的人去找就可以找到她给彼得写的信。"刚才靳丞没说太多，是怕说多了会让人怀疑兰斯洛特，给副本增加难度。

"彼得就是大公说的牧师。"唐措道。一个叛变的牧师，会搞一些幺蛾子出来并不奇怪。不过这既然是支线任务，不影响主线，那么哪怕靳丞不触发这个任务，接下来也会有副本 NPC 推进。

但事关乐章，他们往后还得留心才是，否则辛辛苦苦收集乐章，到最后发现漏了一块，可不前功尽弃？

说着，靳丞又双手抱臂靠在柱子上，饶有兴味地说："有一点我觉得很有意思，丽莎给彼得的信上说，她不知道这世上是不是真的存在一种叫作玫瑰的花，也没有见过它。不知道，没见过，这很有意思不是吗？西奥多来自百花王国，他见过玫瑰吗？"

唐措反问："那你为什么知道那条密道？"

靳丞耸耸肩。

这不就得了。唐措不知道西奥多见没见过真的玫瑰，靳丞也不知道兰斯洛特为什么知道密道，两人在角色扮演的副本里抓瞎，难兄难弟一对。

这时罗杰里德过来了，两人赶紧止住话头。

罗杰里德扫了一眼兰斯洛特，兰斯洛特微笑而恭敬地给他行礼："午安，监察者阁下。"

"你认识我？"

"全大陆的吟游诗人想必都吟唱过关于您的诗篇，在这里见到您，是我的荣幸。"很好，又不动声色地拍了个马屁。

唐措实在佩服靳丞的演技，但罗杰里德是个冷酷的人，并不吃他这一套。他又看向唐措，吩咐道："待会儿你跟着卫队一起护送大公回宫。至于你，青藤同盟感谢你的援手，但事关重大，我们希望你能继续留下来配合行动。"

这就是变相的看管了吗？

靳丞心念一转，继续微笑道："乐意效劳。"

罗杰里德似乎还有更重要的事情，交代完就走了。靳丞和唐措对视一眼，齐齐打开任务面板，主线任务果然发生了更新。

这一次他们的任务终于并成了一条线——护送大公回宫。

卫队在半个小时后起程。

凯尔特调查过丽莎的房间后，又急匆匆赶回来，得知罗杰里德已经走了，大为懊恼："我要是回来得再早一些就好了。那魔法阵一定与玫瑰教派有关，这次的事情恐怕还没完。罗杰里德阁下这样的大人物，一贯行踪成谜，等他主动出现又不知得等到什么时候。"

语毕，凯尔特又风风火火地跑走。

唐措却忽然想起一个人，就是他来到这个副本后睁开眼看到的第一个人——红头发。他说要给西奥多介绍兰斯洛特，那一定认识兰斯洛特，或许会知道兰斯洛特和地道的事。

凯尔特行色匆匆，暂时没有空管兰斯洛特，于是靳丞被安排和唐措一块儿加入卫队。前来迎接大公的正是亲卫队的队长，正确地说应该称他为骑士长。

骑士长对唐措很有好感，对兰斯洛特却有所戒备，态度说不上冷淡，但也没什么话说。兰斯洛特就像一个异类，在一大群严肃正经的骑士旁，抱着琴笑眯眯，还穿着绝无仅有的时尚破洞裤。

队伍开拔。

唐措原想着主线任务是护送大公回宫，路上可能又会发生什么意外，但没想到这一路都风平浪静。

王宫在望，骑士长也不由得松了口气。

这一路上唐措和靳丞都没再跟大公说上话，大公坐在唯一的马车里，还是那个威严沉肃的大公。

不过就在两人准备离开时，一位内官跑过来，恭敬行礼，道："大公让我转告二位，今日感谢二位的援手，不论何时，你们都是王宫的客人。谢礼会在稍后送往青藤同盟办事处。"

靳丞还礼："多谢大公。"

唐措则矜持地点点头。等内官离开，两人的主线任务齐齐变成了"前往集市"，一下从难兄难弟变成了副本观光客。

靳丞打趣道："可能是永夜城终于看不下去，把乌鸦先生制裁了。"

唐措不予置评。他内心觉得以靳丞的人品，如果乌鸦先生被制裁，那可能就是永夜城想要亲自对他动手了，所以还是让乌鸦先生活着吧。

虽然大公遇袭，但局面已经稳定下来，庆典得以继续进行。些微的恐慌还留在人群中间没有消散，但在这样欢闹的日子里，大家还是愿意抛开烦恼好好乐一乐的。

喧闹的集市上摆满了小摊子，在这一天，公国不会收取任何的摊位费。各种陶器、铜器，或精巧或粗糙的小物件，还有精灵之森的石头，来自百花王国的花种，等等，一直摆到马路边上。

两人的第一站，自然就是地道的入口，也是靳丞进入副本的地方。

这也在集市范围内。

那是一处民宅，卫队封锁了各个入口，不让任何人靠近。两人没有贸然前往，隔着一定距离打量着，唐措问："你进副本的时候，旁边有人吗？"

靳丞："没有。看里面的情况应该是一处出租的房子，上下两层，租住着好几户人家，今天是庆典，大家应该都出门了，房门都锁着。不过我敢肯定兰斯洛特不住在那里，他是去找人的。"

"为什么？"

"他身上没钥匙，而且他很穷，这地段不便宜吧。"

这理由真是强大到让人无法反驳。

"红头发？"

"有可能。"

推测不足以定真相，但在没弄明白兰斯洛特为什么知道地道之前，还是不宜跟卫队和青藤同盟有过多接触。靳丞固然可以靠小聪明糊弄过去，但信口胡诌也不是个好办法，万一穿帮，罗杰里德一个魔法就可以送他们归西。

可唯一的希望红头发仍不见踪影。

两人便尽可能往人多的地方去，想要看看有没有认识的人主动上前打招呼，或能不能触发什么新的支线。

恰好路过一个卖花的摊子，靳丞停下来问花匠：“有玫瑰吗？”

花匠古怪地看了他一眼，好似在看一个不好好穿衣服还乱问问题的神经病：“小伙子，你是故意的吗？算了，今天可是个好日子，我不同你一般计较，要是不想买花就赶快走吧，我想你该去换一身衣服再来。”

靳丞摸摸鼻子，转头朝唐措摊手。

唐措也觉得靳丞这身破洞装有碍观瞻，可靳丞摸遍全身的口袋，只有五个铜币。他可怜巴巴地摊开手掌，把五个铜币展现给唐措看。

唐措面无表情，一摸口袋，金币两个。

正可谓三十年河东，三十年河西，莫欺少年穷。

靳丞花起唐措的钱来也丝毫不手软，非常理直气壮。两人去逛成衣店，光试衣服靳丞就试了半小时。

唐措双手抱臂靠在铜镜边上，被迫给出意见，而且必须是发自内心的、不糊弄人的、审美在线的意见。

金发的店员姑娘一直在捂嘴偷笑。

最终靳丞挑了一套跟原来差不多、只是料子穿着更舒服的衣裳，唐措也换了一身。他原先受了伤，喝下药剂之后伤慢慢恢复了，但衣服可不会恢复原状。

两人穿着新衣服从店里出去，前方又传来欢快的歌声，还有风琴的声音，飘扬着，好像飘在天上。

“风吟之歌。”

唐措想起这个副本的名字。

如果说诗人之死是一切故事的终结，风吟之歌则是开始，那这个连环副本从庆典开始也从庆典结束，巧得很有仪式感。

两人接连又向几个路人打听了玫瑰的事情，发现这片大陆上真的没有玫瑰这种花。更确切地说，玫瑰只存在于书上和吟游诗人的歌声里。

普通的民众并不会去追寻这背后的原因，对于他们来说，玫瑰大概就是一种以前有过后来绝种了的花。

这似乎也没什么难以理解的。

唐措和靳丞却知道事情绝不会那么简单，而牵扯到秘密一类的记载大概率不会出现在人人都可以接触到的图书馆，最有可能存在于青藤同盟的办事处或王宫。

当然，他们现在还是以找红头发为主。

走着走着，靳丞忽然有了主意："你不是说那个红头发喜欢兰斯洛特的音乐吗？他今天要把兰斯洛特介绍给西奥多，说明兰斯洛特也会到这里。一个吟游诗人，在这样的庆典日子，他会干什么？"

唐措："演奏。"

在街边演奏，是靳丞会干得出来的事情。

小竖琴是现成的，他只需要从路边的杂货摊子上淘一顶便宜的帽子，再找个有花有微风的好地方，把帽子往地上一摆，音乐自来。

唐措就坐在旁边的花坛上，视线望出去，仍是从高高的建筑顶端垂下来的透明的白纱飘带。

靳丞也会唱歌，唱一些记忆中的很有异域风情比较舒缓的歌，但不记得歌词，所以在乱唱。什么音节押韵他就唱什么，自由发挥。

越来越多的人在他面前停留，攥着糖果的孩子、年轻的男女，抑或是端着木盆的中年妇女和老人。他们有些来了又走，有些往帽子里丢一两个铜币。

这些人或许会在遥远的未来想起这个风和日丽的下午，曾驻足聆听过西西里特大陆最受欢迎的吟游诗人的演奏。

## 46

兰斯洛特大受欢迎，短短四十来分钟，就赚到了八十六个铜币。

"嘿，这不是兰斯洛特嘛。"为他驻足的人群里也终于出现一个认识他的人。那是个蓄着络腮胡的富态大叔，上下打量着他，用带着惊奇的夸张的语气说："没想到你还真是一位吟游诗人，你的音乐是如此美妙。赞美法兰，小巴兹这下可不用输钱了。"

靳丞保持微笑，以不变应万变。

络腮胡大叔继续感慨："哦，兰斯洛特，一场风寒没有打垮你。现在看来你在刚来到法兰时就生的那场病是上天对你的考验，你成功了，成功地完成了考验，还赢得了人们的喜爱。但是你要知道，兰斯洛特，那些怀疑你的人并非出自恶意，谁能想到你还这么年轻，竟真能演奏出如此美妙的音乐呢！"

这人热情地说了半天，靳丞和唐措却一致觉得他不是什么好人，因为他一个铜币都没舍得往外掏——太小气了。

靳丞问："那你见到巴兹了吗？我在找他。"

络腮胡大叔："我刚刚还瞧见他在流浪者酒馆前帮人搬东西。你知道的，兰斯洛特，他之前为了帮你筹措药费打着两份工，非常忙碌。"

此时唐措打开任务面板。

月隐之国——
第二环：风吟之歌。
主线：寻找巴兹。

跟络腮胡大叔分开，两人迅速赶往流浪者酒馆。

现在看来巴兹应该就是红头发，而兰斯洛特在刚到法兰公国时就生了病，受到了这位巴兹的帮助。至于以络腮胡大叔为代表的其他人，好像并不看好兰斯洛特，他们或许曾对他的病袖手旁观，或许曾嘲笑他，都不得而知。

这也代表着，兰斯洛特刚刚那场演奏，应该是他的首秀。

流浪者酒馆距离这里并不算远。

大约十分钟后，一家门口挂着风铃的酒馆出现在两人视线里。靳丞上前询问，话还没说出口，酒保看见他的脸，立刻笑道："嘿，这不是我们的大吟游诗人兰斯洛特吗？"

这话七分打趣，三分嘲讽，看来兰斯洛特来到法兰公国后的日子确实不是那么顺利。

这时，两人身后又传来一道惊喜声音："兰斯洛特、西奥多！"

是巴兹。头发像红棉花似的巴兹欣喜地朝他们挥着手跑过来，目光在两人身上来回扫过："你们怎么一起来啦？我还想介绍你们认识呢，没想到你们已经遇上了！这可真是奇妙的命运啊！"

唐措："……"

靳丞微笑："可不就是嘛。"

酒保见巴兹来了，撇撇嘴，转身离开。

巴兹这才露出一丝后怕来，对唐措说："刚才大公遇袭可把我吓到了，幸好有西奥多你在，我可看见了，西奥多，你真是位英勇又果敢的骑士。不过后来我就跟着人群一起被冲散，找卫队打听也只告诉我已经没事了。西奥多，你没受伤吧？"

唐措摇头："轻伤，不碍事。"

"轻伤也要好好护理啊。"巴兹对于伤病很有发言权，说着，他似乎想到什么，担忧地说，"我刚才去打听的时候看到艾伯特医生的住所被卫队围起来了，不知道发生了什么事，怪叫人担心的。哦，对了，兰斯洛特，刚才你跑哪儿去了？我找好久都没看见你。"

巴兹似乎没看到最后靳丞接应唐措和大公的画面，便自然而然地认为兰斯洛特没有卷进这件事里，而他话中透露出来的意思让唐措的思绪豁然开朗——艾伯特医生。

兰斯洛特去那栋出租屋，可能就是去找这位艾伯特医生。

唐措和靳丞交换一个眼神，都从对方眼中看到了同样的猜测。

靳丞问："巴兹，你今天看到艾伯特医生了吗？"

巴兹摇摇头："没有啊。艾伯特医生很忙的，许多贵族老爷都愿意找他看病，而他又是那么善良，也愿意接待我们这些平民，甚至可以减免药费和上门看诊。兰斯洛特，我们真该找个好日子专程去谢谢他。"

随后巴兹又问了唐措和靳丞凑到一块儿的原因，靳丞见他什么内情都不知道，便隐瞒了地道的事情，只说他俩都来找他，恰好遇上。

巴兹不疑有他，随即给了兰斯洛特一把钥匙："兰斯洛特，今天我可能又要很晚回去。你知道的，在这样的日子里酒馆会开到很晚，这里离白叶区的东街又很远。或许你可以和西奥多四处转转，再一起吃点贝贝屋新出的果酱馅饼，那味道真是棒极了。"

"我们一定会去尝尝的，谢谢你，巴兹。"

"哈哈，兰斯洛特你可真奇怪，朋友之间从来不需要道谢。还有句话我一定要告诉你，兰斯洛特，不要着急，你的才华总有一天会被人看见的，不是今天，就一定是明天。"

"刚才我已经在集市上表演过了，大家都很喜欢我的音乐。"

"是吗？那可真是太棒了！"

巴兹看起来很高兴，发自内心地。这时酒保又从酒馆里出来，大声地叫巴兹去工作，巴兹便只好挠挠头，歉意地对靳丞和唐措笑笑，让他们一定好好享受庆典的下午。

靳丞和唐措目送巴兹离开，阳光下那头蓬松柔软的红发透着光，颜色可真讨喜。

主线任务变更——前往青藤同盟办事处。

既然艾伯特医生这个关键人物浮出水面，那关于地道的事情，靳丞也有了说辞，可以光明正大地去青藤同盟逛一逛了。只是巴兹给的钥匙又让他产生了新的联想。

"巴兹和兰斯洛特也住在白叶区。"他道。

"因为房价便宜。"唐措对答。

很好，有理有据。

靳丞将钥匙收起，反正现在他俩也没办法去白叶区查探，便干脆把这个抛到一边。

青藤同盟驻法兰公国办事处位于城中心的圣保罗区，三层楼高，门口悬挂着大大的青藤同盟标志，建筑风格也与周围乳白色的圣堂建筑不太一样。

那或许是波波罗岛的风格，透着股自然原始的味道。

这么一看，月隐之国的那个办事处大概只有这里的一个厕所那么大。

入门是一个接待大厅，与常见的冒险者公会并没有什么两样，有任务发布区也有休息区，地上绘着一个巨大的同盟标志。

大厅里人来人往，大多是穿着皮甲的剑士，间或也有两个魔法师。而这些人都有一个共同的特点，那就是——普通。

青藤同盟是一个相对松散的赏金猎人组织，如果把它比作一棵参天大树，那么这些依托于这个庞大组织赚钱生存的普通成员，就是树叶。

像凯尔特那样的才是真正的核心，是树枝。树叶可以脱落，今年掉了明年再长，可树枝却不同。

唐措的目光扫向二楼：“我们上去。”

百花王国高贵的公爵家的小儿子，怎么也不可能是一片普通的树叶。果然，两人刚上楼，远远就听到有人叫他：“西奥多，你可回来了！”是一位活泼可爱的留着麻花辫的姑娘。

靳丞打趣似的看向唐措，换来唐措面无表情。

二楼的格局跟一楼差不多，但地上绘制的同盟标志变成了一个巨大魔法阵，来往的人也少了许多。姑娘站在服务台前朝唐措招手：“王宫的使者给你送来了谢礼，西奥多，快过来看看吧。”

唐措遂过去。

靳丞靠在一旁等他，等待的间隙他又打开了任务面板，恰好看到了主线任务变更的瞬间。当前主线任务——活下去。

不好。

靳丞立刻环顾四周。系统给出这么直白的任务，代表这次的危险程度一定很高，可危险又会藏在哪里呢？他下意识地把目光放在来来往往的人身上，可直觉告诉他不对。

这时，唐措已经拿到了他的谢礼，那是一个正方形的精致的巴掌大的木匣子。看起来普普通通，毫无魔法波动。

“别开！”靳丞倏然大喊。

二楼大厅里的人被他吓了一跳，服务台的小姑娘甚至惊得拍了拍胸口，唯有唐措能接收到靳丞的警示。

可这也已经晚了，匣子刚刚已经被他打开了一条缝。而就是那一条缝，让唐措看清了里面的东西——一个很丑的拿着一柄伞的布娃娃。

四目相对的那一刻，布娃娃忽然咧嘴一笑。

唐措毫不犹豫地、飞快地将匣子重新合上。

“哐、哐、哐！”合上的匣子剧烈地颤动起来，像是那布娃娃活了过来，拼命撞击匣壁，想要从里面出来。

“这是怎么回事？！”服务台的小姑娘一脸惊恐和难以置信，青藤同盟有着大陆上数一数二的静默法阵，可以消除这世上绝大多数的魔法，更别说这是在防御更严密的二楼，一些咒术类的东西根本不会起作用。

唐措死死摁住，可那力道大得根本不是人可以抗衡的。思绪飞转，他果断放弃，松手的瞬间拔出裁决之剑，一剑劈下！

长剑破开匣子的刹那，裁决圣辉倏然大放，耀眼的光芒让周围所有人都暂时失去了视线。

靳丞赶到，一把将服务台的小姑娘摁进柜台里面，又把另两个靠得近的踹开。情急之下，他也顾不得踹得重不重了，而就在他清场的同时，耀眼的光芒终于消散。

一柄黑伞从破碎的匣子里伸出来，伞尖抵住了唐措的剑尖。

唐措面色凝重，目光从伞尖移到伞柄，再移到那只握着伞的骨节分明的手，背上已经渗出了冷汗。

太强了，这股力道让他根本没有办法反抗。裁决之剑虽说处于破损状态，可到底是传说级别的武器，什么伞能够跟它媲美？

而就是这心念飞转的一两秒钟内，拿伞的人渐渐显露出了真身。先是那只过于白皙的手，随后是他的肩膀，再然后是整个身子。他从那破损的匣子里缓缓走出，像个古老的绅士，每往前走一步，就将唐措逼退一步。

他戴着银色面具，一身纯白礼服，长长的黑发用一根黑色蕾丝发带在后面束起，右耳还垂着一枚流苏耳环。

“我说是谁坏了我的大事。”他微微勾起嘴角，偏头看向靳丞，那流苏耳环便随着他的动作轻轻摇晃，“原来是你啊，兰斯洛特。”

说罢，他将伞尖轻轻往前一推，唐措便被一股强大到无可抗衡的力量推出去，直直撞在大厅的柱子上，蓦地吐出一口血来，肋骨似乎都断了一根。

也就是这时，唐措才看到主线任务的变更。“活下去”三个字，简单粗暴，但在现在这样的情况下，任务艰巨。

他不由得看向靳丞，靳丞挑着眉，看样子很想骂娘——兰斯洛特啊兰斯洛特，怎么哪儿都有你的名字？

地上的魔法阵终于有了反应。

暗金的纹路似水波潋滟，澎湃的魔力便在此刻涌现，向流苏耳环扑去。然而他只是将伞尖朝下，当成手杖轻轻触地，那涌动的魔力便被按下。

他双手交叠着放在弯弯的伞柄上，整个人就是一根定海神针，任魔法阵如何咆哮，也不能动他分毫。

靳丞只得保持微笑："这位先生，我认识您吗？"

"你这样说可真让我伤心。"流苏耳环笑着，手中伞柄一转，一道绚烂的魔法便挣破魔法阵的束缚，向唐措打去。

千钧一发之际，唐措绕柱避过，与此同时全力激发裁决圣辉，一剑破开魔法的余波。他喘着气，肋骨生疼，再抬头时，嘴角还残留着一丝血迹。

当然，他的脸色很不好，非常不好。

靳丞招惹的你，你打我？

## 47

唐措觉得这个世界对他真的非常不友好。

流苏耳环好似现在才看清他的模样，目光落在他的剑上，藏在面具下的脸上露出恍然的表情，说："原来是白骑士家的小子，你说我现在杀了你会怎么样呢？一定会很有趣吧。"

唐措拄着剑，只盯着他，没说话。

流苏耳环继续道："杀你可比杀大公有趣多了，我想那位大公也一定宁愿死的是他自己，而不是你。"

唐措明白他什么意思。

法兰只是百花王国属内的一个公国，如果西奥多死在这里，他的家族一定会追究法兰王室的责任。更何况，这个匣子是被当作大公的谢礼送过来的，原本被刺杀的也是大公。

这一招确实妙。

唐措却更好奇这个人跟玫瑰教派是什么关系。他这么厉害，如果由他来对大公动手，他们根本不可能有救人的机会。

大约是他的目光太直白，流苏耳环蓦地笑了："我很喜欢你的眼神，跟你的哥哥很像。"

可他表达喜欢的方式就是——杀了你。

强大的魔法攻击再次袭来，唐措这次却没办法再避过了，只能用裁决之剑硬接。硬接的后果就是他又吐出口血来，全身像被碾碎一样地痛。

"咯、咯……"他单膝跪地，拄着剑的手都在颤。

靳丞想出手，可他的技能列表和装备栏几乎都是一片被封印的灰色，而他的手刚碰到小竖琴的琴弦，流苏耳环便看了过来："如果我是你，就不会动。"

靳丞："或许我们可以谈谈条件？"

流苏耳环："你觉得你有什么条件可以跟我谈吗？"

靳丞："看您想要什么。"

流苏耳环歪着脑袋仔细想了想，久久都没有回答，而那伞尖已经提起，对准了唐措。

生死一刻，所有的空气仿佛都被压缩在方寸之间，不是无法呼吸，而是那空气已经完全堵塞了气管，不断膨胀，挤压着血液原有的位置，让人的大脑无法思考。

服务台的小姑娘战战兢兢地捂着嘴不敢出声，被靳丞清出魔法阵的其他人也似被掐住了脖子，一个个定在原地动弹不得，仿佛砧板上被拍晕的鱼。

一滴冷汗从唐措的额角滑落，他直觉靳丞的语言交涉可能并不管用。果然，流苏耳环复又看过来，说："现在这个时候，还是杀死白骑士的后裔更让我感兴趣。"

他在笑，而唐措的心瞬间沉入谷底。

不过无论是唐措还是靳丞都不是轻易放弃的人，作死和认命完全是两回事。

唐措仍旧盯着流苏耳环，属于西奥多的眸子没有那么黑白分明，但眼中的执着是如出一辙的。

在那伞尖的威慑下，他握着剑柄的右手悄悄下滑，利刃割破掌心，鲜血瞬间流淌。

这叫赌。

在所有的带有奇幻色彩的故事里，无论东方的还是西方的，血液都是能唤起更强大力量的重要媒介之一。

西奥多的血滴在裁决之剑上会是什么效果？

唐措不知道，但可以赌。

鲜血顺着裁决之剑流淌而下的时候，流苏耳环挑了挑眉，张嘴发出一个音节，绚烂得如万花筒般五彩缤纷的魔力便在那伞尖汇聚，下一瞬，魔法的洪流向唐措席卷而去。

靳丞却也在这时动了。

手指迅速拨动琴弦，原本用在弓弦上的那一招音波攻击被他强行嫁接过来，"铮——"琴声中，锋利的蛛丝做成的琴弦割破他的指尖，血珠飞溅，又被声波震碎。

强大的声波同魔法洪流撞在一块儿，似风搅动晚霞，美则美矣，骤然爆开的劲气却将所有在场的人全部震到吐血。

“轰！”地面寸寸龟裂，魔法阵的暗金光芒疯狂闪烁，将大部分冲击力吸收，但似乎也无法完全抵挡。

唐措咬牙，将裁决之剑用力刺入身前地面，将自己牢牢钉在那儿。与此同时，手掌用力握住剑身，鲜血几乎将银剑染红。

“铮——”又一道琴声，二次冲击。靳丞本人却没有去救唐措，反而朝着流苏耳环冲去。快要近身时，他弯腰利落地从靴子里抽出一把短匕，寒光乍现，匕首飞出。

这所有的一切，都发生在短短的三秒内。

“滴答”，一滴鲜血从唐措的手腕滴落在地，发出轻响。轻响在他耳边无限放大，魔法的洪流亦近在眼前，而这时——裁决圣辉终于再次暴涨。

强烈的白色圣光与璀璨的魔法洪流撞击在一起，其中还夹杂着琴声的余音，刹那间，整个二楼都被席卷在内。

唐措失去了视觉，很快也失去了听觉，五脏六腑好似都充斥着破裂的血管，屏蔽了他所有的感知。他只能紧紧握着自己的剑，用尽全力不被击倒。这个过程很漫长，但也可能仅仅过了一瞬。

一瞬过后，“哐当”，窗户的破裂声强行插入。

“伊索！”冰冷的怒喝伴随着温暖降临。

唐措勉强睁开眼，看到一个熟悉的光环套在自己身上。他不敢张嘴，怕泄了这口气就倒下了，但他的目光还能看到那个穿黑礼服的身影——罗杰里德。

一黑一白两个身影打了起来，罗杰里德和他口中的伊索几乎旗鼓相当。而靳丞终于有机会靠近唐措，当机立断，一瓶高级治疗药剂给他灌下去，拉住了他疯狂下跌的生命值。

“咳、咳……”唐措总算缓过一口气，打开人物面板一看——熟悉的3%。

靳丞其实也受了不小的伤，伊索的魔法攻击虽然是朝着唐措去的，可靳丞胆敢近身袭杀，便是直接闯进了风暴中心。

“走。”靳丞背起唐措，二话不说立刻撤退。他可不去管罗杰里德和伊索打成什么样子，保命要紧。

两人迅速退至一楼，而此时一楼的赏金猎人们都被两位大佬的打斗吸引了目光，暂时没什么人注意到他们。

可两人刚到楼下，系统就开始疯狂弹提示音——“叮！”“叮！”“叮！”

靳丞立刻打开系统面板，发现主线任务已经从“活下来”变成了“营救同盟成员”。英勇而正直的骑士西奥多，和善良的吟游诗人兰斯洛特，一定不会对旁人见死不救。

哦，这该死的、充满人道关怀的角色扮演副本。

为了不被雷劈，靳丞只好又背着唐措回去。

二楼已经倒了一片，在刚才那样强烈的冲击下，大家虽然没死，但个个受伤。靳丞把唐措放下，动作迅速地给每个人灌药。

忙完这一切，主线任务再度变更。

当前主线任务：告诉罗杰里德事件的真相。

什么？真相？什么真相？

靳丞的头顶瞬间挂满问号，而就在这时，罗杰里德回来了。他还是破窗进来，手里拎着一个破损的布娃娃，独眼扫过受伤严重的唐措，一张脸上满是寒冰。

“怎么回事？”他问。

靳丞只犹豫了三秒，“叮”，系统就又给他弹提示音——生死问答题。

靳丞面不改色，答：“是艾伯特医生。刚才那位被您称作伊索的人，化名为艾伯特医生潜伏在法兰。那条地道我就是从他那里知道的，先前没有直接说出来，是因为我并不确定——艾伯特医生是个好人，他给我看了病。”

闻言，罗杰里德又问：“他为什么会把地道告诉你？”

靳丞随即严肃道：“他想拉我入伙。”

罗杰里德深深地看了他一眼，看不出信还是不信，但没再追问，系统也没有继续给靳丞弹提示音，靳丞便知道这关算是过了。

至于伊索是不是艾伯特医生，靳丞没有十足的把握，说到底还是在赌。

末了，靳丞看着他手里的布偶，忍不住问：“罗杰里德阁下，那是？”

罗杰里德：“魔偶。伊索本人不在这里，如果他亲自来，你们早就死了。”

靳丞没贸然询问伊索的身份，像这样厉害的大人物，或许跟监察者罗杰里德一样闻名大陆，没听过的才比较奇怪。

很快，罗杰里德又离开了。

凯尔特风风火火地赶回来，看到二楼一片狼藉，整张脸都垮下来，再得知罗杰里德已经走了，更是捶胸顿足：“我怎么就赶不上呢！”

据凯尔特说，白叶区果然又发现了几处魔法阵，都带有明显的玫瑰教派的风格。这些魔法阵的具体用途还在继续调查，不过好在发现得早，不管什么用途都被扼杀在了摇篮里。

凯尔特说起来时满脸庆幸，唐措却不这么觉得。

他打开系统面板，主线任务又变成了——回到白叶区。

凯尔特还在说：“现在不光是一位红衣祭司，连反叛者伊索都出现了，法兰只是个小公国，真不知道他们都聚集到这里做什么？我得尽快通知总部，让他们多派人手过来才行。”

反叛者伊索。

靳丞眼珠子一转，问：“他很有名吗？我刚从月隐之国来，好像没有听说过这个名字。”

凯尔特不是罗杰里德，并未多想，反而是听到“月隐之国”这四个字时显露出几分兴趣，说：“我在法兰这么多年也很少见到月隐之国的人，那儿真的很远啊，没听过伊索的大名也正常。他原先是一国的王子，身份尊贵，后来不知怎么地就投靠了玫瑰教派，成了邪恶的化身。反叛者伊索大名鼎鼎，论实力与罗杰里德阁下都不相上下，你们以后见了他可要当心啊。”

此时药剂已经发挥了作用，唐措的伤虽然还没好，但已经恢复了行动能力。他站起来，对凯尔特说：“匣子是大公派人送过来的，这件事应该立刻通知王宫。”

凯尔特一拍脑瓜子：“瞧我，这么重要的事怎么忘了。”

语毕，凯尔特立马去办。

唐措和靳丞交换一个眼神，趁没有其他人过来搭话，立刻找机会离开办事处，按任务指示前往白叶区。

中途唐措又换了身衣服，他时不时受个伤，衣服的报废率太高了，便干脆又多备了两套。

“伊索和红衣祭司是一拨人，但行动方针不一样，恐怕关系也并不密切。”唐措一边走，一边说。

“怎么说？”靳丞道。

“假设伊索就是艾伯特医生，那潜伏在城中心那么久，以他的实力，直接闯进王宫动手也未尝不可。而那批刺客花费那么大精力，还是没能成功，而且当时艾伯特医生并不在家。”

“伊索和红衣祭司的实力哪个更强？”

“伊索。”

唐措靠直觉下的判断，但他很笃定。那个红衣祭司一手玫瑰炸弹看着很厉害，也确实有办法从罗杰里德手中逃走，可伊索给人的感觉更恐怖。仅凭一个魔偶就能做到绝对的实力碾轧，强得让人不知该如何反抗。

靳丞道：“伊索看着确实像游离于玫瑰教派之外，不论是穿着打扮还是行事风格都跟先前那拨人不一样。或许是他们出现了分歧？伊索有伊索的打算，但红衣祭司趁他不在时，率先实施了自己的计划。伊索可能不会为他出头，但他一定会恼怒于地道的泄露，所以才有了刚才的事。”

唐措：“问题是，彼得牧师是哪一派？”

从目前的情况来看，彼得跟红衣祭司应该是一伙的，但世事无绝对。

白叶区。

卫队在四处巡逻，但如今大公已经不在这里，亲卫队随他回去了，能分到这里的人手便也不多。离开办事处时，唐措看到凯尔特以青藤同盟的名义紧急发布了一条悬赏任务——让青藤同盟的普通成员，在公国各处，包括但不局限于白叶区，搜索玫瑰教派魔法阵的痕迹，凡找到者，都可以得到一个金币的奖励。

这让唐措对青藤同盟有了一个新的认识，它不但人多势众，还很有钱。

两人进入白叶区，主线任务却没有更新，便决定先去看看兰斯洛特和巴兹的住处。从巴兹的话里得知，他们应该住在一个叫东街的地方。

靳丞说："我们跟带有'东'字的街道总是格外有缘。"

东街很好找，出租房最多的地方就是，所有屋子都挤挤挨挨地靠在一块儿，像混搭的黑色积木，好在还算干净。

以巴兹的热心肠程度，靳丞确定这里的人应该大多都认识他，于是找路边不怎么重要的老太太 NPC 套了话，成功得到巴兹的具体住址——东街 128 号。

128 号是个群租公寓，十几户人家住在这里，采光不是很好，过道也只有一米宽。靳丞手里的钥匙打开了走廊尽头的房间门，那是个面积不大但收拾得很干净的屋子，唯一的窗户上挂着一串蓝色小风铃，旁边甚至还有个简易厨房，一个炉子、一个锅，还有块挂在墙上的菜板，煤和各种杂物则整齐地堆在角落里，一点都不显脏乱。

房间里只有一张简易单人床，靳丞又在床下找到了可以拖出来的地铺。被子是用碎布拼接的，但都是棉料，摸上去还算柔软。

除此之外房里没有多余的家具，衣物都堆放在一个大藤条箱里。箱子被当成了桌子，上面用破了洞的陶壶当作花瓶，插着几朵新鲜的野花，花香稍稍冲淡了房里缭绕不散的药味。

靳丞拨弄着野花，说："巴兹确实是个很好的朋友。"

唐措深以为然，不过还以为会在这里触发什么支线剧情，转了一圈，却毫无收获。靳丞望着他略显苍白的侧脸，见他看得差不多了，摸摸肚子，说："出去吃，还是在这儿开伙？"

唐措回头。

"你不饿吗？"

唐措看他。

“你刚刚仿佛回了我一个句号。”

“你看出来了？”

靳丞摊手，他觉得唐措的表情简直过分好读，看不懂的人可能都是傻子。

唐措继续面无表情，想不明白为什么自己的心思老是能被靳丞看穿。长此以往，他都不好在心里偷偷骂人了。

最终，两人决定出去吃，免得把巴兹辛辛苦苦收拾的房子弄乱，临走时还难得良心发现地把地铺归位。

“走吧。”靳丞拍拍手站起来。

唐措却还蹲在地上，伸手摸着地板暗色的纹路，微微蹙眉。

靳丞疑惑：“怎么了？”

唐措没立刻答话，只是动作迅速地又查看起其他地方的地板，最终用指甲在一条地板缝里刮过，再放到鼻下——“血的味道。”

## 48

地板上的血迹已经完全被擦干净了，唯有渗进地板缝里的还有些许残留。而这出租屋的地板不知被多少人踩过，颜色暗沉、年久失修，又很顺利地掩盖了血的颜色。

靳丞用匕首从地板缝里刮了点木屑下来，仔细看过，说：“血迹存在的时间应该很久了，至少不是近期。”

唐措则继续在房里搜索，最终，他得出一个结论：“你看这血迹的分布，像不像一个魔法阵？”

这说法引起了靳丞的兴趣。

他干脆舀了盆水过来，以水代笔，将所有的血迹串联。等到串联完毕，他摸着下巴仔细端详着这幅图，说：“这确实有点像魔法阵，而且你知道像哪个吗？”

唐措会意：“未完成的画？”

“啪。”靳丞打了个响指，“就是它。虽然有些血迹补不全了，但照这个总体分布来看，这个图跟画里的魔法阵很像。”

可这又指向什么呢？

虽说这血迹已经存在一段时间了，或许是上一任租客留下的，可这么明显的线索，如果不是指向巴兹，有点说不过去。

可巴兹这么一个善良热心又开朗的人，怎么会跟玫瑰教派的魔法阵扯上关系？

靳丞和唐措随即给出租屋来了个更加详细的二次大搜查，最终在床板的夹缝里找到了一张信纸。准确来说，那被叫作遗书。

今天终于是晴朗的一天，风推开了窗子，风铃又响了，叮当叮当的，真好听。

寒冷总会过去的吧。

等这个冬天过去，大街上就又会响起好听的音乐。贝贝屋的果酱馅饼也会有新的口味，因为约克郡的果子又要成熟了。

我如此盼望着。

一切都会变好。

而我死去的消息，希望只有风知道。

这是一封不算遗书的遗书，没有交代后事，也没有落款，但唐措和靳丞一致觉得它的主人就是巴兹。

推开窗望出去，黑色的杂乱房屋仿佛时刻都有倒塌的风险，而住在里面的人就像一根根杂草。哪一根杂草会真诚地期待音乐降临，并挂念着贝贝屋的果酱馅饼呢？

头发像红棉花一样的巴兹啊。

“他应该生了病，快死的时候写下了这封信，时间就在去年的冬天，也就是半年前。”靳丞说着，目光又落回屋内唯一的木板床，仿佛在那儿看到了缠绵病榻的巴兹。

他继续道：“这就能解释他为什么会认识艾伯特医生。艾伯特医生又跟玫瑰教派有关，所以他的房间里出现了魔法阵。”

线索被一一串联，真相逐渐浮出水面。可如果这一连串的事情是个连环，那他们还缺几个重要的节点。

譬如是不是艾伯特医生最终治好了巴兹，所以魔法阵被擦掉了；又譬如巴兹的事情跟丽莎的事情有没有什么关联，以及彼得医生的派系问题。

两人随后离开出租屋，在街上买了点吃的，边吃边商量接下来的行动。主线任务还没有更新，可能就是要让他们在白叶区进行调查，等调查出什么结果才会触发接下来的剧情。

靳丞很没有形象地蹲在马路牙子上，问：“你是侦探，你说接下来去哪儿？”

作为一个高贵的骑士，唐措自然还站得笔直，哪怕吃着最廉价的饼子也无损于他的气质。想了想，他道：“同样都有魔法阵，丽莎死了，巴兹却活着，你觉得区别在哪儿？”

“引导者不同？丽莎对应的是牧师彼得，巴兹对应的是艾伯特医生，也就是说，他俩不是同一个派系的？”

“也许。”

唐措咬下最后一口饼子，说："我要去看看丽莎的尸体。"

二十多分钟后，两人顺利抵达收尸体的小院。

还是一样的路线，靳丞和唐措齐齐蹲在小院隔壁的房顶上，从高处将里面的情形收入眼底。然而靳丞只瞧了一眼，就道："尸体被运走了。"

此时已是黄昏，距离靳丞发现尸体买卖过了大约五个小时，尸体被集中运走也是有可能的。按照那个小胡子男人的话，尸体会被运往洛克王国，卖给高贵的死灵法师。

"用尸体实验死灵魔法？"

"除此之外好像没有别的解释。西西里特大陆的死灵法师似乎不像有些西幻故事里那样人人喊打，他们还会用钱买尸体，虽然这买卖听起来不太人道，可仔细想想，他们没去刨坟，也没用活人，还挺正规。"

语毕，靳丞眼珠子一转，干脆大大方方地下去敲门。

唐措依旧在屋顶上看着。

来开门的是负责给尸体撒粉末的那个仆从，靳丞装出一脸苦相，说自己有尸体要卖，来问问价格。仆从报了价，他却不满意，说要见老板。

仆从态度冷硬，又夹杂着几丝不耐烦，最终只说老板去码头送货了，就把靳丞打发出去。

码头就在白叶区。

法兰公国有一条横贯大半国土的宽阔河流，叫蜜风河，整个公国大半的货物运输都靠这条河流。往东可以抵达小风车海港，往南可以前往百花王国，比陆路更好走。

两人随即又赶往码头区。

入夜之后的码头依旧灯火通明，仿佛整个白叶区的灯火都被聚集到这里，成了黑夜中唯一的光亮。穿着粗布衣裳的苦工们来回搬运着货物，一船又一船，一车又一车，远远地还能听见码头管事在大声训斥。

"都给我小心点，要是不小心把货摔了，贵族老爷们怪罪下来，你们赔得起吗？！"

隔得很远，唐措看不清那人的具体面容，晚风里夹杂着淡淡的河水的腥味，还有汗味，不是那么好闻。

两人找了很久没找到目标人物，旁敲侧击地找 NPC 打听，也没打听出买卖尸体的船走没走。

倒是抽着劣质烟草的老船工提醒他们："小伙子，不要打听那么多，否则尸体没找到，你们可能自己就要变成尸体了。”

唐措若有所思。

靳丞便去附近的酒馆买了一瓶酒给老船工送去，笑眯眯地说：“我就问一个问题，您真没瞧见运尸体的船？”

老船工收了酒，也咧嘴一笑，露出黑黄牙齿：“可不嘛，我在这儿十几年了，也从没见过有什么运尸体的船。”

靳丞和唐措对视一眼，有猫腻。

两人起身往回走，唐措道：“有人撒谎。”

靳丞抱着臂，饶有兴致：“你觉得谁撒谎？”

唐措：“收尸体的人。”

靳丞：“你觉得他们根本就没有把尸体运出法兰？”

老船工只是他们随意挑的一个路人 NPC，不是关键人物，没必要撒那样的谎。“从没见过运尸体的船”意味着什么？意味着商家放弃了更方便快捷的水路，选择了陆路。

尸体可不是烛台那样容易运输的东西，如果走陆路，他们得准备多少辆马车？带着一大堆尸体在路上走，也过分诡异，有脑子的人都不会选择陆路。

所以，尸体一定还在法兰，而那些人买卖尸体的真正用途就很值得怀疑了。

这真的跟洛克王国的死灵法师有关吗？

大公刺杀案、教堂袭击、被运走的尸体……这一天之内发生的事情逐一在唐措脑海中闪现，他蓦地蹙眉，拔腿就往刚才那个小院赶。

靳丞大约也猜到他在想什么，两人迅速回返，却发现还是晚了。

小院已人去楼空。

唐措黑了脸，不知道究竟是他们把人惊走了，还是这些人早就准备好撤退。

这时靳丞慢悠悠从后面跟上来，看到此情此景忍不住挑眉，随即又灵光乍现，笑盈盈地问：“你不是想看尸体吗？你知道现在的白叶区还有哪里有尸体吗？”

唐措：“教堂。”

牧师彼得于今日大公刺杀案后，被杀死于教堂内。他的尸体由卫队处理，教堂也被卫队暂时接管了，短短半日过去，尸体应该还在教堂。

唐措怕去晚了又生什么变故，甚至用上了疾跑技能。月夜下两个身影在房顶跑酷，极限十五分钟内从小院跑到了教堂，把守门的士兵都吓了一跳。

唐措雷厉风行，把青藤同盟的徽章拿出来在他眼前一晃，便径自推门进去。士兵慢了半拍反应过来，但也没上前阻止。

青藤同盟的人嘛，上头说过了，这件事本就归他们管。

寂静的教堂里，只有几个士兵抱着剑在打瞌睡。急促的脚步声将他们惊醒，他们吓得拔出剑茫然四顾，正对上西奥多英俊的脸。

“彼得的尸体呢？”他问。

“在、在庭心，我们刚把他埋了。”有人认出了他，定了定心上前，“大公吩咐的，就让他葬在这座教堂里，我们还给他准备了棺材。”

已经埋了？唐措微微蹙眉。

那人见状，小心翼翼地问：“不知道骑士大人您想要他的尸体做什么？彼得的尸体已经被检查过了，并没有什么异样，否则我们也不会把他下葬的。”

唐措没答话。

靳丞的声音却从他身后传来：“埋了就挖出来，挖出来大不了再埋回去。”

“啊？”

卫队的疑惑，一直持续到月上中天。

五个士兵一人一把铁锹，卖力地在庭心挖土，把埋了的棺材又重新挖出来。而那两位非要在晚上挖坟的老爷，一左一右站在旁边全程监工。

气氛相当诡异。

更诡异的是，当他们合力将棺材盖推开时，发现棺材里面是空的。

“尸体呢？！”

“怎么会这样？我明明看见他被埋进去的！”

“见、见鬼了！”

士兵们丢了铁锹，一个个吓得后退。唐措却走到棺材旁，伸手仔细地在棺材壁上摸过，又观察着棺材底部沾到的血迹。

靳丞给他提着灯：“彼得的伤口在后心，这血迹位置是对的，血迹的干涸程度也没什么问题。”

唐措：“你觉得他去了哪儿？”

靳丞耸耸肩：“也许正在某个角落里偷窥我们也说不定。”

这说法过于惊悚，几个士兵被吓得又后退几步，四下张望着，好似下一秒就会有鬼从旁杀出。

唐措打开系统面板，发现主线任务终于变更。

靳丞也看到了，问：“我的是寻找彼得并将线索告诉凯尔特，你的是什么？”

唐措不想说话。

月隐之国——

第二环：风吟之歌。

主线：回出租屋养伤，等待巴兹。

# 49

唐措被迫停工，在系统不间断的“叮”“叮”声中，回到巴兹的出租屋。

一方面，在原来的剧情中，西奥多可能真的受了不轻的伤，需要休息；另一方面，兰斯洛特和巴兹是好友，巴兹曾那样热心地帮助过他，如果巴兹有问题，兰斯洛特一定不好处理。由西奥多去等候巴兹，也可以避免这一尴尬情况。

可一个人在出租屋里等候实在是件无聊的事情，唐措便干脆躺了下来。俗话说得好，能坐着就不站着，能躺着就不坐着。

节能模式，开启。

靳丞虽然乐于让唐措休息，但放唐措一个人待着，还是有点不放心的。于是他加快步伐，先赶回青藤同盟找到凯尔特，将尸体不见了的消息告诉他，然后立刻折返白叶区。

回去的路上他忽然又想到什么，中途改道，去了趟流浪者酒馆。

人声鼎沸的酒馆，生意比白天更好。

酒保忙得脚不沾地，巴兹也像个小陀螺似的不断在后面忙活。有时是帮忙洗餐具，有时是帮忙搬货，还有的时候需要负责将醉酒的客人送上板车。

这可不是个轻松的活儿。

身材肥胖的客人在骂骂咧咧，那肚子比巴兹的腰粗了整整两倍，整个人的重量骤然压到巴兹身上，让他差点摔倒。

好在小巴兹身经百战，力气也比看起来大多了，跌跌撞撞地把人送到板车上，他抹了把汗，还能笑着跟拉板车的车夫说话。

“麻烦你了啊，琼斯大叔。”

“别那么客气，小巴兹，这是我的工作。倒是你，你该好好地休息一会儿了。”

“我知道，我不累。”

“累不累可不是嘴巴说了算的。好了小巴兹，我得出发了，这些客人可真是喝得臭醺醺的，我得赶快把人送走。”

“好的，注意安全！”

巴兹挥着手，一直目送板车离开，这才在酒保的催促下跑回去工作。

靳丞也目送着他，他无法靠近，因为系统不让。但目前来看，巴兹还在工作且没有表露出任何异常，至少代表唐措那儿暂时没什么危险。

回到白叶区，靳丞却不知道要去哪里寻找彼得。

白叶区鱼龙混杂，想要在这里找人本就不简单，更何况这还不是个人，而是一具尸体。他到底是被人偷走了，还是诈尸自己跑了？

转了一圈，没找到人也没触发什么剧情，靳丞又绕回了东街。

“咚。”一颗石子砸中了巴兹出租屋的窗户，惊扰了正在休息的唐措。

唐措真的很不想爬起来，但这熟悉的情形让他想到了东十字街房间里的破窗。他还记得这是在别人的屋里，强忍暴躁爬起来走到窗边。

靳丞跷着二郎腿坐在阴暗潮湿的窄巷里，屁股下面是一个被丢弃的木箱。巴兹的出租屋在走廊尽头，窗户正好对着这条隐蔽的巷子。

“嘿，晚上好。”靳丞抬手跟他打了个招呼。

唐措觉得他脑子可能有毛病。

夜色太暗，靳丞看不清唐措的表情，但想也知道这小浑蛋心里不会有什么好话。他抱臂，说：“兰斯洛特一定很想证明朋友的清白，大半夜不去睡觉，非得在街上转悠。现在已经是凌晨两点，我恐怕一整个晚上都不能休息了。”

唐措：“所以？”

系统将唐措困在出租屋里，又将靳丞拦在出租屋外，一个被迫休息，一个被迫熬夜。刚才靳丞想试着走进楼里，被“叮”“叮”“叮”疯狂轰炸，耳朵里都快出现忙音了。

他开始苦中作乐：“你说我们现在这样像不像牛郎织女？”

唐措觉得他脑子可能真的被“叮”坏了，面无表情地关上窗，就要去睡觉。靳丞抬手就是一颗石子扔在窗上：“回来。”

“有事吗？”

“你不是侦探吗？给我指个调查的方向啊。”

“哦。”

“‘哦’是什么意思？”

唐措想了想，真情实意地说：“你既然这么空，不如去把白叶区的坟都刨了，统计一下诈尸的人数。”

靳丞：“你是不是以为我真不会打你？”

“那你来啊。”

“……”

一个出不来，一个进不去，打什么打！

靳丞气死了，不过唐措的话也显露出了他的猜测。靳丞托着下巴思考了一会儿，问：“你真觉得那是诈尸？”

唐措：“是。”

靳丞：“那巴兹呢？他也是死而复生的？”

唐措没有马上回答这个问题。

刚才他躺在巴兹的出租屋里，又把整件事情从头到尾捋了一遍，忽然想到这是个连环任务。连环，代表着它的故事都是相关的，于是他想到了时光之井。

现在距离1228年的花朝节还有很久，在那一年9月，青藤同盟驻月隐之国办事处的黑板上写着——玫瑰教派在法兰公国的活动加剧。

而在这一切故事的开端，玫瑰教派也在法兰公国活动。

法兰有什么特殊之处？

唐措不认为它有什么特别，因为故事终结于月隐之国，而非法兰公国，也就是说，玫瑰教派最后的目标有很大概率是月隐之国。

那法兰公国最特殊的一点在哪儿？在于它是离月隐之国最近的地方。

月隐之国有什么？有时光之井。

时光之井中蕴含丰富的时光魔力，唐措不知道这个副本里的时光魔法能有多厉害，但时间这个东西是最能影响生死的。

已经写了遗书却还活着的巴兹，不翼而飞的尸体，指向什么呢？唐措认为他们都死了，却又还活着。

“我刚才又去看了巴兹，他跟普通人看起来没什么两样。”靳丞道。

“这不是很好吗？大公说彼得牧师是一位正直且善良的先生，他的坚守一直令人钦佩。这样一个人，扎根于最贫苦的白叶区，如果没有足够的东西打动他，他为什么会叛变？”唐措说着，转身靠在窗台上，“也许巴兹就是打动他的那一点。”

靳丞摸着下巴，越想越觉得这走向有趣：“照你这么推理，玫瑰教派的理念似乎还不坏？”

唐措不予评价，评价是件极其无聊的事情。一件事、一个人，要如何去看，唯心也好，唯物也罢，没有统一的标准。

因为标准都是人定的。

而人是这个世界上最不需要标准的生物。

“好了，谈心时刻结束了，我觉得我真应该按你说的再去刨几个坟。”靳丞对于挖坟的兴趣说来就来，他也确实这么做了。

他找到了一片墓地，根据巴兹遗书的时间将搜索范围定在半年内，并且是年轻男女。他想玫瑰教派就算要普度众生，目光也应该暂时不会放在老头老太太身上。

距离天亮还有两个小时。

另一边，唐措终于等到了晚归的巴兹。

巴兹已经很累了，原本蓬松的头发都耷拉了下来，可看到唐措的那一刻，欣喜还是在他眼中绽放：“西奥多，你怎么在这里呀？！”

唐措："我受了点伤，兰斯洛特让我在这儿休息。"

"原来是这样，你的伤要紧吗？"巴兹赶紧让唐措坐下，得到"没事了"的答复后，他才松了口气，问，"那兰斯洛特呢？"

唐措："青藤同盟有点事找他帮忙，他出去了。"

巴兹不疑有他，但还是稍显担忧："可是这么晚了啊，兰斯洛特的病才刚好，可不要再累着。"

唐措仔细观察着他的神情，没说什么。

因为疲劳，巴兹很想直接睡了，可余光瞥见坐得笔直的唐措，又犹豫着拿出了洗漱用的木盆。他挠挠头，笑着说："今天忙了一天了，身上有点臭，西奥多，你可不要介意。楼下有个水房，我去那儿洗洗。"

说罢，他拖着疲惫的步伐出门去。

过了十秒，唐措悄无声息地打开门，远远跟在他身后，看着他进入水房。没过多久，哗啦的水声就从里面传来，唐措靠在二楼的栏杆上，静静思考。

片刻后，他又回到房里，站到了窗前，想看看靳丞回来没有。

靳丞他没看到，看到了一张模糊的、给人几分熟悉的脸——彼得！

牧师彼得就站在巷口斜对面的路旁，从唐措的这个角度正好可以看到他，这意味着彼得也能看到他——四目相对。

彼得眸光微闪，立刻后退隐入黑暗。唐措的速度比他更快，二话不说推窗追出去，然而就在他落地，准备从暗巷追出的刹那——

"叮！"该死的系统提示音再度响起。

唐措没有管，径自追上。

"叮！"提示音更显急促，如狂风骤雨袭向唐措的脑海。

唐措咬向舌尖，借疼痛让自己保持清醒，眼见追不上了，立刻喊话："你为什么要杀大公？彼得，杀了他对你的信念有什么帮助？"

彼得原要离开，听到这话倏然回头，两人隔着一条月夜下的长街遥遥相望。

彼得仍是一身月白色的牧师长袍，长着一张慈悲宽厚的脸，目光却很锋利。他问："你是谁？"

唐措："一个追寻真相的骑士。"

彼得："那你该去问他。"

唐措："可他说他相信你。"

"叮""叮""叮"的提示音在疯狂作响，唐措面上不显。

彼得深深地看着他，似乎在辨别他话语的真假，可他多拖一秒，唐措的状态就越危险。三秒后，他终于道："他是大公，是这片土地上制定规则的人。如果不杀了他，谈何改变？"

唐措沉声：“那你认为玫瑰教派真的能带来改变吗？”

“也许吧，总要做了才知道。”彼得说着，身影再次隐没在黑暗中。

唐措没再追，待他身影彻底消失，转身就撤。

提示音已经在他脑海中连成了片，他用了最大的速度逃离——生死时速。

唐措的身影快到拉出了残影，可巴兹的房间在二楼，无论从楼梯走还是爬窗，都需要一定的时间。

“轰隆！”雷电已经下来了。

唐措极限闪避，脚蹬在靳丞刚才坐过的木箱子上，迅速跳到一楼窗台上，背部紧紧贴着窗户，看着那电光从眼前劈过。

待这道雷电劈过，第二道雷电已经在酝酿，唐措赶紧爬上二楼，千钧一发地在第二道雷劈下时，打开窗户跳进去。“咚！”地板差点被他蹦穿。

与此同时，还在墓地挖坟的靳丞抬起头来，远远看着天边亮起的电光，蹙眉。他随即又望了望头顶的星空，天气很好啊。

哪个浑蛋遭天谴被雷劈了吗？

不会是唐措吧。

靳丞仔细辨别着电光的方向，发现还真有可能。他这位徒弟，真的是个猛士，靳丞觉得如果自己是个女的，说不定会很欣赏他，会为了他撒泼打滚、大喊“好帅”的那种。

思绪跑偏了，靳丞好不容易给它拉回来，继续填土。挖坟工作基本已经结束了，他打开了三个棺材，一个空的两个还在。

因为采样不多，所以靳丞也说不好这比例算大还是小，但无论多少，尸体呢？

或者说诈尸的人呢？他们去了哪儿？

这厢靳丞填好土准备离开，那厢，唐措等到了洗漱完毕的巴兹，决定跟他开门见山。巴兹还在疑惑，刚刚洗澡的时候明明听见打雷了，出来一看又发现天气好着呢，可真奇怪。

西奥多也很奇怪，他居然问自己，能不能让他在自己手上划一刀。

“西奥多，你怎么了？发烧了吗？”巴兹面露担忧。

“我没事。”唐措直直地看着他的眼睛，“我需要做一个实验，你能帮我吗，巴兹？”

“这……好、好吧。”

“谢谢。”

巴兹犹犹豫豫地伸出手来，最终咬咬牙，偏过头去。

唐措的剑很快，只一瞬便在巴兹胳膊上划开一道小口，不深，也不会很痛，但足以流血。鲜血很快顺着巴兹的胳膊流下来，巴兹发现并不是很痛，还挺高兴。

唐措却在蹙眉，这血的味道不对，血腥味趋近于无，反而有一股令唐措觉得十分熟悉的味道。

“巴兹，你在去年冬天的时候是不是生过一场病？”他问。

“是啊。”巴兹挠挠头，“西奥多，你怎么知道？不过艾伯特医生都给我治好啦。”

“你没闻到你的血里有别的味道吗？”

“哦，这个啊，艾伯特医生说这是因为我喝了药。他真的是个好人呢，如果不是他我一定已经死了，也不会遇见你和兰斯洛特。”

不，巴兹，你应该已经死了。

唐措沾了一点鲜血在指尖仔细感知，毫无意外地感知到了浓厚的时光魔力。这与西奥多的月季上传出的魔力是一样的，鲜血的味道也和唐措从井里闻到的味道一样。

## 50

巴兹看起来真的什么都不知道，老老实实地把看病的经过都给唐措说了一遍。

“那个时候我的积蓄都花光了，没钱再买药，也不知道该问谁去借。冬天又可冷了，我本来以为我熬不到开春，所以连遗书都写好了，嘿嘿。没想到有一天艾伯特医生突然来敲门，他说他给隔壁的劳伦斯太太看病，恰好闻到我屋里传出去的药味，所以就来看看。”

说起艾伯特医生的时候，巴兹还是一脸崇敬。

唐措却在想，主动上门，这不就是现代的推销吗？想想他以前，替小区里的老头老太太们斗过多少诈骗团伙，没承想进了副本还能遇到这一遭。

“他是怎么给你看病的？”

“吃药啊。”

“只有吃药？”

“唔……好像也没别的。有时艾伯特医生会给我做检查，不过我并没有觉得哪里有异样。”

唐措略作思忖，继续问：“做检查的时候，你的意识是清醒的吗？”

巴兹挠挠头，歪着脑袋仔细回想着，好半天才说：“有两次我好像睡着了，迷迷糊糊的，记不太清。这很重要吗？西奥多，艾伯特医生真的是个很好的人。”

“哪怕他可能另有所图吗？”

“可他还是救了我啊。”

巴兹眨巴眨巴眼睛，用他最简单的思维，得出了最简单的答案。

那一瞬间，唐措明白他可能并不在乎艾伯特医生究竟有什么隐藏的身份，究竟有什么图谋，重要的是艾伯特救了他。

在那个绝望的没有人来帮助他的时刻，对他伸出了援手。

就这么简单。

“我知道了，巴兹。”唐措没有再多说什么。

巴兹太累了，眼皮都在打架，他也确实不知道更深的东西。唐措看着他躺下休息，再度走到窗边。

天亮了。

熹微的晨光将天边照亮，但那白像是画上去的，是冷色调的苍白。风铃摇晃着，清脆的声音打破夜的宁静。

靳丞还在大街上转悠。

清晨的白叶区已是一番忙碌景象，没有任何从平静到繁忙的过渡，仓促中又充满着不安的躁动。靳丞跟着一对父子从居住区一路走到码头，在那儿买了一块黑面包配土豆浓汤，面包又干又硬，土豆浓汤也真的只有土豆，体验十分糟糕。

但靳丞还是坐在路边把早餐吃完了，而后抱着小竖琴支着下巴，看人来人往。

路过的人都看得出来他是一个吟游诗人，黑面包店的老板擦擦手，从店里走出来问他：“你为什么在这里？有事吗？”

靳丞抬头：“我不该在这里吗？”

“吟游诗人的诗篇都是歌颂那些伟大的人的。”

“什么人才伟大？”

黑面包店的老板被他问住了，半晌才答道：“当然是伟大的人。”

靳丞觉得这回答很有意思，但老板可能生气了，嘴里不知嘟哝着什么，板着脸回到了店里。他开始弹琴，就这么盘腿坐在地上，随手拨一拨琴弦。

路过的老头古怪地看着他，靳丞便问他：“要点歌吗？”

老头没理他，走了，他可能觉得一大早碰到了神经病。

靳丞也不在意，他就是想弹弹琴转换心情，顺便梳理一下思路。左思右想，他觉得破局的点还在巴兹那儿，因为只有巴兹是以“活着”的身份出现在众人面前的。

但系统显然把伊索，也可能是艾伯特医生，和彼得牧师两条线分别安排给了唐措和他，他没有办法去插手巴兹的事情，只能继续寻找彼得。

此时他还不知道唐措已经见过了彼得，一首曲子弹完，拍拍屁股站起来，他决定去找凯尔特。

凯尔特如今在圣彼得区和白叶区两头跑，靳丞找到他的时候，他正在教堂。

“嘿，兰斯洛特，早上好。”凯尔特对靳丞的印象不错。

“我可一晚上没睡，亲爱的凯尔特。”靳丞耸耸肩。

“那可真是太糟糕了。”

“可不是嘛。”

两人寒暄着，凯尔特把靳丞拉到一旁，问：“西奥多呢？他没事吧？”

靳丞摇头：“他正在休息。凯尔特，你有彼得的消息了吗？或者说，你找到任何失踪的尸体了吗？”

凯尔特：“暂时没有。”

靳丞：“那我有一个主意。”

凯尔特眸光微亮，连忙追问靳丞有什么好主意。靳丞便说：“你们找到的画着魔法阵的地方，有的还没有死人对吗？我要你传消息出去，就说有人死了，并且又死而复生了。青藤同盟为了彻查清楚，把人关在了——”靳丞朝四周扫了一眼，“就关在这间教堂里。”

凯尔特也不是笨人，一点就通：“你是想引玫瑰教派那帮人上钩？万一他们听到消息，加速撤退了怎么办？”

靳丞：“至少彼得不会，我觉得他不会轻易离开白叶区。而且，如果他们就此撤离，那恰恰能说明我们的怀疑方向是对的，不是吗？”

凯尔特被说服了，立刻着手去办。可他离开教堂前，又被靳丞叫住，请他多派人手去东街，秘密潜伏。

而此时的东街，一位不速之客正敲响巴兹的窗户。

巴兹睡得很沉，没醒。

唐措站起来，转头看到了窗外的来客，心中一凛——伊索的魔偶。他还是昨天见过的那副打扮，流苏耳环，拿着伞，但五官都是歪的，针脚也缝得奇差无比。那双纽扣缝制的眼珠子一眨不眨地盯着唐措，红线缝的嘴巴咧着，又丑又吓人。

当前主线任务：与伊索交谈。

看起来不算危险。

唐措定定神，镇定自若地走到窗前把窗打开："有事？"

魔偶仰头看他，高举着手里的小黑伞，一张口便是伊索含笑的声音："你不怕我吗？"

唐措："我打不过你。"

魔偶咯咯地笑起来，迈着笨拙的步子越过窗框，跳到屋里，动作滑稽地迈着两条短腿跑到窗边，沿着床脚爬上去，站在巴兹身边，低头看他。

他左看看，右看看，歪着脖子看，撅着屁股看，眼睛几乎要贴到巴兹的脸上去。

唐措虽然推断现在没有危险，但一只手还是牢牢搭着剑柄，以防万一。蓦地，魔偶回过头来："不要动哦。"

"你想做什么？"唐措问。

"谈个交易怎么样？"魔偶一屁股坐在床上。

"你昨天还想杀我。"唐措道。

魔偶再次咧嘴笑起来，伊索的声音带上了一丝愉悦："你比你哥哥有趣多了，你叫西奥多，对吗？"

唐措没有答话。

魔偶继续自言自语："相信我，你会答应的。我不需要你杀人，也不需要你做任何违背骑士准则的事情，我只要你答应我——不要让巴兹落到玫瑰教派的手里。"

唐措心中微讶，面色不显："为什么？你不也是玫瑰教派的？"

"是啊，但这并不重要。而且这本来就是你要做的事情不是吗？"

"既然我本来就要这么做，你为什么还要多此一举？你想告诉我什么，或者通过我，告诉罗杰里德或我的哥哥什么？"

伊索没有立刻回答，魔偶盯着唐措，良久，才忽然歪着头说："或许你可以让罗杰里德不要追着我跑了，如果不是他紧咬着不放，我就可以亲自保护巴兹。让我们内讧，这对你们来说不是更有利吗？"

说罢，魔偶从床上跳下来，原路返回窗台，准备离开。但他用小黑伞顶开窗户后，又回过头来，说："那条地道算我送你们了，你们可以再去查一查，或许有些意外的惊喜。"

话音落下，魔偶打开小黑伞，欢呼一声，纵身跃下。

唐措连忙探出头去看，小黑伞已带着魔偶飘远了。唐措根本不是伊索的对手，自然不会去追，双手撑着窗沿蹙眉思索着刚才的对话，一时搞不清楚伊索到底是投诚还是另有所图。

此时他的主线任务又刷新了——带巴兹回到青藤同盟办事处。

这是要把他保护起来了吗？

迟则生变。

唐措果断将巴兹叫醒，巴兹一头雾水，不知道发生了什么事。但唐措没办法跟他解释那么多，只说兰斯洛特有事，便糊弄了过去。

巴兹对自己的朋友向来是关怀备至的，闻言也没多想，急急忙忙就换了衣服跟唐措出门。

两人直奔圣彼得区。

为了减少路上所花的时间，唐措甚至雇了一辆沿街停靠的马车，花光了身上所有的钱。马车是专门载人的，车内不止他们两个人，坐了一会儿，唐措就听到了几条很有意思的消息。

“听说小岩街那儿有人死了又诈尸，太可怕了。”

“真的吗？怎么会有这样的事情？”

“有青藤同盟的人在呢，你们不用担心。”

“哦，赞美法兰，希望不会有事吧。”

唐措不动声色，巴兹却听得又担心又好奇，忍不住与他们搭话。这一番问下来，让唐措确信这出自靳丞的手笔——青藤同盟不应该会把消息主动透出来。

这让他不由得有了点别的主意。

恰在这时，唐措忽然感知到一股强烈的魔法波动袭来。他虽然魔法实力很差，但感知很强，千钧一发之际，他踢开车厢门，将巴兹和其他人推下马车，同时抽出裁决之剑，对准魔法袭来的方向一剑劈出。

长剑破开了魔法的光芒，唐措滚地避过，余光瞥着身后：“巴兹，跟紧我，不要乱跑。”

巴兹连连点头，一颗心紧张得快要从胸腔里跳出来。他虽然爱看骑士与魔法师的故事，也爱听吟游诗人的不朽诗篇，可他本人不会任何剑技和魔法啊！

“哎哎哎哎！”他看到那魔法再次袭来，仿佛要打到他的脸上。

一个矫健的身影从他身前掠过，双手持剑，迅如猛虎，再次将魔法打散。巴兹看得眼中异彩连连，恨不得为他叫好。

唐措却暗自凝眸，思绪飞转。这次的袭击来势很猛，却不致命，因为敌人的目标很明确——他们要带走巴兹，而不是杀死他。

下一秒，唐措抓住巴兹的手腕：“走！”

他决定带巴兹走地道。

酒馆距离遇袭的地方并不远，唐措护着巴兹且战且走，故意把动静弄得很大，顺利招来了正在巡逻的卫队和被凯尔特派往东街的青藤同盟成员。

“在那儿！”这拨人来得很及时。

见人越来越多，唐措又悄然隐入人群，拉着巴兹飞速撤离。

负责看守酒馆的人认得西奥多，稍作询问就放行了。唐措便借由他们的口传话，让他们通知靳丞，他带着巴兹走了地道，并留下一张字条。

待一切安排妥当，进入地道前，唐措忽然又停下，回过头问巴兹：“巴兹，待会儿可能遇到危险，你还要跟我走吗？”

巴兹愣了愣，随即爽朗一笑：“西奥多，虽然我现在都不知道到底发生了什么事，但我相信你。”

唐措看着他，没再说话。

大约十五分钟后，靳丞收到了唐措带着巴兹走地道的消息，也看到了那张字条。字条上只有一个字——饵。

饵是什么意思，凯尔特并不知道，但靳丞知道。再结合唐措特意让人传过来的消息，靳丞就推出了大概，关键词：巴兹、地道和饵。

诱饵是谁？毫无疑问是巴兹。

唐措带着作为诱饵的巴兹去走地道，可地道现在被青藤同盟牢牢把守，玫瑰教派的人想要冲进去抓人是很难的。一旦两头被堵上，很有可能就被瓮中捉鳖了，所以地道绝不是一个好的动手场所。

但唐措简简单单一个“饵”字，似乎笃定对方会上钩，那就代表这条地道里有猫腻。

这就是唐措真正想要传达的。

靳丞把这个推断告诉凯尔特，凯尔特却很疑惑：“如果是这样，为什么他不说清楚一点？西奥多可不是会故弄玄虚的人。”

“凯尔特，你相信站在你身边的所有同伴吗？”靳丞反问，“彼得牧师可以背叛大公，你的同伴也可以背叛你，玫瑰教派的耳目遍布各处。”

闻言，凯尔特下意识地蹙眉，尽管很不想承认，他却无法反驳，只能说：“我相信我的同伴。”

靳丞耸耸肩：“但这并不妨碍我们谨慎一些。”

靳丞想起了青藤同盟驻月隐之国办事处黑板上的玫瑰标志，青藤同盟里一定已经被敌人渗入了，哪怕现在没有，以后也会有。

他想唐措一定也想到了这点，所以才会这么谨慎。

“可我们已经仔仔细细把那条地道搜查过了，都没有发现异样，更没在别的地方发现第二条地道。”凯尔特仍然保持怀疑，不是不相信西奥多，是不相信兰斯洛特。他只是一位吟游诗人，还是一位怪怪的、跟反叛者伊索有过交集的吟游诗人。

“那我问你一个问题，凯尔特——假如那些不见了的尸体真的在玫瑰教派手里，他们想要用这些尸体做点什么，尸体会藏在哪里？”

“当然是隐蔽的地方。”

“对，隐蔽的地方，无论做什么都不会被发现的地方，你再想想？”

靳丞循循善诱，凯尔特被他牵引着，又想起唐措传过来的消息，蓦地灵光乍现：“地道？！”

靳丞打了个响指：“没错，地道。你们之前也有过推测，地道不止一条，对吗？没有发现，不代表它不存在。”

凯尔特不由得被他说服了：“那我们现在怎么做？”

靳丞：“我们得更改计划，配合西奥多的行动。”

## 51

唐措选择走地道，其实是受了靳丞的启发。

靳丞想要用一个假消息引出彼得，唐措则在考虑伊索说的地道里的惊喜。他的主线任务是将巴兹送回青藤同盟办事处，可一旦送过去，任务可能会发生改变，系统限制下，唐措能不能再回到地道里就成了问题。

最好的办法是在送回去的路上就把地道的事情查清楚。

但这里又有一个问题，唐措已经走过一遍地道，没有任何岔路，也没有魔法阵的痕迹，平平无奇，那所谓的惊喜又在哪里？

青藤同盟接管地道后，必定也仔细检查过，可也没有任何消息传出。

所以，唐措在马车上察觉到靳丞的计划后，灵光乍现，决定用巴兹来破解地道的谜题。

唐措对于地道的猜想跟靳丞不谋而合，从昨晚到现在，他一直在想那些不翼而飞的尸体去了哪里，彼得又躲在哪里，直到听见了伊索的话。

如果法兰的地下存在一个四通八达的地道网，那一切就都可以说得通了。伊索让唐措再回地道查一查，那就代表这条地道里就有通往别处的通路。

可唐措和青藤同盟双方都无法发现的通路，必定隐藏够深，最快的方法就是让敌人自己将它暴露出来。

马车遇袭，唐措带巴兹改走地道，合情合理。玫瑰教派不应该猜到伊索已经将地道的秘密暴露，那么他们极有可能会通过地道来抓走巴兹。

这叫出其不意。

所以唐措也打算给对方来个出其不意。

沉闷的地道里，魔法灯拉长了两人的身影。

唐措走得并不快，一边走一边用剑柄敲击着墙壁。虽说他做局引人上钩，但对方会不会来还是个未知数，所以唐措还是决定自己找一找。

巴兹好奇地问："西奥多，你在干什么？"

唐措："地道里可能藏着东西。"

"哦。"巴兹还是头一次来到这种地方，左右张望着。唐措刻意放慢的步伐也给了他张望的时间，可他望了半天也没望出什么名堂来，便继续问："西奥多，这是哪儿？我怎么从没听说过这样的地方？"

不等唐措回答，他又挠着头说："我是不是不该多问？"

"没事。"唐措并未多言。

他在这个故事里，越是深入，越觉得这像一个真实存在的世界。巴兹不同于小圆、不同于英俊，不同于魔鬼城的那些奇形怪状的生物。他有着自己的故事、自己的情感，这让唐措很难把他单纯地当作一个 NPC 来看。

而且不只是巴兹，这个副本里的每一个人都是这样。

或许角色扮演副本的奥义就在于真实。

"巴兹，你还记得我们初次见面时的情形吗？"唐措问。

"记得啊。"巴兹开心地打开话匣，"西奥多，你一直是位英勇且善良的骑士。那时候我的病刚好，没了积蓄，只好接点长途的送货工作。你知道的，这比在酒馆打工赚得多，可我的身体还不是太好，沉重的货物快把我的背压垮了，是你过来帮了我一把。"说到这个，巴兹眉飞色舞，"一位尊贵的骑士先生帮我运送了一箱葡萄酒，我向大家提起这件事时，他们总不相信我。不过没关系，西奥多，这不能改变我们是朋友的事实。我们是朋友了，对吗？"

唐措："对。"

巴兹很开心，为自己拥有一个吟游诗人和一位骑士做朋友而开心。他还总记挂着贝贝屋新出的果酱馅饼，再次说道："西奥多，你跟兰斯洛特去吃了吗？那可好吃了。"

唐措摇头。他跟靳丞忙着做任务，并没有走街串巷寻找美食。

巴兹略显遗憾，随即说："那下次我们三个一起去吃吧，再过几天我就能拿到我的报酬了，虽然不多，可几个果酱馅饼还是买得起的！"

地道很长，他们速度又不快，过了大半个小时两人也没有走出多远。中间唐措在墙上看到一个玫瑰教派的标志，便问巴兹认不认识，巴兹摇头。

对于普通民众来说，玫瑰教派还是一个很陌生的名字。

继续往前，又十分钟后，唐措停了下来。按照推算，这里应该快到白叶区的边缘，可地道还是没有任何异样。

难道是他判断错误了，还是伊索有意戏弄他？

恰在这时，地道里突然刮过一阵阴风，竟将魔法灯吹灭了。唐措瞬间警觉，拔剑将巴兹护在身后。

可变故就是发生在眨眼之间。

“啊！”身后的巴兹突然惊呼。

幸好唐措时刻记得敌人的真正目的，二话不说立刻抓住巴兹的手腕，同时提剑向他身后斩去——巴兹身后的墙上忽然出现一条岔路，一个身穿黑色魔法袍的人抓住了他的另一只手腕，企图把人带走。

唐措一剑斩去，那人没料到唐措的反应这么快，只得暂时后退。

神奇的一幕出现了，那人退入岔路后，岔路自动消失。沉闷的地道里只剩下唐措和巴兹两个人，仿佛刚才的一切从未发生。

“刚、刚刚那是？魔法吗？”巴兹惊讶不已，甚至忘了刚才遭遇过的危险。

唐措蹙眉，没有答话。岔路出现和消失的时候确实有细微的魔法波动，但现在又没有了，哪怕唐措把手贴在刚才岔路出现的地方，也没有感知到任何东西。

他又用剑狠狠砍向墙壁，墙壁破损，露出里面坚硬的石块。

岔路不见了，这或许意味着，它是活动的。

可以移动的通道，没有办法确定具体位置，难怪青藤同盟没有查出端倪。可通道开启的秘诀掌握在对方手上，除非趁通道出现时闯进去，否则无解。

唐措紧握着剑，思忖几秒，当机立断带着巴兹离开。

既然已经知道了地道的秘密，那现在的首要目标就是完成主线任务，让剧情进行下去，可敌人显然不想让唐措带着这个秘密离开。

“轰——”岔路又在前方闪现，魔法攻击同步释放，熊熊烈火扑面而来。

来不及后退了，唐措立刻横剑在前，剑上圣辉一闪，一个透明的镌刻着繁复魔法阵纹的光盾便从剑身上弹出，旋转着在两人身前放大。

这是唐措对抗伊索时，把自己的血抹在剑身上触发的技能，他后来在巴兹的出租屋里休息时查阅系统面板发现的，名字很通俗易懂，叫作——圣光护盾。

火焰打在护盾上，强烈的劲气吹得唐措衣衫猎猎，但没有一丝火焰能穿过护盾。

敌人没料到这招，眸中掠过一丝诧异，随即又再次遁入通道，消失不见。唐措却不敢有任何的放松，甩了甩剑收掉护盾，余光一直留意着四周。

蓦地，“当！”唐措回身一击，恰好架住一柄砍来的大剑。

这一次，通道在两人身后闪现。

巴兹紧紧躲在唐措身后，不敢远离又不敢靠得太近，看到那剑上闪过的寒光，一颗心都快提到嗓子眼了，浑身僵硬。

可对方有备而来，又是剑士与魔法师的搭配，一个牵制住唐措，另一个则直奔巴兹而来。暗处不知道还有没有，危机四伏。

“西奥多！”巴兹惊呼。

唐措一剑挡开剑士的攻击，转身回防。他的动作很快，方寸的距离被他用上了疾跑，只眨眼间便拉着巴兹后退。

当然，如此变态的技能使用让他的大脑都有点晕，疾跑又疾停，晃得晕。

唐措的脸色因此变得有些苍白。

巴兹的脸色也有些白，被吓得，因为唐措的剑正架在他的脖子上，只要他低头就能扫到那泛着寒光的剑刃，森冷、可怖。

“西、西奥多？”巴兹喉咙干涩。

敌人也被惊到了，难以置信地看着唐措。

唐措面无表情，持剑的手更紧几分，语气冰冷：“别动，再动我就杀了他。”

整个地道顿时落针可闻。

唯有“叮”“叮”的系统提示音在唐措脑中响起，这是系统在提示他违反人设了。但唐措没有理会，依旧沉着镇定。

这时，对方的魔法师忽然嗤笑一声，收起惊愕：“别想唬我，你根本不敢动手！”

可他话音刚落，巴兹的脖子上就多了一条血痕。唐措挑眉，属于西奥多的英俊而正直的脸上出现一丝冷漠的挑衅：“你可以试试。”

“你！”对方脸色铁青，“你到底想干什么？他可是你的同伴！”

唐措：“如果放任他落在你们手里，不如杀了他。你们想带他去做什么？继续你们邪恶的勾当吗？我并不觉得他落在你们手上会比死更痛快。”

如此说着，唐措脑内的提示音减弱了一些。

唐措摸到了关键，继续说：“我不会让我的朋友成为邪恶蔓延的工具，我宁愿杀了他，再为他报仇。”

与此同时，唐措的另一只手偷偷抵在巴兹的背上写字，告诉他这只是计策。

字写完，“叮”“叮”的提示音彻底消失。

敌人已经彻底愤怒，却不单单为唐措威胁他们的这一举动，而是他口口声声的“邪恶”：“你们这些愚蠢之徒，永远无法看见真正的光明。你的朋友早就已经死了，在白叶区寒冷的冬夜里暴毙于苦难之中，可他现在还站在这里，为什么？

“因为他得到了不死的王赐予的永生。”

闻言，巴兹错愕地睁大了眼睛，甚至忘了脖子上还架着一柄剑，迫切地想问怎么回事。他一动，鲜血就更往外流，散发出淡淡的时光之井的气息。

“是吗？”唐措语气冷淡，抓着巴兹的手却兀自用力，将巴兹的理智唤回。他能感觉到巴兹很惶恐，他的手在抖，想要回头从唐措这里汲取到一丝希望，可剑还架在他的脖子上。

他接下去该怎么办？

唐措定定神，目光紧盯着对方，道：“我怎么知道你说的是真是假，一位骑士，向来只遵循事实。”

“你可以亲眼去看。只要你愿意迷途知返，你也可以获得永生的赐福，跟随不死的王创造伟大而不朽的事业。”

也许是唐措的问话使魔法师收敛了愤怒，他张开双臂，极尽蛊惑地露出微笑，提到“不死的王”这四个字时，那眼中的崇敬与狂热便似燎原的火光，仿佛能燃烧一切。

双方僵持，气氛凝滞。

良久，唐措冷着脸：“我要亲眼去看。”

此时通道还未关闭，魔法师和剑士对视一眼，齐齐让出路来，让唐措带着巴兹进入。他们让得很小心谨慎，心里有窃喜但也有疑惑。

唐措也很谨慎，一直挟持着巴兹没有放，而这反而让两人稍稍放心。

双方刻意保留着一段距离，在唐措和巴兹看不见的地方，魔法师拼命给剑士使眼色——援手呢？其他人呢？怎么只有我们两个！

剑士亦忧心忡忡，本该按计划赶到的援手没来，必定是被拖住了，这让他突然有不好的预感。

## 52

地面上，大战一触即发。

十几分钟前，靳丞说要配合唐措的行动，于是让凯尔特找来了红色的颜料，就像丽莎屋里用来画画的那种颜料一样，劣质的，充满着刺鼻气味。

找来颜料他也不做别的用途，就是让人画画，画在教堂的外墙上，手绘一幅巨大魔法阵，大到几乎覆盖了整面外墙。

这魔法阵跟青藤同盟找到的那些魔法阵一般无二，虽说靳丞特意叮嘱让不会魔法的人来画，画出来的没有什么具体的功效，可能还有些地方是错的，但这幅画那么红、那么扎眼，在画下第一笔的时候，就牢牢吸引住了所有人的目光。

骚动，在各个隐蔽的角落里滋生。无数双眼睛盯着教堂，凝视着青藤同盟这近乎渎神的举动，各怀鬼胎。

凯尔特一直在出冷汗，虽然他在青藤同盟有些权限，但架不住靳丞那么会搞事。好在青藤同盟是个赏金猎人组织，并非神的拥趸。

可饶是如此，凯尔特的脑袋也有点晕，甚至记不清自己是怎么被靳丞蛊惑，答应他这个出格的计划的。

“兰斯洛特，我会被总部惩罚的。”他忍不住对靳丞吐苦水。

“为了消除邪恶，凯尔特，你不愿意为此做出小小的牺牲吗？”魔法阵画好了，靳丞拎起剩下的颜料桶，优哉游哉地往教堂的阁楼上走。

“他们可能会认为我俩就是邪恶。”

“哇，那可真有意思。”

靳丞说着，脚步不停，走了几步他又回过头看凯尔特，趴在楼梯的栏杆上，笑说：“放心，凯尔特，我会为你谱写一首赞美诗的，整个大陆的吟游诗人都会传唱你的诗篇。”

凯尔特：“……谢谢。”

片刻后，靳丞站到了阁楼的窗户前，推开窗俯瞰着墙上的大作，在这个角度下，一整面墙红彤彤的，甚是壮观。

但靳丞还是觉得不够红。

于是他拎起颜料桶，“哗啦”一声，把剩余的颜料顺着墙壁倾洒而下。

“你做什么？！”凯尔特震惊了，忙不迭冲到窗边望下去，只见红色的颜料像瀑布冲刷着魔法阵，似罪恶的鲜血，触目惊心。

原本在楼下看着的人也一个个震惊错愕，暗处的骚动骤然炸开，变成明面上的火花，连成了片。

不要这么惊讶——靳丞这么想着，屈指敲了敲自己的脑壳，系统又在给他弹提示音了。善良的吟游诗人好像不该做这种危险分子才做的事情，所以靳丞决定要挽回一下自己的人设。

譬如，在给玫瑰教派泼红油漆之后，再给他们来一首温暖的曲子。

没错，靳丞就是在给他们泼红油漆。他又找不到玫瑰教派的大门开在哪儿，所以只能画个魔法阵代替，再一桶油漆给泼上去。

对于一个有狂热信仰的教派来说，这种行为大概比杀了他们更难受。

“这样你的总部就不会认为你是邪恶了，跟邪恶作对的，都是光明。”靳丞理直气壮地跟凯尔特解释。

“我感觉有哪里不太对。”凯尔特艰难地咽了口唾沫。

“放心吧，凯尔特。”靳丞拍了拍凯尔特的肩膀，语重心长地说，“这个教堂是彼得牧师的教堂，彼得投靠了邪恶，教堂也肯定已经被邪恶污染了。我们这么做，是为了更快地抓住他们，不让更多的人被他们所害。”

事已至此，凯尔特也只能这么想了。

下一秒，靳丞果然又拿出了他的小竖琴，单臂撑起靠坐在窗台上，抱着琴起了个调。他想了想，最终弹奏了一首《安魂曲》，没有用上声波攻击，纯粹的安魂曲，用以超度死去的亡魂。

《安魂曲》的声音很快就从教堂的阁楼上扩散开来，不管是白叶区的普通的民众，还是躲在暗处的玫瑰教派的成员，都不由自主地抬头看着声音传来的方向——惶惑、惊惧、愤怒。

有人不可遏制地低下了头颅，有人紧紧握住了剑柄，而阁楼上此时又来了一个人，一头蓬松的红发，远远望去就像巴兹。

凯尔特上下打量了他一眼，随即问靳丞：“你确定这样能行？”

靳丞道：“他长得不怎么像，不过他只需要在这个窗口晃几下就可以了。怀疑的种子一旦被种下，就会生根发芽。唯一需要担心的一点是——如果待会儿来的敌人太过强大，我们要怎么活下来。”

这可说到凯尔特的长处了，他拍拍胸膛，说：“你放心，我已经在各处布置好了魔法阵和陷阱，除非有反叛者伊索或红衣祭司那样级别的人物前来，否则一定叫他们有来无回。”

闻言，靳丞忽然想起了什么：“你说罗杰里德阁下正在追踪伊索？”

“是的，伊索的危险程度大概比两个红衣祭司加起来都大，但神出鬼没，这次好不容易抓到他的尾巴，罗杰里德阁下怎么也不会放弃。”

因为靳丞与伊索有过正面的接触，所以凯尔特并未将这个消息隐瞒。他也在观察，观察靳丞听到这个名字时的反应，来判别他的真实立场。

靳丞听到这个消息就放心多了，伊索被罗杰里德拖住，至少不会再突然杀出，可另一个红衣祭司呢？期望他不会出现在地道里。

而就在靳丞的担忧浮现心头时，被他惦记着的红衣祭司，正在城外的某个葡萄酒庄园里。头顶是烈阳炙烤，他整个人蜷缩在地上，不住地捂着喉咙咳嗽着，红色的祭司袍上满是污浊和血迹。

他的一张脸也早失去了原来的样子，脸颊肿胀，嘴里的牙也掉了几颗。

“咯咯咯！”丑陋又滑稽的魔偶在笑，用力地在他疼痛难忍的身体上蹦跳，还不断地拿手里的黑伞戳他。

魔偶的主人则坐在庭院的遮阳伞下边，一手支着下巴，一手摇晃着葡萄酒杯，流苏耳环被风吹着，在阳光下露出金色的光泽。

过了好一会儿，红衣祭司已经进的气少出的气多，他才放下酒杯慢悠悠站起来，拄着伞走到他身边，弯腰看着他，笑说：“你现在知道得罪我的下场了吗？”

“你、伊索……你不要太猖狂……主教大人不会放过你的，咯、咯……”红衣祭司艰难地睁开眼睛，断断续续地说，“你这样做，分明是反叛！”

伊索在笑：“我本来就是反叛者伊索，不是吗？”

“你、你会被惩罚的……”

“那又怎样？我有没有警告过你们不要来干扰我的行动？因为你们，我所有的计划都被打乱了。刺杀大公？你们以为杀了他，扶持那位脑子只有针尖那么大的王子殿下上位，就能将法兰控制在掌心吗？愚蠢是多么可怕啊，竟能令你们在罗杰里德的眼皮子底下动手，制造出这么一桩笑话。”

红衣祭司大口地喘着气，说不出话来了。

伊索继续道：“我知道你们的打算。你们知道我的实验成功了，所以想提前动手，抢走这个功劳，安到自己的头上去，对吗？我知道你们这批人，向来将我视作异端，甚至想要将我除去，主教大人早就与我说过，让我不要与你们计较。”

“可你们怎么不听呢？”伊索疑惑着，笑容越发乖戾，那伞尖抵在红衣祭司的心口，只要他一动，就能刺破对方的心脏。

生死，只在他一念之间。

“你如果、杀、杀了我……主教大人也不会放过你的！”红衣祭司快疯了，赤红的眼珠子紧盯着伊索，又恨又怕，“伊索，你迟早会被钉在十字架上！”

“我最讨厌别人威胁我了。”伊索把伞尖往前递了递，红衣祭司便痛得蜷缩起来，发出惨叫。然而就在这时，伊索蓦然转身。

“罗杰里德。”他念出这个名字。

真烦人，简直阴魂不散。

与此同时，唐措挟持着巴兹走进了通道深处。他们拐过几个弯，慢慢地越走越偏、越走越偏，周围的温度也慢慢降低。

但唐措一直记着走过的路，他的脑内有一张自动生成的地图，如果他这地图画得没错，那他们仍然在白叶区打转。

十分钟后，四人来到了教堂附近。

唐措不动声色，假装自己什么都没看出来，蹙眉问：“你们究竟要带我们去哪儿？”

“到了你就知道了，再耐心一些，我们还要走一会儿。”魔法师走在前头，越是往前走，他的步伐越快。虽然这种提速很不明显，但怎么也瞒不过唐措。

这是一条死路，前方是一堵结实的墙壁。魔法师靠近时，右侧墙上毫无意外地出现了一条通道。

这与先前的情况一般无二，通道总是这样突然出现的。可现在这个位置让唐措警觉，这里几乎处于教堂的正下方了，他们走到这里，真的离目的地还有一段距离吗？还是说，前面就是目的地了，而魔法师在撒谎？

思及此，唐措又悄悄打开技能面板瞧了一眼，余光瞥过手上的夜莺戒指，心中有了思量。

他停下来，转头看向跟在后面的剑士，冷声道："你走前面。"

剑士蹙眉："你不要再耍什么花招，我们带你来这里，已经表现得足够有诚意。"

唐措却并不理会，直接收紧手中的剑。巴兹吃痛，脸色越来越惨白。

剑士沉下脸来，但他还记得上头的叮嘱，便只好按照唐措说的走到前面去。魔法师与他交换一个眼神，眸中的阴狠一闪而过。

这时，巴兹已经快吓到麻木了。他瞪大眼睛看着眼前的一切，脖子上的伤还在流血，疼痛成了他唯一保持清醒的途径。

对了，他还相信西奥多。

他一遍遍告诉自己，西奥多不会害他，于是壮着胆往前走。

恰在这时，唐措刻意压低了的声音在他耳边响起："待会儿我一松手，你就往后跑。"

闻言，巴兹想要回答，唐措的警告声又立刻将他制止："别动，不要声张。"

巴兹闭紧嘴巴，不敢动了。

唐措再度看向前方，眸光冷冽。

魔法师已经步入通道，剑士也已经站到了通道口，从唐措的角度根本看不到通道里面的情形。

"你怎么了？我们快到了。"魔法师提醒他。

"我怎么知道前面有没有埋伏？"唐措道。

"如果我们要动手，早就动手了，更何况——"魔法师看向巴兹，"他还在你手上，不是吗？你可真是我见过的最特别的骑士，敢于用同伴的性命来威胁敌人。你放心，我的同伴绝不会像你一样。"

唐措沉默片刻，这才带着巴兹走上前。

魔法师和剑士见他跟上，这才继续往前走，很快，唐措走到了通道口。而也就是在这时候，他忽然松手把巴兹往后一推。

巴兹谨记唐措的话，根本不敢往前看，撒腿就跑。但就是在转身的刹那，他瞥见了那条通道里密密麻麻的身影，和层层叠叠的魔法阵的绚烂光芒。

他的心猛地一跳，拼命遏制住冲动，才没有回头看唐措。

而唐措仅仅是抬起了自己的手。

"轰——"夜莺戒指光芒大放，魔法的洪流冲入通道，在魔法师等人错愕的眼中席卷而来。刹那间，月的光华掩盖了所有魔法阵的光芒。

不论是火的赤红还是水的幽蓝，都在那曼妙的月光下化作乌有。那些密密麻麻的身影，甚至连惨叫和惊呼声都来不及发出，便归于尘土。

月光潮汐。

唐措从没有假意投诚当卧底的打算，有表演天赋的是靳丞，不是他，他一向是个喜欢提刀砍人的猛士。

月光潮汐的冷却时间有二十四小时，二十四小时前，唐措护送大公走地道，第一次使用了它。二十四小时后，冷却时间结束，他也恰好在地道里。

完美。

“西奥多？”巴兹听见这边没了动静，隔着老远的距离小心翼翼地喊他。

“你再等会儿。”唐措不确定通道里面还有没有敌人，便提着剑先行探路。事实证明里面的敌人可能都来这通道口堵他了，走了几分钟都没碰见一个。

通道的尽头，是一个开阔的圆形密室，由黑色砖石铺就。一盏又一盏魔法灯把这里照得亮堂堂的，而它的整个地面就是一个巨大的魔法阵。

魔法阵中心有一个高台，高台上静静地躺着一个人。

唐措走近了看，根据她的穿着打扮和外貌，有理由怀疑这就是靳丞在支线任务里碰到的那个丽莎。她死前给彼得牧师留了一封信。

举目四望，墙壁四周堆叠着许多的铁笼子，每一个铁笼子里都有一具尸体，还有不知因何活着的，面色青白，发出低吼。

这就是那个魔法师说的，不死的王赐予的永生吗？

这位不死的王怕不是个死灵法师，唐措想。

## 53

很快，巴兹也进入了密室，看到了密室中令人惊讶的一切。他不由得想起那位魔法师说过的他也已经死了的话，脸色发白，腿脚打战：“西、西奥多，这里究竟是怎么回事？”

唐措在月隐之国时，翻阅过学校图书室里几乎所有的魔法书籍，再结合来到法兰公国后见识过的东西，说：“巴兹，你听说过洛克王国的死灵法师吗？”

巴兹下意识摇头，随即又想起什么：“我知道！我听其他的吟游诗人和行脚商人说过，他们总跟尸体打交道，还能操控亡灵，而且常年不见光，很可怕的。”

说着，他意识到什么，猛地后退一步：“这、这就是那些死灵法师的实验室吗？”

唐措摇头。

这倒不一定，玫瑰教派的魔法很有自己的风格，但并未跳脱出常规的范畴。而且有时光之井的因素在里面，这不会是单纯的死灵魔法。

唐措走到一个铁笼边上，拔剑在尸体手臂上割开一道口子。

那血是温热的，带着点熟悉的时光之井的气息。

他随即又回到高台旁，仔细端详着丽莎的尸体。丽莎无疑是这所有的尸体中最像活人的一个，脸上甚至还有一丝红润。伸手摸上去，尸体也还保有余温，唐措如法炮制，再次从她身上感知到了时光之井的气息。

这代表什么？

如果巴兹跟他们是一样的，那他就是唯一成功活过来的、行为与常人无异的人，作为成功的例子，玫瑰教派想要抓住他就很好理解了。

不死的王赐予永生，这应该就是玫瑰教派的信仰所在。

反叛者伊索不是最纯粹的信徒，他是中途叛变过去的，信仰应该并不纯正，而就是这样一位反叛者，成功地复活了巴兹。

那么红衣祭司那一批人就是所谓的最忠实狂热的信徒，他们与伊索有分歧，也很好理解。唐措仔细代入对方的角色揣摩他们的心理，觉得或许对于他们来说，巴兹在谁手上，不死的王在人间的权柄就握在谁手上。

永生，那可是神灵的禁区。

死灵魔法归根结底只是操纵亡灵而已。

相比之下，巴兹实在太成功了，甚至不知道自己已经死亡。

丽莎仍如活着一般，可也没有丝毫醒过来的迹象。在支线任务里，她的画并未完成，唐措觉得她是醒不过来了。

从那封信看，彼得牧师与她有较为亲密的接触，可能对丽莎寄予厚望。丽莎却在信中说——也许玫瑰能实现彼得的愿望，她却不必了。

她并不想活着。

彼得的愿望是什么？是创造一个没有死亡的国度吗？

唐措兀自沉思，巴兹却已经怕极了，极力忍着才没有夺路而逃：“西奥多，我也会变成他们那样吗？我、我只是生了一场病，我没有死，对吗？”

他哀求地看着唐措，可唐措无法欺骗他。谎言早晚会被戳破的，巴兹已经站到了这个命运的岔路口，他必须走下去。

在唐措的沉默中，巴兹的心理一点点崩溃。唐措看着他绝望、无助，抱着脑袋蹲在地上，几乎要失声痛哭，终于忍不住说道：“巴兹，你依然是我和兰斯洛特的朋友。”

巴兹猛地抬头：“真的吗？”

唐措刚要回答，余光忽然瞥见密室的墙壁上又出现一个通道，就在他的后侧方。他瞬间警觉，回头——正与通道里冲出来的几个人打了个照面。

“退后。”唐措冷声叮嘱巴兹，二话不说提剑就打。

对方也很错愕，似乎没料到密室里会站着一个陌生人。但很快他们就反应过来，再扫过蹲在地上的巴兹，还有什么不明白。

“这里的才是真正的巴兹！”一人大喊着，其余人都冲上来。也有人疑惑留守在这里的人呢，可唐措的剑没给他们留出太多思考的时间，他们只能一边打一边咒骂——“那个该死的渎神者！”

唐措不知道他们在骂谁，但想也知道靳丞应该给他打了配合，否则他遇到的阻碍不会那么小。

双方打得越发凶猛。

对方人多势众，唐措靠着裁决之剑和圣光护盾，颇有点“一夫当关，万夫莫开”的架势，可他必须保护巴兹，因此多了很多掣肘。

恰在这时，密室上方忽然传来一阵天摇地动。

“怎么回事？！”有人惊呼。

唐措却根本没管，趁着他们被头顶的异状吸引目光，闪电般杀入敌阵，剑起银光，瞬间带走一人。

“轰！”震动却又加强了，似地震一般，让所有人都跟着踉跄。唐措抽身退回，抬头扫了一眼，再次加深了心里的猜测。

他们肯定是在教堂的正下方，教堂里发生了什么？

会是因为靳丞吗？

“要塌了！”

“快躲！！！”

惊呼声中，密室的顶部轰然出现裂缝，灰尘和砂石扑簌簌往下掉，迷了众人的视线。厮杀被迫停止，唐措当机立断带着巴兹退入通道。

离开前，他再度回望高台。丽莎的尸体还躺在那儿，平静、安详，破开的密室顶部有光洒落，照着她涂着脂粉的脸，竟也明艳动人。

下一秒，唐措转身离开，无边的碎石落下来将她淹没，再不复见。

地面上，青藤同盟和玫瑰教派的交火已经趋近白热化。

愤怒的玫瑰教派一来就开了个大，直接摧毁了被红色颜料泼满的整面墙壁，教堂轰然垮塌。但他们并未料到凯尔特在教堂里安排了那么多的魔法阵和陷阱，教堂垮塌之时，这些东西全部被触发，于是不只地面上的建筑倒了，地上还被直接炸出个窟窿。

靳丞跑得快，教堂倒塌之时他已经跑到了对面的楼顶，抱着小竖琴将一切尽收眼底。

蓦地，他看到街角有个身影独自站立。那一身纯白的牧师袍虽然隐在黑暗中，依旧像一盏黑夜中的灯火，指引着靳丞的方向。

牧师彼得，终于出现了。

靳丞原以为引不出他了，没想到他竟然在最后一刻出现，便立刻追过去。

彼得也发现了他，目光再次深深地凝望了一眼教堂的废墟，似乎要透过那里看到深深的地下。在靳丞近身前，他果断转身，飞速离开。

可靳丞来得极快，系统虽然限制了他的技能，但没有限制他本身的速度。他还抽空看了眼系统面板，主线任务终于刷新了。

当前主线任务：与彼得交谈。

“彼得，巴兹还没找到，你跑什么？”靳丞瞅准时机从楼顶跃下，拦在彼得身前。他神情轻松，手指却仍紧扣琴弦，没有丝毫放松。

“你们好像都喜欢追着我跑。”彼得停下。

“你们？”靳丞琢磨着这两个字，微笑道，“别管这些了，彼得，你藏头露尾的，到底想做什么？”

彼得：“事已至此，难道你还不明白吗？”

靳丞：“我当然不明白，但我看出来了，你也不是玫瑰教派忠实的信徒。刚才那么多人恨不得把我杀了，你看见我，却一点愤怒感都没有。或许你可以去跟反叛者伊索谈谈，会很有共鸣。”

彼得不予置评，神情从最初的戒备慢慢变得平和，再次与靳丞四目相对时，变得慈悲而宽厚。

“我认得你，你是巴兹的朋友。他死而复生，你不应该感到开心吗？还是说，你们的友情、他给你的关怀，并不足以让你打破世俗的偏见，真心接纳他？”

靳丞：“你在对我说教？”

彼得摇头：“难道你不为他感到开心吗？在这个白叶区，像巴兹一样悄无声息死去的人每天都有。人们挣扎、绝望，却没有办法阻止，只能眼睁睁看着生命逝去。人的一生中总有那么一两个重要的人，不是吗？”

“所以你到底是看见众生苦难，还是说，看见了某一个人的苦难？”靳丞敏锐地察觉到什么，眸光陡然犀利，“你想复活谁？”

彼得的笑容越发悲悯，他抬手放在心口，如同向神明祷告一般，虔诚地说出三个字——“我自己。”

靳丞蹙眉：“你？”

“众生苦难该如何？我以血肉之躯，终究无法改变什么，就像他贵为大公，却仍旧被多方掣肘，无法实现心中的理想。但神就可以。”

“你，成为神？”

靳丞感到了一股巨大的荒谬。

他没想到彼得的欲望竟然如此之大，是不是疯了？

但彼得没有再回答靳丞的问题，他反问道：“兰斯洛特，你来自月隐之国，对吗？”

这一次，靳丞没有回答彼得的问题。他开始重新审视这个看起来平平无奇的牧师，同时心里也诞生了一种猜测——彼得跟他说那么多，或许是因为他来自月隐之国。

彼得投靠玫瑰教派，必定是因为玫瑰教派能达成他的欲望。那么这个所谓的“死而复生”就一定不是复活那么简单，玫瑰教派的魔法阵和月隐之国的时光之井，哪个才是关键？

答案或许是时光之井。

彼得见靳丞若有所思，亦不再多言，缓缓后退几步。这时，几个玫瑰教派的教众从后方赶来，将彼得牢牢护在其中。

双方对峙，彼得冲靳丞点头致意，随即转身离去。

靳丞没有追，因为他发现自己的主线任务已经更新了，变成了——回到青藤同盟办事处，寻找巴兹。

对了，巴兹！

靳丞醍醐灌顶，巴兹和彼得一样啊，他们都是死而复生的人，如果彼得的欲望是成为主宰一切的神，那巴兹呢？

伊索又在他身上寄予了什么？

思及此，靳丞立刻甩开玫瑰教派的人，赶往青藤同盟办事处。

另一边，唐措终于带着巴兹走出地道，顺利回到了办事处。办事处相较上次显得空旷许多，因为就连普通成员都被凯尔特调走大半，只剩下一些留守的。

为了巴兹的安全，唐措带着他直奔二楼，而就在踏上二楼的那一秒，他的主线任务也发生了更新。但他还来不及查看更新，一股钝痛就袭击了他的大脑。

叮！

检测到玩家任务线发生更改，根据原有剧情，骑士西奥多连番打斗后身负重伤，玩家立刻进入“昏迷”模式。

唐措倒了，还保有自己的意识，能感知到周围的一切，但他的身体就这么倒在地上，眼睛被迫闭着，整个人动弹不得。

巴兹惊慌失措地摇晃着他的肩膀，其余人也纷纷赶过来，将他背到房间里，西奥多在办事处是有自己的临时住所的。

待一切都被安排妥当，唐措躺在床上，依旧无法动弹。

“西奥多，愿神灵庇佑你，你可千万要没事啊。”巴兹的双眼紧紧盯着唐措，寸步不离地守着他。

唐措只能听着，什么都做不了。

时间一分一秒过去，唐措不知道西奥多究竟什么时候才能醒，心里没来由地有些焦灼。他猜测西奥多的身体在与伊索对战之后就一直没好，再加上一路护送巴兹回办事处，这才倒下了。

可系统之前都没让唐措倒，非得在这时倒，代表着什么？

唐措想打开任务面板看一眼，可闭着眼，根本看不到。

不知过了多久，熟悉的敲窗声传来。唐措蹙眉，这声音对他来说太熟悉了，他今天早上才在巴兹的出租屋里听过。

他想叫巴兹不要理会，可做不到，刚才还稍显清醒的意识这时也模糊起来。

“吱呀”，这是窗户打开的声音。

巴兹的脚步声由近及远，又由远及近，唐措的意识也渐渐模糊。过了一会儿，他能感到巴兹又坐回了他身边，强打起精神絮絮叨叨地跟他说话。

“西奥多，我真开心你能成为我的朋友。你跟兰斯洛特一样，你们都是这个世界上难得的好人，能遇到你们，是我的幸运。

“西奥多，这段时间是我最开心的时候，我从不曾想过自己已经死了，不该存在于这个世界上了，但是我不后悔。你们让我觉得我是这个世界上最幸福的人。”

“……”

“西奥多，贝贝屋新出的果酱馅饼真的很好吃。”最后的最后，响起的仍是他充满期待的声音，那里面似乎也有哽咽，但唐措听不见了。

他陷入了彻底的昏迷。

时间飞快流逝。

“唐措？唐措！”唐措再有意识时，听到的是自己的名字。思绪在那一刻回笼，他猛地坐起来，环顾四周，却没看到巴兹的身影，床边只有靳丞一个人。

“巴兹呢？”他问。

“他走了。”靳丞说着，将一张字条递给他。字条上是跟遗书一样的字迹，字写得歪歪扭扭，不太好看，但透着股顽强的生命力和淳朴气息。

致我亲爱的朋友西奥多、兰斯洛特：

我走了。

请原谅我的不辞而别，原谅我的自私和懦弱，因为我没有办法去面对接下来的一切。

愿你们一切都好。

不要找我。

巴兹

唐措默默地捏紧了信纸，那信纸皱巴巴的，也不知被多少泪水打湿过。他沉默片刻，道："是伊索，伊索带走了巴兹。"

靳丞对这个答案不感到意外，瞥了眼门口，说："罗杰里德也回来了。"

罗杰里德一路追踪伊索的行踪，从城里追到城外，又从城外的庄园追回城内，可最终还是晚了一步。

半个小时后，唐措和靳丞在办事处的楼顶找到了他。

罗杰里德拄着他的手杖临风而立，目光所及之处，是圣保罗区宽阔整洁的大道。但他的目光穿过这些大道和乳白色的圣堂建筑，一直望向远方，远到白叶区，甚至整个大陆。

听到两人的脚步声，他没有回头，说："风暴就要来临了。"

两人对视一眼，靳丞已经跟唐措互换过所有信息，略略挑眉，问："罗杰里德阁下，我能问问，不死的王究竟是谁吗？"

罗杰里德这才回过头，冷冽的目光扫过他们，良久，才道："这是一段本该被尘封的秘闻，但既然你们已经接触到了，我就告诉你们。但你们要切记，不论什么时候，都不要忘了自己踏上这片大陆时最初的信念。"

闻言，两人齐齐点头。

罗杰里德复又转头看向天边那似乎隐藏在云层深处的，不知何时会来的风暴，说："玫瑰教派源自黑暗年代的图察王朝，在那个时候，玫瑰是王室的图腾。图察王朝的最后一任国王叫作路易十四，也就是玫瑰教派口中所说的——不死的王，不死的玫瑰。"

靳丞："这跟时光之井有什么关系？"

"你已经联想到了，月隐之国就是图察王朝曾经的都城。"罗杰里德紧握手杖，"时光之井关系着永生的秘密，那是神灵的禁区。路易十四乖戾自负、残暴不仁，并妄图窥探禁区，致使整个王朝覆灭，月隐城也被永久地隔绝在黄沙之中。而作为王室图腾的玫瑰，自此消失于西西里特大陆。"顿了顿，罗杰里德又道，"但是大陆上一直流传着这样的说法，千年之后，时光轮转，不死的玫瑰必将重新绽放——他要回来了。”

哇哦。

靳丞没想到这走向越开越大，这才是第二环，下一环岂不是会更难？他不由得问：“怎么回来？以什么方式回来？”

这一次，罗杰里德却没有立刻答话。他转过身，背对着天边愈来愈明显的风暴，独眼深深地凝视着唐措和靳丞，神情肃穆。良久，他道：“根据总部刚刚传来的消息，玫瑰教派的魔法阵镌刻着灵魂献祭仪式。也就是说，你们的朋友巴兹，或者彼得牧师，也许就是玫瑰的载体。”

“你们有这个心理准备吗？当下次再遇见他时，该怎么面对他？”

轰隆——

话音落下，风暴也终于露出真容。恐怖的黑云逐渐蔓延了整片天空，闪电和雷雨也在大张旗鼓地酝酿，如此声势之下，不论是圣保罗区还是白叶区的人都齐齐抬头，忧心忡忡。

哗啦啦，暴雨很快就下来了。

唐措和靳丞没能在楼顶待多久，罗杰里德也不再多说。关于白叶区的一系列动乱，他出乎意料地没有责怪靳丞，只意味深长地扫了他一眼，便匆匆去处理别的事了。

所有的烂摊子又堆到了凯尔特身上，凯尔特为此叫苦连连。

可唐措和靳丞是没什么良知的甩手掌柜，自不会为他分担丝毫，而且他们的主线任务终于再次统一。

当前主线任务：弹奏一曲《风吟之歌》。

曲谱是系统随任务附送给靳丞的，手写曲谱，落款就是兰斯洛特的名字。靳丞看着那曲谱上略显仓促的、不断被水渍涂抹的笔迹，大约可以想见兰斯洛特是以什么样的心情写下这首曲子。

“走吧，我们得挑个适合演奏的好地方。”靳丞道。

此时，暴风雨恰好停了。

两人并肩走着，不知不觉又来到了白叶区。风雨洗刷了这里，经年的污垢和脏乱被冲进暴露在外的地道里，一切看着杂乱，又似乎变干净了许多。

有人在倒塌的废墟前哭号，有人在踮着脚好奇地窥探地道。

每个人都像一棵杂草，东倒西歪地以自己的方式活着。

令人惊喜的是，卖果酱馅饼的贝贝屋还开着。

贝贝屋的门口也挂着一串风铃，唐措推门进去的时候，风铃声响，圆脸的可爱姑娘从忙碌中抬起头来，说一声：“欢迎光临！”

两个果酱馅饼，掏空了唐措和靳丞身上剩余的所有钱。在递过馅饼时，姑娘认出了他们，笑容又真切几分。

“是你们啊，兰斯洛特，还有一个叫西、西奥多对不对？巴兹跟我提过你们好多次呢。他总说要带你们来吃最新口味的果酱馅饼，可说了好多次也不见你们来，今天可算见到你们了。”顿了顿，她又微微红着脸往门口张望，“巴兹呢？怎么没看见他？”

唐措忽然语塞，什么话都不想说。

靳丞接过了馅饼，说：“他有事，出远门了。”

“这样啊。”姑娘的笑容有一瞬间的凝固，随即快速地拢了拢耳边的头发，装作忙碌地低下头去。

等她再抬头时，店里已经没有人了。

唐措和靳丞带着馅饼，继续走街串巷，路过东街，又绕过去看了看倒塌的教堂，最后来到了因为暴风雨暂时停工的码头。

此时的码头与平时很不一样，无数的工人都蹲在墙角，像墙角发霉后长出来的灰色的蘑菇，连成了排。

“就这儿吧。”靳丞拿出小竖琴，坐在船家用来绑缆绳的矮柱上，把最后一口馅饼丢进了嘴里。

那家主打黑面包和土豆浓汤的早餐店老板探出头来看到他，嘟哝着这个奇奇怪怪的吟游诗人怎么又来了，但这次没出言打扰。

他忽然觉得，在这样一个平静的时刻，来点音乐也不错。

悠扬的音乐很快就在码头上空飘散开来，带着自由的风的味道，又包裹着一股不自知的哀伤，在这春天快要结束的时候，带来一丝清凉。

宽阔的湖面上，渺渺的风里，隐约可见高高的帆扬起，又一艘船踏上了旅途。

“而我死去的消息，希望只有风知道。”

唐措又想起了巴兹遗书中的这句话：“风吟之歌”，这个副本的名字也在这时变得无比贴切。他面无表情地想着，拿起快要冷了的果酱馅饼咬一口——其实这个味道，有点甜了。

叮！

恭喜玩家成功完成连环任务“月隐之国”第二环：风吟之歌。

难度：困难。

支线任务完成度：95%。

评级：A。
获得人物点数：30。
个人奖励请自行查看系统面板。

欢迎回到永夜城！

VIII

# 养生达人

“我不要这个东西。”

“谁说是给你买的？这是我自己的。我买了，煮给你吃。”

“我拒绝。”

“拒绝无效。”

靳丞，一个自己从不养生但要强迫别人养生的养生达人。

# 54

人物——

编号 K27216：唐措。

人物点数：30。

武力：16。

智力：4。

魅力：0。

评级：A。

生命值：98%。

生存不易，请再接再厉。

回到永夜城第一件事，唐措先把点数加上了。22 点加在武力值，6 点加在智力值上凑了个整，剩下 2 点给了魅力，试试效果。加完点后的奖励格子才是重头戏。

圣光护盾——

分类：技能。

品质：稀有。

描述：裁决之剑辅助技能。利用裁决圣辉激发护盾，持续时间 15 秒。

【青藤徽章】——

分类：装备。

品质：高级。

描述：青藤同盟颁发给核心成员的徽章，镌刻技能“瞬间移动”。

伟大的青藤同盟是一个很人性化的组织，为每一位成员量身打造专属徽章，但很显然，无论是波波罗岛还是西奥多的哥哥，即现任公爵大人，都认为“瞬间移动”这个保命技能更适合他。瞬间移动，能让玩家瞬间转移至周身百米范围内的任何地方，不受任何技能限制。

冷却时间：24 小时。

又是一个冷却时间二十四小时的技能，移动距离不算大，难怪品质只有高级。不过瞬间移动确实称得上保命技能，用来应急不错。

一封诀别信——

分类：任务物品。

品质：普通。

描述：巴兹给西奥多和兰斯洛特的诀别信。

唐措在出副本前，确实把诀别信塞在了口袋里，没想到也带出来了。两环任务下来，他已经有了好几样任务物品，不知道会在什么时候派上用场。

检查完奖励，唐措走到窗边往外看了一眼。

东十字街的人变多了，黑石长街上到处都是来去的身影，还有许多站在路边讲话的，脸上少了些惶惑不安，多了点镇定。

安全区，终于慢慢发挥出了它应有的效用。

不过东十字街的人口终有饱和的时候，原本住在这里的人，也终有一天要离开。东十字街只是一个开始，一个命运的缓冲区。

看了几眼，唐措就收回视线，准备洗澡。这次的副本时间很短，任务紧凑，他跟靳丞压根就没好好休息过，更遑论洗漱。

可唐措刚脱了外套，靳丞就从窗户翻进来了。

“我的房间里是没有门吗？”唐措诚心发问。

“你不觉得窗户更近吗？”靳丞摊手，往后一靠倚在窗台上，说，“而且乌鸦先生是在报复你吗？你这破窗一直都没复原，畅通无阻。”

是吗？你看起来跟乌鸦先生是一伙的。

唐措忍住翻白眼的冲动，正要脱衣服的手揪着衣摆，问：“你不是很喜欢翻窗吗？现在请你翻回去，我要洗澡了。”

靳丞挑眉：“洗你的呗。”

你的洁癖呢，突然又好了是不是？

唐措真的想打他。

靳丞偏又在这时妥协了："好了，不逗你了，你看起来很想打我。我得去一趟红宝石酒馆，要过一会儿才能回来，你先休息，不用等我。"

谁要等你？

唐措保持面无表情，目送他离开，没承想他都翻上了窗台，又回过头笑着问："要给你带个窗帘吗？"

唐措："劳驾。"

靳丞："不客气。"

唐措："……"

窗帘代购终于走了。

唐措花十分钟洗了个澡，别人洗澡都能洗去一身疲惫，他倒是把疲惫都洗出来了。洗完澡他也没吹风机吹头发，直接倒在床上睡觉，很快就进入梦乡，再次醒来时，已经是五个小时后。

靳丞又、又、又在他房间里。

唐措抱着被子坐起来，头发乱糟糟的，眼睛也睁不太开，眯着。靳丞回过头来看到他这副样子，问："你睡前去搞爆破了吗？"

唐措嫌他吵，干脆把脸又埋进被子里。

靳丞觉得他这满后脑勺的乱发像拔丝糖球。

过了好一会儿，唐措终于清醒了。他若无其事地掀开被子下床，再若无其事地沾水把头发捋顺，而后扫一眼已经装好的窗帘，在心里默默感谢靳丞，但他拒绝说话。

靳丞一直等他开口呢，总也等不来，便问："你又跟我闹什么别扭？"

唐措还是没说话。

靳丞挑眉，却在这时看到他略显苍白的脸色，忽然福至心灵："你低血糖又犯了？"

唐措点头，黑白分明的眼睛直盯着靳丞，而后又掏出他的巧克力豆盒子，当着靳丞的面晃一晃，放到小茶几上——它空了。

"好好好，我去给你买吃的，行吗？"

"行。"

靳丞无奈地起身出门，买了最近的豆浆和包子，回来时毫不意外地看到唐措瘫在椅子里装尸体。

"起来吧。"靳丞实在拿他没办法，自己的学生，跪着也要伺候。不过看到唐措吃着自己买的东西，腮帮子鼓鼓的样子，靳丞还有点该死的成就感。

他一高兴，就帮唐措把豆浆的吸管都插上了。

“这次的点数奖励得挺多，再做几个副本，我们就可以去 E 区了。”靳丞道。

“F 区升 E 区，需要多少点？”唐措问。

“加点和未加点的总数达到 100。”靳丞说着，忽然想起来，“你好像还不知道各区升级的具体标准？”

唐措耸耸肩，他还是个 F 区的菜鸟，知道这些又有什么用?

“升级对于普通玩家来说，其实是一个漫长的过程。永夜城虽然是个混乱之地，又没有太阳，可它有酒馆、有百货公司，甚至还有电影院，有些人习惯了在这里的生活，渐渐麻木了，就不想离开了。他们就像永夜城的低保户，每个月主动进一次任务墙避免触发强制任务，再按要求上缴点数，幸运的话，就这么一直活着。”

唐措又想起了他在永夜城碰见的第一个人——张兴。

靳丞继续道：“拼尽全力往上爬的瞧不起这些浑浑噩噩度日的，而安于现状的人又觉得那些努力的人很可笑，不明白他们这么努力做任务是为了什么。永夜城一直强调生存，可很少有人明白生存的意义。”

唐措便问：“你明白了？”

靳丞耸耸肩，他可不是个哲学家，不过很好奇，叉开腿趴在椅背上，问：“你都来了半个多月了，副本也下了好几次，怎么都不问我为什么不直接把点数分给你，好让你加点？”

唐措反问：“如果你分给我有用，为什么不主动分？”

靳丞：“你这个逻辑真的毫无破绽。”

靳丞不知道该感谢唐措对自己的信任，还是该气这小浑蛋的理直气壮。他想了想，还是解释了一下：“点数可以交易，但非副本得来的点数无法加点，只能在永夜城中使用。用来升级也是可以的，不过越往上副本越难，盲目升级不是件好事。”

作为教官，靳丞还是希望唐措稳扎稳打。

“那你呢？”唐措问。

“我？”靳丞眨巴眨巴眼，很无辜，“被罚回 F 区的人，之前的点数可以用，但不能用来升级。想要升级必须重新赚，这是惩罚。”

唐措嚼着豆浆，一双黑白分明的眼睛持续盯着他。

靳丞跟他四目相对，狭小的房间内没人说话，静悄悄的。被他这么盯着，靳丞恍惚间又想起了营地里的时光，唐措不肯服软的时候就这么直直地盯着你，跟头小老虎似的，特想给他撸毛。

“说吧，又想干什么？”

“没药了。”

“你的点数呢？”

“加完了。”

靳丞除了给他，好像也没别的选择。他当场划了一百个点过去，再看看自己账上可怜的几十个点，突然有种一朝回到解放前的感觉。

不过他这么穷也不是没有原因的。

“我从红宝石酒馆拿到了最新的出狱名单，缪缪太惨了，他什么也没干，但到现在都没被放出来。据出狱的人说，典狱长每天跟他们玩游戏，紧张又刺激。”

“他出来一定第一个找你寻仇。”

“那是你不了解缪缪，短时间内他不会再轻举妄动了。反倒是天志的人一定不会善罢甘休，就算崇延章不想来，他手底下的人也不会甘心。”

唐措还记得天志的军师江河，以及那个跟江河明显意见相左的男人，但不知道他叫什么。正想着，靳丞便提到了他。

“不过江河快跟天志掰了。上次跟你对打的那个叫陈柳，天志的元老，本来是崇延章最信任的左膀右臂，可后来来了个江河。崇延章越是倚重江河，陈柳的心眼就越发地小，矛盾不可调和，崇延章势必要在他们俩中间选一个。”

唐措略作思忖，道：“他会选陈柳。”

“没错。”靳丞微笑，“选择江河，他会得到一个聪明的军师，但会失去大半个天志。天志的那帮元老比重太大了，哪怕心里知道是陈柳意气用事，可一旦崇延章放弃陈柳，就必定会遭到反弹。崇延章看着强硬，但他依旧没有魄力承担这个破而后立的损失。”

闻言，唐措问：“你去红宝石酒馆就打听了这个？”

靳丞摇头，他的脸上忽然出现一丝正色：“你还记得池焰想找的那个小姑娘吗？有人证实她还被关在牢里，而且跟江河、冷缪在一个牢房。但是很奇怪，她只不过是个病重的十来岁的小姑娘，却到现在都没被放出来。典狱长虽然变态，可不是那么不守规矩的人。”

唐措蹙眉：“你觉得她有问题？”

靳丞：“不是觉得，是肯定。你在幸运大转盘的时候救过她，对吗？”

唐措没有否认。

靳丞继续道：“在永夜城这个地方，恩情是廉价的。我希望你下次见到她的时候，尽量谨慎一点，还记得我跟你说过吗——老人和孩子最可怕。”

唐措默然。他其实已经不记得那小姑娘的脸了，只记得她的光头，或许一开始他对她的判断就出现了错误。

仔细回想，那小姑娘的病号服上好像沾着几滴血。

可无论后续如何，都是还没有发生的事情，唐措定不会为了这种事发愁。随手把空了的豆浆杯扔进垃圾桶，他走到窗边拉开了窗帘。

“唰。”楼下的黑石长街还如先前一样。

靳丞走到他身边，与他并肩往下望着：“说起来，我还打听了一件事。”

唐措偏头：“什么？”

靳丞放松下来，抱臂靠在窗沿：“月隐之国啊。这破连环副本的情报花了我上百个点，发现以前还真有人做过。”

“谁？”

“林砚东。”

唐措搜寻记忆中的内容，花了几秒将他对上号：“疯子苗七的老大？”

靳丞点头：“老人和孩子最可怕，这个老人指的就是林砚东。不过他跟一般的老人不一样，我说他老，只是因为他进入永夜城的时间很早，在 A 区很少能见到比他资历更老的人了。”

“他究竟什么时候来的？”

“1949 年以前。”

1949 年到 2019 年，整整七十年过去了，竟还有人待在永夜城吗？唐措有点惊讶，也有点好奇这个旧时代的人，到底是什么样的。

靳丞继续道：“林砚东触发任务的方式似乎跟你不一样，他的不是连环副本，而是单一任务。不过情报说他那里有一个从副本里带出来的东西，我们或许可以去会一会他。这个连环副本太大了，越往后肯定越难打。”

唐措没有意见，便都听他的。

其实他到现在还有点陷在副本的剧情里，因为副本里的人都太真实了，真实得仿佛与楼下的那些玩家没有什么不同。

“你觉得兰斯洛特和西奥多的死，会跟巴兹有关吗？”他忽然问。

“谁知道呢？”靳丞耸耸肩，余光瞥着唐措后脑勺上用水压下去之后又再度翘起来的不屈的头发，终是忍不住，伸手压了一把，末了，还点评一句，“下次你该吹干头发再睡。”

唐措黑着脸：“我没有吹风机。”

靳丞：“给你买还不行吗？”

唐措：“那你可以把手放下来了。”

靳丞：“哦。”

靳丞的心情忽然有点微妙。

## 55

唐措和靳丞没急着去找林砚东，反正短时间内两人不打算再开连环副本，这事儿可以先放一放。

目前靳丞回到东十字街的消息还没有传出去，所以这里相对太平，不一会儿，闻晓铭得到红宝石酒馆的通知，背着包裹来F区送温暖了。

双方就在红宝石酒馆见面。

“老大，你回来得可真巧，再晚一些我就要被莉莉拉着去下副本了。”闻晓铭还是戴着渔夫帽，穿着人字拖，一头褪了色的粉毛配耳环，背着大包裹的样子像是个行走在时尚前沿的流动小摊贩，地摊一收明天就要去巴黎时装周。

“莉莉丝还好吗？”靳丞问。

“她好着呢，天天在家里敷面膜。对了老大，她还让我给你带了几片，有美白的，还有保湿的，你要哪个？还有衣服，都是新款。”

唐措原本还在想那位总是出现在两人对话中的第三人到底是叫莉莉，还是叫莉莉丝，听了闻晓铭的话，觉得名字不重要了。

他看向靳丞——你们这个组合，是美妆区的吗？

靳丞挑眉：“你可别这副表情，你以为等你以后见到她，会逃得了敷面膜的命运吗？我看你这头发也得烫一下，锡纸烫就挺适合你的，去去你那一脸的正气。”

闻晓铭：“我觉得可以哦。”

唐措：“……”

我觉得不可以。

唐措不喜欢拾掇自己的头发，对他来说剪得清爽一些就可以了，弄发型太麻烦。他也不是很想在这里跟靳丞和闻晓铭讨论美妆话题，那太超出他的知识范畴了。

好在靳丞放过了他，转而跟闻晓铭打听起A区的近况。

闻晓铭事无巨细地说了一堆，但都是些小事，总体太平。末了，他忽然想起什么，说：“我想起来，昨天去游戏大厅的时候，听B区的人说欧皇好像要进军A区了。”

那位B区吃瓜群众的原话是——“欧皇不愧是欧皇，A区的各位坐牢的坐牢，被罚回F区的罚回F区，剩下的都是像林砚东那样不经常搞事的，A区大和谐啊！他在这时候去A区，顺风顺水，等到靳丞那个黑名单狂魔回去，他都站稳脚跟了，简直66666！”

欧皇余一一为什么会在乌鸦先生的黑名单上，一直是永夜城未解之谜。以他这样逆天的运气，分明是“鸦选之子”才对。

闻晓铭实话实说：“我有点想跟他做朋友。”

靳丞挑眉：“那天他也在东十字街外面晃悠呢，他想杀我，你想跟他做朋友？”

“那他不是最后走了吗？没有出手啊，我觉得我们还是有做朋友的机会的，老大，你说对不对？我们团团员人品太差啦，亟须中和一下。”

“你说什么差？”

闻晓铭立刻闭紧嘴巴，乖巧摇头。

他这人就是管不住自己的嘴，心里想什么就要说出来，可这也是事实啊。他们团，一共就几个人，老大是黑名单第一就算了，板上钉钉的新成员唐措也在黑名单的路上一去不复返，莉莉那个暗黑女魔头就更不用说了，凭他一个小小的后勤保障人员，真的带不动。

他前段时间见过唐措后，甚至异想天开到想要打造一个好运模拟器，类似好运 Buff 套在头上，但毫无意外地宣告失败。

不过他相信，终有一天他会成功的，这是来自装备大师的自信。

临别时，靳丞叮嘱道：“你找机会去见一见林砚东，告诉他，我有事找他。但具体什么事得等到见了面才能说。”

闻晓铭点头应下，随即打道回府。

唐措和靳丞就带着大包裹回东十字街。两人没刻意遮掩，走得大大方方又很随意，于是不一会儿，大家都知道他俩回来了。

放完东西，两人又去了趟百货大楼，因为靳丞要兑现自己的承诺——给唐措买吹风机。

永夜城的百货大楼是个很神奇的地方，你不光能在这里买到各类生活用品、牛羊生鲜，还能看到各种各样奇奇怪怪的服务。

比如捏脸。花费价格不一的点数，就可以让技师在线整容。虽说通过魅力加点也可以让人重获青春，可它毕竟不会让一个丑八怪直接变成大美人，而永夜城的捏脸服务可以。

唐措略显好奇地看了一眼广告牌上的标语——永夜城微整，您最佳的选择；再看价格，双眼皮十二个点、垫鼻子十八个点，最贵的是秃头克星“拯救发际线”，竟然要三十八个点。

太黑了。

除此之外还有长得像巨型鸡蛋一样的造梦机。

唐措以前在商场见过类似的设备，叫作 VR 体验机，顾客戴着 VR 眼镜坐上去就行。但这个造梦机给人看的显然不是普通的 VR 影像，而且这造梦机前排的队伍是最长的。

“他们在看什么？”唐措问。

“在做梦啊。”靳丞抱臂靠在柱子上，目光幽深，“这台机器能给你编织一个你还活在现实世界的美梦，在梦里面，你或许还能实现在现实世界就拥有的愿望，走上人生巅峰。”

唐措明白了。

造梦机就像一个逃避现实的港湾，吸引着一个又一个人来到这里，越是沉浸在梦中，就越是难以面对现实，而后继续沉沦，恶性循环。

一次造梦需要十个点，当玩家把点数都慢慢投进去后，他们离崩溃边缘也就不远了。

可现场排队的人依旧很多，甚至已经拐过了弯。

忽然间，唐措在人群中看到了一个熟悉的面孔。他略略挑眉，给靳丞使了个眼色。靳丞顺着他的目光看过去，就看到“决胜魔鬼城”中的那个1号，排在队伍的中段。

1号是触发了强制任务被送进副本的，一直试图让别人救他，最后留在第二关卡自暴自弃。结果天降狗屎运，第三关卡又绕回了第二关卡的场地，差点被他捡漏。

在造梦机的队伍里看到1号，靳丞一点儿都不意外。

距离“决胜魔鬼城”已经过去十几天，或许再有个十几天，1号还是会因为逃避现实，被系统强制送进副本。

他到时能不能活下来，就很难说了。

“走吧。”靳丞曾搭救过1号，可他显然并不想自救，靳丞便也没那个圣心再去普照他。他跟唐措继续慢悠悠地往楼上走，不多会儿就到了二楼。

两人站在岔路口停下扫了一眼，一个往右走，一个往左走，各自的目标都非常明确。

“你去哪儿呢？”靳丞回过身，无奈。

“买巧克力。”唐措道。

“你不能跟我一起买完吹风机再去买别的吗？”

“哦。”

唐措转身，又走回靳丞身边，双手全程插在风衣口袋里，神情高冷，又酷又潇洒。逛超市对于他来说其实是件比较陌生的事情，他热衷网购，实在不行就去楼下小卖部解决，很少进大型超市。

仔细想想，他每次跟别人一块儿逛超市，这个“别人”好像都是靳丞。

靳丞不知道这个，但多少知道唐措的过去。正好看见前面有辆空着的手推车，他便伸手将他往唐措身前一推：“替我推着。”

唐措微微歪头，表示不解。

靳丞顺手从货架上拿下几个杯垫放进推车里，而后是一个玻璃瓶、一把刷子，还有一堆动物造型的可爱挂钩。

唐措在后面默默地给他推车，左看看，右看看，看了半天没什么想买的。他简直不知道靳丞这旺盛的购物欲是从何而来，但他也不想发表评论，直到——靳丞买了一个养生壶。

“我不要这个东西。”唐措说得斩钉截铁。

“谁说是给你买的？这是我自己的。”靳丞趴在推车的另一头，好笑地看着他，末了又话锋一转，“我买了，煮给你吃。”

“我拒绝。”

“拒绝无效。”

靳丞，一个自己从不养生但要强迫别人养生的养生达人。

双方在电器区就这么杠上了，靳丞非要买，唐措非不要，两个长腿高个大帅哥戳在那儿，惹得路人频频侧目。这场没有硝烟的战争还是以唐措的妥协告终，因为谁掏钱谁是大爷。

靳丞觉得唐措此刻的神情特别有趣，就像一只明明很凶狠的小老虎摆出了一张厌世脸，放弃抵抗当起了猫。

等你摸上去，说不定他又挠你一爪子。

超凶的。

想着想着，靳丞的嘴角就情不自禁地勾起。唐措瞥了他一眼，觉得他这个人真的怪怪的，一定又在想什么不太好的事情。

他便推着车先走了。

靳丞优哉游哉地跟在后面，看着唐措的背影，慢慢地、慢慢地，心里那点微妙在扩大。

一个小时后，两人拎着两个大袋子满载而归。

唐措买到了很多巧克力豆，稍稍冲淡了养生壶带来的抑郁心情。回去的路上又吃了酸辣粉，酸酸辣辣的感觉使人开胃，也使人心情愉悦。

回到房间，唐措刚进门，门口的铃铛忽然响了。

“叮！”

“您有一个快递，请注意查收！”

闻言，唐措不禁想起上次那高昂的快递费，着实不太想再被坑一次。可这次，这事儿被靳丞知道了，靳丞挺好奇："谁给你寄东西了？"

唐措面无表情："可能是我的仇人给我寄刀片。"

靳丞报以微笑。

你这招骗得了别人可骗不了我。

## 56

再次来到快递店，招待他们的还是那个七八十岁、双眼浑浊的老头，开口就是一个点数的快递费。

唐措现在是怀揣一百个点数的大款，自然不会吝啬这小小的一个点，但他看着自己的快递包裹，还是迟迟没有付钱。

"是谁给你送玫瑰花啊？你来这儿之前谈恋爱了？"靳丞调笑的声音在耳畔响起，唐措看过去，见他抱臂倚在货架上，笑盈盈的，可声音莫名有些冷。

"我没谈恋爱。"唐措说。

"那就是有人暗恋你。"靳丞说着，拿起那束玫瑰仔细查看，但没发现任何卡片之类的东西。

唐措却觉得这不是什么暗恋者给他送的花，因为包裹里除了花，还有别的很接地气的东西，譬如钱、水果，和一锅煲好的牛骨汤。

打开锅盖，熟悉的香味飘出来，唐措瞬间就清楚了它的来源——大李的老婆。

大李是唐措的战友，他在与靳丞重逢时提到过，大李两年前跟青梅竹马的女朋友结婚了。结婚意味着一个新的开始，大李退伍后就回老家做起了小生意，日子过得虽然平淡，但也算不错。

唐措改行当侦探之后也曾见过他一次，他不知道唐措为什么忽然当起了三流侦探，看唐措孤身一个人，也曾邀请唐措去他的城市，大家有个照应。

唐措拒绝了，而在那次短暂的相聚中，他印象最深的就是桌上的那一锅汤。

大李一向是个实心眼的人，记得唐措爱喝那个汤，就带了一锅汤到他的坟头。他记得唐措说过喜欢红玫瑰，所以又送了他一束红玫瑰。

可唐措其实是骗他的，只有大李那样脑筋不会拐弯的人，才会相信那样错漏百出的谎言。

"说起来，我刚到永夜城的时候，也收到过一束玫瑰。"靳丞忽地想起过往，语气里带着一丝唏嘘，余光却注意着唐措的表情。

"哦。"唐措反应冷淡。

啧。

靳丞有小脾气了。

这点小脾气一直持续到两人回到东十字街，进屋前，靳丞又忍不住说："你确定真的不是有人暗恋你？又是煲汤又是送花，我都要感动了。"

唐措大步进去，再回头："这是大李送的。汤！你喝不喝？不喝我关门了。"

靳丞挑眉，愣了三秒，随即斩钉截铁一个字："喝。"

两人在回来的路上又带了外卖，配上汤就是一顿丰盛晚餐。不过喝汤的时候靳丞还是忍不住嘀咕："大李什么毛病？给你送汤就算了，为什么要送玫瑰？"

唐措："你能不提玫瑰了吗？"

"为什么？"靳丞突然凑近，帅脸在唐措面前无限放大，让唐措下意识往后靠在椅背上。他干脆放下碗筷，保持这样的姿势看着靳丞。

这个人今天真的有点怪。

"这是一个误会，大李以为我喜欢玫瑰，所以才送的玫瑰。"他这样解释着。

"你们还能有这样的误会？"

"为什么不能有？"

"那这么说你不喜欢玫瑰？"

"也不讨厌。"

靳丞终于不再追问，他又优哉游哉地跷起二郎腿，继续喝汤。等到晚餐结束，他抱起那束玫瑰花，说："既然你不是很喜欢玫瑰，不如送给我？"

唐措："随你。"

靳丞就这么把花带走了。

回到隔壁，他把花插在从超市买回的玻璃瓶里，放在桌上。可过了一会儿，他又觉得那花碍眼，把它挪到了床尾的地板上，眼不见为净。

又过了十分钟，他想着好歹也是大李一片心意，又把花挪回了桌上。如此往复三次，靳丞累了，干脆拿出道具绳，把花挂到了窗户外头——还是让大家一起来欣赏吧，这么新鲜漂亮的花，不该私藏。

一夜好梦。

八个小时的睡眠时间过去，唐措醒来时，看着窗外的夜幕，已经完全失去时间的概念了。他简单地洗漱一下，泼了把冷水在脸上，捋起额前的头发抬头看向镜子时，又想起了昨晚的梦。

他梦到了从前在队伍里的那段时光。

队伍里的时光是什么颜色的？想来应该是迷彩的颜色，有泪水也有汗水，有无畏的拼搏和奋斗。可昨晚的梦是玫瑰色的，是青春和躁动的荷尔蒙的颜色。

稍稍平复了一下心情，唐措走到窗边往外看，余光忽然瞥见一抹绚烂的红，转头一看——靳丞到底是什么毛病，为什么要把玫瑰挂在窗外？

恰在这时，隔壁的窗户开了，靳丞刷着牙从里面探出头来，问：“早餐吃什么？”

唐措面无表情：“麦片。”

靳丞：“不如来一壶养生粥。”

唐措理都不理他，唰地拉上窗帘，并头也不回地开门离开，打算去东十字街外头一个人吃酸辣粉。

靳丞听着隔壁的动静，就知道这小浑蛋铁定跑了，但没关系——他的养生壶是可以预约定时的，不怕他喝不到。

另一边，独自出门觅食的唐措如愿吃到了酸辣粉。

卖酸辣粉的是位一脸福气相的大妈，进入永夜城时正好赶上一年一度的职务考试，本以为自己没念过什么书，根本没戏，没想到就凭借一手煮酸辣粉的绝活儿被录取了。

据她跟唐措说的，她一个副本都没打过，简直是除了欧皇之外的另一位鸦选之子。

“小伙子，你是咋进来的啊？跟阿姨说说呗，别看阿姨天天做酸辣粉，但阿姨见过的人可多了，说不定能给你提些建议。”大妈除了卖酸辣粉，唯一的生活乐趣就只剩跟人唠嗑了。可永夜城里的玩家要么被副本逼到崩溃绝望，要么冷漠麻木，没几个能真正听她说话。

唐措这小伙子好啊，一看就是个正经、善良的好孩子，大妈就喜欢这样的。

可在这样的鸦选之子面前，唐措怎么好意思说他是负分玩家、黑名单实力角逐者？大妈可能接受不了这样的反差。

“我就是一个普通玩家。”唐措如是说。

“唉，什么玩家不玩家的！”大妈忽然伤感起来，“我在这 F 区都多少年了，天天盼着能再见我家老头子一面，可想想，还是不见的好。不见就代表他生活得很好，我小孙子现在都上小学了吧。”

唐措默然，只听着。

末了，他才问：“阿姨，你的工期还有多久？”

大妈顺嘴一答：“满打满算还有十年呢。”

十年，真长。

吃完酸辣粉，唐措也没急着回去，打算去训练场看看。这些训练场是专门为玩家开设的，因为玩家们的技能路数五花八门，有些威力大的，很难在自己的小房间里施展开，就是枪械师也需要专门的靶场。

唐措想要测试魔法与裁决之剑的兼容性，如果能有个隐蔽性好的大空间，是最好的。

F 区的训练场在靠近中心区的地方，入口只有一个小的接待处，看着毫不起眼。接待处的前台也是人类 NPC，唐措向他说明具体要求后，他在满是光屏的操作台上按了几下，抬头道——“509，先生，每小时三个点。您直接进去就行了，系统自动扣款。”

听到这价格，唐措对永夜城的物价终于有了一个整体的印象，最终得出结论——强者越强，弱者越弱；想要通关副本获得更多点数，就必须变强；可想要变强，就得加点，就得买药，还得训练，而这三者都需要点数，且价格不菲。点数从哪里来？副本。

这是一个循环。

永夜城的大部分玩家，是生前连打架都不会的普通人。这里也不是进来就能觉醒异能的地方，想要变强只能自己努力。

唐措依靠在人群中拔尖的战斗力，和靳丞这样强力的伙伴，到现在也才积攒了五十个点数。如果没有靳丞拨给他的那一百个点，他靠什么训练？靠什么买药？他总不可能放弃加点，更何况每个月还得上供。

最糟糕的是，有人也许得不到亲属寄来的快递，没有钱，就得花点数，点数不够花，就去酒馆之类的地方打工。一边打工一边还得下副本，生活在痛苦之中煎熬，还不能放弃自己。

或许对于他们来说，在副本中被淘汰也算一种解脱。

可系统的监控无处不在，一旦被判定消极求生，会不会有别的惩罚？

这时，前台又问：“先生，VIP 会员可以打九折哦，办卡吗？”

唐措被打断了思路，面无表情地看着前台。前台继续微笑，两人大眼瞪小眼，过了几秒，前台继续问：“办卡吗？现在办卡可以享受——”

唐措：“不。”

他直接转身走向办事处的玻璃电梯，电梯是往下走的，一共十三层，509 就在地下五层。

电梯开门的时候，办事处里又来了两个人，熟门熟路地跟前台打了个招呼，就跟着唐措进了电梯。

他们去四楼。

永夜城的玩家大多没有与陌生人打招呼的习惯，互相戒备地立于电梯两侧，谁也不理谁。可过了几秒，那两人似乎认出了唐措。

其中一个暗地里推了推另一个，另一个一脸退却，几秒后，两人齐齐转过头来："唐、唐哥。"

唐措："……"

菜刀帮不是没有了吗？怎么他还是享受到了老大的待遇？

这时，四楼到了，两人冲唐措点点头，而后飞也似的离开了电梯。唐措一句话没说，全程高冷，倒是完美符合了这个人设。

他想，这一定是靳丞的锅。

很快，五楼也到了。

位于地下的训练场宏伟壮观，从玻璃电梯里就能看到各层都有开放的擂台。一层一层下去，不同的人、不同的面孔，都在这里释放着原始的战斗本能，像一个斗兽场。

唐措神色自若地走出去，远离公共区，来到了私人训练室。这里的训练室都是封闭的单间，他顺利找到509，推门进去时，毫不意外地触发了系统提示音，告诉他开始计时。

因为是第一次来，唐措也没有知会靳丞，便只打算体验一个小时。

今日体验项目：火球术。

唐措有系统奖励的垃圾小火球术，也有学习魔法得来的初级火球术，作为一个跟火球术杠上了的男人，他当然还是得从火球术练起。

这火球术还得配上裁决之剑，因为唐措没有法杖。

法杖是什么？

唐措认为它只是一个导体。

归根结底，魔法是由魔法师本身的精神力和体内凝聚的魔力催生，再通过一个媒介将它引导出来。

罗杰里德的导体是手杖，伊索的导体是黑伞，这就证明这个导体并不局限于常规的木头法杖，所以唐措只要将魔力引导到裁决之剑上，理论上来说就可以施法了。

可唐措试了几次都不行，难道施法的姿势不对？

唐措干脆盘腿坐下来，把裁决之剑放在膝盖上，仔细感知魔力的流动。

## 57

时间一分一秒流逝，唐措不断地将魔力导入裁决之剑，再仔细感知它们的去向，终于在进入房间第43分钟的时候，找到一点窍门。关键是导入魔力的时机和咒语释放的时机，两者需要配合。

唐措的元素亲和度实在不高，他没办法更随意地使用它们，那就只能不停地训练。像排兵布阵一样，让这些魔法元素记住自己该在的位置。

又五分钟后，唐措终于凭借裁决之剑凝聚出了一个小火球。火球虽然小，而且存在时间不长，但这无疑是个好的开端。

这时，一个小时的时限快到了，唐措又练了会儿便主动退房，往电梯走。

可正当他穿过公共擂台区时，迎面走来一群人正好挡了他的路，他微微侧身避过，余光就扫到了五十米开外的某个擂台边的身影。

因为隔得远，唐措真的没仔细看清，可就是那瞬间的一瞥，让他眉头紧蹙。

那人怎么长得那么像孟于飞？

唐措果断追上去，可喧闹的人群一下将他和目标人物隔绝开来，再望过去时，那儿哪还有疑似孟于飞的人？

人群里也有人认出了唐措。

唐措可不想应付那一声声“唐哥”，高冷地点点头，便果断离开了训练场。

走出接待处大门，他又回望了一眼，而后快速回到东十字街，敲开靳丞的房门。靳丞很意外他竟然会主动来找自己，问：“永夜城出太阳了？”

唐措看着他脸上的面膜和手里的书，一时无言。

十分钟后，靳丞洗掉了面膜，一边慢条斯理地擦着脸，一边靠在水池边跟唐措说话：“你是说，看到疑似孟于飞的人了？”

唐措：“是，但不能确定。”

“永夜城确实有复活道具，孟于飞手里有没有我不知道，但如果你真的看到了他，那他极有可能没被淘汰。”

“那你打算怎么做？”

靳丞既然已经对孟于飞下手，那留着他就是个大麻烦。以孟于飞那样的性格，决不会善罢甘休。

“他既然没被淘汰，回城那么久了一点消息都没有，肯定有意隐藏，不会轻易被我们找到。像上次那样把他引出来恐怕也不行了，跟死比起来，丢点脸算什么？”靳丞善于揣摩人的心理，做出的判断基本不会有错。

孟于飞按兵不动，短时间内应该是没有问题的。

相比之下，靳丞更关心唐措的问题：“训练的结果怎么样了？”

唐措大致跟他说了，靳丞听过后，道：“你还缺一点剑技，要我教你吗？”

“你会？”

“不要小瞧你的教官。”

靳丞的剑技并非来自永夜城，而是他本来就会的，不算精通，但至少能让唐措使剑使得更顺手，纠正一些常识性错误。

唐措便问："来永夜城之前就已经学会的技能，永夜城是怎么评定的？"

靳丞答："你得用出来，系统通过判定之后，就会以技能奖励的方式将它归入你的技能栏。"

原来是这样。

唐措懂了，但剑技指导不急于一时。那厢闻晓铭托红宝石酒馆传来消息，林砚东答应见面了，约他们在中心区的一家书咖碰头。

书咖位于中心区一条不起眼的偏僻街道上，街道依旧是黑色的，两侧都有木栅栏围着的花坛，开着些不知名的白色和红色的小花。整条街上没什么行人，幽静，清雅。

唐措从不曾走到过这里，不知道永夜城还有这样的地方，而那家开在街口的书咖则更脱离永夜城的画风了，像现实生活中开在文化街区的那种网红打卡店，门口和窗户上都有爬藤类的花，几只机械鸟蹲在花丛里，镂空雕花的心脏里亮着暖色的灯，一切都很精致。

"这是林砚东的地盘？"他问。

"他从前的一个同伴开的，那人工期到了已经离开永夜城了，不过不管老板怎么换，这里确实一直是林砚东的地盘，从没变过。"靳丞道。

林砚东是个很有手段的人，在永夜城那么多年，也是最熟悉系统运转的那一个。论怎么在不触犯系统的情况下行事，他比靳丞厉害。

前来开门的是苗七。

他今天没有扛着他的炮，但那条红色围巾依然围在他的脖子上，鲜艳夺目。他挑着眉，神情一如那夜的嚣张、乖戾，却并未隐藏什么敌意。

"进来吧，先生在等你们了。"他提起"先生"两个字时，语调也会不由自主地放缓。

林砚东其实就坐在窗边。隔着玻璃，他微笑着与唐措和靳丞点头致意，穿一身米白色棉麻料子的衣服，面容清俊，气质优雅。

唐措注意到他手上还戴了串佛珠，而且他坐的那个位置视野很好，不光能看到门口的动静，还能瞧见那列黑色的魔法蒸汽列车，遥遥向天上驶去。

待苗七领着两人过去，他比了个请坐的手势，主动开口："好久不见。"

靳丞大大方方地在他对面坐下，那言行举止间透露出的一点痞气跟林砚东的雅意碰撞在一起，就像烈酒和清茶的区别。

"是好久不见，那天要不是你派苗七过来，我都差点以为你对十二乐章的事情不感兴趣了。"靳丞道。

唐措和苗七则分别在两人身边坐下。不过唐措是坐在靳丞旁边的，苗七则拿了张小板凳出来，偏要坐在小板凳上，不知道什么毛病。

林砚东笑笑，没有说话。

这时服务员过来点单，唐措和靳丞便一人点了杯招牌咖啡。

“开门见山吧，林先生听过西西里特大陆吗？”

“听过。”

两人的对话出乎唐措意料的直爽，甚至没有谈任何条件。林砚东端起咖啡小酌，又道：“我以前做过一个任务，是有关西西里特大陆的，你们也碰到了？”

靳丞点头。

林砚东：“那个任务也没什么不好说的，讲的是一位骑士的最后一战，是个剧情向的打斗副本。”

骑士？靳丞和唐措都第一时间想到了西奥多，林砚东的答案却出乎意料——“那人是百花王国白骑士家族的公爵阁下，叫作埃德温。”

两人对视一眼，都从对方眼中看到了意外，也很快反应过来这个埃德温是谁。西奥多有个哥哥，在他与兰斯洛特初遇时，他的哥哥才是公爵。

靳丞随即问：“你说是最后一战，是否跟青藤同盟和玫瑰教派有关？”

林砚东对于他们能准确说出那两个名字，毫不意外：“埃德温死于玫瑰教派手中，那一次大战还有一个特殊的名字，叫作‘七月玫瑰’。”

七月玫瑰，那竟然就是七月玫瑰事件。

唐措的心中微微泛起波澜。如果埃德温死于七月玫瑰，那西奥多继承爵位，成为新的公爵就很顺理成章了。

靳丞又问：“玫瑰教派的人中，有叫巴兹或者彼得的吗？”

林砚东却摇头：“虽说是剧情向，但其实剧情交代得并不多，人物介绍也语焉不详。那是场恶战，玩家也很难有时间去打听这些。”

靳丞：“那西奥多和兰斯洛特呢？”

林砚东：“这我倒是听过，兰斯洛特是位很有名的吟游诗人，对吗？至于西奥多，埃德温死的时候念过这个名字，应该是他很亲密的人。”顿了顿，他又道，“对了，玫瑰教派的那个人，叫作伊索。”

唐措和靳丞心中了然。伊索是认识西奥多的哥哥的，或许从前交过手，或许在他反叛前曾有过交情，不得而知。

这两人的对决，无疑是恶战。

轮到林砚东反问：“这个任务有什么特殊的吗？”

靳丞微笑：“连环。”在这时，靳丞又不那么直爽了。他虽与林砚东就十二乐章一事进行过友好交谈，但支线任务奖励乐章残片的事情，还不到告诉他的时候。

他却没想到，林砚东接下来又抛给他一个重磅炸弹："我有一份十二乐章的消息。"

靳丞端起咖啡杯的手微顿，抬眸："几号？"

林砚东屈指敲了敲桌面："六号。"

"在哪里？"

"E 区，特殊触发副本。"

闻言，唐措面色依然平静，心底却犯起疑惑，因为他不知道什么是特殊触发副本。

好在林砚东知道唐措是个新人，靳丞便也没刻意避讳，直接解释道："特殊触发副本，意味着达到指定的条件就可以触发，不过相同的副本每个玩家只能进一次，防止刷分。而且特殊触发副本的存在都有时限，也许是一周，也许是一个月，过后就自动消失。"

林砚东耐心地等他解释完，才道："这次的副本出现于四天前，最早发现的那批人窥探到了十二乐章的踪迹，把消息瞒得很好，我也是意外得知的。但既然我知道了，其他人早晚都会知道。"

靳丞眯起眼："你说，会有多少人刻意犯禁，把自己罚回 E 区？"

不同区的人不能在一块儿做任务，E 区的任务，那就只能 E 区的玩家接取。十二乐章可不是能够假手于人的东西，谁拿到它，谁就有可能在永夜城称王。

更何况那是排名靠前的六号乐章。

"不知道，但一定会有。"林砚东微微摇头，略作沉吟，道，"我们当初预判得没错，自第一份乐章被使用之后，其余的乐章出现的频率会越来越高，直至十二份乐章全部出世。"

靳丞："十号、十一号被使用，五号在黑帽子，如今又出来一个六号，三分之一已经出现。或许还有别的，我们还没有察觉到。"

"所以一定要快，你们得尽快升到 E 区，防止被其他人拿到六号。"

"那你呢？林先生又要稳坐幕后了吗？"

靳丞嘴角含笑，眸光却陡然锋利，似出鞘的剑，锋芒毕露。

林砚东不惧这样的锋芒，但也稍作避退，垂眸看着腕上的佛珠，半晌，道："我可以给你们交个底——我不能离开 A 区，这是永夜城对我的限制。"

靳丞眯起眼，不知是信还是不信。

林砚东却似放松了下来，笑着看了眼苗七，道："让苗七一个人去，我不太放心。靳丞，你是我信得过的人，所以我把消息告诉你，怎么选择，是你的事。"

"先生。"苗七适时表达不满，什么叫让他一个人去不太放心，他怎么不让人放心了。林砚东便拍拍他的脑袋，让他又安静下来。

唐措看着这一幕，莫名觉得苗七特像条家养的小狗，没有骂人的意思。

“我看林先生刚开始好像没有特别要告诉我的意思。”否则也不会等到靳丞主动邀约才现身。

“我一向不做任何规划。规划就代表着有迹可循，而当我觉得应该告诉你的时候，就是计划最好的时候。”

末了，他又笑了笑，说：“争夺乐章，本来就是你要做的事。不过为了表达我的诚意，我可以将‘七月玫瑰’副本里带出来的一件东西借给你们。”

靳丞挑眉：“借？”

“那是一本书。想必你也知道，我林砚东活了这么多年就只有看书这一个爱好，还请二位在通关后，务必将书归还。”

“我要是不还呢？”靳丞碰到这种要求，总要作死地挑战一下。

林砚东温和地看着他，不说话，但也有种“你要真的不还就让你悄无声息从这里消失”的大佬派头。

靳丞耸耸肩：“那本是什么书？”

林砚东：“《西西里特童话》。”

靳丞无语。

原来你是这样的林砚东，一把年纪还看童话。还什么还？这种书就应该捐出去送温暖，你以为东西到了我靳丞手里还有还回去的一天吗？

与此同时，孟于飞出现在了F区的百货大楼里。

他的脸不如靳丞和唐措那么扎眼，F区的玩家们对于他的记忆也不深，所以一路走来都很少有人对他投以目光。他脸色稍显阴沉，心里还在想刚才在训练场遇见唐措的事情。

那就是两个疯子，一定不会放过自己的。

疯子骂疯子，总是格外咬牙切齿。孟于飞现在没有第二根乌鸦先生的羽毛了，一点不希望再被疯子咬一口，于是终于把目光投向了最后的保命手段。

五分钟后，他把心一横，坐在了服务台前。

“捏脸，我要最贵的。”

“好的，先生。”

## 番外卷

# 评估报告

唐措又回忆起记忆中那碗酸辣粉的味道。

这么多年他吃过许多地方的酸辣粉，看着是差不多，但吃起来各有不同。

直到进入永夜城——

也许那位卖酸辣粉的大妈跟院长是老乡，

做出来的粉够酸够辣，

让他一下子便想起了十六岁的那个夏夜。

跟唐措打过交道的人都很好奇，他那本板砖一样厚的《试炼评估报告》里到底写了些什么，可迄今为止，还没有人能成功地翻开来看过。

一个人的生活，平淡才是常态，所以绝大多数人的《试炼评估报告》并不算厚，因为并没有多少值得特别记录，或者说扣分、加分的东西。

靳丞对此倒是不意外。

唐措都能把《试炼评估报告》当作板砖来使了，如此猛士，当生而不凡。他还记得以前训练的时候，只有唐措憋着一股劲儿要打败他，脾气又硬又扎手，得亏唐措不爱说话，否则长一张能说会道的嘴，那《试炼评估报告》恐怕会更厚一点。

靳丞也时常会拿《试炼评估报告》的事跟唐措打趣，但很有分寸，窥私欲也不强烈，从不主动询问。

可今天，一个绝佳的机会放在了他的面前。

唐措从“风吟之歌”的副本里出来，太累了，洗完澡睡得很沉，靳丞答应了帮他装窗帘，买好窗帘便又从窗户里翻回来——堂堂A区大佬，就是这么不走寻常路。

他本意是装好了窗帘就走的，可就是那命运般的一眼，让他看到了摆在床头的板砖——哦不，是《试炼评估报告》。

唐措大概是忘了收起来，那么厚一本，就这么大剌剌地放在那儿，很难让人不注意到。

靳丞站在床边，抱臂看着，几度挑眉，却始终没有伸手去拿，片刻后，目光又落在唐措的脸上。

睡着了的唐措看起来人畜无害，长得本来就很周正，安静睡着，身上的冷意一散，真实的年龄就凸显出来了。也只有这时，才让人真实地觉得，这人也才二十四岁。

“啧。”靳丞蹙起眉头。

恰在这时，闻晓铭来了。他紧跟老大的步伐，也是爬窗来的，从窗口露出头来，粉色的头发在风中翘啊翘。他再定睛一看：“哇，那个就是传说中的板砖吗？”

“小声点。”靳丞回了他一个噤声的动作。

闻晓铭也看到唐措在休息了，连连点头，蹑手蹑脚地爬进来，又忍不住小声说：“我能看一眼吗？就看一眼。”

靳丞赏了他一个栗暴：“装窗帘去。”

于是闻晓铭成了一个装窗帘的工具人，而他的老大在旁边优哉游哉地监工，还要求他不能发出声音。

闻晓铭很想把他迷晕，然后伸出自己罪恶的小手，但不敢，所以只能老老实实地干活儿，再深藏功与名地离开。

等到唐措醒来，已经是几个小时之后。他的低血糖又犯了，靳丞便出门帮他买吃的。房里很快只剩下他一个人，他看着床头的评估报告有些呆愣，过了好几秒，才慢吞吞地把它拿起来，窝在椅子上翻开来看。

其实评估报告里记录的那些东西在唐措看来乏善可陈，不过看着看着，倒是勾起了他久远的回忆。

那是十六岁的暑假，唐措在外面打工。

十六岁，距离成年还差一点，但也是个小大人了。这个年纪的男生，绝不会承认自己还是个小孩儿，又不被成年人所接受，满身的棱角，跟世界有诸多的矛盾，又很难和解。

唐措在外面穿过玩偶服发传单，也去奶茶店打过工，可不论是什么工作，总是做不长，说不上是运气不好，还是脾气太差。

他发传单时会遇见小偷，本来是帮着抓小偷的，可小偷是抓住了，玩偶服也破了。奶茶店老板说每天可以允许他免费喝一杯奶茶，他会带回去给福利院里的小朋友喝。次数多了，他就发现店里的另一个男生在背后偷偷打他的小报告，老板虽然没说什么，但看起来也有点不高兴。

福利院长大的小孩难免磕磕碰碰，也有人尝试去了解他、关心他，唐措确实感受到了，也承这个情，可也并不爱一次又一次地为别人揭开伤口。

有时他说自己已经不在意，可其他人并不相信。

世界充满了荒诞，唐措有时走在路上，觉得那地平线是歪的，太阳像个过热膨胀的气球，不知道什么时候就会爆掉。

于是有一天夜里，唐措出逃了。

他本来只是出门上个厕所，因为福利院的卧室里没有卫生间，要到走廊的卫生间里去。路过窗户时，他看到夜空里挂着好大一轮月亮，大得好像要将他吞噬。

硕大的圆月一下子摄住了他的心神，他鬼使神差地就跑到了楼下的院子里，在摇曳的香樟树影下抬头看着，呼吸里满是凉意。

地上的影子在被拉扯，他忽然有股冲动，想出去跑一跑，也这么干了。从福利院出去是一条公路，他就沿着公路，一直走、一直走。沿途是万家灯火，每一盏灯的后面都有一户人家，而公路两侧都是树，黑漆漆的，有夏夜的蝉鸣和蛙声。

走得累了，唐措在一座桥上停下。

河水在月夜下像是黑色的，他站在桥边看了许久，那座桥上都没有路过一个人。那天晚上脑子里究竟在想些什么，他自己也忘了，只觉得大概是塞了一个铁丝球在脑子里，又硬又乱，刮得他生疼，什么都没想明白，倒是喝了一肚子的西北风。

他最后又回去了，慢吞吞地走了许久的路，到福利院门口时，就看见院长披着外衣站在昏黄路灯下，正犹豫着要往哪边走。

她看到唐措回来松了口气，但也没问唐措这么晚了跑出去干什么，只是轻声细语地问他肚子饿不饿，开了小灶给他煮酸辣粉吃。

院长是个地道的四川人。

福利院里都是孩子，江南地区的人又大多不怎么吃辣，所以院长的一手好厨艺着实没什么用武之地。也只有唐措不在乎吃什么，因此经常给她捧场。

“不要告诉别人哦，我们这么晚了还在吃酸辣粉，会被说的。”院长有时比起唐措来，更像个孩子。

唐措用守口如瓶，换来了一碗酸辣粉。两人搬了两张小板凳坐在夏夜的院子里嗍粉，他们吃饱了，蚊子也吃饱了。

院长笑眯眯地问唐措是不是不喜欢吃醋，可酸辣粉里也有醋，所以有些事情，也许换个角度就能接受了。

她又问：“蚊子讨厌吗？”

唐措没回答，她就自问自答：“有些人为了弄死一只蚊子，不惜自己喝下毒药。蚊子喝了他的血死了，他自己也要死了。

“何必跟一只蚊子置气呢？”

唐措似懂非懂，但抬头看月亮，那月亮好像变温柔了一些。旁边的院长摇着蒲扇，徐徐的风吹过来，让他的心也渐渐平静下来。

片刻后院长就跑了，因为不想洗碗，末了又嘱咐唐措一遍，如果被人发现他大半夜开小灶了，不要把她供出来。

书页徐徐翻过，又来到了二十三岁的冬天。

已经成为一个三流侦探的唐措裹着一件黑色羽绒服，从寒风中走进一家酸辣粉店。店里客人不多，唐措坐在角落里的位置，熟门熟路地点了碗粉，看着电视里正在重播的联欢晚会，从兜里掏出一盒巧克力豆，倒出一粒塞在嘴里。

前桌的男人在抽烟，从烟盒里倒出烟来的姿势跟唐措倒巧克力豆如出一辙。那男人因此瞥了唐措一眼，但唐措并不在意。

眼前的一切，都不如一碗酸辣粉更吸引他的注意。

等到吃完粉再出去，唐措在街边靠着墙站了一会儿，等到那男人也从店里出来，便尾随他走进一条偏僻小巷，上前，抓人，等警察过来——又是一个通缉犯落网。

一个猛士的生活，不必有过多的注释。

吃完酸辣粉再碰巧抓一个通缉犯，也真的只是碰巧罢了，是他试炼评估报告里无足轻重的一笔，占了不过三行字。

这破报告给他加了十分，但唐措当天回到自己的出租屋，可能是一大早起来没吃东西只吃了酸辣粉，胃不舒服了，没有及时去医院，又给他扣了五分。

再往下，一溜的扣分原因，唐措看都不想看。

“啪。”合上评估报告，唐措又回忆起记忆中那碗酸辣粉的味道。这么多年他吃过许多地方的酸辣粉，看着是差不多，但吃起来各有不同。

直到进入永夜城——也许那位卖酸辣粉的大妈跟院长是老乡，做出来的粉够酸够辣，让他一下子便想起了十六岁的那个夏夜。

他正想着，靳丞买饭回来了。

唐措把评估报告收起来，看到他手里的豆浆和包子，隐晦地撇了撇嘴——没有酸辣粉，差评，但没有说出来，因为怕被人喋喋不休地念叨。

他转头看向窗外的月亮，永夜城没有月亮，那巨大的光源充作的假月亮，大得好像要从天上掉下来。

不过唐措不再是十六岁的少年，也不会再惧怕那月亮会掉下来了。

就算掉下来，也会先砸个儿高的靳丞吧，大概。

他不知道，靳丞今天想得也有点多，看他吃饭的时候，也不由自主地想起了从前。当唐措十六岁从福利院出走，走在月夜下无人的公路上时，靳丞也拿着一罐啤酒，独自一人，坐在昏黄的路灯下。

月夜如画，在靳丞的眼里始终是诗意的，今夜却有点冰冷。

靳丞难得放个假，昔日的同学打电话过来，邀请他去看艺术展，言语之间谈及过去，说靳丞原本是在他们之中最有天赋的一个，能写会画，还会音乐。如果当初真的一块儿出国学艺术就好了，那今天在艺术这条路上崭露锋芒的，或许是他。

后悔吗？

靳丞也曾展望过未来，想过“如果”。他这自由散漫的性格，从小就不太被人看好，大哥的手受伤不得不退伍转成文职的时候，家里也不曾强求他改变人生的轨迹，是他自己思考数天后，最终做了这个决定。

大哥为此严肃地跟他谈过心，觉得他不必这么做。外人看了倒是很欣慰，觉得靳家那个不着调的小儿子终于长大了，言语之间多有夸赞。

靳丞都不是很在意，他决定的事情，八匹马都拉不回来，就像他以前说要去学艺术一样，那是被威胁打断腿，也要继续的事情。

万千情怀都是诗。

赞美大地、仰望宇宙是诗，保护家人、以身许国也是诗。

这么想着，他再抬头看月亮，就觉得那月亮又有了诗意。他想弹一曲，可手头没有琴，只好作罢。

老妈打了电话过来，问他大晚上不着家又去哪儿，絮絮叨叨的，念得靳丞耳朵都快要生茧。

“好了，我马上就回去了，你儿子这么大了，还怕离家出走吗？”面对家人的时候，靳丞骨子里的散漫和不着调，又会忍不住往外散发。

他抬手把空了的啤酒罐往街对面一扔，罐子精准地落入垃圾桶时，他也转身往家走，伴着夏日的蝉鸣，优哉游哉。

**图书在版编目（CIP）数据**

人间试炼游戏 / 弄清风著 . — 广州 : 广东旅游出版社 , 2022.10（2025.3 重印）
ISBN 978-7-5570-2859-6

Ⅰ . ①人… Ⅱ . ①弄… Ⅲ . ①幻想小说—中国—当代 Ⅳ . ① I247.5

中国版本图书馆 CIP 数据核字 (2022) 第 164058 号

**人间试炼游戏**
REN JIAN SHI LIAN YOU XI

出 版 人：刘志松
责任编辑：何 方
责任技编：冼志良
责任校对：李瑞苑

广东旅游出版社出版发行
地址：广州市荔湾区沙面北街 71 号首、二层
邮编：510130
电话：020-87347732（总编室） 020-87348887（销售热线）
投稿邮箱：2026542779@qq.com
印刷：河北鹏润印刷有限公司
（地址：河北省肃宁县工业聚集区）
开本：700 毫米 ×980 毫米 1/16
字数：407 千
印张：22.5
版次：2022 年 10 月第 1 版
印次：2025 年 3 月第 13 次印刷
定价：58.00 元